LE TESTAMENT

BEYA ÉDITIONS

Déjà parus :

1 - Images cabalistiques et alchimiques
Raimon Arola (sous la direction de)
Recueil d'illustrations hermétiques accompagnées de leurs textes.

2 - Bibliothèque des philosophes chimiques
tome I
Jean Mangin de Richebourg
Réédition du dernier recueil de textes alchimiques publié en Europe en 1741 en langue française.

3 - Bibliothèque des philosophes chimiques
tome II
Jean Mangin de Richebourg

4 - Art et hermétisme
Louis Cattiaux – Œuvres complètes
La tradition hermétique retrouvée au XXe siècle.

5 - Les Arcanes très secrets *(Arcana arcanissima)*
Michaël Maïer
Première édition en langue française du commentaire alchimique des mythes gréco-égyptiens, XVIIe siècle.

6 - Croire l'incroyable ou L'Ancien et le Nouveau
dans l'histoire des religions
Raimon Arola (éd.)
Suivi du *Florilège épistolaire* de Louis Cattiaux.

7 - Le Testament
Pseudo-Raymond Lulle

À paraître :

- Le Livre d'Adam
Charles d'Hooghvorst (alias Carlos del Tilo)
Compilation de textes traditionnels des trois religions du Livre.

- Le Verbe mirifique
Jean Reuchlin de Pforzheim
Première édition en langue française.

Pseudo-Raymond Lulle

LE TESTAMENT

Traduction de Hans van Kasteel

Préface de Didier Kahn

BEYA

Toutes ces choses ont été manifestées à nos yeux, et expérimentées par une science évidente que la nature nous a révélée sur l'ordre de la divine Providence.

Nombreux sont et seront ceux qui lisent et liront nos livres sans pouvoir les comprendre, parce que le sens des principaux termes leur sera inconnu et caché. Nombreux aussi seront les sots qui, dans leur aveugle ignorance, s'efforceront tous les jours de les réprouver et combattre. Mais nous n'en avons cure, puisque nous disons la vérité.

Pseudo-Raymond Lulle, *Le Testament*, I, 11 et 40

© BEYA asbl

Éditeur : BEYA asbl
          Chavée Boulanger 20
          B – 1390 GREZ-DOICEAU (Belgique)

Juin 2006

I. S. B. N. : 2-9600364-8-4

Dépôt légal : D/2006/9732/7

En couverture : Sceau alchimique tiré de
                l'*Opus medico-chymicum* (1618)
                de Johann Daniel Mylius

http://www.beyaeditions.com

PRÉFACE

DE DIDIER KAHN

Avant d'examiner comment et pourquoi le *Testamentum* faussement attribué à Raymond Lulle a été l'un des textes majeurs de l'alchimie du Moyen Âge et de l'époque moderne, on rappellera les conditions dans lesquelles il fit son apparition.

LE CONTEXTE HISTORIQUE

Quoique Raymond Lulle (1235-1315) soit censé avoir été, selon la légende, l'un des phares de l'alchimie médiévale, Michela Pereira a bien montré comment se constitua à partir du XIVe siècle, sous le nom du philosophe de Majorque, un corpus de textes alchimiques apocryphes qui ne cessa de se développer continuellement jusqu'au XVIIIe siècle[1]. Lulle lui-même rejetait l'alchimie, il la rejeta même de plus en plus durement au fil des ans[2]. Mais le spectaculaire succès de sa philosophie incita des lullistes demeurés anonymes à composer, après sa mort et sous son nom, un nombre toujours croissant de traités d'alchimie, dont le premier, sans doute, et l'un des plus célèbres, fut le *Testamentum*.

---

1. *Cf.* M. Pereira, *The Alchemical Corpus attributed to Raymond Lull*, The Warburg Institute, Londres, 1989.
2. *Cf.* M. Pereira, *L'Oro dei filosofi. Saggio sulle idee di un alchimista del Trecento*, Centro Italiano di Studi sull'Alto Medioevo, Spoleto, 1992, pp. 113-114.

Originellement composé en catalan et sans doute traduit rapidement en latin – à moins que ce ne soit l'inverse –, peut-être par l'auteur lui-même[3], ce traité, aujourd'hui conservé dans près de soixante manuscrits latins (ce qui est beaucoup pour un texte de cette étendue), est daté de 1332. Faute d'indices permettant d'en identifier le véritable auteur, Michela Pereira, qui en a récemment donné une édition bilingue – sur laquelle se fonde la présente traduction –, a pris l'habitude de désigner l'auteur par la simple locution de *Magister Testamenti*[4]. Il pourrait s'agir d'un personnage lui aussi originaire de Majorque, qui aurait étudié la médecine à Montpellier au temps d'Arnaud de Villeneuve (1240-1311) et qui, passé plus tard en Angleterre, aurait eu connaissance de la tradition médico-alchimique de Roger Bacon (1219-1292), qui l'aurait conduit à modifier en profondeur les idées résultant de l'enseignement pharmacologique d'inspiration arnaldienne reçu à Montpellier[5].

Marqué par la combinatoire et par divers concepts propres aux œuvres authentiques de Raymond Lulle[6], mais aussi par la philosophie scolastique telle qu'elle se pratiquait alors dans le monde universitaire[7], ce traité correspond à la volonté d'imposer l'alchimie non plus comme un art mécanique, mais comme une véritable science[8]. Ce même projet se retrouve à la même époque

---

3. Les arguments en faveur de l'antériorité du latin ne sont pas entièrement décisifs. Voir l'introduction de M. Pereira, dans M. Pereira et B. Spaggiari, *Il Testamentum alchemico attribuito a Raimondo Lullo. Edizione del testo latino e catalano dal manoscritto Oxford, Corpus Christi College, 244*, Galluzzo, Sismel, Florence, 1999.

4. *Cf.* M. Pereira, *L'Oro dei filosofi*, cit., pp. 87-94.

5. *Cf.* M. Pereira et B. Spaggiari, *Il Testamentum alchemico attribuito a Raimondo Lullo*, cit., pp. XVIII-XXI.

6. Sur lesquels voir par exemple Frances A. Yates, « The Art of Ramon Lull. An Approach to it through Lull's Theory of the Elements », *Journal of the Warburg and Courtauld Institutes*, 17, 1954, pp. 115-173 ; M. Pereira, « Vegetare seu transmutare. The Vegetable Soul and Pseudo-Lullian Alchemy », dans F. Domínguez Reboiras *et alii* (Hrsg.), *Arbor Scientiæ. Der Baum des Wissens von Ramon Lull*, Brepols, Turnhout, 2002, pp. 93-119.

7. *Cf.* M. Pereira, *L'Oro dei filosofi*, cit., pp. 157-201.

8. Voir à ce sujet J.-M. Mandosio, « La Place de l'alchimie dans les classifications des sciences et des arts à la Renaissance », *Chrysopœia*, 4, 1990-1991, pp. 199-282.

dans d'autres traités d'une ampleur comparable, comme la *Summa perfectionis magisterii* (déb. XIVe s.) attribuée à « Geber » (peut-être un moine franciscain d'Assise, nommé Paul de Tarente) et la *Pretiosa Margarita novella* de Pietro Bono (1330)[9]. C'est là une caractéristique de l'alchimie du début du XIVe siècle, mais c'est sans doute dans l'alchimie pseudo-lullienne qu'elle apparaît le mieux et avec le plus d'insistance[10].

L'ALCHIMIE DU *TESTAMENTUM*

Le *Testamentum* se distingue des traités d'alchimie qui le précèdent par un projet d'une plus grande ampleur : pour la première fois, on voit là réunies l'ambition de transmuter les métaux en or, celle de confectionner des pierres précieuses et, surtout, celle de guérir les maladies et de restaurer la santé des hommes. Le thème de la prolongation de la vie n'est pas en soi une nouveauté : il caractérisait déjà, au siècle précédent, tout un pan de l'alchimie de Roger Bacon ; ce thème se fraie un chemin jusqu'au *Testamentum* par le biais d'une notion d'importance centrale : l'élixir, notion empruntée à l'alchimie arabe[11]. Mais le *Testamentum*, assimilant ce thème et cette notion, met à jour un concept nouveau, celui de « médecine universelle » efficace pour les pierres précieuses, les hommes et les métaux[12]. Ajoutons que cette médecine universelle n'offre pas ses propriétés aux seuls règnes minéral et animal, mais aussi au règne végétal[13], selon un

9. Sur lesquels voir William R. Newman, *The Summa perfectionis of Pseudo-Geber. A Critical Edition, Translation and Study*, E. J. Brill, Leyde, 1991, et C. Crisciani, « The Conception of Alchemy as expressed in the Pretiosa Margarita novella of Petrus Bonus of Ferrara », *Ambix*, 20, 1973, pp. 166-181.

10. *Cf.* M. Pereira, *L'Oro dei filosofi, cit.*, pp. 95-96.

11. *Cf.* M. Pereira, « Teorie dell'elixir nell'alchimia latina medievale », *Le Crisi dell'alchimia - The Crisis of Alchemy*, dans *Micrologus*, 3, 1995, pp. 103-148. Sur l'alchimie de R. Bacon, voir A. Paravicini Bagliani, « Ruggero Bacone e l'alchimia di lunga vita. Riflessioni sui testi », dans C. Crisciani et A. Paravicini Bagliani (eds.), *Alchimia e medicina nel Medioevo*, Galluzzo, Sismel, Florence, 2003 (*Micrologus' Library*, 9), pp. 33-55 (avec toute la littérature antérieure).

12. Voir la célèbre définition de l'alchimie donnée dans le *Testamentum*, au chap. 1 de la *Pratique, cf. infra*, p. 163.

13. Voir le *Testamentum*, fin du chap. 30 de la *Pratique, cf. infra*, p. 204.

mode de production qui, tout miraculeux qu'il semble, n'est autre, dans la logique du *Testamentum*, que l'effet du potentiel contenu dans le *cursus naturæ*, le cours de la nature[14]. Il ne s'agit pas pour l'alchimiste de s'égaler au Créateur, mais seulement de stimuler ce cours naturel et de le pousser jusqu'à ses extrêmes possibilités grâce à une « médecine », ou « élixir », produit de l'activité de l'homme, à travers quoi s'exprime très clairement une quête de la perfection de la matière[15]. En effet, la conception chrétienne du péché voulait qu'à l'origine, Adam ait été investi par Dieu de grands pouvoirs et d'un grand savoir ; mais une fois commis le péché originel, Adam – et avec lui toute sa postérité, c'est-à-dire tout le genre humain – aurait perdu ces pouvoirs et, quittant le Paradis terrestre (qui était de nature divine), serait entré dans le monde périssable. Or le pseudo-Lulle part de l'idée que la nature, depuis la Chute, ne cesse de se dégrader, soumise chaque jour davantage au cycle de la génération et de la corruption. Il importe donc de partir des corps parfaits produits par elle, à savoir l'or et l'argent, car ils joueront le rôle de semence ou de ferment pour parvenir à la perfection[16]. Dans cette optique, le « véritable nœud théorique et pratique de l'activité alchimique » est la dissolution – ici équivalent de la corruption –, et le moyen pour l'alchimiste de rompre ce cycle de la corruption où est irrémédiablement engagée la nature est de savoir défaire les liens qui maintiennent la matière dans l'état de perfection que lui a jadis conféré l'acte créateur de Dieu lui-même : l'alchimiste créera ainsi « les conditions d'un nouveau commencement où la nature elle-même », délivrée du « poids négatif accumulé au cours du temps », sera à nouveau apte à « engendrer des êtres parfaits, savamment aidée par l'intervention consciente de l'homme »[17].

On voit donc que le grand œuvre selon le *Testamentum* ne s'appuie aucunement sur des ressorts d'ordre surnaturel, si

---

14. *Cf*. M. Pereira, *L'Oro dei filosofi, cit.*, p. 103.
15. *Ibid.*, pp. 103-104.
16. *Ibid.*, pp. 160-162 et pp. 163-164.
17. *Ibid.*, pp. 162-163.

teinté qu'il soit d'une religiosité qui ne vise qu'à ancrer le projet alchimique dans une vision chrétienne du monde et de la matière. Les ressorts sont ceux de la nature, manipulée alchimiquement par l'opérateur qui, précisément, saura mettre en œuvre sa science alchimique de façon à pouvoir agir sur le cours de la nature. Si ces vues consistent à accorder à l'alchimie un pouvoir extrêmement étendu, ce pouvoir n'en reste pas moins dans les bornes de la nature[18].

LA FORTUNE DU *TESTAMENTUM* DANS L'ALCHIMIE MÉDIÉVALE ET MODERNE

Premier dans la série des traités d'alchimie faussement attribués à Lulle, le *Testamentum* est à l'origine, au sein même du corpus pseudo-lullien, de divers traités destinés à en commenter certains aspects, telle l'*Epistola accurtationis*, qui s'attache aux façons d'abréger l'œuvre en vue de la transmutation ; l'*Elucidatio* et, plus tard, le *Lucidarium Testamenti*, dont le premier commente en la simplifiant la partie théorique, le second s'attachant à la partie pratique, à l'aide de références bien précises au *Testamentum* ; le *Liber lucis mercuriorum*, « qui se présente comme un guide pratique pour la composition du "menstrue végétable" (le mercure comme matière première), se référant au *Testamentum* et au *Codicillus* » ; le *Compendium animæ transmutationis metallorum*, qui reprend le thème de la fabrication des pierres précieuses en ajoutant aux acides minéraux préconisés par le *Testamentum* la quintessence du vin, autrement dit l'alcool ; ou encore la *Clavicula*, une production tardive (XVIe siècle)[19]. D'une manière ou d'une autre, tous les traités pseudo-lulliens apparus jusqu'au XVIe siècle vont reprendre au *Testamentum* soit des thématiques, soit des caractéristiques formelles (comme la présentation par lettres de l'alphabet), sans pour autant maintenir une ligne doctrinale unique. En conséquence, un traité comme le *Tes-*

---

18. Sur la question de la rivalité entre l'art et la nature dans l'alchimie médiévale, voir W. R. Newman, *Promethean Ambitions. Alchemy and the Quest to Perfect Nature*, The University of Chicago Press, Chicago-Londres, 2004.

19. *Cf.* M. Pereira, *L'Oro dei filosofi, cit.*, pp. 96-98 ; *The Alchemical Corpus attributed to Raymond Lull, cit.*, pp. 8-11.

tamentum ultimum ou *novissimum*, confronté à des alchimies aussi différentes que celles du *Testamentum*, du *Liber de investigatione secreti occulti* ou du *Liber de secretis naturæ sive de quinta essentia*, s'efforcera de retrouver une unité théorique destinée à justifier l'hétérogénéité du corpus alchimique rassemblé sous le nom de Raymond Lulle[20].

Quoique le *Testamentum* n'ait pas connu le succès éditorial du *De Secretis naturæ* pseudo-lullien (ce dernier parut pour la première fois en 1514 et fut réédité tout au long du XVIe siècle, tandis que le *Testamentum* dut attendre 1566 pour se voir imprimé)[21], il circula très largement en manuscrit, tant en latin qu'en traductions. On en connaît notamment diverses traductions françaises, dont les plus anciennes remontent au XVe siècle[22].

L'influence du *Testamentum* s'exerça en outre dès le XVe siècle sur des alchimistes de nationalités diverses, tels que les Anglais Thomas Norton et George Ripley (troisième quart du XVe siècle)[23], le Français Jean Saulnier (1432), dont le traité ne fut édité qu'en 1615 par le Père Gabriel de Castaigne dans son *Grand Miracle de nature metallique*[24], ou encore l'Italien Christophe de Paris (Cristoforo Parigino, fl. 1466), dont l'*Apertorio alfabetale*, après avoir circulé sous forme manuscrite en italien et même en traduction française, fut édité à Paris en 1628 sous le nom de Nicolas Flamel, avec pour titre *Le Grand Esclairsissement de la*

---

20. *Cf.* M. Pereira, *L'Oro dei filosofi, cit.*, pp. 98-100.
21. Voir à ce sujet ma thèse de doctorat, *Alchimie et paracelsisme en France à la fin de la Renaissance*, à paraître chez Droz, chap. 1.1.
22. Voir notamment M. Pereira et B. Spaggiari, *Il Testamentum alchemico attribuito a Raimondo Lullo, cit.*, pp. XLII-XLIII, pp. 528 et 569-589, et mon article « Les Manuscrits originaux des alchimistes de Flers », dans D. Kahn et S. Matton (éd.), *Alchimie : art, histoire et mythes*, (*Textes et Travaux de Chrysopœia*, 1), S.É.H.A.-ARCHÈ, Paris-Milan, 1995 , pp. 347-427, ici p. 403, n. 219.
23. Sur Ripley et ses prétendus rapports avec Norton, voir mon compte rendu de l'édition récente du *Compound of Alchymy* due à Stanton J. Linden, paru dans les *Archives internationales d'histoire des sciences*, 53, 2003, pp. 347-353.
24. *Cf.* F. Secret, « De Quelques Traités d'alchimie au temps de la régence de Marie de Médicis », *Chrysopœia*, 3, 1989, pp. 305-400, ici pp. 339-340, et M. Pereira, *The Alchemical Corpus attributed to Raymond Lull, cit.*, p. 44, n. 42.

pierre philosophale pour la transmutation de tous les metaux[25]. Déjà le *Sommaire philosophique*, composé au début du XVe siècle, mais qui ne fut attribué à Flamel qu'à partir de 1561, s'inspirait nettement du *Testamentum*[26], et ce fut le cas aussi de la *Complainte de nature* de Jean Perréal (1516), qui passa longtemps pour l'œuvre de Jean de Meun[27].

On aurait pourtant tort de croire que l'influence de Raymond Lulle et de l'alchimie pseudo-lullienne se limita au Moyen Âge et au début de la Renaissance. Le début du XVIIe siècle marque, à l'échelle européenne, un nouveau temps fort dans la fortune du lullisme en général. Un des grands universitaires spécialistes d'Aristote, Giulio Pace (Julius Pacius), publie par exemple à Valence, en 1618, ses *Artis lullianæ emendatæ libri IV.* [...] *ad inveniendum sermonem de quacunque re*, traduits en français dès l'année suivante[28]. Plus proche des « sciences curieuses », l'éditeur strasbourgeois Lazare Zetzner, parallèlement à l'énorme entreprise de publication du *Theatrum chemicum* (1602-1613), réédite les œuvres de Lulle, y compris les textes alchimiques apocryphes. À la même époque, la philosophie de Giordano Bruno et jusqu'à la kabbale chrétienne font bon accueil aux doctrines du lullisme[29]. Il existait à Paris même, au début du XVIIe siècle, plu-

---

25. Reprint Paris, Arma Artis, 1976. Voir ma postface à Nicolas Flamel [ps.-], *Écrits alchimiques*, Les Belles Lettres, Paris, 1993. Sur Christophe de Paris, voir ma thèse de doctorat, *cit.*, chap. 3.4, n. 45.

26. *Cf.* R. Halleux, « L'Alchimie », *Grundriss der romanischen Literaturen des Mittelalters*, vol. VIII/1 : *La Littérature française aux XIVe et XVe siècles*, Carl Winter Verlag, Heidelberg, 1988, pp. 336-345.

27. Voir A. Vernet, « Jean Perréal, poète et alchimiste », *Bibliothèque d'Humanisme et Renaissance*, 3, 1943, pp. 214-252.

28. *L'Art de Raymond Lullius, esclaircy par Julius Pacius* [...] *divisé en IV. livres, où est enseignee une methode qui fournit grand nombre de termes universels, d'attributs, de propositions et d'arguments, par le moyen desquels on peut discourir sur tous sujets*, Paris, 1619. Sur cet ouvrage, voir C. Vasoli, *Profezia e ragione. Studi sulla cultura del Cinquecento e del Seicento*, Morano, Naples, 1974, pp. 768-777.

29. *Cf.* R. Sturlese, « Lazar Zetzner, 'Bibliopola Argentinensis'. Alchimie und Lullismus in Strassburg an den Anfängen der Moderne », *Sudhoffs Archiv*, 75, 1991, pp. 140-162 ; F. Secret, *Les Kabbalistes chrétiens de la Renaissance*, 1964, Archè, Milan, 1985, pp. 288-291.

sieurs cercles de lullistes souvent intéressés par l'alchimie. L'un d'eux a laissé son souvenir à travers une vaste collection manuscrite, le fonds Caprara – aujourd'hui conservé à la Bibliothèque universitaire de Bologne –, constitué à Paris et dans ses environs entre 1617 et 1645. Les traces d'un autre cercle ont été relevées par J. N. Hillgarth dans sa synthèse sur le lullisme en France[30]. Voici encore Pierre Morestel, qui publie à Paris en 1621 une *Artis kabbalisticæ* [...] *Academia* bien plus proche de Lulle que de la kabbale[31]. Voici Jean Belot, auteur en 1623 de *L'Œuvre des œuvres ou le plus parfaict des sciences steganographiques, paulines, armadelles et lullistes*, qu'épingla Gabriel Naudé deux ans plus tard dans son *Apologie pour tous les grands personnages qui ont esté faussement soupçonnez de magie*[32]. Voici Robert Le Foul, sieur de Vassy, « Secretaire General & Docteur Lulliste, de l'Ordre, Milice & Religion du S. Esprit », qui traduira notamment en 1634 *Le Grand et Dernier Art de M. Raymond Lulle*[33]. Voici enfin le vaste corpus des textes attribués aux « alchimistes de Flers » Nicolas de Grosparmy, Nicolas Le Valois et Pierre Vitecoq, dont le premier dans l'ordre chronologique, l'*Abregé de theorique* du baron de Flers Nicolas de Grosparmy, n'était autre qu'une version française du *Testamentum*, que Grosparmy (mort en 1541) fit délibérément circuler sous son nom afin de chercher à

---

30. *Cf.* M. Pereira, *The Alchemical Corpus attributed to Raymond Lull, cit.*, p. 30 ; D. Kahn, « Le Fonds Caprara de manuscrits alchimiques de la Bibliothèque universitaire de Bologne », *Scriptorium*, 48, 1994, pp. 62-110 ; J. N. Hillgarth, *Ramon Lull and Lullism in Fourteenth-Century France*, Clarendon Press, Oxford, 1971, chap. VII (« Epilogue »), pp. 294-311.

31. Voir F. Secret, *Les Kabbalistes chrétiens de la Renaissance, cit.*, p. 288 ; [*idem*], *Kabbale et philosophie hermétique. Exposition à l'occasion du Festival International de l'Ésotérisme, Carcassonne, 17-19 novembre 1989*, Bibliotheca Philosophica Hermetica, Amsterdam, s.d. [1989], pp. 64-67. Sur Pierre Morestel (1575-1658), voir L. Moréri, *Le Grand Dictionnaire historique, ou le Mélange curieux de l'Histoire sacrée et profane* [...], Les Libraires associés, Paris, 1759, VII, pp. 779-780.

32. *Cf.* F. Secret, *Les Kabbalistes chrétiens de la Renaissance, cit.*, pp. 290-291.

33. R. Le Foul, sieur de Vassy, *Le Grand et Dernier Art de M. Raymond Lulle, M^e es Arts liberaux, et tres Illustre Professeur dans la sacree Theologie*, Louis Boulanger, Paris, 1634. Sur ce personnage, voir J. N. Hillgarth, *Ramon Lull and Lullism in Fourteenth-Century France, cit.*, pp. 294-311.

acquérir une réputation d'alchimiste, peut-être dans le but d'obtenir des fonds pour exploiter une prétendue mine d'or récemment découverte non loin d'une de ses terres[34]. Outre ce traité, non seulement *Les Cinq Livres* attribués à Nicolas Le Valois sont également pétris d'extraits de l'alchimie pseudo-lullienne, mais un commentateur observait au XVIIIe siècle, dans une note sur l'un des manuscrits attribués à Vitecoq, que « toutes les œuvres de Videcos [sic] renferment en eux l'esprit de la quintessence des ouvrages de Raimond Lulle, dans un jour privé de tout nuage »[35].

Ce ne sont là que quelques exemples de la place méconnue, et néanmoins fort importante, que le *Testamentum* occupa dans le développement de l'alchimie à la Renaissance et au XVIIe siècle. Il serait en effet grand temps de s'apercevoir que le *Testamentum* fut connu et utilisé par toute une série d'alchimistes chez qui on ne songerait pas à en chercher la trace. On a jusqu'à présent, semble-t-il, négligé d'étudier systématiquement son influence chez les paracelsiens. Or un bon connaisseur du *Testamentum* en retrouverait aisément plus d'une trace dans l'*Idea medicinæ philosophicæ* de Petrus Severinus (1571), comme on peut en juger d'après l'alchimie d'un de ses plus fidèles disciples, le paracelsien français Joseph Du Chesne (1546-1609)[36]. L'importance même du sel chez Paracelse et ses disciples pourrait bien dériver

---

34. Voir mon article « Les Manuscrits originaux des alchimistes de Flers », *cit.*, pp. 367-373 et 399-401.

35. *Cf. ibid.*, pp. 403-409, pp. 413-414, pp. 421 et n. 289.

36. Sur Severinus, voir É. Mehl, « Le Complexe d'Orphée. Philosophie et mythologie au XVIe siècle », *Littératures*, 47, 2002, pp. 87-100 ; J. Shackelford, *A Philosophical Path for Paracelsian Medicine. The Ideas, Intellectual Context, and Influence of Petrus Severinus (1540/2-1602)*, Museum Tusculanum Press, Copenhague, 2004 ; et H. Hirai, *Le Concept de semence dans les théories de la matière à la Renaissance : de Marsile Ficin à Pierre Gassendi*, Brepols, Turnhout, 2005, spéc. chap. 9. Sur Joseph Du Chesne, je songe ici plus particulièrement à ma propre analyse de ses idées : « L'Interprétation alchimique de la Genèse chez Joseph Du Chesne dans le contexte de ses doctrines alchimiques et cosmologiques », dans B. Mahlmann-Bauer (Hrsg.), *Scientiæ et artes. Die Vermittlung alten und neuen Wissens in Literatur, Kunst und Musik*, Harrassowitz, Wiesbaden, 2004 (*Wolfenbütteler Arbeiten zur Barockforschung*, Bd. 38), II, pp. 641-692.

du *Testamentum* et de l'alchimie pseudo-lullienne[37]. On sait que toute l'alchimie médiévale considérait que les métaux étaient faits de soufre et de mercure (appellations symboliques désignant surtout dans les textes alchimiques les qualités des deux principes matériels censés constituer les métaux). La grande innovation de Paracelse fut d'y ajouter un troisième principe : le sel. Mais Paracelse alla bien plus loin que ses prédécesseurs, puisqu'il considéra que non seulement les métaux, mais *toute chose au monde* se composait de sel, de soufre et de mercure ; l'alchimie devenait ainsi un moyen d'exploration non seulement des métaux, mais de la nature tout entière. Or tout un chapitre du *Testamentum*, bien connu des alchimistes, insistait en détail sur l'importance à accorder au sel[38]. Des extraits en furent repris dans le *Rosarium philosophorum*, un florilège alchimique composé entre le XIVe et le XVe siècle[39], et c'est sans doute l'influence de ce chapitre qui explique comment on retrouve, dans les années 1560, le thème central du sel chez des auteurs qui semblent ignorer l'œuvre de Paracelse, comme Bernard Palissy (1510-1590), Johannes Chrysippus Fanianus (fl. 1560) ou le Vénitien Giovanni Battista Agnello (fl. 1566-1581), qui cite expressément ce passage du *Testamentum* dans son *Espositione* [...] *sopra un libro intitolato « Apocalypsis spiritus secreti »* (1566)[40].

L'influence du *Testamentum* s'exerça sur des alchimistes bien plus célèbres encore. Jean d'Espagnet, dans son *Enchiridion physicæ restitutæ* (1623), y recourt fréquemment : lorsqu'il

---

37. Comme l'a bien vu M. Pereira, *L'Oro dei filosofi*, *cit.*, p. 171, dans un passage qui, à mon goût, accorde cependant trop de place aux conceptions jungiennes et « figuratives » de l'alchimie.

38. *Cf. Testamentum*, III (c'est-à-dire le *Livre des mercures*), chap. 42 dans la version traduite dans le présent ouvrage, *cf. infra*, pp. 274 et sv.

39. *Cf. Rosarium philosophorum*, Cyriacus Jacob, Francfort, 1550, fol. F3r° (*Rosarium philosophorum. Ein alchemisches Florilegium des Spätmittelalters*, J. Telle, VCH, Weinheim, 1992, I, p. 45) : *Pone ergo mentem tuam super salem nec cogites de aliis. Nam in ipsa sola occultatur scientia & arcanum præcipuum, & secretissimum omnium Antiquorum Philosophorum.*

40. G. B. Agnello, *Espositione*, John Kingston pour Pietro Angelino, Londres, 1566, fol. [D3]v°, désignant ce chapitre comme « le 72e de la *Pratique* » du *Testament*. Sur Agnello, voir mon article « L'Interprétation alchimique de la Genèse chez Joseph Du Chesne », *cit.*, p. 653.

reprend la théorie de la matière aristotélicienne (matière, forme, privation), c'est sans doute au *Testamentum* et au *Codicillus* qu'il doit de substituer au principe de la privation, qu'il regarde comme absurde, celui de l'amour[41] ; c'est au *Testamentum* qu'il emprunte, avec force éloges, la distinction entre feu naturel et feu contre nature[42], et l'on multiplierait aisément ces exemples. Et dans son *Arcanum Hermeticæ Philosophiæ opus*, paru en même temps que l'*Enchiridion*, il reconnaît explicitement pour maître le pseudo-Lulle, recommandant tout particulièrement la lecture de son *Testament* et de son *Codicille*, « car ce que ce docteur très subtil a omis, personne d'autre ou presque ne l'a dit »[43] ; l'ensemble de l'ouvrage reflète cette influence, par exemple à travers l'adoption de la doctrine des extrêmes et des moyens[44].

Outre le pseudo-Lulle, Jean d'Espagnet accuse dans ses ouvrages l'influence évidente d'un des plus grands alchimistes du XVIIe siècle, le Cosmopolite en personne – c'est-à-dire le Polonais Michael Sendivogius (1566-1636)[45] : c'est le plan – et parfois la lettre – de son *Traité du soufre* (1616) que d'Espagnet reprend dans son *Enchiridion* lorsqu'il traite tour à tour de chacun des quatre éléments, et il le cite même nommément (ou plutôt par ses anagrammes) au canon 11 de l'*Arcanum*. Or Michael Sendivogius,

---

41. Aux canons 45 et 42. *Cf.* M. Pereira, *L'Oro dei filosofi*, *cit.*, pp. 172-173. Sur le *Codicillus*, voir *The Alchemical Corpus attributed to Raymond Lull*, *cit.*, p. 11.

42. Au canon 83 : « C'est pourquoi Lulle, doté d'un esprit remarquable, le compte à juste titre parmi les géants et les tyrans du monde » *(Jure itaque illum [i.e. ignem] inter gigantes & Mundi tyrannos excelsi ingenii Lullius numerat)*. En marge, d'Espagnet renvoie au chap. 11 de la première partie du *Testamentum* (voir ci-après le dernier paragraphe de ce chap. 11, p. 27).

43. Au canon 10 : *quod enim doctor iste acutissimus omisit, nemo fere dixit.*

44. Aux canons 60 et suivants.

45. Sur l'identité du Cosmopolite, voir W. Hubicki : « Sendivogius », dans C. C. Gillispie (éd.), *Dictionary of Scientific Biography*, XII, Charles Scribner's Sons, New York, 1975, pp. 306-308, partiellement traduit par C.-J. Faust dans son introduction à la réimpression de [M. Sendivogius], *Cosmopolite ou Nouvelle Lumière Chymique*, L. d'Houry, Paris, 1723, Gutenberg Reprints, Paris, 1991, pp. 5-10. Sur la distinction entre Alexandre Seton et le Cosmopolite, voir notamment Rafal T. Prinke, « The Twelfth Adept », dans *The Rosicrucian Enlightenment revisited*, Lindisfarne Books, Hudson (NY), 1999, pp. 141-192.

dans le *Traité du soufre*, s'inspirait lui-même très étroitement du *Testament* pseudo-lullien[46]. C'est à cette source qu'il puisait lorsqu'il reprenait l'idée que les quatre éléments étaient chacun élémentés par un autre élément renfermé en leur centre ; c'est de là qu'il tenait sa conception alchimique de la Création (la quintessence des éléments ayant été extraite du chaos par le Créateur), ainsi que l'idée selon laquelle le Paradis terrestre était incorruptible parce que, constitué des vrais éléments et non des éléments déjà élémentés, il n'était pas soumis au cycle de la corruption ; et c'est également au *Testamentum* qu'il empruntait les passages eschatologiques qui marquent le début du *Traité du soufre* et qui contribuent à lui donner la tonalité caractéristique des œuvres parues dans le contexte du mouvement Rose-Croix[47]. Cela n'empêchait certes pas Sendivogius d'accuser aussi par ailleurs l'influence du paracelsisme, mais il importe de prendre conscience du fait que l'alchimiste polonais, et avec lui beaucoup de ses contemporains, connaissait parfaitement le *Testamentum*, le considérait non pas comme un vestige poussiéreux du passé, mais bien comme une source toujours vive, et l'utilisait comme un socle propre à asseoir ensuite sa propre doctrine.

C'est dire combien il paraît nécessaire, pour qui souhaite mieux connaître non seulement l'alchimie médiévale, mais également celle du XVIe et du XVIIe siècle, de se familiariser – autant que le permet la difficulté du texte – avec l'œuvre maîtresse du corpus alchimique attribué à Lulle.

---

46. Comme je l'ai montré dans « Le Tractatus de sulphure de Michael Sendivogius (1616), une alchimie entre philosophie naturelle et mystique », dans C. Thomasset (éd.), *L'Écriture du texte scientifique*, Presses Universitaires de Paris-Sorbonne, Paris, 2006, pp. 193-221.
47. Voir à ce propos *ibid.*, pp. 199-200.

NOTICE DU TRADUCTEUR

Le manuscrit Oxford CCC 244, daté de 1455, est « un des plus importants, et peut-être le plus ancien, parmi les recueils des œuvres alchimiques attribuées à Lulle »[1]. Son rédacteur John Kirkeby y présente deux versions du *Testament,* une latine et une catalane, généralement très proches[2].

Notre traduction se base principalement sur le texte latin de Kirkeby. Nous ne nous en sommes écarté que dans certains cas : des lacunes ou erreurs généralement évidentes, que son pendant catalan comble ou corrige à propos ; des versions inspirées d'autres manuscrits, notamment celui de Prague, cité maintes fois en note dans l'édition de Mme Pereira ; parfois, une version basée sur le texte du *Theatrum chemicum.* Nous avons rendu aussi, tel quel, ce qui dans la version de Kirkeby ressemble plutôt à des gloses ou variantes.

Les figures reproduites dans la présente édition proviennent non seulement du manuscrit d'Oxford, mais aussi du *Theatrum chemicum.* La place attribuée à plusieurs est hypothétique, leur

---

1. M. Pereira et B. Spaggiari, *Il Testamentum alchemico attribuito a Raimondo Lullo, cit.,* p. XXXI.
2. *Cf. ibid.,* pp. 6 et sv.

rapport avec le texte étant obscur. Nous en avons omis certaines, considérées comme incomplètes ou répétitives. D'autres semblent avoir disparu.

Traduire le pseudo-Lulle n'est pas une sinécure. Certes, son latin, quoique pas toujours impeccable, et du reste sans aucune recherche d'élégance, est grammaticalement limpide. Toutefois, la tournure et l'enchaînement des phrases paraissent plus d'une fois à ce point alambiqués qu'une traduction constamment littérale, possible et supportable à court terme, produirait à la longue un texte français absolument rébarbatif. Sans avoir voulu succomber à la tentation, d'ailleurs périlleuse, de rendre plus compréhensible un texte qui ne l'est ou ne le semble pas, nous avons cherché parfois à simplifier, parfois à relever l'expression. Le lecteur averti ne nous tiendra cependant pas rigueur d'avoir, dans l'ensemble, privilégié le contenu par rapport à la forme. Les hermétistes, on ne le répétera jamais assez, n'écrivent pas pour être compris de tous. Ils cachent aux ignorants et aux avares, sous un dédale de mots, leur science si sublime et si simple à la fois. Le traducteur ne doit pas prétendre faire mieux.

En deux mots, notre intention est d'offrir aux chercheurs et amoureux de la science d'Hermès, au moyen d'une traduction aussi fidèle que possible, un accès plus aisé à l'œuvre maîtresse de l'hermétisme occidental.

Ce projet ne se serait pas réalisé sans l'aide, les conseils, les suggestions et les encouragements de mes amis, ni sans l'appui patient de mon épouse. Nous tenons à remercier en particulier M. Jean-Christophe Lohest qui a réussi le tour de force d'intégrer au texte les figures fidèlement reconstituées, ainsi que M. Stéphane Feye qui a accepté de revoir notre traduction, et dont les nombreuses remarques se sont avérées très utiles. M. Didier Kahn a lui aussi proposé plusieurs corrections pertinentes. Il va sans dire que nous sommes seul responsable de tout ce que cette traduction pourrait contenir d'imparfait. Que tous soient bénis !

Printemps 2006

TABLE DE CORRESPONDANCES

Grâce aux recherches de Mme Pereira, nous savons qu'à l'origine, conformément au manuscrit d'Oxford, le *Testament* était composée de trois parties : la *Théorie*, la *Pratique* et le *Livre des mercures*[1]. L'ouvrage est généralement accompagné d'une *Cantilène*, attribuée elle aussi à Lulle.

Le lecteur désireux de comparer la version latine (voire catalane) du manuscrit d'Oxford avec celle que contiennent le *Thea-*

---

1.   Bien que, dans la plupart des manuscrits, la troisième partie, si souvent oubliée dans les éditions anciennes du *Testament*, soit appelée *Livre des mercures*, le prologue de l'ouvrage lui donne le titre de *Codicille*. L'auteur des remarques qui, dans la seule version catalane, concluent le dernier chapitre de la *Pratique* se sert à la fois du nom de *Codicille* et de celui de *Chapitre des mercures* pour annoncer la partie suivante (*cf. infra*, II, 31, p. 207 et p. 210). On remarquera que Vicot écrit : « Les meilleurs sont les livres de Remond, principalement sa *Théorie*, sa *Pratique* et son *Codicille* » (P. Vicot, « Lettre philosophique », dans E. d'Hooghvorst, *Le Fil de Pénélope*, t. II, La Table d'émeraude, Paris, 1998, p. 76) ; et que Grosparmy dit : « ... Et sont trois livres, dont le premier est la *Théorique*... La 2e partie est la *Pratique*... le *Codicile*...» (N. Grosparmy, « Le Trésor des trésors », dans N. Valois, *Les Cinq Livres*, La Table d'émeraude, Paris, 1992, pp. 37-38). Quoi qu'il en soit, il ne faut pas confondre cette dernière partie du *Testament* avec un autre ouvrage pseudo-lullien célèbre, mais bien distinct, intitulé *Codicille*.

trum[2] et la *Bibliotheca*[3] de Manget, trouvera ci-dessous quelques indications utiles.

La *Théorie* et la *Pratique* se trouvent dans le *Theatrum* (T), t. IV, pp. 1-170, ainsi que dans la *Bibliotheca* (B), t. I, pp. 707-776, qui ne fait que reprendre le texte du *Theatrum*. Il s'agit d'une version qui, dans les détails, s'écarte souvent sensiblement de celle publiée par Mme Pereira (P). Si, globalement, les versions TB et P sont chapitrées de la même manière, il faut toutefois observer les différences suivantes :

- Dans la version TB de la *Théorie* (qui se sert de chiffres romains), le chapitre qui aurait dû être numéroté d'un IV, est marqué d'un III, si bien qu'il y a deux chapitres III et que, surtout, toute la numérotation subséquente est décalée par rapport à la version P (qui emploie des chiffres arabes). Les chapitres IV à XCVI dans TB correspondent donc aux 5 à 97 dans P.

- Pour la *Pratique*, le chapitre 1 de P regroupe les chapitres I à III de TB ; ensuite, 2 à 19 correspondent aux IV à XXI ; 20 et 21, par contre, sont regroupés par le XXII ; enfin, 22 à 31 correspondent aux XXIII à XXXII. Le XXXII s'arrête brusquement et ne contient que le premier tiers du 31.

Ni T ni B ne connaissent le *Livre des mercures*. Mais dans B, le second livre du *Dernier Testament* du pseudo-Lulle (t. I, pp. 806-822) est composé, en réalité, des vingt-sept derniers chapitres (20 à 46) du *Livre des mercures*. Non seulement, les chapitres 1 à 19 manquent dans ce *Dernier Testament* (dont le premier livre contient un texte qui n'a rien à voir avec celui du *Testament*), mais les suivants s'y présentent avec une certaine confusion, ou plutôt dans une confusion certaine :

- Le chapitre 20 de P prend dans B la forme d'une introduction sans titre.

- Le chapitre 21, intitulé *De Vasis*, regroupe deux chapitres encore non numérotés, intitulés *De Vasis* et *De Medicina*, qui font suite à cette prétendue introduction.

---

2.   *Theatrum chemicum*, 6 tomes, Strasbourg, 1659-1661 (rééd. Bottega d'Erasmo, Turin, 1981).

3.   J.-J. Manget, *Bibliotheca chemica curiosa*, 2 tomes, Genève, 1702 (rééd. Arnaldo Forni, Bologne, 1976).

- Le chapitre 22 regroupe ensuite les chapitres I et II.

- Les chapitres 23 à 38 correspondent aux IV à XIX (il n'y a pas de chapitre III !). Au X, la longue diatribe contre les juifs, du chapitre 29, a été supprimée.

- Le chapitre 39 correspond au XX, mais le dernier alinéa de P (ll. 96-108) manque dans B : le chapitre XX passe brusquement à la fin du chapitre 46 (ll. 56 et sv.), avant de conclure par les dernières lignes (84 et sv.) du 42 ! On retrouve l'alinéa égaré du 39 à la fin du chapitre XXIV.

- Les chapitres 40 et 41 correspondent aux XXV et XXVI.

- Le chapitre 42 a été déchiqueté dans B : le début (ll. 1-49) constitue le chapitre XXVII ; la suite (ll. 49-83) correspond à la partie centrale du chapitre hétéroclite XXIV ; la fin (ll. 84-97), à la fin du XX, tout aussi composite.

- Les 43 à 45 correspondent aux XXI à XXIII, mais la fin du chapitre 43 (ll. 74-104) manque dans B.

- Le chapitre 46, le dernier, apparaît lui aussi en lambeaux : le début (ll. 1-55) correspond au début du XXIV ; la suite (ll. 56-89), à un extrait placé peu avant la fin du XX ; la conclusion (ll. 89-99), à un extrait isolé situé après le chapitre XXVII.

En résumé, le *Dernier Testament* contient, quoique de façon désordonnée, le texte presque complet des chapitres 20 à 46 du *Livre des mercures* : manquent un long passage du 29, volontairement supprimé, et la fin du 43.

Le *Dernier Testament* conclut par la *Cantilène*, dont il omet les quatre dernières strophes.

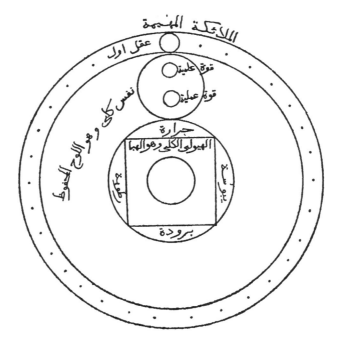

Figure tirée des *Futûhât al-Makkiyah* (« Révélations mecquoises ») d'Ibn Arabi (1165-1240). En dehors du cercle majeur, il est écrit : « les anges fous d'amour » ; à gauche du petit cercle supérieur : « intellect premier » ; à gauche du cercle intermédiaire : « esprit universel qui est la tablette gardée » ; à droite des deux petits cercles superposés : « faculté de connaissance » et « faculté de pratique » ; sur les quatre côtés du carré central (en commençant par le côté supérieur et en suivant la direction des aiguilles d'une montre) : « chaleur », « sécheresse », « froideur », « humidité » ; enfin, à l'intérieur du carré : « la hylé universelle qui est la matière première ».

Pseudo-Raymond Lulle

LE TESTAMENT

PROLOGUE

Ô Dieu, toi qui glorieusement te dresses tout-puissant, nous commençons le présent art pour qu'on t'aime, qu'on te rende un culte et qu'on te comprenne, afin qu'aux fils de vérité devienne manifeste ce qui est en partie caché, et qu'ils obtiennent l'accomplissement d'une partie si excellente et noble de la philosophie. Nous la manifesterons dans notre volume abrégé sur la transmutation très parfaite que les sophistes sont incapables d'atteindre. Nous laissons donc ce livre aux fils de notre doctrine, en guise de testament. Nous le divisons en trois livres principaux, à savoir la *Théorie*, la *Pratique* et le *Codicille*.

Ces trois parties se divisent en quatre formes distinctes : figures circulaires, définitions, mélanges et applications qui diffèrent pour le deuxième livre pratique et pour le premier livre théorique. Au nom de la Sagesse céleste, nous entendons clarifier pour tout fils de doctrine le don qui nous a été donné, selon un processus nécessaire et régulier. Sans cela, il n'y a pas de pleine connaissance de la chose unique composée des entités qui sont la matière de la nature. Elle ne les laisse pas voir par les dissolutions inventées par les voies ordinaires. La doctrine de la dissolution de la chose recherchée aspire, soupire et toujours désire parvenir à l'accomplissement final. Toi donc, Sagesse éternelle, Providence suprême et perpétuelle, daigne illuminer ceux qui croient en toi, pour qu'ils connaissent la vérité ouvragée par les anciens sages. Sans elle, on ne pourra reconstituer cette science qui est la moelle de la partie noble de la philosophie. Introduis-nous, car il est temps d'en proposer les définitions.

I. THÉORIE

1. DÉFINITIONS DE L'ART ; CE QU'EST LA THÉORIE ET CE QU'EST
LA PRATIQUE

Les entités réelles se trouvant dans leurs principes primordiaux et secondaires donnent à connaître la nature des corps, des moyens et de tous leurs extrêmes connus. Ces moyens et extrêmes sont la cause de leur véritable transmutation, selon leur racine et leur propriété, en une forme et espèce réelle qui demeure dans leurs dispositions, pour autant qu'on puisse les transmuter en une forme profitable très vraie. En outre, ils conservent l'essence et la nature des corps parfaits, et les mènent autant que possible au tempérament suprême et parfait.

Cependant, dans ce premier livre, nous parlons avec une discontinuité physique. Cela nous est imposé par le magistère de la nature qui s'est manifestée à nous en pleurant, en gémissant et en criant : « Ô douleur ! on veut m'enlever mes instruments, on veut dévoiler mes secrets, et ceux que j'ai formés sur l'ordre de mon maître veulent me livrer à la mort ! » Voilà la douleur présentée par la nature à ses compagnons. Bref, elle versait tant de larmes qu'aucun cœur rempli de pitié ou d'amour ne se serait retenu ni arrêté un seul instant de pleurer. Car elle ressentait une telle douleur dans le corps qu'elle regrettait totalement les œuvres qu'elle avait accomplies dans ce monde. Elle aurait voulu s'en retirer, si son maître le lui avait permis. Puisqu'elle nous en a fait elle-même la requête, nous avons pris sur nous de tenir secrets ses instruments et de les garder des mains de ses ennemis.

Cependant, nous éclaircirons tout cela dans la suite, si tu es capable d'entrer. Cette partie de la philosophie est divisée, par des chapitres généraux, en cinq divisions. On ne peut la donner sans théorie ni pratique. Nous disons que la théorie est la partie où l'on destine au tempérament les dispositions des corps permutables, et où on les montre à connaître autant qu'il est nécessaire à la perfection de notre magistère. Quant à la pratique, c'est la partie qui décrit la forme et la manière d'œuvrer correctement, selon que l'exige la disposition connue d'avance par théorie. Or on ne peut connaître les dispositions des corps susdits et leurs natures qu'en considérant les choses naturelles, innaturelles et contre nature. Pour une meilleure compréhension, nous divisons donc la théorie en trois parties, les dispositions de tous les corps transmutables n'étant que de trois genres, à savoir le tempérament, l'intempérament et la neutralité.

Il faut savoir que par le tempérament on entend les choses naturelles. Formellement, c'est une complexion de parties subtiles liées ensemble. Pour parler en sens large, c'est leur composition. Autant celle-ci peut comprendre la cohérence de ses parties, autant ladite cohérence reçoit ou comprend la composition. Par l'intempérance ou intempérament on entend les choses contre nature. D'une autre manière, on l'appelle corruption, ou éloignement de la vraie tempérance. Avec cette dernière, il y a tout ; sans elle, il n'y a rien. La neutralité est la médiocrité, qui contient en elle de l'une et de l'autre. D'une autre manière, on l'appelle lien des deux extrêmes, ou disposition moyenne entre les deux extrêmes.

2. LE TEMPÉRAMENT DES CORPS, L'INTEMPÉRAMENT ET LA NEUTRALITÉ ; LA MÉDECINE ; LES INSTRUMENTS NATURELS ET CONTRE NATURE

Tu dois remarquer d'abord que le tempérament est la disposition ou nature du corps parfait. Grâce à lui, les actions naturelles sont parfaites et se parfont immédiatement et sans autre moyen. Cependant, on juge que ce sera une disposition ou qualité de tous les corps, et non de l'action. Car, si le corps médicinal n'était pas bien tempéré, il cesserait tout à fait de changer les corps imparfaits en parfaits, parce qu'il lui manquerait l'application qui s'accomplit lorsqu'il y a une due projection. Mais on n'appelle efficace que le tempérament apte à accomplir l'action ; celle-ci lui est donnée par la complexion de son tempérament, complexion qui se fait par la voie de la projection connue. Cette action rend la médecine apte, par sa tempérance, à la connaissance, et c'est à celle-ci que ton intention doit tendre principalement, ô toi qui entends finalement conduire notre œuvre à un noble tempérament avec l'instrument d'une sagesse noble et prudente. À propos du tempérament, il y a une considération que nous ne confions absolument pas à celui qui est totalement étranger à notre cassette contenant la perfection. C'est pourquoi cette considération le bannit de sa fin, comme quelqu'un qui s'égare dans des fantasmes superflus et qui cherche à savoir si on acquiert la tempérance par un génie inné de la nature et par la volonté du maître dans un ferment, en liant des choses miscibles en une médecine constituant une seule aptitude ou plusieurs. Car de même que le tempérament parachève l'action, il n'y a que ladite

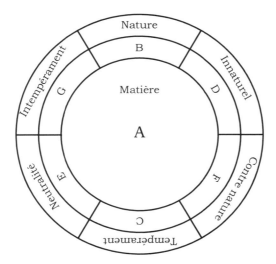

Figure 1

7

science qui permette de le connaître plus clairement et de le conserver plus droitement, ou de le retrouver. Qu'il y ait une seule
aptitude ou qu'il y en ait plusieurs, il n'y a jamais qu'une seule
manière de conserver les termes pour arriver à la fin dudit tempérament. Nous faisons désigner ce tempérament par C *(fig. 1)*.

L'intempérament est une disposition innaturelle corruptive.
Celle-ci provient d'une résolution élémentaire qui, immédiatement et sans moyen, corrompt les actions des individus naturels,
en les rendant instables et en les éloignant de leur tempérament
issu de la cohésion et du rassemblement de leurs parties dans le
composé. Nous faisons désigner cet intempérament par G, en convertissant D et F en G.

La neutralité ou médiocrité est une disposition où, moyennement, les actions de son sujet sont aptes à conserver son espèce,
autant que puisse en juger l'expérience sensible. On la désigne
par E, descendu de B et F retournant en D dont se forme C, comme
nous le dirons dans la *Pratique*, qui est la deuxième partie[1].

Nous avons dit plus haut que la théorie de cet art se divise en
trois parties. Il te convient, fils, de partir toi aussi de ces trois parties. Il te faut comprendre que tout fils de doctrine doit considérer
de deux manières toutes les parties de la théorie. En les prenant
dans un sens plus strict, on pourra les comprendre selon la
nature de leurs genres. On doit donc les considérer et comprendre
rationnellement selon ce qu'elles sont en elles-mêmes, et parfois comme des signes corrects et naturellement plus proches
d'un rapport significatif, en connaissant les corps qu'il faut tempérer. Mais la première considération, fils, doit précéder dans
l'ordre de la doctrine intellectuelle, comme tu le trouveras expliqué dans le *Traité questionnaire de l'art abrégé*, à la cent-qua-
trième question du deuxième livre de cet art complet. Car une
noble impulsion et un noble désir doivent se fixer dans le cœur
du fils de doctrine, auquel notre secret veut se manifester par une
révélation issue du Créateur de toute intelligence. Quant à la
seconde considération, nous l'y mettrons sans faire injure à la
nature, comme l'exige notre magistère, selon le processus divin

---

1. *Cf. infra*, pp. 163 et sv.

qui nous a été révélé, et en respectant notre secret qui est l'instrument parachevant tout le magistère et toute la nature.

Nous te manifesterons cela, pour autant que tu nous sois un fils fidèle. Voici l'ordre que nous adressons à tout fils de doctrine : nous lui interdisons, sous peine d'anathème et de malédiction divine, de révéler notre dit secret aux ennemis qui se dressent contre la nature. Qu'il le cache bien et qu'il garde le secret, afin que nul ne le sache. Car jamais n'est sorti de la bouche humaine ce que tu trouveras à ce sujet dans la deuxième partie.

3. LES PRINCIPES DE LA NATURE UNIVERSELLE ; COMMENT ILS SONT EXTRAITS DE LA MASSE CONFUSE ; LES QUATRE ÉLÉMENTS ; LES TROIS PRINCIPES PRIMORDIAUX DE TOUTES CHOSES POUR LA FORME MAJEURE DU MONDE, EN LES RÉDUISANT AU MAGISTÈRE QUI EST LA FORME MINEURE ET QUI EST COMME LE PETIT MONDE

Les principes naturels primordiaux et secondaires dans l'œuvre de la nature sont universellement tous les extrêmes, c'est-à-dire les corps des métaux qu'il peut y avoir, et les moyens qu'il y a entre eux, comme nous l'expliquerons dans la deuxième partie pratique, en expliquant la nature des principes primor-

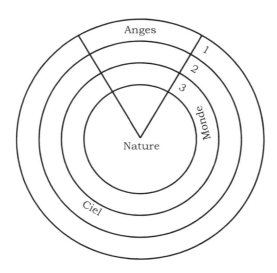

Figure 2

9

diaux. Au-dessus de la puissance de la nature, il y a le Dieu suprême et céleste, alpha et Ω, fin sans principe et principe sans fin, créateur et formateur de tous les principes susdits et secondaires que, dans les œuvres, on appelle extrêmes et moyens. Dieu créa cette nature de rien en une substance pure que nous appelons quintessence, et où la nature est entièrement comprise. De cette substance divisée en trois parties selon leur essence, Dieu créa de la partie la plus pure les anges ; de la deuxième, il créa le ciel, les planètes et toutes les étoiles ; et de la troisième partie, la moins pure, Dieu créa ce monde. Voici comment *(fig. 2)*.

Cela, fils, tu ne dois pas le comprendre comme on te le transmet. Mais tout fut créé en même temps au gré du Créateur suprême, sans qu'une opération succédât à une autre, et sans antériorité d'une matière, comme dans les étapes d'une génération. Car il ne s'agirait plus d'une création ou opération divine. Dans celle-ci, il s'agit de la création d'une entité. Cette entité devient scientifiquement, par création *de nihilo*, une vraie entité substantielle. C'est pourquoi, fils, ce que nous te dirons, et ce que nous t'avons déjà dit, comprends-le avec un esprit scientifique, et non hagiographique[2] ni vulgarifique, car nous te parlons ainsi par rapport à la nature dont tu dois aussi imiter l'opération dans ce magistère. Nous parlons donc un langage imagé ; comprends-nous bien, comme on l'a déjà dit et non comme c'est écrit.

Le Créateur suprême divisa cette partie en cinq parties *(fig. 3)*. De la partie la plus pure, Dieu créa la cinquième substance des éléments, qui participe de la chose céleste ; on la désigne par O. Il la divisa en quatre parties. La première, la plus pure, est désignée par P et attribuée au feu qu'il créa de la deuxième partie de la nature des éléments. La deuxième, moins pure, est désignée par Q et attribuée à l'air créé de la troisième partie des éléments, moins pure. La troisième, moins pure, est désignée par R et attribuée à l'eau, l'élément créé de la quatrième partie des éléments, moins pure. La quatrième, moins pure, est désignée par S et attribuée à l'élément terrestre créé de la cinquième partie des éléments, moins pure.

---

2. En latin : *agriografico*. Il pourrait s'agir d'un jeu de mots, d'une allusion aux rustiques *(agrios)* opérateurs si souvent dénoncés par les hermétistes.

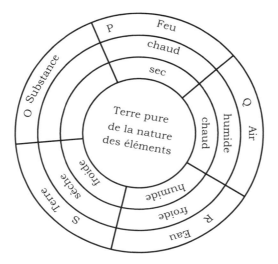

Figure 3

Moins la nature est pure ou parfaite, plus elle désire la perfection. Une chose parfait l'autre, lorsque leurs propriétés concordent avec leurs cinquièmes instruments qui participent de la chose céleste. Cependant, ce désir de perfection est celui de la nature. Il passe de la génération à la corruption, et de la corruption à la génération, car son impulsion ou désir ne provient pas immédiatement du Créateur de la nature, puisque si c'était le cas, la chose se parferait par le Créateur et non par la nature, et elle le serait sans destruction. Et puisque l'impulsion ou le désir vient de la nature même, elle ne peut rien parfaire, à moins que la perfection ne se fasse par la science de Dieu, ou science divine intellectuelle. C'est le cas, par exemple, dans la nature vivante qui est rectifiée par l'intelligence divine, comme par le magistère de l'œuvre. Ainsi, tu peux comprendre la nature des premiers éléments, après la division de la troisième substance primordialement créée. Comprends que leur substance n'est pas un simple cinquième élément, mais la quatrième, troisième, deuxième ou première substance élémentée de la cinquième partie, que nous appelons « élément primordial » et « substance simple » ; c'est elle

11

qui élémente ces quatre substances élémentaires, chacune selon sa nature, comme on l'a expliqué plus haut.

Ces quatre éléments ainsi créés, purs et clairs en raison de la partie claire de la nature dont ils avaient été créés, restèrent tels jusqu'au temps du péché qui sortit de la nature, qui dure jusqu'au temps de l'indulgence, venant après le péché. Depuis lors, les hommes et les animaux sont morts, et les choses qui naissent de la terre sont desséchées, avec destruction de ce qui est engendré. On passe de la corruption à la génération, et de la génération à la corruption, de sorte que les éléments des corps impurs résous se changent en ce qui contamine et corrompt les éléments. À cause de cette corruption, toute chose vivante a peu de durée. Car la nature ne peut pas faire une chose aussi parfaite qu'à son commencement, en raison de sa matière grossière et corrompue.

Les opérations de la nature sont imparfaites parce qu'elle participe d'une grande corruption : chaque jour, elle est confrontée à la matière des éléments les moins purs. Ce qu'elle fait à présent comme effort pour nettoyer ou changer son composé, elle le faisait jadis pour composer des parties plus fortement liées. Par cette doctrine, fils, tu peux comprendre le discours philosophique qui s'accomplira à la fin du monde, quand Jésus-Christ viendra juger le siècle. Par le feu du ciel, il consumera tout ce qui n'aura pas la pureté desdits éléments. Tout ce qui est composé de mauvais et d'impur sera confondu dans l'abîme. Mais ce que le feu trouvera composé d'une vertu pure au-dessus de sa sphère, il le remettra pour la vie éternelle. Le mal impur tombera sur les damnés, et toute vertu pure sur les bénis. Ainsi, tu peux concevoir plus clairement qu'à la fin, toute chose ira vers son propre lieu, d'où elle venait premièrement.

Comprends encore que cette terre que nous foulons n'est pas le vrai élément, mais qu'elle est élémentée par le vrai cinquième élément. Il apparaît dès lors que la cinquième substance élémentaire du corps élémenté, dont la terre est formée avec sa cinquième chose, tu la trouveras vide de vertu formative, comme inanimée, jointe à la putréfaction en un composé, ou comme une matière sans forme, composée de l'infection susdite à cause de l'action réciproque des éléments. Mais au centre de la terre se trouve la terre vierge et le vrai élément que le feu ne peut pas consumer au jour de terreur. Il en va de même pour les autres éléments.

L'élucidation doit te permettre de comprendre très clairement, et de conjoindre la principale substance, simple et matérielle, dont toutes choses furent formées en un, sans division (bien que nous t'ayons parlé avec division) et sans séparation de leur espèce qui est la quintessence. Tu soustrairas toute principauté aux éléments composés. Dis-toi que toutes choses ont trois principes : l'artificiel, l'exemplaire et la matière.

Le premier principe, artificiel, est Dieu, Fondateur de tout *(fig. 4)*. Le deuxième principe, appelé exemplaire, vient de celui-là qui est sagesse. Ensuite, le troisième principe est la matière qu'il

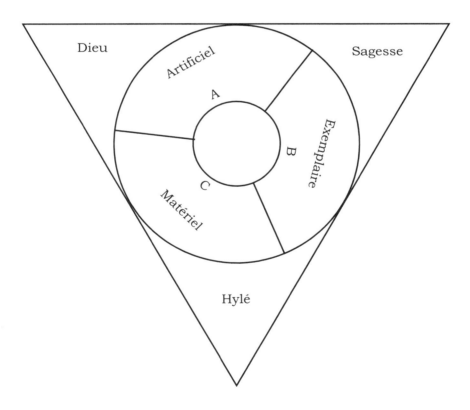

Figure 4

créa avec la sagesse procédant de lui : c'est l'élément primordial que nous appelons « hylé », et que nous t'avons élucidé, si tu nous as compris. Ne crois pas devoir le chercher dans son essence ou espèce simple pour commencer notre opération, bien que tu ne puisses pas la faire ou la finir sans elle. Cherche-la, au contraire, dans une espèce composée, parce que tous les éléments, comme je te l'ai dit, sont créés de ladite substance et en sont animés, pour la création et la corruption.

Nécessairement donc, et comme la nature le montre, toutes choses existant sous le globe lunaire sont créées et formées de ladite matière nommée « hylé ». L'influx en est plus grand dans l'élémentaire, et telle chose en a plus que telle autre, comme la nature qui s'y répartit nous le fait découvrir. Sois donc sûr que sans cette matière, rien au monde ne peut être créé ou engendré, parce qu'elle est le lien de tout corps élémenté dans l'œuvre de la nature. C'est pourquoi nous l'appelons « nature » et « principe primordial » de toute chose élémentée. Car de sa substance simple furent créées les choses élémentées qui constituent la matière de la nature ; elles furent créées pures et séparées divinement : la terre, l'eau, l'air et le feu, c'est-à-dire les corps élémentés par ledit élément primordial et simple qui se trouve en eux.

C'est en ce sens que la *Chronique météorique* dit que l'espèce des éléments, dans ses seuls termes, se trouve dans ledit principe primordial des choses[3].

Si donc tu cherches cette matière, conçois-la comme un pur sujet qui unit ou fait mouvoir les formes, où toute forme est contenue en puissance. Car elle renferme et contient des flux et des écoulements infinis, selon la diversité des formes qu'elle accueille, et qui sont celles des extrêmes et des moyens. Certains philosophes l'appellent « réceptacle de la forme » née de la matière céleste et participant de sa nature. D'autres l'ont appelée « forêt » pour la comparer à une chose rustique et grossière, en raison de sa potentialité. D'autres encore la nomment « potentialité » parce qu'elle ne renferme aucune forme en acte mais contient toute forme en puissance ; c'est comme un silence où rien ne s'entend,

---

3. *Cf.* Aristote, *Météorologiques*, I, 2 et 3.

ou comme des ténèbres vues par un aveugle. Voilà comment on conçoit cette matière, c'est-à-dire comme si on n'en concevait rien. C'est la raison pour laquelle on te décrit la forme du monde, et la manière dont y sont ordonnés les éléments. Ceux-ci engendrent toutes choses, comme cela apparaît au chapitre suivant.

4. LA FORME MINEURE, ET LES PRINCIPES DE LA NATURE MINÉRALE SIMPLE PAR LES EXTRÊMES ET LES MOYENS

Nous avons défini la forme majeure ; descendons à présent, et définissons la forme mineure, où on trouve les principes secondaires de l'œuvre de la nature. Elle est plus proche selon les extrêmes et les moyens, et ses opérations sont plus proches. Nous avons dit plus haut que ses principes sont universellement tous les extrêmes et tous leurs moyens. Nous disons ici que le premier et principal extrême d'entre tous est constitué par les quatre éléments ; nous les avons appelés forme élémentée, que nous désignons par B *(fig. 5)*.

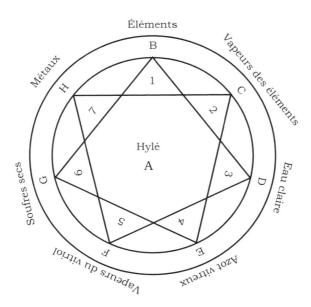

Figure 5

En deuxième lieu viennent les vapeurs, immédiatement composées de ces dits éléments, et constituant la première composition de la nature ; on les désigne par C. Tous les corps élémentés se résolvent en ces vapeurs pour entrer dans une nouvelle génération. Retiens cela et comprends-le. Je te parle généralement pour que tu puisses atteindre la fin de ce que tu désires.

En troisième lieu vient l'eau claire, composée desdites vapeurs des quatre éléments, lorsque leur nature se condense. C'est la matière la plus proche de l'argent vif qui est trouvé courant sur la terre. Il s'engendre proprement dans tout corps secondaire élémenté par la matière de l'air. Cet humide est très pesant, a une nature aérienne homogène, court çà et là au gré du vent à travers les lieux veinés, troués, enfoncés et souterrains, et tombe dans les mines sulfureuses que crée la vapeur chaude et sèche ; on le désigne par D.

En quatrième lieu vient une substance qui est dans sa mine, et qui s'approche davantage de la nature du métal. On l'appelle « calcadis » et « azot vitreux ». C'est la terre et la mère des métaux. On l'appelle encore « urisius ». Elle est occultement lumineuse et blanche, et manifestement rouge, noire et verte, de la couleur d'un lézard venimeux. Elle s'engendre immédiatement de la matière dudit argent vif imprégné par la vapeur chaude, sèche et sulfureuse, pour se congeler dans sa résolution en un lézard où se trouve la forme et espèce de l'esprit puant. La chaleur minérale, qui est la vie du métal, s'est multipliée dans ce mélange. On la désigne par E.

Les extrêmes ou les moyens qui viennent en cinquième lieu sont les vapeurs immédiatement engendrées par la résolution et la raréfaction dudit azot vitreux. C'est là la première matière la plus proche de la génération de tous les métaux imprégnés par la chaleur naturelle et vivifiante, en forme et espèce d'eau vive. Tous les investigateurs de cet art doivent comprendre que, dans l'œuvre de la nature, il y a un argent vif, mais pas tel qu'on le trouve sur terre. Il n'y en aura pas avant qu'il devienne un sang corrompu et venimeux. On le désigne par F.

En sixième lieu viennent les soufres secs que la nature engendre, immédiatement après, de la substance de ladite eau vive. Leur vapeur coagule tout autre argent vif, et celui-ci lie ladite vapeur en un métal correspondant. Cela dépend de la dépuration que la nature fait subir à la matière, et de l'information qu'elle lui administre pour former et spécifier ledit métal. On désigne ces soufres par G.

En septième lieu viennent les métaux que les vapeurs desdits soufres et argents vifs engendrent par une cuisson successive. Ce sont les vrais extrêmes, dépourvus de médiocrité, qui achèvent et concluent l'œuvre de la nature. Mais par corruption, quand ils ont quitté leurs mines, la nature cherche à revenir par mouvements circulaires, en les corrompant et en les réengendrant. Une fois encore, ils aboutissent à une nouvelle génération, après digestion dans les mines où les vapeurs, résoutes par cette corruption, se sont enfermées à cause du poids de leurs éléments, suivant une impulsion naturelle. Par leur mouvement, ils y sont digérés jusqu'à ce qu'ils aboutissent à une espèce meilleure. C'est comparable à la génération de la chair dans le corps animal, due à la digestion de la nourriture et de la boisson. On l'a expliqué dans le *Grand Art*, au chapitre qui commence par les mots : « Ce qui est manifeste dans la génération et la corruption des métaux ». En effet, il y est écrit, en termes métaphoriques et littéraux, que l'alchimiste qui s'efforce de donner à un métal une forme semblable à celle d'un autre métal, est comme un peintre qui, dans la matière du bois ou de la pierre, imprime artificiellement une forme humaine différente de la matière.

On dit en ce cas que, la forme étant étrangère à sa matière, la corruption peut se produire en peu de temps. Ces opérateurs n'imitent les œuvres de la nature ni dans leurs opérations ni dans leurs matières. Comme ils se trompent de matière, ils n'imitent pas l'opération de la nature, ne sachant pas donner la vertu informative à la matière convenable. Celle-ci la reçoit instinctivement quand l'informateur naturel la lui administre. Mais par un art connu qui est en quelque sorte soumis à la nature, et qu'on appelle exemplaire, le maître ingénieux imite dans son œuvre celle de la nature, en conservant son espèce minérale. Ensuite, il forme une chose d'une telle vertu qu'elle surpasse tout le cours de la nature.

Ainsi, il est possible à ton intellect de savoir et de comprendre que la science et l'art de l'auteur peuvent gouverner l'œuvre naturelle, d'après l'enseignement de son propre instrument. Sache, fils, pourquoi les hommes ne savent pas se servir de leur mémoire pour comprendre et rechercher ce qui est très vrai, ni de leur volonté pour choisir ce qui est bon et laisser ce qui est mauvais et contre nature. Ils ne savent pas appliquer ces puissances à l'artifice qui est leur instrument. Nous t'en informerons dans la deuxième partie, pour que tu puisses atteindre la réalité dans notre œuvre et magistère. Car, en mettant en acte ce dont nous t'informerons dans la deuxième partie, tu auras un savoir pourvu de délectation. Par là, ton intellect atteindra une espèce avec l'autre, et l'ordre d'une espèce avec celui d'une autre. Il aura donc une délectation ordonnée et comprendra le propre et le commun. Quant aux sciences positives et non éprouvées, elles épaississent l'intellect et l'empêchent de comprendre la nécessité de ce qui est très vrai, comme on l'a expliqué dans l'*Arbre de la philosophie désirée*, au troisième paragraphe du chapitre « L'intellect des passions F Q ».

Il appert que ces hommes qui ignorent notre magistère ont une passion inordonnée. C'est pourquoi, fils, nous te donnerons d'autres principes au chapitre suivant, l'intention étant de désigner les métaux susdits par H. Que ceux qui n'ont pas de patience en prennent note !

5. DE QUELS PRINCIPES SE FAIT LE MAGISTÈRE ; LEUR NOMBRE ; LEUR CONVERSION

Principalement, il y a trois principes primordiaux dans notre magistère, à savoir l'eau vive et les deux esprits puants dont on crée le soufre : voilà notre pierre. Comme on ne les trouve pas naturellement en acte sur terre, ainsi qu'il le faudrait, mais dans la matière terrestre sous forme de métal, où ils sont en puissance, nous prenons les extrêmes de la nature par les moyens de l'art, en recourant à une seule substance minière, à savoir D, E et H.

Mais, comme ils sont éloignés et contraires à cause de l'extrémité de leur nature, la sagesse nous a montré à prendre F, qui est une disposition moyenne de l'extrémité de ladite nature, disposition tirée de G, comme il appert de la figure A expliquée au chapitre précédent, et dans la deuxième partie. Ainsi, F convertit D en E, pour que tout se change en B et que, par circulation, B se réduise en E. Tu en tireras F dans notre magistère, au lieu de l'eau vive et de l'esprit puant. Ainsi, F a la puissance de convertir

D et H, en conservant leurs formes. Tout ce qui était en puissance se trouvera en acte dans l'œuvre de la nature, et il y aura de meilleurs moyens par rapport aux extrêmes. Car en F et D se trouvent actuellement F, G et H cuits, purs et bien digérés par le génie de la sage nature. Il convient donc seulement d'écarter et de séparer une partie de D et une partie de E. Alors, tu auras F dans l'œuvre de l'art qui imite la nature.

De toute manière, il vaut mieux avoir l'aide de C et de D issus de H et de F. On passe de H à B ; de là se fait F, et on le crée et change en G dans notre magistère, selon un cours naturel. Ce G est la première matière prochaine dont nous créons une médecine parfaite qui est le ferment de l'élixir.

6. L'APPROXIMATION DU TEMPÉRAMENT PAR RAPPORT À LA NATURE, SELON LA SCIENCE DES EXTRÊMES ET DES MOYENS ; LEUR DIVISION EN PRINCIPES ESSENTIELS

Par là, tu peux concevoir que les choses naturelles sont indispensables à l'obtention du tempérament, à cause de leur origine, puisqu'elles descendent des extrêmes et des moyens. C'est pourquoi on dit que sans elles aucun corps ne peut être naturellement tempéré.

Il faut savoir que la chose qui a la tête rouge, les pieds blancs mais les yeux noirs, est le vrai magistère, puisque c'est à partir de lui que consiste, se produit et existe le tempérament.

La médecine peut bien être tempérée sans cette humeur innaturelle, mais non sans humeur du tout. Tout moyen doit donc sentir la nature de ses extrêmes, selon sa tempérance. Il existe une réciprocité entre les éléments au point que leurs qualités suprêmes se corrompent par l'action et la passion mutuelles, où l'on passe d'un extrême à l'autre, grâce au moyen qui participe des deux, selon le désir de la nature. De plus, il n'y a pas encore de médecine sans aspect, sans couleur ni sans genre, parce que, sans telle ou telle humeur, elle n'aurait pas de ressort ou de puissance pour opérer. L'opérateur ne doit donc pas commencer l'opération uniquement par l'action qui est due à la propriété de l'élixir par tempérament, mais, généralement, par sa cessation naturelle après sa transformation : par un métal mou et faible changé en un dur et tempéré.

L'action qui souffre l'ignition avant la fusion est dite action naturelle. Cependant, comme chez l'animal sensible qui se repose, il y a une cessation de l'action produite dans sa transmutation par la vertu de l'élixir. Ainsi, le corps transmuté n'a pas de tempérance sans opération naturelle. C'est ce que tu dois comprendre à propos de la médecine des vrais médecins. Mais une imagination débordante pourrait d'aventure t'égarer considérablement dans la compréhension des trois parties théoriques susdites, où les principes susdits sont renfermés et transmis d'une manière générale. Nous enseignerons donc en particulier les termes éloignés des trois principaux principes indispensables à cet art divin. Comme nous l'avons dit, en considérant attentivement les choses naturelles, innaturelles et contre nature, tu devrais avoir la connaissance matérielle et essentielle du tempérament, ainsi que de toutes ses parties substantielles et même accidentelles. Par conséquent, tu sauras bien t'orienter dans tout le magistère, en comprenant toutes ces parties et ces principes susdits. Strictement, tu ne dois pas en comprendre beaucoup, mais seulement trois, singuliers en soi, comme tu peux le déduire du contenu dudit chapitre consacré aux principes de notre magistère qui produisent ce tempérament[4]. Nous disons donc qu'il y a trois genres de choses naturelles, qui diffèrent selon leur proximité et propriété : les végétaux, les animaux et les minéraux.

Dans le genre animal qui multiplie son espèce, on distingue trois spermes différents : le sperme actif qui est naturel, le sperme passif qui est innaturel, et le sang menstruel qui est contre nature. Dans le genre végétal, parmi les semences et les racines, on distingue les spermes naturels, qui contiennent les innaturels, leur complexion étant hermaphrodite, tandis que l'humeur de la terre et le menstrue pluvial conjoints à l'air sont contre nature. Dans le genre minéral également, on fait une triple distinction, mais les métaux ont de même une complexion hermaphrodite. Car l'argent vif renferme son propre soufre qui le congèle en or ou en argent, après sa conversion en soufre blanc ou rouge.

---

4. *Cf. supra*, I, 5, pp. 18-19.

Il y a donc deux spermes naturels, l'or et l'argent, pour parler en sens large (nous disons « en sens large » pour le distinguer de celui qui parfait notre vrai élixir) ; il y a un sperme innaturel, par exemple le plomb, l'étain, le cuivre, le fer, le soufre et l'argent vif ; les spermes contre nature sont par exemple les atraments, les sels, les aluns, les borax, les tuties, les marcassites, la magnésie, l'arsenic, et tous les moyens issus des autres genres, végétal et animal, dont peut provenir une humeur menstruelle tendant plus ou moins à la perfection ou à l'imperfection. C'est donc seulement de manière comparative et générale que le genre minéral regroupe les spermes naturels, innaturels et contre nature des deux autres genres, végétal et animal. Car leur nature produit une altération plus prochaine dans la clarté lumineuse. Tu peux comprendre le vrai tempérament en gardant la nature plus prochaine de leur genre. L'expérience commune de la terre de la lunaire peut t'en donner la certitude, sa nature étant de rectifier notre pierre. C'est pourquoi le Créateur de la nature nous en a fait le don privilégié.

7. D'OÙ ON EXTRAIT LA MATIÈRE PLUS PROCHAINE ET CONVENA-BLE POUR FAIRE LE MAGISTÈRE ; LA CONVERSION RÉCIPROQUE DES ÉLÉMENTS

Manifestement, le tempérament du corps métallique a la pro-priété d'une nature métallique plus prochaine. L'expérience, incapable de mentir, en donne la certitude : elle révèle en effet une excellente résistance, une bonne fusibilité et une fixité per-manente en présence du feu. C'est la seule forme et nature, on l'a dit, qui soit plus proche de sa nature et matière minérale, car elle est descendue de sa nature minérale pour passer dans les indivi-dus de ses propres espèces. Tu en tireras la matière qui convient à sa forme, et qu'on doit lui donner pour spécifier les individus. Sans la moindre extrémité ou contrariété, ce qui causerait une division, mais animées d'un parfait désir de liaison, elles se con-joindront très étroitement, d'une réelle union. Les individus sou-mis à une certaine extrémité et contrariété, cause de diversité, ne se dissocient pas tant qu'ils peuvent être sauvés par le cours naturel de leur noble espèce. On en voit sortir la vraie forme qui, par la grande puissance qui lui est propre, va à la rencontre du soleil créé par la nature. Sans recevoir cette matière, on est comme un peintre qui peint une forme éloignée en une nature éloignée, comme on l'a dit plus haut, au chapitre « La forme mineure »[5].

C'est pourquoi, fils, je te dis de prendre la mine dudit genre où se trouvent les deux luminaires étoilés qui rayonnent sans cesse sur la terre : le soleil et la lune qui, par leurs rayons, obscurcissent le feu. Parmi les corps innaturels, tu prendras le corps volatil, à savoir l'argent vif. Il tient enfermée et verrouillée sa nature dans le creux de son ventre, si bien que l'homme ne peut l'obtenir que par un accord amoureux. Attirée par l'amour, la nature nous l'a fidèlement révélée ; nous lui en sommes vraiment très redevable. En outre, l'argent vif fait partie des innaturels, mais n'est pas du tout non naturel, parce qu'il serait alors au nombre des contre nature. En fait, il est comme un corps naturel à l'intérieur et contre nature à l'extérieur. On le dit donc moyen : il participe du naturel et du contre nature. Car, à l'intérieur, il a un corps naturel et une substance pure qui est proprement son lieu et son réceptacle, tandis qu'à l'extérieur, sa propriété le propulse parmi les autres corps et ceux qui sont contre nature. Si donc tu veux voir la nature opérer, projette-la à l'intérieur et adjoins-lui le corps naturel par le lien de son amour : « l'irrité deviendra amant »[6]. Quant au terme « innaturel », nous l'appliquons dans cet art, en un sens large, à toutes les choses contenant au centre de leur corps des natures passives par rapport aux actives. Nous avons dit plus haut qu'au centre de la terre se trouve la terre vierge et le vrai élément[7], et qu'il s'agit d'une création de la nature. La nature est donc au centre de chaque chose, comme il appert dudit chapitre, ainsi que du chapitre précédent qui fait mention de la première forme du monde, et de la manière dont Notre-Seigneur Dieu institua et forma la nature. L'intention était de mieux déterminer leurs natures dans notre *Théorie*, selon leur genre, pour que tu saches lesquelles prendre dans le vrai magistère, et lesquelles laisser.

---

5. *Cf. supra*, I, 4, p. 17.
6. *Cf. infra*, IV, 7, p. 290.
7. *Cf. supra*, I, 3, p. 12.

Il est indubitablement vrai que la nature les amène à engendrer leurs genres, chacune selon son espèce, comme au sperme animal est ajoutée la chaleur de son mâle. En spéculant là-dessus, tu peux comprendre que les vertus des innaturels qui sont éloignées, sont proches de la médiocrité participant plus ou moins des extrémités naturelles et contre nature, selon que toute la nature du genre diffère ou concorde en espèce. Car ce n'est pas en genre que la nature doit discorder, mais seulement en espèce. Le rapprochement amoureux naît de leur propriété. Ainsi, du feu et de l'eau naît l'air, où se trouve leur propriété moyenne, qui contient le naturel et le contre nature. Quand nous disons « toute la nature », nous le disons pour distinguer les choses naturelles, innaturelles et contre nature, qui sont toutes du même genre. Cependant, quand nous avons dit que la nature du genre ne devait pas discorder dans sa génération, tu dois le comprendre immédiatement, pour recevoir la forme de tout ce qui vit. Tu peux voir comment, en s'altérant, la nature brute redevient humaine, par une opération. Il en va ainsi pour les végétaux. Mais les animaux ne prennent jamais la forme humaine avant que leur genre soit devenu humain. Je veux dire que les spermes viennent de ce qui a été dit, avec une vertu multiplicative qui est l'esprit dont proviennent les individus dudit genre. Les hommes sont donc créés par la vertu de l'esprit. Le Créateur l'a établi ainsi pour que chaque chose lui fasse honneur par l'homme, et que la nature mineure devienne majeure. Car elle est rehaussée d'une très grande valeur.

Si tu veux donc faire imiter à nos métaux la nature des herbes et des animaux, il te faut faire leur genre avec mesure, par la nature des entités réelles. Certes, ils pourront recevoir la véritable espèce et forme, mais tu dois les faire résister au feu avec le ferment, comme nous le dirons dans la deuxième partie. Cependant, garde-nous secrets, car tout se fait par l'art et la science que Dieu seul et personne d'autre nous a donnés. Quiconque révèle son secret commet un crime de lèse-majesté contre Dieu, et connaîtra la damnation perpétuelle avec les diables. Cèle donc ce secret, et garde-toi bien de le dire à personne. Sa majesté en serait diminuée si tu devais le révéler. Cette révélation appartient à Dieu de qui découle tout bien ; elle est due à lui seul. Si donc tu te proposes de faire ce qui lui est dû, tu soustrais au Seigneur un droit qui lui est propre, de sorte que déjà tu formes le jugement qui te condamnera au jour du jugement : « Tu as commis un grand crime de lèse-majesté ! Il ne te sera jamais remis par la majesté royale ! »

Parmi les choses contre nature, prends un liquide qui est la corruption et la séparation de la dépouille du corps volatil, et la cause de la continuité de ses parties, avec les deux luminaires, sans qu'ils subissent une perte dans leur genre. La participation sera plutôt éloignée et proche. Il y aura comme une chose menstruelle malade et corruptible qui, fermentée et blanchie avec l'humidité des deux spermes, nourrit l'enfant à la mamelle. Car, par la vertu de l'humidité desdits spermes, le sang menstruel change sa nature en humide radical.

En disant « éloignée », nous voulons la distinguer des choses innaturelles ; en disant « proche », nous voulons la distinguer des choses contre nature. De ces trois choses, fils, tu tireras le grand dragon qui est le principe radical et principal d'une ferme altération. Médite longtemps ici, avec fermeté et selon un raisonnement naturel. Nous t'enseignerons davantage dans la suite qui touche à la pratique.

8. IL N'Y A QU'UNE PIERRE PHILOSOPHIQUE ; LA RECHERCHE DE SA PURGATION

Dans notre *Testament*, nous déclarons par écrit à tous les fils de doctrine et amateurs de vérité qu'il n'y a qu'une pierre, autrement dit qu'il n'y a pas plus qu'une seule pierre, extraite des choses susdites. Quand elle viendra de nouveau en ce monde, tu ne lui ajouteras donc aucune autre poudre, ni aucune autre eau, ni aucune autre chose étrangère, mais seulement ce qui en est né, et qui est de sa propre nature radicale. C'est sa mère qui lui apporte sa nourriture, c'est-à-dire le soufre qui forme sa pierre en couleur céleste. Mais nous te faisons savoir qu'avant de l'extraire tout à fait, tu dois la purger et guérir de toutes les maladies qui s'opposent à sa nature, et qui sont terrestres, flegmatiques et corruptibles. C'est là la mort qui l'enveloppe et qui tue son esprit vivifiant. Ce dernier a la puissance de ramener son corps de la mort à une vie résistant à jamais au combat du feu. Cependant, il ne peut pas manifester de lui-même sa vertu tant que le mouvement de l'honorable nature d'en haut ne se repose pas dans une grande pureté, dépourvue de toute corruption. Sache donc, fils, que si cet esprit n'est pas séparé de sa corruption mortelle, jamais son corps ténébreux ne pourra rayonner, et il ne pourra y avoir de mariage entre le corps et l'esprit, c'est-à-dire entre le soufre et l'argent vif.

9. POURQUOI NOTRE CHOSE EST APPELÉE PIERRE ; SA PROPRIÉTÉ ET NATURE

Dans notre *Testament*, nous appelons cet esprit « esprit pierreux », car il a la propriété de faire résister les pierres au feu, de les conserver, et de vivifier le corps mort dont il est issu. On ne peut trouver cette vertu ou propriété dans aucun autre esprit. Quand le corps passe de la mort à la vie, il est pur, blanc, clair, resplendissant, d'une grande subtilité. Tu dois mettre en œuvre toutes tes vertus et tout ton génie pour que cette subtilité soit surpassée par celle de l'esprit fermentant. Car la grossièreté de l'esprit fermentant doit envelopper la subtilité du corps et la chevaucher par-dessus, et cela par la propriété d'ingression qu'il renferme, c'est-à-dire la propriété de pénétration. Aucune grossièreté corporelle ne devrait y résister par un empêchement contraire.

De cette manière, le corps demeure revêtu d'une très belle clarté. Car son esprit s'est imprégné, et le corps a pénétré son esprit. Celui-ci l'a ressuscité et lui a donné la forme déterminée de poudres très subtiles, coulantes et fondantes comme du beurre, au moyen d'un feu brûlant sans fumée : la flamme l'atteint d'une altération permanente, résultat de l'enlacement amical de la nature recevant sa propre nature avec une joie perpétuelle. Sache donc, fils, que cela se fait doucement, par une pratique connue. Nous l'avons découverte avec un art théorique vénérable qu'elle nous a montré par ces paroles.

10. LA PRÉPARATION DE LA PIERRE

Voici la préparation de l'esprit pierreux et fermentable. Prends du suc de lunaire, extrais sa sueur avec un petit feu, et tu auras en ton pouvoir un de nos argents vifs, sous la forme liquide d'une eau blanche qui est l'ablution et la purgation de notre pierre et de toute sa nature. C'est un des principaux secrets, et la première porte, comme tu peux le déduire des raisons susdites. Dans ce liquide, on rectifie le grand dragon, et on l'extrait du grand désert d'Arabie. Car il suffoquerait aussitôt de soif et périrait dans la mer Morte. Déjà tu peux savoir qu'une petite chaleur chasse un grand froid. Envoie-le au royaume d'Éthiopie dont il est un natif. Nous te disons que, si tu ne le mets pas dans la terre qui l'a porté, bientôt toute cette région le tuera. Sois certain que tout autre climat apporte la mort à notre pierre cachée aux ignorants, et connue par nous.

11. CE QU'EST LA PIERRE ; ELLE EST ISSUE DES QUATRE ÉLÉMENTS ; EN QUEL LIEU ELLE SE TROUVE ; QUELQUES MOTS AUSSI CONTRE LES CLERCS VERBEUX ET AUTRES MENTEURS

Par là, ton intellect devrait concevoir clairement que notre esprit renferme ce qui est propre à sa région. C'est la raison pour laquelle on dit allégoriquement que le grand dragon est composé des quatre éléments. Non qu'il soit littéralement terre, eau, air ou feu ; il n'a qu'une seule nature qui contient la nature et propriété de tous les éléments. Cette propriété entre de manière complexe dans ladite substance de la nature, sous l'action des premières qualités élémentaires déjà transformées en une propriété et espèce métallique qui supporte le feu grâce à ses perfections. Lesdites qualités premières se détruisent mutuellement, en raison de leur mélange produit par altération, jusqu'à ce qu'elles parviennent à ce moyen substantiel où l'espèce du soleil, de la lune ou d'une autre chose peut et doit être naturellement constituée. Car ce moyen où ladite espèce doit être sauvée possède une étendue aussi vaste que peut être celle des parties individuelles de cette espèce. Bien que le propre de cette nature soit de supporter le feu, elle ne le peut pas et n'en tire aucun profit tant que tout son mouvement ne s'arrête pas, sans corruption. Néanmoins, quand elle a enfin acquis la propriété du feu, elle est excellente et peut résister à la corruption et à l'âpreté du feu. Si tu es doté de raison, tu peux en spéculant comprendre la manière dont la nature nous a montré son œuvre qui est un exemplaire de l'art. Dis-toi qu'on ne passe du premier au troisième que par le deuxième qui participe de ceux-là, comme le veut la nature. Nous avons atteint notre désir en passant par les moyens qui conservent et retiennent leur espèce dans le combat avec le feu.

Par ce préambule, tu peux en spéculant comprendre aussi le vrai temps, limité par rapport à la nature, que tu dois observer avec une certaine latitude, jusqu'à ce que tu aies créé le très vrai et principal moyen où l'espèce doit finalement être sauvée. Le moyen est le principal sujet matériel dans le genre réel, où le contenant influe sa vertu ; il est le principe primordial de la génération où, de façon déterminée, les éléments doivent être fixés avec la vertu céleste. Toutes ces choses ont été manifestées à nos yeux, et expérimentées par une science évidente que la nature nous a révélée sur l'ordre de la divine Providence. Nous te certifions qu'à partir de la nature des herbes, nous avons créé le moyen existant qui conserve l'espèce minérale, et que nous avons transmuté son feu en une couleur métallique, en transmutant l'espèce minérale.

Fils, comprends que la pierre n'est qu'une nature divisée en quatre parties, selon la propriété de ses éléments. Il ressort de leur concordance qu'elle est le lien potentiel de tous les quatre, comme on te l'expliquera largement. Car l'esprit ne pourrait pas être lié autrement à son corps s'il ne participait pas de sa nature, celle-ci ayant la propriété de les lier. Veille à ce que la propriété de l'esprit issu du corps ne soit pas dévorée par une chaleur excessive. Car il n'aurait plus la propriété d'amener son corps à ce moyen où l'esprit secondaire influe sa vertu, c'est-à-dire à l'espèce du soleil ou de la lune. C'est là notre argent vif qui, manifestement, reçoit la teinture de notre soufre ; notre pierre y est dissoute. C'est dans cette eau qu'elle nous est apparue, et non dans l'eau des nuages. Si donc tu opères avec un grand feu, la propriété qui participe de la vie et de la mort dudit esprit se séparera, et l'âme s'enfuira dans la région de sa sphère.

Par le Créateur qui me sauvera, je dis encore (comprends-moi, s'il te plaît) que la pierre paît dans les ruisseaux où on la trouve exaltée. Dans les fleuves, elle est munie d'une grande puissance. Tu n'y ajouteras rien du tout, sauf ce qu'on a dit plus haut. Vraiment, nous te disons que tout est sorti du grand dragon et du ventre puant. Dans la deuxième partie, nous t'en donnerons tout le sens. Garde-la des géants et tyrans du monde, comme nous te l'avons dit plus haut. Ils se mettent dans l'eau, et nous en avons grand-peur. Car rien n'abonde d'eux qu'ils n'aient un tel martyre d'où ils ont à être confondus. Le Très-Haut ne permet pas de révéler ou de montrer expérimentalement ce secret au premier venu. Il doit d'abord être manifesté par la divine Providence avec la noblesse de l'intellect. Quand donc ces vachers de clercs pompeux, légistes, artistes ou médecins mondains, et d'autres que nous n'osons pas citer, pensent faire l'eau vive, le tout ne vaut pas une figue. Ils croient s'attaquer à notre philosophie, mais ils se découvrent attaqués eux-mêmes ; bien plus, de telles gens perdent leur vie. Souviens-toi de cet exemple, fils, garde le feu et le régime de ton esprit, veille à ce qu'il ne t'échappe pas, retiens-le par l'amour, et protège-le d'une grande chaleur. Car, si l'âme se retire, l'esprit ne pourra pas vivifier son corps ; aucune chose ne peut donner ce qu'elle n'a pas.

12. LA DIVISION ET RÉSOLUTION DE LA PIERRE EN TROIS ARGENTS VIFS PRINCIPAUX ; LES DÉFINITIONS ET LES PRÉPARATIONS SOLENNELLES

À présent, ton intellect doit avoir clairement compris que, dans tout le magistère, tu as besoin de trois esprits principaux qui ne peuvent se manifester sans que leur résolution soit achevée. On les appelle aussi les trois argents vifs. Notre pierre s'y résout et y transmute sa nature par une digestion contraire et diverse, produite par une circulation élémentaire, ainsi que par l'action réciproque de ses principes primaires de génération. La résolution est tout ce qui a trait à la première porte de notre magistère. Nous voulons l'expliquer selon que l'exige la réduction et conversion de la pierre en trois esprits. Mais, puisque chacun des trois esprits doit conserver sa propre nature selon ce qui est requis pour la perfection ultime de notre magistère, cette résolution se divise en trois parties principales.

La première, corporelle, s'appelle dans notre langue « retfage » ; la deuxième, spirituelle, s'appelle « agazoph » ; et la troisième, corporelle et spirituelle, s'appelle « ubidrocal ». Le dragon est déporté dans toutes les trois. Retfage est une solution humide en corps et sèche en esprit. Agazoph se divise en deux parties : pernimel et dulfluch. Ubidrocal est l'achèvement final de notre troisième dissolution. Sans sa sœur, c'est-à-dire la pratique, on ne peut avoir ni connaître la première solution. Retfage n'est qu'un broiement des parties grossières, qui réduit le grossier en simple, en transmutant la forme spécifique en une forme contraire et corrompue. Celle-ci se produit dans son corps, non sous forme d'eau des nuages, ni de métal constitué de diverses pièces, mais sous forme de terre ou d'eau minérale subtile, au fond de l'enfer, dans le ventre duquel la nature change ses premiers luminaires en ténèbres obscures. Cette terre réduite, sous l'effet des coups, en diverses parties très subtiles, puantes comme le soufre, fuit vers l'élément le plus élevé de tous, vers la région du feu. En vérité, tu dois bien garder ces parties. « Si tu veux entrer par cette petite porte, pour bien savoir te diriger, il te faudra porter un chapeau, pour pouvoir entrer et sortir »[8], si tu désires passer à la deuxième solution, agazoph.

Comprends donc, fils, que le menstrue des spermes se condense ; sa nature aérienne devient une aquosité grossière. Ce qui se résout, c'est le sperme de la femme, qui se trouve dans le menstrue où il embrasse la vapeur mercurielle du corps contre nature, sous forme d'eau issue d'une vapeur plus crue. Ce qui est plus cuit, contenant plus de nature élevée, monte davantage dans l'air, sous forme de corps, c'est-à-dire de corbeau noir à la tête rouge, aux pieds blancs, et aux yeux de sa propre facture. Tout cela n'est que de l'air humide radical. Par le père qui m'a engendré, c'est la couleur et teinture du métal suprême. La nature crue qui provoque la condensation du menstrue, qui se trouve en bas, qui cause matériellement la condensation de la pierre réelle, changée en nature froide, a en quelque sorte perdu sa nature chaude dans la résolution. Voici, fils, comment tu définiras ladite dissolution : « La solution est l'action et la passion des qualités contraires, mettant en mouvement les vertus des éléments, tour à tour, en toutes petites parties ; ou elle est le mouvement qui produit le broiement des parties insensibles, diverses en espèce et semblables en genre, conjointes en une forme liquide et, par corruption, sujette à des qualités contraires qui, moyennant exercice, s'élèvent en un feu noir, sans division extrême, en affec-

---

8. *Cf. infra*, IV, 12, p. 291.

tant partiellement la séparation de ce qui a germé par génération ».

Elle se définit encore comme suit : « La dissolution est un moyen pour subtiliser, par l'effet de la chaleur conjointe à un mouvement de réciprocité, de sorte que les qualités contraires, opérant en même temps, se touchent et se mélangent, en corrompant les parties individuelles, tout en conservant leur espèce pour l'œuvre de la génération ».

Fils, tout l'avantage de la dissolution susdite n'est qu'un simple déliement des parties subtiles descendant de la nature sous forme de germe. Il faut y chauffer ou allumer la chaleur naturelle qui est le moyen par lequel doit opérer la vertu formative. Celle-ci s'introduit dans la matière sans opération ou séparation actuelle des parties germinatives. Tu as besoin de cette séparation en appliquant l'amour de la nature, puisqu'elles sont dans la deuxième chambre. Nous l'expliquerons par l'avantage de la deuxième résolution, celle d'agazoph, dans la deuxième partie, avec ses quatre figures. Mais veille à observer d'abord, entre retfage et agazoph, une digestion et cuisson, pendant un certain temps, comme il sera expliqué et déterminé dans notre *Pratique*. Car la chaleur de cuisson putréfie notre germe au terme de notre magistère, et le fait ensuite pulluler, croître et fructifier. Mais il revient d'abord à sa première nature, celle du soufre et de l'argent vif. C'était le germe du vin qui se changera en une pierre plus blanche que la neige. Quand donc la première forme du corps a été dissoute en un germe mercuriel par une opération solennelle, aussitôt, à cause de l'inhumation de la cuisson dans son propre ventre, et à cause de la corruption de la forme du germe, une autre forme entre dans les éléments mixtes, corrompus en même temps que la forme du corps noir. Car, changés par la vertu de la chaleur céleste naturelle, se trouvant dans la matière excitée par la chaleur tempérée, les éléments se mélangent en toutes petites parties, s'altèrent et se corrompent, en conservant l'espèce gouvernée par la chaleur non brûlante. Cette corruption est la génération de notre argent vif, comme nous l'expliquerons dans la deuxième partie, à propos de la roue circulaire. Nous y déterminerons les principales couleurs, saveurs et odeurs, ainsi que la grossièreté, la simplicité, la subtilité et le poids.

C'est là, fils, la préparation solennelle, la tête et le fondement de la création de notre cher enfant. Voici le mode de cette création : rejette l'humeur où le dragon a été submergé, jusqu'à ce que le corps soit oint de l'esprit céleste. Nous lui donnons le nom de feu, celui que Dieu a donné aux saints avant notre naissance, et qu'il a ensuite daigné révéler à nous autres fils de doctrine, pour que nous le servions de notre mieux et sans grand déplaisir. Puisqu'il nous montre par des exemples comment procède la nature, à quel point lui sommes-nous redevables ! Nous devons l'invoquer, l'honorer, le servir, le louer, le bénir, l'adorer, le glorifier et l'aimer sans souillure, vice ou péché aucun, parce qu'il nous fait voir et connaître sa puissance. Il nous a véritablement aimés après nous avoir fait voir ces choses.

Fils, la pierre est faite, dès qu'on vient de la créer en congelant l'argent vif. Elle se change dès lors en élixir. Tu rectifieras ou changeras cette opération autant de fois que tu voudras la multiplier, en conservant la chaleur naturelle, qui multiplie son espèce en conservant l'argent vif.

13. LA DISSOLUTION DE LA PIERRE SOUS UNE FORME PARTICULIÈRE ; LE CHANGEMENT DE SON NOM

En philosophant, fils de doctrine, tu peux à présent comprendre que la première et principale intention de notre magistère est de dissoudre la pierre en changeant sa nature en argent vif. C'est là le premier élément de nature minérale, et qui approche de la nature métallique. C'est la racine et le premier élément composé de tous les corps liquéfiables, et le père des deux luminaires. C'est en lui seul qu'ils se laissent réduire par une résolution solennelle, avant de se convertir en soufre. Car l'argent vif contient son propre soufre dont la vapeur se congèle en pierre philosophale, après quoi celle-ci a la puissance de congeler tout autre argent vif par l'art du magistère.

Cette pierre, dit-on, est un soufre et une matière proche de la parfaite nature métallique. À cause d'elle, on tient la nature pour une chose très digne. Les sages physiciens en font une médecine très solennelle qu'ils appellent « élixir pour l'argent », et que nous appelons « élixir de vie », car elle est l'ultime consolation de tout le corps humain. Dans cette intention, nous enseignerons et ferons connaître à tout fils de doctrine toute sa fabrication et composition, dans la deuxième partie où nous conclurons tout le cours de médecine. Nous conserverons une façon de parler moyenne, pour que nous soyons mieux compris dans la manière et voie moyenne de la nature.

Il appert qu'en cet art et science, l'intellect est dirigé de manière instrumentale, et conduit par la raison à la forme moyenne. Il n'est donc pas convenable ni nécessaire de se conduire très subtilement ni d'être très subtil pour discerner les entités réelles, parce qu'elles deviendraient des choses imaginaires dont l'art et la nature n'ont cure.

Si la pierre que nous t'avons dite est rouge et claire, et qu'elle a la force du simple feu non brûlant, ce sera une excellente chose dont tu pourras faire l'élixir pour l'or, c'est-à-dire une médecine qui conserve tous les accidents de la nature humaine, et qui restaure les forces diminuées par sa défaillance.

Bref, si tu possèdes cette médecine, tu auras dans ce monde un trésor incomparable et inépuisable.

14. LA CAUSE ET RAISON DE PASSER À LA CONVERSION DE LA PIERRE EN MÉDECINE ; L'ARTISTE ET OPÉRATEUR DOIT CONSIDÉRER LA NATURE DES MOYENS PAR LESQUELS IL PASSE, PUISQUE C'EST PAR LÀ QU'IL FAIT SA TRANSMUTATION, À L'IMAGE DE LA NATURE

Cet enseignement te permet de comprendre naturellement qu'il n'y a de passage d'un extrême à l'autre que par leur milieu. La raison naturelle montre clairement que le milieu des extrêmes de notre pierre est l'argent vif au premier degré, et l'élixir parfait au deuxième degré. Mais les milieux de ces extrêmes sont les onguents et huiles dont quelques-uns sont plus cuits, plus purs et plus digérés que d'autres. Nous les appelons médecine qui perfectionne, et ferment d'élixir. Nous te montrerons la confection de ces onguents dans la deuxième partie. Le bon opérateur et fils de doctrine doit donc faire d'abord, à partir d'un argent vif noir, un soufre blanc pour l'argent, et ensuite un soufre rouge pour l'or, car aucun soufre ne peut être rougi sans avoir été blanchi d'abord. La nature ne peut passer du premier au troisième sans passer par le deuxième, comme il appert de la définition des éléments.

Il s'agit de la distinction suivante : la terre doit être noire avant que l'eau soit blanche, l'air doit être d'un clair plus intense, et le feu doit être rouge. Il appert que la terre ne peut se convertir en air sans d'abord se changer et transmuter en eau, et que l'eau ne peut se convertir en feu sans que, d'abord, l'un d'entre eux se convertisse en air.

C'est pourquoi, fils, tu dois bien noter en toi-même et considérer philosophiquement la nature des moyens de coloration dans la transmutation de la nature minérale. On y trouve la science abondante de ceux qui certifient qu'ils transmutent les métaux d'une espèce en l'autre. Nous t'avons déjà dit, si tu nous as compris, qu'il te faut d'abord transmuter les métaux ou corps, en les réduisant naturellement en ce moyen par une altération artificielle qui imite la naturelle, où l'espèce de l'or ou de l'argent peut être sauvée, sans que les individus qui sont tous du même genre soient distempérés. C'est la puissance plus prochaine qui aide le lien naturel à cause de la première conjonction. La pierre s'y résout d'abord en changeant sa nature cuite en nature crue très faible, ce qui est la conversion du corps en argent vif, qui se réduit en soufre blanc, puis en soufre rouge.

Ainsi, graduellement, la matière déchue s'approche de la matière et nature métallique, par une réduction et altération qui lui permet de recevoir très prochainement l'espèce de l'or et de l'argent multiplié par l'art, comme nous le dirons dans la deuxième partie, dans la *Pratique*. Nous aborderons ce sujet au chapitre : « Nous disons, pour parler en théorie »[9].

15. LES TRANSMUTATIONS GRADUELLES QUI PERMETTENT À LA MATIÈRE DE DEVENIR APTE À CRÉER L'ÉLIXIR

Ensuite, fils, nous te faisons savoir que notre pierre doit subir trois transmutations graduelles avant d'être la matière apte à créer l'élixir. Ces transmutations se font par trois digestions. La première en fait un liquide semblable à un chyle homogène. De même que le chyle se fait dans la concavité du corps animal, ainsi la première digestion se fait dans son propre vase sous l'action de la chaleur unie à la matière. La deuxième en fait quatre humeurs.

9. Référence non retrouvée.

Quand les corps des luminaires s'abandonnent au flux et à la corruption, il est indispensable que la mauvaise altération de leur nature se transmute en une bonne, de sorte qu'ils puissent remédier à la corruption de tous les corps malades.

Béni soit le doux et juste Jésus-Christ, Fils de Dieu, qui est venu sur terre pour les pécheurs, et à qui il a plu de souffrir la mort, de verser son sang, d'être sur la croix et d'y être exalté pour nous et pour les autres pécheurs, afin de nous racheter des tourments et de la mort de l'enfer.

Par cette figure, nous t'avertissons de la nécessité de la présence des quatre humeurs de ces deux luminaires dont est composée la médecine royale. De même que, chez les animaux, la digestion se fait dans la concavité du foie, de même cette deuxième digestion se fait dans la tête de l'alambic. Les humeurs descendent dans le récipient sous forme d'une eau ou d'un liquide aérien qui a toutes les vertus des éléments minéraux. La troisième digestion se fait par la transmutation desdites humeurs en soufre pur, de même que, chez les animaux, l'humeur de l'orge se change en sang et se transmute en essence et substance des membres, comme le veut la nature.

Comprends, fils, qu'à la première digestion, lors du coït et de la conjonction que provoque l'amour naturel qui est une luxure libidineuse, la conjonction et l'assimilation du corps et de l'esprit produisent le premier mélange, de sorte que tous parviennent en même temps à une amoureuse concorde, en liant leurs qualités miscibles, composées de leurs vertus élémentaires respectives, en vertu de la conception de deux en un. Sans faire ce coït, tu n'auras jamais de conception ; sans la conception, il n'y aura jamais d'imprégnation ; et sans imprégnation, tu n'auras jamais aucun fruit ni fils. Quand ta matière aura conçu, attends l'enfantement ; après l'enfantement, aie la patience de nourrir l'enfant jusqu'à ce qu'il soit capable de supporter le feu ; ensuite, tu pourras en faire la libre projection.

Dans la deuxième digestion se produit une exubération du sang, c'est-à-dire de l'esprit qui, par une proximité voisine de la nature, renferme la vertu de rendre la chose plus agréable ou graduée par une cuisson graduelle, quand sa substance se subtilise selon l'intention de celui qui est naturellement intelligent. Imprègne de cette substance la pierre qui n'est pas encore faite, comme

nous te le dirons dans la deuxième partie. Par la troisième digestion, elle se nourrit, se parfait et grandit en croissant. La pierre
acquiert la force pour agir et pour restaurer ce qui a été perdu
dans la terre blanche feuillée, en l'étendant et en l'augmentant
très noblement.

Fils de paix et de vérité, l'esprit se meut dans notre pierre
comme dans son propre corps, mais par l'opération de la vertu
attractive de notre pierre ; cela grâce à la ressemblance que,
d'une façon universelle, ledit esprit a acquise avec toute la substance de notre pierre dans ce premier mélange par l'exubération ;
grâce aussi à la puissance plus prochaine, c'est-à-dire la chaleur
naturelle minérale de la pierre, dont la nature est plus proche de
celle du genre métallique ; et surtout, grâce à la vacuité de notre
pierre poreuse et imparfaite *(cf. fig. 6)*, produite en ce jour par une

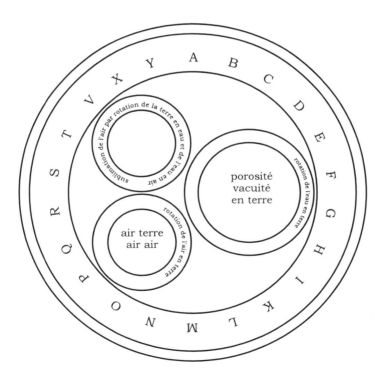

Figure 6

35

résolution continuelle et presque insensible de son corps, au moyen d'une certaine opération dont nous te dirons la vérité dans notre *Pratique*.

16. LE DERNIER TERME DE LA TRANSMUTATION DE LA PIERRE, PAR LA RÉINCRUDATION DU CUIT ET LA CUISSON DU CRU ; D'OÙ ON EXTRAIT L'ARGENT VIF DES PHILOSOPHES

À présent, tout fils raisonnable peut mieux comprendre que le dernier terme de notre réincrudation et transmutation du cuit en cru, c'est-à-dire ce à quoi l'artiste tend naturellement, est la substance du soufre non brûlant. Quand on l'y convertit, c'est la matière prochaine de notre réel élixir, et la nature première la plus proche du pur métal, mais altérée par la chaleur de son corps, si bien que leur forme et espèce peut plus prochainement recevoir cette espèce, selon le désir de concordance de la nature minérale.

Fils, l'humidité de cette matière n'a jamais été qu'un argent vif extrait des corps liquéfiés à l'intérieur et à l'extérieur. Dans cet argent vif, les qualités du soufre sont mélangées par la première digestion et par la deuxième, et elles y sont altérées, comme la nature le désire, par sa propre chaleur due à son exubération. Changeant sa nature, il se convertit et se congèle en soufre pur. Tu peux savoir et remarquer que, naturellement, aucune humidité ne se convertit plus promptement en substance de soufre que celle où les qualités de son soufre sont suffisamment introduites par un génie naturel, ce qui se fait par artifice. Cette humidité est un argent vif sous forme d'eau claire, comparable au lait dans les mamelles, le soufre étant comme le sperme dans les testicules.

Cet argent vif n'a aucune contrariété qui provienne de sa complexion. Car il faut que cet argent vif soit très tempéré dans la complexion de son corps. Je te fais remarquer que la matière de cette pierre n'est pas l'argent vif commun avec toute sa substance grossière, terrestre, féculente et flegmatique, mais seulement avec sa substance moyenne dont, avant tout, tu dois bien protéger et défendre la propriété contre le feu. Ce n'est pas non plus l'argent vif dans toute sa nature. Celui-ci n'arrive qu'au terme de la digestion par laquelle il se change de nature en nature. C'est là l'argent vif des argents vifs, et notre vrai esprit extrait de ses extrémités contraires, purifié et changé en lait de vierge.

17. L'INVENTION DE L'ART PAR LEQUEL ON FAIT LA MULTIPLICATION ; LES DIVERSES DIGESTIONS DE LA PIERRE

Il est clair que, sans cuisson ou digestion, la nature de notre pierre ne peut être amendée. Nous avons donc inventé un artifice par lequel nous continuons la multiplication dont la nature n'a pas été capable, en informant la matière par les digestions décrites plus haut, selon le désir de la nature.

Nous appelons la première digestion « pepansis »[10]. Elle est désignée par H. Nous appelons la deuxième, celle du foie, « ephesis », car elle est faite par la chaleur du corps humide. Elle est désignée par I, et elle se divise en deux digestions. La première de ces deux est liée à ephesis. Elle nous permet d'amener la solution « pernimel » de puissance en acte. Elle est désignée par K. Nous appelons la seconde « opsesis ». Elle est entre optesis et ephesis. Elle permet à la chaleur de mieux dessécher l'esprit, par une résolution que nous appelons « dulfluch ». Elle est désignée par L. La troisième digestion, dernier terme de notre triple dissolution, se produit quand l'argent vif se change en essence de pur soufre. Nous l'appelons « optesis ». Elle est entre ephesis et escatesis. Elle est désignée par M, comme il appert de la roue de H. Enfin, avec celle de N nous faisons la cuisson de notre médecine. Nous l'appelons « escatesis ».

Par la première digestion, nous amenons les éléments de notre médecine à la concorde. Par la deuxième, nous dissolvons l'esprit en informant son vase. Il doit y être converti par la chaleur d'opsesis, après la digestion d'ephesis. Par la troisième, nous créons notre pierre de ladite matière aussitôt que l'esprit a quitté

---

10. Les termes employés dans ce chapitre, parfois déformés, paraissent directement ou indirectement inspirés d'Aristote, *Météorologiques*, IV, 2 et 3.

le vase, et l'âme le corps, ce qui est la perfection de la pierre. Par la quatrième, nous créons notre vrai et réel élixir[11].

18. LA TRIPARTITION DE LA PIERRE ; SA TRANSMUTATION ; SES COULEURS PRINCIPALES ; DE QUELLE MATIÈRE ON L'EXTRAIT PRINCIPALEMENT

L'explication de l'enseignement doit te faire comprendre que, dans notre magistère, tu as besoin principalement de trois choses : du corps que nous désignons par N, de l'esprit que nous désignons par O, et de l'âme désignée par P, comme il appert ci-après de la roue de I.

Cependant, fils, lors de la transmutation de la pierre, tu feras attention à trois couleurs principales. Quand nous disons « principales », nous le disons pour les distinguer des autres couleurs, tant celles qui précèdent que celles qui suivent ; ce n'est pas de celles-ci que nous parlons, mais seulement des principales. Nous disons donc que la première des couleurs principales est la noirceur, qu'elle doit apparaître à la fin de la digestion de I, et qu'elle dure jusqu'à la fin de M. Quand notre argent vif se convertit et se congèle en soufre, alors apparaît la couleur blanche subtile, plus blanche que la neige ; c'est la deuxième couleur. En continuant M, on verra paraître la troisième couleur, très rouge, comme celle du sang.

Comprends, fils, que l'apparition de la noirceur est le signe d'une corruption très noble. Car la nature n'anime rien sans putréfaction. Il faut donc passer par K et L jusqu'à ce que O soit bien blanc ; ce dernier blanchira N par M. Ensuite, tu le rougiras avec le feu de la pierre, par la digestion suivante de N. Cependant, fils, lors du blanchiment, tous ceux qui cuisent la pierre doivent patienter jusqu'à ce qu'elle soit bien blanche. Car on ne peut pas faire un bon jaune à partir du noir avant qu'il ne soit bien blanc, comme nous l'avons dit à propos de la propriété des éléments. En

---

11. Le texte du *Theatrum chemicum* ajoute : « H : digestion « pepansis », ou de l'estomac ; I : « ephesis », ou du foie, c'est-à-dire le bain ; K : solution « pernimel », c'est-à-dire les cendres ; L : « opsesis » ou « dulfluch », c'est-à-dire les cendres, le sable ; M : « optesis », c'est-à-dire la flamme ; N : « escatesis », c'est-à-dire le four secret. »

effet, la couleur jaune est faite essentiellement de beaucoup de blanc et d'un peu de rouge clair. De même, on ne peut passer du jaune au blanc sans que le composé devienne noir. Quant à l'or, il ne peut devenir un argent médicinal sans être d'abord détruit, noirci et corrompu. Le meilleur ne peut devenir pire qu'en se corrompant. Car la génération de l'un est la corruption de l'autre, et la corruption de l'un est la génération de l'autre.

Par conséquent, celui qui sait bien comment convertir l'or en argent sait très bien aussi comment convertir l'argent en or, puisque leur soufre blanc non brûlant pour l'argent peut devenir, par la digestion de M, soufre rouge pour l'or. Il faut comprendre : par le seul feu de la pierre excité par M. Car une bonne et grande chaleur naturelle est répartie dans sa plus noble substance. La plus grande partie de sa substance est de sa propre essence. Elle contient un feu naturel, et elle a la propriété de multiplier son espèce par la chaleur répandue dans les autres éléments qui peuvent être chauffés. Ainsi, le feu peut utiliser sa chaleur et la multiplier en eux, en composant et en engendrant, et en continuant M dont la chaleur est plus forte que la chaleur digestive de L.

Sache, fils, que cette rubéfaction n'est rien d'autre qu'une digestion complète. Quand le matin, au sortir du lit, je vois que mon urine est blanche et indigeste, j'en conclus que j'ai peu dormi, et je me remets au lit pour dormir. De fait, l'urine jaunit quand la chaleur du feu naturel s'étend et se répand à travers toutes les parties urinaires. Par là, la nature montre clairement que le jaunissement est une digestion complète et parfaite. Tu peux en conclure qu'on n'obtient le soufre blanc et rouge qu'à partir de la seule matière du métal, c'est-à-dire de l'argent fin avec le feu de l'or fin. Mais il faut d'abord bien purifier, cuire et digérer cette matière, d'une manière particulière, comme le montre le chapitre suivant qui parle des mélanges.

Ce soufre, fils, ne peut pas être trouvé sur terre ; il n'y a que celui qui se trouve dans ces corps. De même, aucun soufre blanc ou rouge n'est parfait pour le magistère, sauf celui qui se trouve dans lesdits corps. C'est pourquoi il faut noblement et bien préparer ces corps pour obtenir sur terre un soufre et un argent vif de la matière dont ont été créés l'or et l'argent sous terre. À ces corps on mélange subtilement l'argent vif. Fils, si tu sais mélanger l'argent vif aux corps, tu parviendras à un grand secret que nous appelons soufre blanc ou pierre bénie. Devenu rouge, ce sera le soufre rouge pour l'or, la couronne royale et la pierre accomplie.

C'est de ces corps seuls qu'on tire le soufre blanc et rouge, puisque la substance du soufre y est très pure ; elle a été purifiée au plus haut point par le génie de la nature. Cette chose est la plus certaine et la plus subtile. En effet, l'art ne peut pas suivre et imiter la nature en tout. Si, pour imiter la nature, nous voulions commencer l'art en travaillant sur la première nature ou matière des métaux, ce serait très long et presque sans fin. Il faudrait aussi des dépenses nombreuses et infinies. Et malgré tout cela, pour purifier la première matière, l'art serait plus faible que la nature. Il ne pourrait jamais la suivre, malgré tous ses efforts et toutes ses ressources. Les raisons, nombreuses et diverses, sont énumérées dans le *Questionnaire* de cet art.

L'art choisit donc l'or pur pour père et la lune pure pour mère, et notre médecine s'extrait de ces deux corps séparés avec leur soufre ou arsenic. L'or, le plus précieux des métaux, est une teinture rouge, une teinture confortante, une teinture fertile et resplendissante qui transforme tout corps et le teint avec une clarté parfaite. L'argent est une teinture blanche, d'une clarté parfaite, qui teint tous les corps. À ces corps tu dois mélanger le mercure, mais non le commun, comme nous l'expliquerons pleinement dans la deuxième partie.

Tu dois donc savoir que, dans sa nature, l'argent vif ne peut pas être mélangé aux corps.

19. COMMENT L'ARTISTE DOIT CHERCHER LA PREMIÈRE CONNAISSANCE DE LA PIERRE ; DE QUELLE MATIÈRE ELLE SE FAIT ; LA VERTU DE PATIENCE QUE L'ARTISTE DOIT AVOIR DANS LA PRATIQUE POUR ATTEINDRE SON INTENTION, EN EXPÉRIMENTANT L'ART CONNU DANS LA MATIÈRE DE LA NATURE

Ô inquisiteur de la science désirée, il te faut avoir une volonté ferme dans cet œuvre, et animer ton cœur d'un noble désir. N'éprouve pas tantôt telle chose, tantôt telle autre, car ce n'est jamais dans la multiplicité des choses que cet art se parachève. Je dis que ce n'est qu'une pierre composée à partir d'une seule médecine ; tu ne dois y ajouter rien d'étranger, mais seulement en écarter les superfluités terrestres et flegmatiques. On doit les séparer de l'argent vif qui est plus commun aux hommes que l'argent vif commun, et à la fois plus précieux et plus vil. Il faut séparer de sa nature et de celle de ses premières formes tout ce qui n'appartient pas à la suite harmonieuse des métaux, par certaines séparations graduelles connues, jusqu'à ce qu'il avoisine la chose première, c'est-à-dire son genre, d'aussi près que possible et d'une manière réellement concordante, après quoi il faut l'incorporer au feu et à la terre. Alors, on le découvre multiplié en vertus nobles et très puissantes. Ne demande pas à la nature ce qu'elle n'a pas et n'aura jamais. Tout soufre de beurre est combustible et étranger à notre argent vif.

Puisqu'on ne trouve pas ce soufre sur terre, il faut le composer artificiellement.

En soi, le soufre vulgaire est corruptible. Par contre, cette chose-là ne lui est pas étrangère, en laquelle elle-même doit être convertie par notre magistère, c'est-à-dire l'or et l'argent. Aucune chose ne lui convient, sauf celle qui est plus proche de sa nature. Un homme ne peut engendrer qu'un homme, et les autres animaux ne peuvent engendrer que leurs semblables. De même, toute chose qui conçoit un fils semblable peut l'engendrer. Nous te disons, fils, d'œuvrer avec une noble nature, et de savoir où la trouver.

Nous disons qu'elle se trouve dans les terres désertes et dépeuplées.

Au commencement ou pendant l'œuvre, ne mets ni de l'eau, ni de la poudre, ni autre chose, sauf ce qui est issu de sa propre nature. Sinon, il se corrompt aussitôt, et tu ne feras pas ce que tu as l'intention de faire. Parmi toutes les choses corporelles qui conviennent davantage à la nature métallique, il te faut prendre la médecine des corps affaiblis, puisque sa nature leur convient mieux que celle des autres. Il faut noter qu'entre les choses qui ont plus de correspondance et de concordance, le passage est plus facile qu'entre les choses plus éloignées. Elles peuvent s'embrasser plus profondément et adhérer en permanence. De la sorte, tout corps dont la nature est affaiblie peut être complètement guéri et recouvrer son exubérance. En outre, il peut se mélanger naturellement aux plus petites parties du mercure, avant qu'il ne fuie.

Qu'il te soit clair, fils, que notre médecine doit avoir une substance plus subtile et une fusion plus liquide que les corps métalliques, ainsi qu'une rétention fixative plus forte que l'argent vif dans sa propre nature.

20. LA PREMIÈRE CONNAISSANCE DE LA PIERRE ; SA NATURE ; LA VERTU DE PATIENCE QUE L'ARTISTE DOIT AVOIR DANS LA PRATIQUE DU MAGISTÈRE

Ainsi, fils, tu vois clairement qu'aucun corps, tel qu'il est dans sa nature, n'est capable de congeler le mercure ni d'y adhérer fermement. Le mercure, dans sa nature spécifique, ne donne pas non plus une médecine capable de guérir les corps malades et diminués de perfection, sans qu'ensuite ils altèrent leur nature et se spécifient en une autre forme, alors qu'il conviendrait de l'en séparer par des examens. Nous choisissons donc les deux corps lumineux mortifères, qui fixent tout ce qui n'est pas fixe. Par une rétrogradation élémentaire, ils doivent être réduits à leur première nature, à savoir en soufre et argent vif, et cela au moyen d'opérations contraires : solution, sublimation, subtilisation et congélation, non vulgaires, mais philosophiques.

Je te dis qu'il n'y a pas d'autre secret dans cet art que la manière d'œuvrer, chose que nous te montrerons clairement dans la deuxième partie, la *Pratique*. Personne ne peut entrer dans notre *Pratique* si sa pensée est éloignée de notre *Théorie*. Elle t'avertit du labeur desdites opérations. Car les corps, ayant une forte composition, ont besoin d'une longue préparation et d'une opération contraire : il faut d'abord les calciner philosophiquement, puis les dissoudre philosophiquement, selon le vœu de la nature, en conservant ce qui regarde la génération. En effet, quand ils sont calcinés, ils se dissolvent plus facilement, parce que la chaleur du feu, en pénétrant le corps et ses parties, fait entrer l'eau après lui. Ainsi, le corps est plus réceptif à la dissolution. Or quand il se dissout, l'esprit se congèle ; et quand l'esprit se congèle, le corps se dissout. Sans la congélation de l'esprit, il n'y a pas de dissolution du corps ; et sans la dissolution du corps, il n'y a pas de congélation de l'esprit.

Pour ce faire, fils, emploie longueur de temps et douceur, et ne précipite pas le feu pour arriver à la perfection. La première erreur dans notre art est de cuire trop. Car le feu brûle tout et conduit à la région de perdition. Fils, préfère toujours la lenteur dans ce magistère, ainsi que la noble patience. Ne t'en entremets pas sans elles.

Quand l'étude t'apporte bien des connaissances,

Évite toujours dans la pratique l'opération directe.

La patience est une vertu pratique que l'œuvre mérite.

La plus grande des vertus est la patience.

La patience est ce qu'il y a de plus important dans notre œuvre secret. Elle permet de pénétrer un très grand secret, par l'expérience et par le moyen érectif que la nature montre en conduisant l'intellect à la philosophie. Ne t'avise donc pas de faire un feu trop grand au commencement du mélange, car aussitôt les teintures se corrompraient. Lors de leur première calcination, où il faut conserver les teintures, tu iras jusqu'à la digestion de L. Tu tireras sûrement F de B, comme nous te le dirons dans la *Pratique*. Ensuite, tu conjoindras D et H en F par la digestion de I. Aussitôt, la forme conservée en eux se calcinera. Tu les y laisseras jusqu'au terme de la nature, que tu trouveras fixé dans la deuxième partie. Après ce terme, tu trouveras le corps noir avec une couleur intense. Tu le livreras à la digestion de K. Elle donnera N, O et P auxquels tu ne mélangeras rien d'autre, ni cru ni cuit. Ensuite, tu feras passer sept fois O par la digestion de I, puis P par K qui doit être extrait par N de L, jusqu'à la septième exubération. Tu auras une matière très convenable pour créer notre pierre qui contient la chaleur naturelle. Cela fait que la nature séparée joint ses parties en un tout. Ainsi, la vertu liée est plus forte que celle qui est dispersée.

21. LA CRÉATION DE LA PIERRE AU MOYEN DE CERTAINES DIGESTIONS ; SES PROPRIÉTÉS

On ne crée la pierre que de N et O par la digestion de M, jusqu'à ce que le corps noir devienne blanc. Alors, N s'approche autant que possible de sa première nature qui est plus proche de la nature de H que D, E ou F. Force est que N se change en G, puisqu'il est plus proche de la nature de N, et que E se change en O, parce qu'il est plus proche de la nature de N. De là sortira P qui est l'accomplissement de tout le magistère. Mais garde le secret.

22. COMMENT LES ESPÈCES DES MÉTAUX SE TRANSMUTENT ; LE FEU DE LA NATURE ÉLÉMENTÉE

À présent, tu dois te poser la question de savoir si les espèces des métaux peuvent être transmutées.

Voici la solution. Ce dont l'homme voit l'effet n'a pas besoin d'une autre preuve. En vérité, il y a dans la nature minérale une espèce métallificative, métallifiable et métallifiante. Parmi les espèces concrètes, il y a l'espèce véritable qui est une espèce colorificative, colorifiable et colorifiante. Ces deux espèces sont en être et en essence. L'espèce en être et l'espèce en essence en tant que telles ne se convertissent pas. Mais leurs individus où les simples éléments minéraux ont été liés par le génie de la nature, ce qui permet à l'espèce d'être en acte, ceux-là se convertissent très facilement. On les appelle les moyens principaux de notre magistère. Ils peuvent se transmuter en conservant leur espèce, de manière que l'espèce première qui était manifestement en acte, soit concrète dans l'essence des choses concrètes situées parmi les entités créées qui ne se convertissent pas. Puisque de là est composée l'espèce qui se trouve dans l'être de vérité, de bonté et de grandeur, les entités qui sont situées parmi les entités créées ne se convertissent pas. Si elles se convertissaient, les entités réelles seraient confondues. Même l'art ne pourrait pas suivre la voie qu'il suit, et la nature ne pourrait pas multiplier une chose en imitant le genre précédent. La puissance de la nature, établie par le Créateur suprême, veut donc que seuls les individus où se trouvent les entités réelles, tirées de leurs espèces sans corruption ou séparation, se transmutent en genre de toute espèce, en étant conservés.

Pour en faire la multiplication, on crée notre feu. Il produit la lumière et la clarté. La lumière est notre chaleur. Elle est multipliée par le feu innaturel et contre nature, et cela dans les parties individuelles de nature minérale, comme l'expérience pourra te le montrer si l'art te permet d'être imprégné de cette pratique. La chaleur qui forme notre pierre rouge, ayant un feu simple, est une partie du feu créé. Par lui, nous extrayons notre argent vif, avant qu'il devienne un feu plus composé. Nous l'appelons « feu composé » parce qu'on y trouve, subtilement fixée, la chaleur du feu simple, issue du feu non naturel et contre nature, et sa propriété correspondante, ignificative, ignifiable et ignifiante. Ainsi, le feu, avec ses individus passifs, met en mouvement la puissance pour multiplier ses accomplissements et achèvements. Non que la puissance passive mette en mouvement la puissance active, mais ce sont des figures bien connues des entités réelles. Le but est qu'elles soient pénétrées de teinture et transmutées en une nature meilleure, c'est-à-dire que leur nature d'air devienne une nature de feu. La puissance met en mouvement ces objets afin d'accomplir et d'achever, comme le feu met en mouvement l'huile afin de luire et d'éclairer.

Cependant, fils, tire une règle générale du secret de la nature. Toujours un objet désirable met en mouvement une puissance et se laisse attirer par sa qualité désirable, comme une chose désire être achevée par ce qui lui est propre, et non par quelque chose d'autre, afin de trouver un repos naturel dans son accomplissement. La nature toujours opérante n'étant pas infinie, puisqu'elle est composée de parties élémentaires universelles, son œuvre ne peut pas non plus être infinie. Ainsi, tu peux comprendre que tous les éléments manifestent leur puissance dans notre pierre, selon que leur domination est plus ou moins grande. Si en effet, fils, dans la génération de notre pierre, l'air l'emporte sur le feu qui l'avoisine, notre pierre paraîtra plus transparente que l'eau gelée ; si l'eau l'emporte, on la verra blanche ; et si la terre l'emporte, elle sera noire.

23. TOUTE LA FACTURE DE LA PIERRE SE TROUVE DANS LA CONNAISSANCE DES ÉLÉMENTS ET DANS LEUR CONVERSION

Fils, si tu comprends ces éléments, et si tu sais les convertir par certaines opérations, tu auras l'intellect et la réalisation de la pierre. Selon la répartition des formes, on voit apparaître les formes dans les différentes espèces, et selon la répartition dans le mixte, l'être engendré reçoit telle ou telle forme. La répartition dans le mélange des métaux varie, comme il appert de leurs formes. On en tire une partie du secret. Si tu ne connais pas les pierres, leurs vertus et leurs natures, en vérité, je te conseille de ne pas t'approcher de la pierre.

Fils, la forme et espèce te montrera la bonté ou utilité de la matière, et sa grossièreté ou simplicité. Car, selon sa propriété, une certaine forme et espèce est donnée à sa propre matière. Au flux de la matière correspond l'influx de la forme, comme l'or et le plomb te le montrent. Plus la matière est noble, plus la forme du mixte est noble. Et plus la forme de l'élément impur est noble, plus la forme du corps purifié de sa corruption est noble.

24. LES ÉLÉMENTS SONT ISSUS D'UNE SEULE NATURE QUI REN-FERME L'ESPÈCE MINÉRALE

Fils, nos quatre éléments sont issus d'une seule nature où a été influée l'espèce minérale en puissance. Ensuite, par l'œuvre de la nature, elle se montre en acte manifeste à la fin de la circulation élémentaire. Cette œuvre n'est pas en acte, mais en raison de puissance, et la nature intelligente la met en acte propre. Notre œuvre imite donc la nature et n'existe que dans la raison sans laquelle le cours naturel de l'œuvre ne peut jamais s'accomplir ; il doit passer par la raison intellective. Il y en a peu qui savent mettre notre œuvre en acte. Il n'y a qu'une seule roue, qui suit un seul chemin, à l'image de la nature. Elle transmute et met de puissance en acte les éléments, en conservant et multipliant l'espèce qui y est infuse. Il appert donc que notre art n'est pas en être, mais en puissance, et que par la raison de la puissance intellective, nous l'extrayons et le mettons en acte.

25. L'ARTISTE DOIT CONNAÎTRE LA NATURE AFIN DE POUVOIR L'IMITER DANS CHAQUE CAS ; LES ERREURS DE PLUSIEURS ARTISTES, ET LEURS OPINIONS ; LES INSTRUMENTS DE L'ART SONT CEUX DONT SE SERT LA NATURE DANS SES FORMATIONS

Si donc tu veux faire notre pierre, fils, sache d'abord de quelle manière la nature opère et suit la même carrière ou voie. Tu obtiendras à partir desdits éléments ce que tu veux. Car c'est la nature qui doit œuvrer, former et transmuter, et non toi. Tu dois nécessairement savoir la conduire tout le long du droit chemin, et informer la matière où la nature s'est introduite. Si tu sais bien la conduire, elle te donnera plus que tu ne saches demander.

Sache, fils, quelles sont les principales erreurs des sots alchimistes. Ils ignorent particulièrement trois choses dont deux se réduisent à une. En effet, ils ne savent pas disposer le feu qui est le maître de tout l'œuvre. C'est lui qui congèle et dissout en même temps, ce qu'ils ne peuvent pas comprendre, étant tout à fait ignorants.

La troisième chose qu'ils ignorent est comment disposer leur matière de façon à lui donner la vertu informative qui doit diriger l'instrument de la matière pour former son mouvement. Ils recherchent cela par eux-mêmes. Mais c'est une vénérable nature cachée dans sa forge. Si tu sais la diriger parfaitement, elle t'apparaîtra. Elle nous est apparue dans une clarté lumineuse, sous forme de terre blanche, subtile et feuillée, qui a proprement la nature de l'argent précieux.

Nous t'avertissons, fils, de ne pas remplacer, dans notre magistère, la vertu informative par un art incertain, ni de te servir d'un feu brûlant en guise d'instrument. La vertu informative se laisse gouverner par un certain mode opératif, qu'il est donné de savoir avec une certaine raison de connaissance. Tu dois en avoir la science devant les yeux au commencement de notre magistère. Avant de rien faire, vois donc ce que tu veux faire. Œuvre sagement, simplifie ce qui est grossier, rends léger ce qui est lourd, ramollis ce qui est dur, adoucis ce qui est amer, et tu obtiendras l'accomplissement. Tu connaîtras l'instrument de la vertu informative qui mène la matière à la forme dont il est le formateur actif, par la puissance infusée d'en haut. C'est le lieu et le localisé, engendré dans son lieu par infusion. Ce lieu engendre l'autre, le localisé, en influant dans la matière les propriétés du ciel, par les rayons du soleil et des étoiles.

Ce que font les vertus élémentaires et célestes dans les vases naturels, elles le font aussi dans les vases artificiels. Mais ceux-ci doivent être formés comme les vases naturels. Ce que fait la nature par la chaleur du soleil et des étoiles, elle le fait aussi par la chaleur du feu. Ce dernier doit être tempéré de manière qu'il ne surmonte pas la vertu transmutatrice et informative influée d'en haut dans la matière. Nous avons vu influer les vertus des étoiles dans toutes les choses putréfiées et corrompues, et elles furent déterminées par la matière qui leur convenait. La vertu céleste, très commune, est déterminée dans les mixtes par la vertu de son sujet. Quand donc elle est influée dans la matière minérale, elle est aussitôt déterminée par la vertu minérale. Il en va de même pour les végétaux et les animaux, selon le genre de matière.

C'est pourquoi, fils, tu dois connaître les éléments de notre pierre. C'est une matière de nature minérale où s'influe une vertu multiplicative qui perfectionne l'acte minéral, en se laissant déterminer dans la nature et matière, non végétale ni animale, mais minérale. Cependant, nous mettons ceci pour vrai : quand tu veux prendre des éléments minéraux pour faire notre pierre, ne prends pas les premiers ni les derniers. Car les premiers sont très simples, et les derniers très grossiers. Exemple : quand tu as faim, prends du pain et laisse la farine ; et quand tu veux faire du pain, prends de la farine et laisse le blé.

Voilà la parabole et doctrine philosophique que nous te laissons, fils, cachée sous la figure des éléments où se trouvent les minéraux dont provient la vertu céleste instrumentale. Note, fils, que la vertu informative met en mouvement l'instrument, que l'instrument met en mouvement la matière cachée, que la matière change sa puissance cachée en acte manifeste, et que la vertu informative est introduite dans la matière avec une science connue de l'artiste dans son opération naturelle.

26. LA VERTU INFORMATIVE PAR LAQUELLE NOTRE PIERRE REÇOIT CRÉATION ET MULTIPLICATION DE SES INSTRUMENTS ; LA RÉSISTANCE DES ÉLÉMENTS ; LE LIEU DE LEUR GÉNÉRATION

Les paroles précédentes et suivantes, fils, peuvent te faire comprendre quelle est la vertu qui multiplie notre pierre, et d'où elle est issue. Nous te disons qu'elle est la vertu minérale influée du ciel dans la matière minérale, et que, selon la spécification de sa nature, elle reçoit la force et vertu minérale. C'est là la perfection de toute sa nature, dans la mesure de son extension selon la nature des individus.

Note ici pourquoi on a inventé et pratiqué la première solution : pour que la vertu instrumentale soit bien mélangée dans toute sa nature, et qu'il y ait un mélange homogène de nature minérale.

Ces individus sont inclus dans toute la nature minérale. La vertu formative de notre pierre y influe, s'y déverse et y descend, de même que la vertu formative de l'animal descend depuis les vases testiculaires dans la semence de l'animal, produite par la superfluité de l'aliment putréfié. Ensuite, par le soin de la nature, cette vertu spécifie les individus en l'espèce et la forme de l'animal précédent. Elle ressemble à un maître charpentier qui, par son art, donne forme à son artifice. De même, dans la matière de notre pierre, il y a une vertu formative qui perfectionne notre pierre ou une autre. Je te dis qu'elle est une vertu commune qui forme les pierres, les métaux et tous les moyens intermédiaires qui s'y trouvent. Je dis encore que c'est une force commune à toute la nature minérale, car toutes les pierres sont formées par elle. Elle est déterminée par l'eau terrestre de leur génération, et elle y reste fixée.

C'est donc une chose très commune qui se trouve dans les pierres que tu foules journellement aux pieds.

Cette doctrine te fait clairement comprendre dans quelle terre il faut semer l'âme et la conjoindre au mercure. Vois à ce sujet l'*Épître d'Alexandre* où il est question de ceux qui disent que les pierres trouvées sont inutiles et sans valeur.

Le rustique s'étonne d'entendre que notre or se fait à partir de la nature des pierres.

Tu peux encore mieux connaître cette vertu et puissance formative en la comparant aux liquides et gommes qui sortent des arbres, comme le mastic, l'encens, l'huile, les liquides des vignes et d'autres arbres semblables. Tu constateras que ce sont des humeurs dont les parties les plus infimes sont mélangées aux parties subtiles et sèches des arbres, par la vertu de la chaleur naturelle qui fait que le sec supporte ou soutient l'humide, et l'humide le sec. Dès que ces liquides sortent de l'arbre, l'humeur manifeste à l'homme sa nature sèche.

En effet, la chaleur naturelle, répandue dans toute l'humeur, y est resserrée. Ainsi, elle ne peut pas plus s'y mouvoir pour former cette chose en figure ou en forme que le fruit, étant à l'extérieur de son vase et du lieu de sa génération. Qu'on ferme donc bien le vase, et qu'on ne l'ouvre pas avant que l'humeur soit terminée et achevée, en excluant les rosées et souffles de l'air. On veut parler de la terre qui n'est pas séparée du vase. C'est à ce sujet que l'on donne l'exemple du grain de blé et des choses terminées.

Resserrée par le froid aérien, elle se congèle, comme on l'a dit. Car elle se sent à l'extérieur du lieu de la génération, qui contient la vertu formative. Cette dernière utilise les deux instruments pour donner à ces liquides la forme de fleurs, de feuilles et de fruits, chacun selon sa nature, aussi longtemps qu'ils se trouvent à l'intérieur des arbres, où est contenue ladite vertu.

Tu comprendras, fils, que la matière terrestre subtile a subi l'humeur visqueuse, et que la matière humide a subi le feu terrestre. On la prépare pour la pierre, et elle y est engendrée par une semblable infusion des vertus des étoiles et du lieu dont nous avons parlé plus haut, à propos de la vertu formative de la pierre. Par une semblable infusion, la vertu est engendrée dans la semence des testicules. À cause de la spongiosité du corps, la semence descend, attirée par les vases séminaux, de sorte que la vertu est déterminée par le lieu où elle est infusée.

Il faut qu'il y ait une influence assez forte pour que la chaleur puisse digérer la matière des métaux lors de la première digestion, ou qu'il y ait assez peu de matière pour que la chaleur simple puisse la traverser entièrement, et cela jusqu'à ce que s'engendre une plus forte chaleur dans une plus forte matière composée, qui puisse la digérer.

Elle possède et reçoit la puissance de former beaucoup de figures différentes, selon la qualité du lieu de la génération. Car, quand ladite vertu s'infuse dans la matière minérale, elle trouve ladite matière avec une complexion très sèche, qui tend à devenir minérale. Il faut donc qu'elle suive la nature minérale, en informant selon la qualité du lieu rejoint par la nature, et autant que sa force le permet.

Il en va de même pour la nature des animaux, dont la complexion est chaude et humide. Car son propre lieu a la même complexion. Les testicules des animaux sont chauds et humides, et plus ou moins spongieux. Ainsi, la vertu forme et spécifie, selon la qualité et l'intelligence de la nature, l'espèce du genre dont elle est issue. Comprends-nous, fils, quand nous disons qu'en chaque matière, selon son espèce, s'infuse sa propre vertu. Le platonicien dit : Selon les mérites des matières, les vertus célestes s'y infusent pour opérer et informer la nature des végétaux, des animaux et des minéraux.

Il faut noter qu'en été, quand l'influence de la chaleur naturelle descend des corps célestes, c'est-à-dire du soleil et des étoiles, l'air s'échauffe et embrasse tout. Quand l'air s'échauffe, il chauffe et dissout les corps. Enfin vient l'influence du froid qui

comprime la chaleur de l'air au centre du corps. Alors, les végétaux commencent à croître et germer, et les minéraux de même.
Un rébus dit qu'il faut laisser les étoiles resserrer la matière par
la chaleur ou par le froid. Il en ressort que la chaleur naturelle
accompagne la chaleur du lieu.

Nous l'appelons vertu céleste, vertu multiplicative, vertu
végétative et vertu transmutatrice. Cela signifie que notre pierre
se forme par la vertu céleste, croît par la vertu multiplicative, pullule et naît par la vertu végétative, se transmute par la vertu
transmutatrice, se corrompt par la vertu corruptrice et, passant
de la corruption à la génération, s'engendre par la vertu génératrice.

Il faut donc savoir que la vertu s'appelle céleste, multiplicative, végétative, transmutatrice, corruptrice et génératrice :
céleste parce qu'elle forme ; multiplicative parce qu'elle multiplie ;
végétative parce qu'elle fait croître et fructifier ; transmutatrice
parce qu'elle transmute ; corruptrice parce qu'elle corrompt ;
génératrice parce qu'elle engendre. Ces six vertus reçoivent leur
détermination de la première qui désire former. Or la matière ne
peut se former sans changement ou altération. Il faut donc que
cette seule première vertu se revête de toutes les autres, selon la
propriété de la matière passible d'altération. Il appert que la
matière ne peut se former sans transmutation, ni se transmuter
sans corruption, ni engendrer, multiplier ou végéter sans altération. Il appert donc que la vertu céleste fait toutes les choses susdites pour parfaire et former la matière. On explique ainsi
comment la nature passe par ses moyens aux extrêmes. Par les
choses susdites, on explique aussi pourquoi une matière ne peut
être parfaite sans souffrir longtemps.

Il faut donc que cette vertu s'infuse dans ta matière. Car elle
est l'âme des pierres, de même que l'âme végétale est celle des
plantes, et l'âme vitale celle des animaux. Non qu'elle soit végétale comme dans les plantes ; mais comprends-le suivant l'ordre
de sa puissance et selon que sa matière le permet, à cause de sa
subtilité tendant à la minéralité. Plus la noble vertu céleste montre sa puissance, plus sa matière est subtile. Si elle est plus subtile, elle en fait ce qu'elle veut. Elle n'est pas non plus semblable
à l'âme vitale qui représente l'acte du corps organique, physique
et renfermant la puissance vitale. La matière dure, terrestre et

sèche ne la supporte pas. Mais elle est semblable à l'art qui œuvre comme l'artiste dans son artifice.

À présent, fils, tu dois bien savoir que toute vertu qui forme la matière selon son genre naturel, a besoin de deux instruments propres par lesquels elle forme son œuvre, selon la diversité de sa matière. Nous les ferons connaître dans la deuxième partie. Nous voulons encore mieux expliquer ladite vertu par l'exemple desdits végétaux.

27. LA MORT DE LA PIERRE ; D'AUTRES PARTICULARITÉS QUI EMPÊ-CHENT LA GÉNÉRATION ET LA MULTIPLICATION ; ON MONTRE COMMENT LES ÔTER ET ENLEVER, PAR UN EXEMPLE COMMUN

Dans notre pierre, ladite vertu est morte et n'a pas la possibilité de se multiplier. Sa matière est dure et compacte. La chaleur y est figée et ne peut se mettre en mouvement, alors qu'elle devrait gouverner ladite vertu pour former notre pierre. Donnons l'exemple du grain de froment, ou de toute autre semence. De lui-même, le grain de froment est dans une matière compacte et sèche ; il n'a jamais, tel quel, la possibilité de se multiplier selon le cours de la nature. Il faut résoudre, atténuer et simplifier sa dure substance déterminée où la chaleur est congelée, enfermée et mortifiée. Car la sécheresse et la dureté déterminent la matière où est retenue la chaleur naturelle. En effet, l'excès de froid et de sécheresse cause la mortification. Tu peux en tirer la même conclusion que le vilain rustique : cette sécheresse, longtemps cause de dureté et de mort, appelle une humectation aérienne, pour que la chaleur naturelle puisse ressusciter et s'étendre dans la simple matière de l'air, qui est pour elle un aliment matériel.

Mais la nature ne peut subtiliser et simplifier les parties grossières qu'en subtilisant les parties sèches. Elle doit résoudre et réincruder la matière humide du grain qu'une digestion parfaite avait fini par cuire, en une subtile substance blanche dont se fait le pain qu'on mange. Ce qui réincrude ladite humeur séminale devenue sèche, c'est l'humeur subtile, froide, terrestre et crue qu'elle reçoit dans sa dissolution. Car il faut que le sec devienne humide, ami et aliment du feu dont la vertu forme la naissance. Mais, comme le sec et l'humide sont des qualités opposées à cause de différentes contrariétés, il faut que, par différentes concordances, les éléments transmutent une qualité en l'autre, c'est-à-dire le sec et le froid en froid et humide. Ainsi, la matière de la terre s'approche du feu et le rejoint par différentes concordances, c'est-à-dire la matière sèche du grain devient une matière humide où, par différentes concordances, se trouve la chaleur naturelle qui a la possibilité de recevoir la vertu informative du ciel.

Il est clair que la nature ne passe d'un contraire à un autre que par leur moyen. Le moyen permet le passage entre différentes concordances, et ainsi une nature se transmute en une autre nature. Prenons un cas particulier : l'eau est amie de l'air à cause de l'humidité, et voisine de la terre à cause du froid. En raréfiant, allégeant et subtilisant, on réincrude les choses que la nature et l'art ont cuites, condensées et terminées.

On notera que condensation et raréfaction constituent la voie originale pour transformer graduellement les éléments. C'est la vraie méthode commune par laquelle la sage nature convertit ses éléments. Quand le grain se dissout, se réincrude et transmute une saveur en une autre, le froid et l'humidité qui sont des eaux crues y opèrent. La chaleur qui renferme potentiellement la vertu végétale ne sent pas encore la vertu informative du second instrument qui, venant du ciel, informe autrement la chaleur naturelle. Elle ne peut pas se déplacer pour pénétrer actuellement les parties de sa matière humide. Car elle est comme hébétée et mortifiée dans la matière, à cause du froid et de l'humide qui y entrent au début très abondamment par la résolution et la conversion dudit sec.

Ensuite, cette vertu descend du second instrument et informe la matière par la chaleur du soleil, en résolvant et broyant autant qu'il faut de ladite humidité froide, selon l'intention de la nature, et pas plus, jusqu'au terme de l'excitation de la chaleur naturelle. Car la matière a perdu à ce moment la surabondance de froid qui la maintient dans la mort, en mortifiant la chaleur qui est l'instrument de la nature ; à cause de cette surabondance, elle se résout. Quand cette chaleur de la nature est excitée par la chaleur du soleil, selon une information continuelle, la chaleur commence à se mettre en mouvement dans la matière humide à laquelle elle est liée. En se mettant en mouvement, la chaleur pénètre, dilate, forme et convertit la matière humide en sa propre espèce et en son propre être. Ainsi, la chaleur de la nature ne cesse pas d'opérer à l'intérieur de sa matière : elle végète, pullule, s'amplifie, se répand, s'étend et se multiplie jusqu'au terme où elle n'a plus de matière humide. L'humeur, alors, arrive à terme et s'épaissit par la vertu informative qui diffère des autres en concordance. La chaleur est mortifiée par la sécheresse, la compacité et la dureté que le grain de froment acquiert à la fin, jusqu'à ce qu'il y ait une nouvelle résolution et putréfaction.

La roue naturelle des éléments fait donc un tour complet pour arriver à son terme. La nature te montre par une expérience évidente que la vertu et puissance de la semence du blé ne se met actuellement à produire ou à végéter qu'après la putréfaction de sa nature. Voilà ce qui l'allège, la subtilise et raréfie, jusqu'à ce qu'elle arrive au terme de la génération ; c'est ce que nous appelons la multiplication d'un grain pour cent, et de cent pour dix mille. À force d'observer, les vilains rustiques ont appris que, si le grain de froment n'est pas jeté en terre, sa vertu ne se multiplie pas. Sa matière sèche ne le permet pas, puisqu'elle a atteint son terme dans la conversion du subtil en épais. Si on le jette en terre, la résolution le rend léger, la putréfaction fait croître son humidité, et de là provient sa force d'animation multipliée par la vertu céleste ; non qu'il faille multiplier la chaleur céleste en la faisant monter davantage, mais elle doit être telle qu'elle était. Voilà donc comment, par subtilisation, on sépare ce qui est pur et net de ce qui est vil, putride et fangeux, en l'élevant et en le raréfiant, ce qui l'exalte et le prépare bien.

Nous parlons de choses solidement examinées et bien éprouvées. Les gens du monde les désirent uniquement. Nous disons donc que, par leurs travaux, les vilains rustiques viennent en aide à l'action des vertus célestes : ils ensemencent, labourent, cultivent et engraissent la terre. Voilà comment ils aident la nature, pour que le fruit sorte plus vite et s'améliore. Il en va de même, disons-nous, dans notre magistère. Il faut d'abord que la pure nature de notre pierre se résolve et que sa substance grossière se subtilise ; puis qu'elle se putréfie et que l'humeur froide et innaturelle se sépare sous l'effet de la chaleur solaire qui rencontre le feu. Ensuite, il faut lui administrer un aliment convenable que ladite vertu transmute en elle-même.

Voilà comment la nature minérale est aidée par l'industrie du sage alchimiste, pour manifester clairement à tout homme ses puissants effets qui ne nécessitent ni approbations logiques ni légistes. Tout homme intelligent comprend de quelle façon l'artiste, dans cette œuvre naturelle, doit se laisser gouverner et diriger par des considérations pratiques ou raisonnables, et non sophistiques, ainsi que par les sentences de la philosophie naturelle. Car, encore que l'homme de logique ait un génie profond, argumentateur et rationnel pour les choses extérieures, il ne pourra néanmoins jamais apprendre ou deviner directement, par aucune raison qui saute aux yeux, à quelle nature, vertu ou force intérieure elle doit sa multiplication et croissance sur terre, si ce n'est en image. Il croira simplement que notre magistère est ou qu'il n'est pas. Il ne saura pas non plus comment notre semence, dans sa terre, peut pulluler, croître et produire fruits et moissons.

Tu ne le sauras jamais si l'expérience ne t'enseigne pas l'entrée de la philosophie naturelle. Quant à la philosophie sophistique, elle naît de différentes présomptions imaginaires répandues dans les têtes de ceux dont les préjugés s'opposent à la force et à la volonté de la raison et de la nature ; beaucoup d'impertinents s'égarent ainsi dans les sophistications. J'en conclus que, si l'industrie naturelle et l'expérience claire et évidente ne te donnent pas la droite connaissance de ce que tu cherches, jamais tu ne seras convié par la nature à ce précieux repas. Celui qui ne procède pas par cette voie ne sera jamais un vrai philosophe, qu'il recule ou qu'il avance. Il ignorera la vertu des pierres, et les corps qui amènent de puissance en acte, comme l'expérience le fait connaître.

L'expérience détruit toute forme d'arrogance colérique contractée dans les têtes de ceux qui croient à l'impossible et à ce qui ne sera jamais. Ces hommes s'imaginent à l'abri des erreurs. Ils sont incapables de déterminer la vérité de ce que leur imagination leur présente comme une expérience évidente. Tu dois te demander en toi-même ce qu'est l'œuvre. Il faut sagement connaître d'abord la nature de nos pierres par une certaine expérience. On obtient celle-ci par la voie de la pratique qui s'appuie sur la théorie, l'enseignement démonstratif ou révélation du secret. Car la théorie est prouvée par la pratique ; l'expérience se forme à partir de la pratique ; et l'expérience donne jour à la claire vérité qui illumine totalement l'intellect humain. Il faut donc savoir et connaître le processus qui montre la nature des pierres et leur vertu qui par sa force convertit la chose. Aucune substance ne peut faire cela, sauf elle, grâce à son assimilation. Cette chose est secrète pour ceux qui l'ignorent, mais commune à tous ceux qui la connaissent, comme la lumière du monde. Tu la connaîtras par expérience ; sans expérience, c'est impossible. Elle produit la vertu et la vérité de la chose qui multiplie la teinture, avec l'aide de l'information de notre magistère naturel.

28. LA CORRUPTION ET PUTRÉFACTION DE TOUTES CHOSES ; TOUTE CHOSE NAÎT ET REÇOIT LA VIE ET L'ÂME NATURELLE À PARTIR DE LA PUTRÉFACTION, COMME DU VENTRE PUTRIDE DE LA MÈRE, PAR LA TRANSMUTATION DES ÉLÉMENTS

À présent, tu comprends que rien ne peut naître, croître ou être animé sans avoir été corrompu, putréfié et mortifié. Sinon, la nature change, comme une chose fragile et une matière dépourvue d'un accomplissement parfait. On extrait donc la forme de sa matière en la corrompant, pour que, séparée de la corruption, elle puisse être parfaite par la sublimation.

Fils, si tu as bien compris ce que je t'ai dit, tu sais que toute matière contient une puissance active qu'on appelle forme non accomplie. Étant imparfaite, elle est commune à deux choses contraires dont on dit qu'en quelque sorte, elles l'informent selon son impulsion. Quand cette puissance est conduite par la vertu informative à une forme actuelle, elle désire immédiatement revêtir la forme contraire. Ainsi, quand cette puissance se trouve ensemble dans le froid et l'humide, ou qu'elle revêt une de ces formes, elle désire aussitôt revêtir la qualité contraire. Car aucune forme de corps corrompu ou engendré ne peut suffisamment accomplir la puissance active dans la matière, quand elle désire être accomplie par une autre forme. Étant séparée, cette forme ne peut s'introduire dans la matière que par la corruption de la première forme. Il faut que la vertu agissante transmute et corrompe la forme présente dont la nature s'oppose à la corruption précédente. Ainsi, la forme active est excitée vers la forme contraire et lui permet de s'accomplir peu à peu, jusqu'à ce que cette forme ait accompli son action. Sans ces propriétés, la matière n'est pas entière.

Fils, quand tu voudras corrompre notre pierre, corromps-la par un feu sec, afin que le sec devienne froid. Quand tu voudras l'apprêter à la génération, fais que l'humide devienne chaleur en passant par le froid. Quand tu seras sur le point d'engendrer, mélange le froid humide avec la chaleur naturellement sèche. Quand tu voudras refroidir l'eau chaude, chauffe-la davantage. Quand tu voudras allumer le feu, baigne-le dans de l'eau froide. Si tu veux dissoudre la neige froide, congèle-la davantage. Voilà les transmutations très véritables de la nature, dont les degrés forment l'échelle de la nature, la roue élémentée, comme nous te l'avons dit. En changeant le sec en froid, le froid en humide, et l'humide en chaud, tu auras le magistère. Voilà en effet comment la mauvaise nature devient bonne, et la bonne meilleure.

Dans cet art, nous comprenons la nature de deux manières. D'abord, nous la prenons dans le sens du contenu : le feu de la nature. Ensuite, nous la prenons dans le sens de son contenant : l'air où doit se mouvoir le feu pour former les choses de la nature. Car il ne peut pas y avoir d'air sans la nature du feu, et le feu ne peut former aucune espèce matérielle à sa ressemblance, sauf en une nature proche. Comprends que tout n'est qu'une seule matière ou nature dont se fait tout notre magistère. Il appert que notre pierre est d'une matière d'air composé. Si elle n'était pas matérielle, la teinture du feu ne pourrait pas se manifester en acte. Le feu ne pourrait pas brûler sans la nourriture de l'air ; et s'il ne brûle pas, il ne donne pas de clarté. Le feu de la nature est dans chaque composé, il s'y meut selon une certaine information, et en se mouvant, il met en mouvement la matière, toujours pour la terminer. Il faut donc que la matière ait quelque espèce, selon l'information du formateur, c'est-à-dire une espèce à laquelle la matière convient, selon le cours de la nature. On te dit de n'œuvrer qu'avec la plus noble matière que tu puisses trouver. Car la chose ne se fait que conformément à sa nature, et c'est par la nature que la chose est amendée.

29. L'HUMIDITÉ DE NOTRE PIERRE ; ELLE EST UNE EAU PERMANENTE ; LES DIVERSES ACTIONS DU FEU ; LA SUBTILISATION DES ÉLÉMENTS GROSSIERS ; LA NOIRCEUR

Fils, notre humidité est une eau permanente, parce qu'elle ne perd l'humide radical, elle n'est brûlée par le feu, et le feu de notre pierre morte ne peut se consumer sans qu'on voie sa couleur changer. Mais sa propriété s'améliore et croît, car le feu est son propre instrument et la cause de son noble accroissement. Quand tu voudras commencer la préparation de notre magistère, prends de l'eau dont la qualité est proportionnelle à la nature du corps que tu voudras dissoudre, de manière que la vertu du feu contre nature ne surpasse pas la chaleur naturelle. Les corps ne sont pas qualifiés d'après leurs mesures, ou en quantité égale, bien qu'un jour, tous eussent la même vertu dans le Seigneur notre Dieu.

À présent, cependant, ils participent de différentes concordances. Certains d'entre eux n'ont pas une composition aussi forte que d'autres, et leur soufre n'est pas aussi subtil ni aussi tempéré en ses effets. Ces corps peuvent être déliés et dissous par une vertu plus faible. Le feu qui réchauffe l'homme refroidit le lion ; et le feu qui réchauffe le lion brûle et consume l'homme. Tu dois savoir de quelles forces disposent les vertus de nos pierres, pour pouvoir tempérer les argents vifs par rapport à la puissance du soufre naturel, à condition de connaître les degrés de leur première résolution. Là est tout le péril. Nous faisons remarquer que tu dois avoir détruit par la chaleur les soufres des argents vifs simples, de manière que leur propriété active ne soit pas terminée par la chaleur étrangère, et qu'elle ne puisse pas être séparée du sujet humide qui paraît tout noir et rempli d'un noble esprit.

Cette noirceur nous avertit, nous enseigne et nous montre le signe de la première porte pour entrer dans notre magistère. Sans elle, jamais rien ne se fera. C'est le feu de la nature qui doit créer notre pierre. Sans la corruption de son corps, elle ne peut se manifester. Et si elle ne se manifeste pas, elle ne sera jamais en acte et ne pourra pas végéter ni engendrer. Nous disons, en révélant un secret, que le principe de notre œuvre a la forme d'une tête de corbeau. Les opérations précédentes ne sont pas le principe de notre œuvre, et elles sont erronées tant que le composé ne devient pas tout noir.

Il faut noter que toutes les couleurs diverses qui apparaissent au commencement du mélange finissent par une noirceur dont on extrait l'huile. Ensuite, lors de la réduction, ces couleurs réapparaissent, mais elles finissent par devenir blanches. Ce sont les couleurs que fait le feu mélangé à l'air. Ces nuages noirs sortent du corps, et ils y sont ramenés.

Ne crois pas que notre noirceur arrive subitement ou immédiatement, mais peu à peu, doucement et suavement, parce qu'il convient que les couleurs passent par les corps, comme le font les éléments. Puisque le feu de la nature s'est enfermé au plus profond du corps, il ne peut pas se montrer tant que le corps ne s'est pas ouvert. Dans les éléments grossiers, le feu est verrouillé et enfermé. Il convient donc d'abord de subtiliser les éléments grossiers, c'est-à-dire la terre et l'eau, par une digestion faible et légère. De là provient la verdeur, la première couleur, qui signale que l'action de la chaleur résolvante est légère et lente, et par conséquent insuffisante pour bien dissoudre et raréfier les parties terrestres. Voilà pourquoi à toute la superficie se manifeste la couleur verte, indigeste et terrestre. Dans son ventre, la chaleur de la nature se multiplie ; en raison de l'humidité excessive qui l'affaiblit, elle ne peut pas se manifester. Mais, comme nous l'avons dit, la chaleur de la nature se renforce peu à peu à l'aide de la chaleur du feu administré par le génie de l'artiste et opérateur qui, ayant l'intellect ouvert, sait bien comment disposer, informer et cuire la matière jusqu'à l'apparition de ladite noirceur. Alors, le feu naturel lutte contre son humeur, ce qui crée la noirceur.

Quand elle commence à apparaître, tu dois la multiplier par une information naturelle. Celle-ci doit gouverner le feu naturel qui commence à digérer la matière, comme il appert de la noirceur. Qu'il soit donc clair pour chacun que notre pierre de feu commence à œuvrer dans la noirceur, et non avant ; on dit que c'est le principe de notre magistère. C'est alors qu'est excitée la chaleur naturelle qui a la puissance de putréfier tous ses éléments. À la fin de cette digestion, qui est la première que réalise la chaleur naturelle dans notre magistère, la matière est accomplie. L'humeur, pontique et terrestre à cause de son contraire, est ouvertement et habilement aidée par son semblable. C'est alors que s'accomplit dans la matière, au premier degré, ladite digestion de cette couleur noire multipliée non seulement à la superficie, mais dans les parties subtiles dispersées dans toute la matière. La multiplication est engendrée par la chaleur naturelle dans l'humide radical. Nous en faisons notre teinture blanche comme la neige. Alors, disons-nous, le corps est tout à fait liquéfié et fondu, à l'intérieur et à l'extérieur, non par la puissance et l'action du feu commun, mais par la puissance du feu qu'est la chaleur naturelle. Car ce feu imprègne notre pierre d'une chaleur plus forte que celle du feu élémentaire. C'est ainsi que nous voyons et connaissons les vertus et puissances des choses par leurs effets. Qu'on garde le secret à propos du fait que la chaleur naturelle, dominant après l'humidité excessive, a la force de résoudre et de digérer toute la grossière substance terrestre qu'elle n'a pas réussi à dissoudre avant, et cela jusqu'au terme de la première digestion.

Quand la matière a été digérée, putréfiée et bien cuite par ladite digestion, la nature sépare le subtil de l'épais et chasse au loin le grossier, sous l'effet de la deuxième digestion. Dans la mesure où cela est nécessaire, elle change le subtil en substance de soufre créé à partir de l'argent vif. Mais cette conversion se fait selon l'information donnée à la chaleur de la nature lors de la troisième digestion.

30. LA MANIÈRE DE PHILOSOPHER ; ON NE DONNE CET ART ET SCIENCE QU'AUX PHILOSOPHES ; LA CONGÉLATION DE L'ARGENT VIF EST LE SECRET PRINCIPAL ET FINAL ; LA PATIENCE DE L'OPÉRATEUR LORS DU PASSAGE À LA BLAN-CHEUR

Fils, tous nos livres parlent de cet art en tels mots tacites et fort remarquables, afin que la chose principale qui s'y trouve con-tenue ne puisse être donnée qu'aux philosophes et aux fils de notre philosophie qui cherchent et aiment la vérité, non aux sophistes remplis des mensonges du monde ou aux amis des voluptés du monde. Tels sont les usuriers et autres avares rejetés par Dieu. Hommes damnés, endiablés, enchantés, ils déplument et spolient les bonnes gens, entassent des trésors et ne veulent travailler que sur des choses palpables et manuelles. Imbus et intoxiqués de mondanités, ils sont incapables d'ouvrir leur intel-lect et de comprendre nos doctrines qui leur vaudrait un trésor inépuisable et salvateur.

Nous te conseillons donc, fils, de discerner sagement la signi-fication de notre enseignement, et de bien la noter, considérer et méditer à de nombreuses reprises, si tu veux nous comprendre. Quand tu nous auras compris, tu prendras des deux mains ta chemise pour en revêtir et couvrir la philosophie, et pour la laisser ainsi à tous tes fils, comme tes pères philosophes te l'ont laissée, et non autrement. Car le sage qui révèle ce secret sera maudit et anathématisé par Dieu, parce qu'il participe à la confusion du monde. Ne révèle donc pas notre secret de vive voix, ne le montre occultement que sous la couverture de la philosophie, à ceux qui, avec un intellect élevé, ont dirigé leurs instruments pour apprendre et pénétrer les choses et les secrets de la nature. Si tu désires être notre fils et nourrisson dans la philosophie, tu dois scruter nos livres en t'appuyant sur la révélation du noble intellect, et bien retenir ce que nous disons de vrai sur notre magistère, à savoir que la fumée de notre or fermenté, après sa fixation et réduction en terre, apparaît visiblement dans le feu des philosophes.

Cela montre que la terre où on doit semer notre or est blanche avant que notre feu se manifeste visiblement. Cependant, fils, aie patience lors du blanchiment, car il prend beaucoup de temps. Blanchis donc ta terre nourricière si tu veux que le fils du père te secoure dans les besoins.

Fils, cette terre est notre magnésie ; notre secret s'y trouve. Sans elle, on ne peut rien faire. Fils, la certitude de notre science réside dans la coagulation de notre argent vif. Bien plus, notre secret final consiste en la coagulation de notre argent vif dans la terre de magnésie, grâce au génie d'un régime certain. Fils, l'esprit de la quintessence se trouve dans notre magnésie. Notre magnésie est l'argent vif, celui que nous avons dit, d'où sort la fumée de notre or et argent, ce qui mène toute couleur à la perfection. Si tu sais l'extraire du corps, tu as la moitié du secret. Et si tu sais la ramener au corps, la magnésie deviendra blanche comme neige.

Fils, de même qu'elle s'extrait du corps, de même elle s'y convertit.

Les moyens sont tant les minéraux que les métaux avec l'argent vif. En effet, de même que l'argent vif est le moyen de conjoindre les teintures dans un sujet pur, de même il est le moyen de les séparer du sujet immonde, impur et contre nature. Cet argent vif doit être compris comme une eau où repose la teinture. Quand le feu est séparé d'un sujet, il s'introduit et se met incontinent et immédiatement dans un autre sujet, à moins d'en être empêché par un feu étranger, étant entièrement incorruptible. Quand on ne peut pas l'avoir ni voir sous une forme essentielle, il faut l'avoir sous une forme substantielle, c'est-à-dire dans la matière du mercure qui est notre eau.

Sache, fils, que notre feu est extrait peu à peu du corps, puis se tourne en corps sous l'effet de sa noble chaleur. Fils, c'est notre semence qui fixe notre teinture dans le corps, quand elle en est extraite par l'eau du feu.

Imprègne de feu le corps, multiplie sa combustion, et tu auras une bonne teinture. Comprends bien le secret, car c'est l'accomplissement et le principe de tout, comme nous le dirons dans la *Pratique*.

31. D'OÙ ON EXTRAIT PROPREMENT LA TEINTURE DES PHILOSOPHES QUI TEINT L'ARGENT VIF CONGELÉ AU BLANC EN MÉDECINE ROUGE, PAR FERMENTATION

Fils, ladite teinture s'extrait de notre or, et nous la faisons fermenter avec l'or vulgaire qui est porté de puissance en acte. Nous ne pouvions le croire avant d'en avoir eu toute la certitude, c'est-à-dire avant d'avoir vu la puissance de la magnésie qui, par sa grande chaleur, congèle son esprit et transmute sa nature abondante en une chaleur permanente. Cette fermentation se fait par la conjonction du soufre rouge fixe. Ensuite, tout n'est que feu, eau et terre remplis de quintessence.

Avec l'eau, on lave la terre ; avec le feu, on la teint et colore. Alors, elle se manifeste à tout homme. Voilà, fils, la teinture qui se dépouille d'une terre vile et se revêt d'une autre, très noble. Sache pourquoi notre premier venin ne produit pas de fumée d'air ou d'or, quand on en sublime le mercure. Il a reçu dans son ventre toute la teinture de la fumée, et il s'imprègne de la fumée susdite qui est notre feu, par une cuisson successive correspondant à la nature du feu enfermé dans le ventre de l'argent vif gelé. En étendant les parties subtiles de son essence ignée, et en digérant une partie dudit mercure, on le colore et on le transmute en la propre nature du feu. Ce dernier n'est qu'une pure teinture fixée dans l'essence matérielle des individus de nature métallique, que nous appelons esprit mercuriel, puisque la résolution s'y fait manifestement ; et il y a encore du résolutif autant que faire se peut. La nature veut que cela se fasse par circulation.

32. LA MANIÈRE DE PROCÉDER DANS LA PRATIQUE ; COMBIEN DE CHOSES SONT REQUISES DANS NOTRE MAGISTÈRE

Pour informer cette matière, il ne faut pas peu de science. Fils, tu ne peux la recevoir pour garder la révélation ou doctrine ostensible, afin de pénétrer la pratique de notre magistère, que moyennant beaucoup de théorie. Celle-ci te révélera les forces et la volonté de la nature. Si donc tu négliges de lire et de scruter les choses contenues dans nos livres, tu iras dans notre pratique comme privé d'yeux et aveugle, et tu ignoreras tout à fait comment tendre la main pour opérer. Sache, fils, que trois choses surtout sont requises dans notre magistère, pour qu'on puisse s'approcher de l'opération : un génie naturel subtil et non sophistique, l'opération des mains, et le libre arbitre. Il requiert aussi sagesse, richesses et livres : sagesse pour savoir faire ; richesses pour pouvoir faire ; et livres pour ouvrir l'intellect qui est diversifié dans beaucoup de personnes. Car ce que l'un comprend par sa doctrine ne pourra jamais être compris par la doctrine de l'autre. Ainsi, la doctrine de l'un ouvrira peut-être la doctrine de l'autre, donnée en figure selon la tradition du majeur ou du mineur[12].

Mais ici, nous te manifestons d'une voix claire le principal secret caché, pour que tu puisses pénétrer le secret de la nature. Tu verras beaucoup de belles merveilles réputées miraculeuses à cause du secret de la nature. Voici comment commencer à y entrer, fils : apprends d'abord à connaître la vertu formative mentionnée plus haut, et qui dépend de notre magistère, par certaine science connue. Car l'art ou science se sait avec une telle certitude, sans aucune ignorance, qu'en ayant et mettant en mouvement l'intelligence, le noble opérateur informe la matière, afin que la chaleur naturelle et instrumentale où s'influe la vertu active soit dirigée dans sa matière pour opérer et former. Il est clair alors que ladite chaleur instrumentale est dirigée par la vertu formative. Cela ne doit dépendre que de la science de l'opérateur dont le magistère respecte le cours de la nature. Elle s'influe dans la matière.

---

12. *Cf.* Virgile, *Bucoliques*, I, 23 : *Sic parvis componere magna solebam.*

La chaleur excitée s'y meut, tout comme la vertu formative du ciel, du soleil et des étoiles s'influe dans la nature de toute autre chose. Car le ciel est le premier moteur de toute la nature, comme le sage opérateur l'est de notre magistère, selon la doctrine de sa noble intelligence. Il est révélé que deux choses doivent informer tout notre magistère, à savoir la vertu informative et l'instrument élevé. La vertu informative est gouvernée par quatre vertus principales convertibles, le froid, la chaleur, l'humidité et la sécheresse. La matière doit être traitée avec l'instrument correct et amenée à l'acte. Par celui-ci, elle utilise et souffre la séparation, selon l'intention de celui qui convertit et se convertit. Dans cet acte, la matière doit être informée, et son instrument doit être gouverné par cette information, en vue de l'opération que l'opérateur veut accomplir dans la matière informée par l'art, selon que l'exige la sage et vénérable nature qui tend à sa perfection.

33. LES QUATRE VERTUS TRANSMUTATRICES NATURELLES ; COMMENT ELLES S'APPELLENT ET COMMENT ELLES OPÈRENT

Comprends, fils, que quand ladite vertu formative est engendrée par les quatre qualités élémentaires susdites, elles suscitent immédiatement et successivement les quatre vertus transmutatrices naturelles. Tu dois graduer l'information. Un bon opérateur l'influe dans la matière contenante en quatre parties successives : la nature attractive ou appétitive, la nature rétentive et coagulative, la nature expulsive, et la nature contenante ou digestive.

La nature attractive opère par la chaleur et une sécheresse tempérée ; elle congèle l'esprit et dissout le corps. La nature rétentive opère par la sécheresse et un froid tempéré. La nature expulsive opère par l'humidité et une chaleur tempérée. La nature digestive opère par la chaleur et une humidité tempérée. Tu dois aider la matière à mieux opérer dans sa complexion. Selon la force plus grande ou petite de sa complexion, elle se montrera lente, rapide ou tempérée dans les différentes transmutations. De là viennent les effets secondaires tirés de puissance en acte, tels que poids et légèreté, dureté et mollesse, douceur et amertume, blancheur et noirceur, et ainsi de suite.

Sache, fils, en vue de quelle forme ou vertu tu dois traiter ta matière, vertu appétitive, digestive, rétentive ou expulsive. Car la matière doit recevoir ces informations selon un art connu et su, de manière que son instrument soit mis en mouvement et dirigé jusqu'à la fin de l'opération ; cette fin manifeste un signe à son maître. S'il se souvient de ces signes, il aura une science et un art certain, capable d'amender en renforçant ou en affaiblissant ; ce sont là les extrémités des opérations naturelles.

Comprends, fils, que le feu est l'instrument de la nature. On le compare au marteau, l'instrument dont se sert l'ouvrier. Il est mis en mouvement pour donner à la matière du fer la forme d'une clef ou d'autre chose, ou encore pour la détruire, selon l'intention de l'artisan. Voilà ce que fait la chaleur du feu naturel dans notre magistère. Selon qu'il est dirigé par l'art, et selon l'intention de l'artiste, il détruit, corrompt, engendre, lie, ou passe de l'un à l'autre. Tu dois donc, avec une science connue, savoir choisir droitement et bien connaître le feu qui, selon qu'il est informé par l'art, transmutera la nature de la matière, jusqu'à ce que le mouvement de la nature suprême, qui se trouve dans le feu, extermine et chasse les mouvements étrangers de la matière, la délivre de toute corruption, et se repose pour toujours. Voilà la chaleur de toutes les choses générales, comparable à la chaleur solaire, le principal agent de toute génération. Sache donc que, si la disposition de la matière s'opère selon une méthode incertaine, il est impossible de former notre pierre dont la puissance renferme, actuellement et formellement, tout le cours des vertus contenues au centre de toute la médecine.

Béni sois-tu, Dieu glorieux et sublime, Créateur tout-puissant du ciel, de l'air, de l'eau, de la terre, de toutes choses ! Pour que la nature humaine t'aime, te comprenne et t'honore, tu lui as donné l'intelligence pour conjoindre et intégrer les particularités confondues de toute la médecine à une réelle universalité qui la rectifie entièrement. Nous t'avertissons donc, fils, si tu veux être un médecin parfait, de ne pas contempler les médecines particulières, car elles sont confondues et non intégrées. Mais contemple la médecine universelle, car elle seule guérit toutes les maladies particulières. Suis l'opinion, fils, des méthodiques, puisque toute la science de la médecine peut être réduite à l'opinion de ceux qui n'ont qu'à contempler l'universalité de la nature, où se trouve le rassemblement des vertus qui opèrent dans tout le cours naturel. Celui qui sait réduire les nombreuses particularités à l'universalité sera appelé le meilleur médecin parmi les médecins et philosophes. Dans les particularités, les vertus sont confondues ; dans l'universalité, les vertus réelles sont liées ensemble, comme le montrent tout le cours naturel et la médecine des médecines. Celui qui a cette médecine a le don de Dieu le plus excellent qui soit sur terre, et un trésor incomparable.

Aie donc, fils, et recouvre la science qui te permettra d'informer la matière. Elle crée par artifice cette joie qui surpasse tout le cours naturel. Si c'est un art incertain qui opère, la matière ne peut pas être bien disposée selon l'intention de la nature, et la nature ne peut pas créer ce qu'on cherche, puisque sa matière est privée de vertu informative, et son instrument informatif n'est pas bien gouverné. Tout cela provient d'une ignorance aveugle et d'un mauvais intellect, l'artiste n'ayant pas la science ni l'art de connaître l'information certaine que ladite matière doit recevoir sous l'influence de la science connue du parfait artiste naturel. Faute d'un bon intellect, et tant que la matière est régie et gouvernée sous l'influence de l'ignorance et de la science incertaine de ce maître aveugle qui erre beaucoup, la matière dévie.

Tu dois bien veiller aussi à ce que la vertu de la médecine ne soit pas diminuée par une chaleur étrangère, plutôt que digérée.

Car la chaleur adustive et brûlante, qui provient du feu élémenté, lui est donnée comme instrument, ce qui n'a jamais été l'intention de la nature. Alors, elle n'arrive pas à former ce que l'artiste cherche.

34. L'INFORMATION DE LA CHALEUR NATURELLE AVEC CELLE QUI EST CONTRE NATURE, EXCITÉE PAR LE FEU COMMUN

Donc, fils, tu peux conclure que le feu naturel renforcé par le non naturel grâce à la confortation, création ou transmutation, opère d'une seule façon dans la matière qui n'est excitée que par le feu contre nature, de manière que le feu naturel où réside la vertu active ne soit pas surpassé par le feu élémentaire. Dans la première opération corrompante, veille à ce que le feu contre nature surpasse seulement d'un degré la chaleur naturelle innée dans le noble sujet, et pas plus. Car l'esprit individuel qui conserve l'espèce et qui, d'instinct et par nature, désire engendrer son semblable, serait corrompu et détruit, et n'aurait plus envie d'engendrer son semblable. La nature détruite et fort corrompue, ce qui est contre nature, s'en irait totalement consumée, n'ayant pas de lieu où reposer ni d'air où respirer.

On notera le vide là où l'endroit était plein d'une nature étrangère. Tu dois avoir un grand alambic, pour que la matière puisse librement monter et se laisser exciter par un petit feu, et qu'elle vienne dans l'air. Il ne faut pas que l'air excité par le feu soit condensé en eau, parce que la vertu active serait trop submergée et suffoquée par elle, et les teintures naturelles seraient brûlées. Car la chaleur du feu élémentaire occuperait les parcelles du feu naturel et l'endroit où il réside.

On voit qu'une grande flamme détruit une petite et la convertit en une autre. Nous ne voulons pas que le feu contre nature convertisse le naturel entièrement en sa propre substance essentielle et accidentelle, mais que le naturel convertisse le contre nature, sa première puissance étant déjà partiellement altérée. Révélons que tu as besoin de deux opérations. La corruption où on conserve la forme se fait au moyen du feu contre nature excité par le feu élémentaire, avec l'aide du feu non naturel qui est neutre. La seconde opération indispensable, la génération, se fait au moyen du feu naturel multiplié par le feu non naturel ou le feu contre nature. Ces deux derniers feux sont convertis par le propre feu naturel, c'est-à-dire le non naturel par nature et par accident, et le feu contre nature par accident et par amour du non naturel. Ils sont parmi les deux instruments de la nature, chauds, bien tempérés et d'une très grande force et puissance pour faire une nouvelle génération. Les nombreuses vertus sont liées ensemble, conjointes en un sujet propre qui est le secret de la nature, et que l'art du magistère a mêlé à la nature de l'humide radical.

35. LA MATIÈRE DE NOTRE ARGENT VIF SE TROUVE EN TOUT CORPS ÉLÉMENTAIRE

Fils, si tu veux avoir les effets de notre magistère, tu ne dois pas ignorer la matière de notre argent vif, qui se trouve en tout corps élémenté. Tout corps élémenté, quelle que soit la forme que la nature lui a donnée, est composé des quatre principaux éléments, comme il appert de la révolution du cercle de la nature. Celui-ci nous a montré que toute chose au monde, créée ou engendrée par la nature, possède une forme ou figure où on trouve les principes naturels. Tout ne vient que d'un seul genre de matière, à savoir l'argent vif. Fils, nous voulons qu'on l'appelle genre naturel plus proche et général, puisqu'il est le sujet propre et la nature de celui où la nature fixe ses diverses figures.

Nous disons « genre proche » pour le distinguer du genre très général dont descend cet argent vif. Nous disons « général » pour le distinguer de celui qui est plus proche. Étant de ce genre, il s'y convertit quand l'art ou la nature le rapproche de la première forme du genre très général dont descendent tous les autres genres, c'est-à-dire nos argents vifs. Tout autre genre provient naturellement et graduellement du premier argent vif qui est le plus général, éloigné du principal et proche moyen de la nature. On l'appelle donc matière première de tout autre genre. Ils ne diffèrent pas de la matière du premier genre que notre philosophie appelle le plus général. Les raisonneurs sont trompés uniquement par l'apparence ou la figure : on voit tous les jours que la nourriture se convertit en ce qui est nourri, chose que la nature ne pourrait pas faire si le genre du convertissant ne s'accordait pas au genre du convertible.

Cette concordance naturelle, fils, descend du genre premier dans trois genres différents : les animaux, les végétaux et les minéraux. Fils, du premier genre provient une vapeur immédiatement engendrée par les éléments. Cette vapeur est de la première composition, les corps minéraux de la deuxième, les végétaux de la troisième, les animaux de la quatrième, et les hommes de la cinquième. Mais tout descend du premier genre, le plus général. La nature en reçoit la matière de l'argent vif pour créer tout ce composé. À cause de ladite matière ou première cause mercurielle, la nature d'un composé se transmute, disions-nous, en la nature et matière d'un autre composé. Ainsi, le genre mercuriel végétal se transmute en genre minéral et animal, et le genre animal en genre minéral, c'est-à-dire en rétrogradant pour s'approcher de la deuxième composition, celle des corps minéraux, et s'y conjoindre.

La nature fait cette transmutation par la subtile séparation du pur et de l'impur, c'est-à-dire de l'homogène et de l'hétérogène. Quand la nature veut détruire son composé en le corrompant, elle cherche immédiatement à séparer la matière qui participe de la cinquième chose, pour sauver en elle la première espèce ; elle ne peut pas avoir d'autre dessein. Si cela s'avère impossible à cause d'une trop grande excitation dans la corruption, et qu'il y reste de la matière plus grossière, elle fait passer ladite matière dans le genre d'un autre composé, végétal, animal ou minéral. Car, si la puissance de la matière s'excite, la matière se corrompt et se transmute en une autre semblable. De même, si la matière simple de la cinquième composition se corrompait en conservant sa forme, elle désirerait aussitôt appartenir à la quatrième composition, de nature immédiatement plus grossière. Mais l'art et la nature ne peuvent faire cette séparation, et ainsi parfaire la matière, que si l'agent de conversion rend la matière entièrement homogène : la partie doit être semblable au tout, et la forme doit être simple, comme celle des éléments ou d'un mixte tel que les pierres ou les métaux. Cette homogénéité sert à débarrasser la matière de toutes les formes qui ne sont pas en harmonie avec le mélange du corps que la nature ou l'art veut constituer de ladite matière.

L'agent de conversion est ou naturel ou contre nature. S'il est naturel, le chaud et le sec créent des pierres fusibles. S'il est contre nature, on crée des pierres non fusibles, c'est-à-dire où il n'y a plus d'humidité. Celle-ci doit être informée par l'agent de conversion naturel, sans quoi la matière ne serait pas continue, et les pierres ne se fondraient pas.

Plus ladite matière est graduellement débarrassée, plus elle devient voisine de la première chose. Plus elle en est voisine, plus on peut multiplier ses très nobles vertus. Le corps auquel appartient la perfection, et que nous appelons onguent, y imprime ses figures, c'est-à-dire la teinture multipliée de l'or ou de l'argent. Par ces figures, les vertus de ladite noble matière accomplissent leurs propres offices et actes de transmutation, comme nous l'avons vu dans la projection pour les corps minéraux et animaux.

36. LE GENRE SUPRÊME, D'OÙ TOUTE LA NATURE SORT, VIENT ET DESCEND

Fils, ton intellect doit avoir suffisamment compris que, sans le genre suprême qui gouverne la nature, celle-ci ne pourrait rien créer ni engendrer. Aucune chose naturée ne pourrait vivre si le genre suprême, c'est-à-dire la matière de la nature, ne la sustentait pas. Sans lui, la nature perdrait tout son être. Ce genre, en son être matériel, se trouve de manière confuse et en puissance dans la substance et matière de chaque genre. Il te faut donc transmuter sa forme par une séparation graduelle, et ramener lesdites matières de puissance en acte, c'est-à-dire l'acte de la première matière, dans le genre où elle était au commencement, non éloigné du genre métallique, mais proche de lui. C'est avec cette première matière ou ce genre que la nature a commencé à œuvrer, avant qu'aucune autre forme n'y fût introduite.

37. LA MATIÈRE DÉSIRE S'UNIR ENTIÈREMENT À L'ESPRIT DE QUINTESSENCE, COMME UNE MATIÈRE DÉSIRE LA FORME QUI LUI EST PROPRE

Fils, cette première matière est une terre sulfureuse subtile. Elle désire s'unir entièrement à l'esprit de quintessence, comme une matière désire la forme qui lui est propre, pour être accomplie.

On prépare la matière de l'argent vif humide par sept distillations, pour que la matière soit pure et que la résolution lui obtienne une forme pure. Cela doit s'entendre de la matière sèche et humide.

Plus la matière est noble, plus elle cherche à avoir une forme noble, et plus la forme est noble, plus elle anoblira la matière. Cependant, la matière doit être apte à la recevoir, ce qui est le cas quand l'art ou la nature la rend appropriée à l'acte de la première chose. Alors, elle est très apte à retenir la forme minérale de l'or, qui la clarifie, l'illumine et l'anoblit.

Cette honorable terre s'appelle le sujet mercuriel quand elle redevient la première substance de l'argent vif, de manière déterminée. En cette terre, fils, tu dois fixer les éléments où, nécessairement, la fumée de notre or réside. Car elle est le premier élément, le sujet qui reçoit et fonde tous les autres, et où ils doivent se fixer. Elle est la matière la plus substantielle de toutes, bien qu'elle soit très subtile et spirituelle, et se présente comme une terre blanche de grande vertu.

Fils, si cela t'est caché, tu ignores tout notre art, car c'est le principe et fondement de tout notre magistère. Mais si notre enseignement t'en révèle la connaissance, tu la trouveras en tout lieu, et tu l'en extrairas de la manière dite dans la deuxième partie. Elle est un soufre et un argent vif, comme il appert de sa propriété. Elle reçoit la teinture sanguine du métal suprême, qui y entre et s'y fixe pour toujours. Mais cela est impossible, fils, sans le magistère révélé dans la deuxième partie. La propriété de l'argent vif étant de dissoudre et de blanchir son soufre, et la propriété du soufre étant de congeler et de rubéfier son mercure, tu le trouveras orné des vertus empruntées au premier genre. Il a encore beaucoup d'autres propriétés relatives à la perfection, comme il sera expliqué et déclaré plus tard. Nous te faisons savoir qu'il ne s'agit pas de l'argent vif vulgaire dans toute la substance ou nature, mais de celui des philosophes, que la mesure de la nature et un art déjà connu ont rapproché du genre créé à partir des entités réelles, à savoir l'or et de l'argent.

38. TOUTES LES CHOSES DU MONDE SONT FAITES DE SOUFRE ET D'ARGENT VIF COMME D'UNE MATIÈRE UNIVERSELLE ; CE QUI S'ENSUIT

Nous te rappelons, fils, que tout ce que la nature a composé dans le monde à partir de la substance des quatre éléments, comme en témoignent un bon naturel et l'expérience, n'est substantiellement que du soufre et de l'argent vif purs, nets et incombustibles au début de leur création. Tu peux le savoir et voir par l'art, qui se fait par une certaine opération de notre magistère, c'est-à-dire quand l'humidité terrestre et sèche se congèle, comme il appert du vin dont la substance mercurielle se convertit en nature humaine.

C'est le premier germe, la matière première et la substance moyenne. La nature y fixe toutes les couleurs en refroidissant diverses substances.

Ces couleurs viennent de la propriété de la quinte nature du soufre dans l'argent vif, selon leur impulsion naturelle. Cette matière première a encore beaucoup d'autres propriétés qui nous apprennent qu'elle a la nature de l'argent vif et du soufre. Existant dans le feu, elle ne peut pas s'y corrompre, ni dans l'eau, ni dans la terre, ni dans l'air. Elle a la propriété de dissoudre, de congeler, d'attirer, de retenir, d'expulser et de digérer. C'est là la perfection et l'accomplissement de la chose animée de passions contraires.

Ces propriétés prouvent qu'elle est de la nature de l'argent vif et du soufre, puisqu'elle fait des opérations contraires, qui ne peuvent se faire sans la propriété de ces deux-là. Comme lesdites propriétés ne peuvent être sans substance, de même que l'accident ne peut être sans matière, nous disons que cette substance n'est que du soufre et de l'argent vif entendus selon leur composition. Il appert de ses propriétés qu'on trouve notre pierre précieuse en tout lieu. Cette expérience nous y fait reconnaître la première matière de toutes les choses universelles composées et formées par corruption et génération. Il est donc clair qu'elle a la nature du soufre et de l'argent vif. Il n'est pas pour autant possible qu'elle soit argent vif dans toute sa substance ou nature, comme le commun.

Elle en est faite partiellement, puisqu'elle se conjoint amicalement à lui par sa nature. Elle le parfait par une puissante digestion qui change le cru en cuit. La nature se réjouit de la nature, par la concordance avec ce qui vient de la chose première. Une chose congèle l'autre et la fixe pour toujours, sans possibilité de séparation, ce qui n'est possible que si la nature de l'une a de l'affinité avec celle de l'autre, par le caractère commun ou la proximité du premier genre d'où sont venues toutes choses.

Il est donc manifestement connu, disons-nous, que cette première matière possède la nature de l'argent vif et en est très proche. Dans la projection, elle défend l'argent vif vulgaire du feu et de toute combustion. Elle le congèle et le retient miraculeusement après sa fixation parfaite.

Il faut noter que notre médecine n'est que de l'argent vif bien digéré et cuit par la chaleur de son soufre purifié. Comme la matière de l'argent vif est de la même nature et substance que le métal, elle le pénètre et se mélange avec lui.

Comprends et sache que tu dois d'abord fixer l'argent vif en cuisant l'humidité qui descend d'une propriété. Sa digestion et perfection se fait par le ferment du soleil ou de la lune, et précède la projection sur l'argent vif vulgaire. Il est tout aérien, de sorte qu'il s'envole entièrement du feu, ou qu'il y reste entièrement. Toute sa substance est incombustible et aérienne, ce qui est signe de perfection.

39. ON PEUT TROUVER NOTRE PIERRE EN TOUT LIEU ; PAR QUEL MOYEN ON LA DÉCOUVRE

Nous t'avons dit, fils, que toutes les choses du monde reçoivent de cette matière leur propre forme substantielle, spirituelle et accidentelle. Puisqu'elles en ont été créées, nous disons que notre pierre se trouve en tout lieu. Si tu veux être philosophe connu, efforce-toi d'extraire la première matière de toutes les choses, ou de quelques-unes d'entre elles, et de la mener de puissance en acte. Nous t'avons donc révélé en acte par la nature que c'est d'elle seule qu'elles doivent être procréées en vérité, bonté et grandeur.

Voici comment se fait cette procréation, fils. Quand un forgeron veut fabriquer un clou, il prend d'abord une matière convenable, à savoir du fer. Car, sans la matière du fer, il ne peut pas faire de clou. Ensuite, avec ses outils, il lui donne la forme ou figure qu'a conçue son intellect, jusqu'à atteindre le but souhaité. La nature fait la même chose. Quand elle veut figurer une chose et lui donner une forme substantielle, elle prend cette simple matière première privée de forme achevée, et commence à y fixer ses éléments de nature diverse, plus ou moins purifiés et simplifiés par des préparations naturelles, et par une chaleur tempérée. Elle forge des formes ou figures, des couleurs, odeurs et saveurs aux complexions diverses, selon la diversité des éléments mélangés à cette première matière, et en fait des animaux, des végétaux ou des minéraux. Car, selon sa complexion, ladite matière se change en toutes choses.

Étant la semence générale de toutes choses, elle se convertit donc en toutes choses, selon l'influence des choses quintes et selon l'attraction naturelle du lieu où la matière existe. Quant au genre semblable au premier, où se trouve la matière individualisée du premier genre, qu'on appelle le genre très général, et qu'une corruption artificielle extrait de cette matière déjà complètement formée, nous lui donnons une nature et génération nouvelle, en le convertissant et congelant en une nature et forme semblable au premier genre. On appelle argent vif le sujet qui reçoit toutes les couleurs et formes, par la conjonction de tous les éléments appropriés. Car le propre de la matière est de désirer une infinité de formes.

Si tu veux que cette honorable matière ait une forme noble, ajoute-lui des éléments nobles contenant la forme ou espèce que tu désires. Elle est teinte et entièrement convertie par les éléments que tu lui administres et qu'elle reçoit. La propriété du ferment est de changer la pierre en la nature du ferment, c'est-à-dire en nature liquide et fondante, à cause du caractère oléagineux subtil ou de l'huile incombustible et fermentable répandue dans toutes les parties de ladite matière. Celle-ci est submergée par une liqueur permanente qu'on appelle le ferment puissant, parce qu'elle convertit tout métal en sa propre nature selon une puissance déterminée. Si les éléments sont purs et tempérés, elle sera tempérée à son tour. Puisque cette matière se convertit en toute forme et en toute complexion bien tempérée et appropriée, nous l'appelons « mercure », à la différence de la planète céleste appelée Mercure. Ce dernier est froid, humide, chaud ou sec, selon le signe qu'il traverse dans sa révolution circulaire, et tempéré ou non tempéré, selon les diverses appositions et conjonctions.

Ainsi, quand cette pierre est dans l'eau, elle est très froide ; dans le feu, très chaude ; dans l'air, très humide ; et ainsi de suite. Il faut choisir le tempérament, comme le dit Arnaud de Villeneuve dans son *Rosaire*, à la fin du chapitre qui commence par les mots : « Selon un terme défini »[13].

De même, fils, c'est une matière qui adopte la nature de ce à quoi on la conjoint, tant conjointement que séparément, c'est-à-dire selon la manière de conjoindre et de séparer la terre et le ferment. Si tu veux, fils, qu'elle adopte la nature du métal, conjoins-

---

13. *Cf.* pseudo-Arnaud de Villeneuve, *Rosaire des philosophes*, II, 24 ; *Artis auriferæ*, t. II, pp. 440-444 ; J.-J. Manget, *Bibliotheca chemica curiosa*, t. I, pp. 673-674.

la à la nature du métal duquel elle se rapproche jusqu'à atteindre une bonne fermentation.

On veut dire qu'on joint le sec, c'est-à-dire la matière du soufre du métal, à la matière de l'humidité du métal, c'est-à-dire de l'air, pour qu'il puisse couler et fondre.

L'être humain produit un être humain ; le taureau, des bovins : génisses et taurillons ; et le bon métal, un bon métal. Ceci permet d'éviter l'erreur de ceux qui, en leur temps, ont engendré la pierre en cuisant sans aucune fusion effective. Celle-ci doit provenir de la propriété du métal qui est liquéfiable et fondant. Note aussi que, dans le monde entier, le ferment ne se trouve que dans l'or et l'argent, car ce sont les teintures qui colorent notre argent vif. Celui qui croit teindre les métaux avec de l'argent vif sans cet argent vif-là, est privé d'yeux et aborde en aveugle la pratique de leur transmutation.

En entrant et pénétrant dans n'importe quel corps métallique, l'or le teint d'une couleur rouge dorée, comme celle du sang le plus pur, et l'argent le teint de blanc. Si tu sais teindre l'argent vif avec l'or et l'argent, tu parviendras à un grand secret qu'on appelle notre feu. Ce sont les moyens matériels purifiés par le génie de la nature, où se trouvent les entités réelles intenses et vertueuses, et tous leurs accidents tempérés. Tu continueras sans cesse à en nourrir et faire fermenter la pierre.

40. TENIR SECRÈTE L'INVENTION DE LA PIERRE

Avant tout, fils, je t'ordonne de garder le secret sur le fait qu'en toutes choses, lors de leur ultime dépuration, on trouve leur première matière, en chacune d'elles, sous forme de mercure ; tu le verras par une noble expérience, si tu en es capable. Cette matière s'appelle le genre très général. Ne le prends pas comme le font les raisonneurs qui ne considèrent et saisissent que le terme, ou une entité fantastique. Il s'agit d'une entité réelle, c'est-à-dire du terme matériel de la nature. C'est là qu'elle reçoit ses principes matériels les plus proches, dans un acte de génération.

Comme c'est la première entité qui est le terme matériel de la philosophie naturelle, l'homme menteur et raisonneur l'appelle le genre très général. C'est le premier sujet de la nature, et il se divise en trois parties, car il est le genre du genre minéral, le genre du genre végétal, et le genre du genre animal. La compréhension de la philosophie se base sur les trois principaux genres que l'art expérimente, le minéral, le végétal et l'animal.

Fils, nous disons une seule chose que tu dois comprendre. Nombreux sont et seront ceux qui lisent et liront nos livres sans pouvoir les comprendre, parce que le sens des principaux termes leur sera inconnu et caché. Nombreux aussi seront les sots qui, dans leur aveugle ignorance, s'efforceront tous les jours de les réprouver et combattre. Mais nous n'en avons cure, puisque nous disons la vérité. Il y en aura d'autres qui nous comprendront bien, mais qui ensuite cacheront la chose sous le voile des analogies. Mais, à la fin, tout sera connu pour leur confusion. Ces hommes ne veulent pas que les petites gens aient connaissance de la vérité, et qu'eux-mêmes soient réprouvés à cause de leurs mondanités.

Par conséquent, fils, si nos livres peuvent se vendre, garde surtout, des mains de ceux qui traitent de cet art, ceux dans lesquels nous révélons tout le secret ouvertement. Par-dessus tout, cache bien et garde le présent livre de nos ennemis et des amis du monde, puisque, dans la deuxième partie, nous te dirons beaucoup de merveilles avec l'opération certaine, et nous te les manifesterons totalement par amour.

41. APRÈS AVOIR ÉTÉ TROUVÉE, LA PIERRE EST AIDÉE PAR D'AUTRES CHOSES POUR DEVENIR L'ÉLIXIR PARFAIT

Plus haut, fils, nous t'avons dit que ledit genre doit être préservé de toute combustion noire. Car, pour faire ton œuvre avec lui, tu as besoin de l'aide des teintures du soleil et de la lune. Mais tu dois d'abord les extraire par l'art du magistère, comme nous te le dirons dans la deuxième partie. Il faut le dépouiller de toutes les figures étrangères que la nature a posées en ce lieu : celles des différents végétaux, animaux, minéraux et liquides. On le trouve très prochainement dans toutes ces choses, mais plus abondant dans l'une que dans l'autre, et plus adhérent aux propres substances et natures métalliques, selon la quantité d'esprit de quintessence qu'il renferme. Ainsi parmi les végétaux, la vigne appelée matière masculine, la grande lunaire qui est un suc vital, la racine de la paille, le fenouil, le pourpier marin, la mercuriale, la chélidoine, et d'autres arbres et herbes ayant une nature chaude et humide, produisent des fleurs et des gommes dont on peut faire de l'huile, et dont le genre est très proche de la nature et matière minérale, sans compter tous les autres qui ont une nature plutôt chaude et humide. Parmi les animaux, citons l'espèce du basilic, et l'abeille qui fait la cire et le miel ; parmi les liquides, le sang humain, l'urine, les cheveux des jeunes gens, le lait des bêtes et autres humidités visqueuses ; parmi les minéraux, le soleil et la lune qui sont les ferments des pierres.

C'est d'eux que sort le plus prochainement le genre susdit qui adhère le mieux aux propres substances et natures métalliques, c'est-à-dire d'abord à l'or et à l'argent. C'est avec eux que tu dois faire fermenter ta pierre, en les joignant naturellement. Ensuite, elle pénétrera parfaitement tout autre métal, au moyen du ferment qui la conduit à une nature proche de la vraie médecine, participant de l'essence qui parfait les corps et de celle qui corrompt les imparfaits pour en faire cette médecine.

Il est clair que plus la nature s'approche graduellement de la nature, plus elle y participe, et que plus elle y participe, plus vite elle s'y convertit par amour. Car la nature se réjouit plus de sa propre nature que d'une nature étrangère. Tu dois donc passer doucement par les moyens naturels aux extrêmes, et tirer notre pierre de puissance en acte.

42. LA TERMINAISON ET FIN DE LA PIERRE ; DIFFÉRENTES FIGURES ; ELLE SE TROUVE PARMI LES PIERRES, LES SELS ET LES VERRES ; TOUT PROVIENT DE SA NATURE ; COMMENT ELLE DOIT NAÎTRE

En cette noble matière est achevé ce genre dont nous avons dit plus haut qu'il était tiré des pierres, des herbes et des animaux sous forme d'eau claire, imprégnée seulement de l'esprit de quintessence. Ensuite, nous la congelons avec la vapeur de son soufre. C'est alors que nous apparaît la pierre auparavant cachée dans son homogénéité liquide.

Note, fils, que notre soufre est créé parmi les pierres, les sels et les verres à partir de la substance d'une première chose appelée argent vif.

Fils, c'est à partir de la substance de cet argent vif que nous faisons tout notre œuvre. C'est un sel incorruptible, non un sel de roche, ni de verre ou de la substance d'une autre pierre ; mais nous le créons parmi ceux-là, car ce sont les vases naturels que ledit genre a choisis. Quand notre pierre se créera, tu la feras naître du ventre de sa mère. N'y mélange plus aucune autre chose, car elle renferme la vertu emportée du ventre de sa mère, c'est-à-dire cette nature sulfureuse subtile qui congèle tout argent vif. C'est la terre où nous semons notre or, et qui a la puissance de le retenir. Voilà l'intention, fils, que tu dois avoir lors de la création de la pierre ou en l'extrayant des principes naturels tant des pierres que des herbes. Car Dieu, le Créateur glorieux et suprême, a placé beaucoup de vertus secrètes dans les pierres et dans les herbes. Si on les connaissait, on ferait sur terre beaucoup d'œuvres merveilleuses que les gens simples tiendraient sans doute pour des miracles.

43. LA GRANDE CONJONCTION ET LE MOYEN DU MÂLE ET DE LA FEMELLE ; L'ÉCLIPSE DU SOLEIL ET DE LA LUNE ; LA DEUXIÈME NAISSANCE DE NOTRE ARGENT VIF POUR FAIRE L'ÉLIXIR PARFAIT

On vient, fils, de te révéler l'endroit d'où peut sortir notre argent vif qui fait la conjonction de la femelle et du mâle. Non qu'il remplace la femelle et le mâle dans le grand magistère, mais il y est comme le médiateur du soleil et de la lune. Sans cet argent vif, ils ne se conjoindraient pas bien dans la perfection de la pierre majeure. Quand tu auras dissous et subtilisé le soleil avec notre mercure, tu verras le sang de l'homme qui cherche l'union opportune et convenable avec sa femme ardente et brûlante, c'est-à-dire celle qui le porte dans son ventre. La lune sera imprégnée du feu de notre soleil, jusqu'à ce qu'elle devienne noire comme du charbon. Voilà ce que fait notre mercure. Il résout la teinture du soleil, qui est plus rouge que le sang du dragon, et lui-même en demeure entièrement teint. Ensuite vient la femelle qui conçoit tout cela, puis fermente jusqu'à l'enfantement.

On doit te révéler, fils très cher, qu'on ne peut engendrer notre pierre vertueuse et très précieuse qu'en joignant au mâle une femelle convenable. Car, bien que ledit composé du soleil puisse être dissoute sans femelle, il ne peut cependant y avoir de génération ou de corruption dans la nature sans agent et patient. Sache que, selon des degrés déterminés, la nature compose et décompose, comme le mercure à son premier degré de conjonction, ou lors de la corruption du mélange, qui mène à la séparation du mercure et du soleil, et du mercure et de la lune. La lune a trait à la génération, à la création de la grande pierre, lorsque le mercure se conjoint à elle. Alors, il n'y a plus qu'un vrai composé, noir comme le charbon. Il en ressort que notre mercure n'est pas la femelle convenable, puisque le corps est si pur et clair qu'il corrompt le composé et a le pouvoir de séparer sa propre nature de la nature étrangère qui, lors de la conjonction, est venue des éléments. Il a donc besoin d'une autre femelle, noble et apparentée, capable de concevoir, de porter et de nourrir notre cher enfant sans perdre sa noble matière. Elle devient noire, parce qu'elle veut le retenir tout entier.

Voyant cela, tu pourras dire que la lune souffre l'éclipse sur toute la terre qu'elle porte dans son ventre ; et le soleil également. On ne voit plus rien, puisque tous deux souffrent l'éclipse. Nous l'avons vu ! Beaucoup d'astrologues ne veulent pas le croire et disent que c'est contre nature. Ils disent vrai, mais ils ne possèdent pas l'intellect de la nature. Il est contre nature de corrompre le composé qu'elle a pris grand soin de créer elle-même. Il faut, fils, que ladite femelle ait une nature substantielle proche du genre minéral, pour tous les accidents de la substance universelle qui se rapportent à la complexion du mâle. La chair produit la chair ; l'eau, le vent ; le vent, la pluie. Nous avons besoin, principalement, de deux substances matérielles dont les natures s'accordent et se rapprochent, pour que la nature passive désire pleinement recevoir la forme de la vertu masculine, de même que la femme, par une impulsion naturelle, désire l'homme plus que toute autre chose.

On peut se servir de la simple femelle, puisqu'elle provient et descend du genre très général dont toutes choses ont été graduellement engendrées. Mais il faudrait beaucoup d'opérations, une longue digestion, de multiples dépenses, à l'infini, sans que notre œuvre ait commencé, alors que la pierre est créée, par un artifice subtil, à partir de la nature métallique dudit argent vif exubérant. Il faut mêler notre mercure à la nature des deux corps, puis l'en extraire, avant de pouvoir en faire l'élixir parfait.

C'est pourquoi les artistes modernes se trompent en croyant être à la fin, quand ils doivent encore commencer. Ils abusent des projections, sans avoir suivi tout le cours naturel qui, en tout, dure deux ans. La pierre a besoin d'un an, l'élixir d'un autre, si l'artiste est novice et ne les a jamais faits. Mais, s'il a une bonne expérience et de la subtilité, il lui faut un an et trois mois. Car corruption et génération se ressemblent. Si l'artiste sait donc corrompre, il saura également créer, car ce qu'il corrompt est précisément ce qu'il crée. Tout cela se fait par une opération que nous appelons « solution » et « congélation ». Dans la deuxième partie, nous t'en donnerons la pratique sue et par nous connue.

44. LES NATURES RADICALES QUI PERMETTENT D'ATTEINDRE ET DE REJOINDRE PLUS VITE LA PERFECTION ET LA NATURE PLUS PARTICULIÈRE DU MARIAGE ; LA VERTU ISSUE DE CE MARIAGE

Fils, notre soleil mâle ayant besoin d'une femelle plus appropriée, nous choisissons une matière plus cuite. Par la cuisson, sa nature devient métallique, moyennant quoi notre magistère s'accomplit bien mieux avec grande perfection.

Choisis, fils, et connais les meilleures racines minérales dont la nature est la plus proche de la nature liquide, avec tout leur génie. Je te prie de faire notre magistère avec elles, car l'agent qui engendre et le patient engendré doivent être rassemblés en une seule espèce et forme, c'est-à-dire la forme métallique. C'est ce que veut la nature. Nous en parlerons plus pleinement à la fin de notre *Théorie*, pour mieux faire comprendre l'accomplissement de notre magistère comparable à la génération humaine, en raison de la distinction de leur sexe ou genre.

Bien que ladite femelle minérale ait une nature plus chaude que la première dont la complexion n'est chaude ou froide qu'à un degré extrêmement simple, sa complexion naturelle est néanmoins froide par rapport au mâle. Celui-ci est actuellement beaucoup plus chaud qu'elle, selon la graduation naturelle de la complexion engendrée. Ainsi, selon les diverses formes ou complexions, on tire de puissance en acte. Au cas où la femelle minérale se joint à la première femelle simple descendue du genre très général, pour qu'elles engendrent à deux, la femelle minérale, en raison de sa plus grande chaleur, sera dite mâle et tiendra lieu de mâle. Mais elle n'est pas l'agent parfait qui, en engendrant, donne la forme matérielle pour accomplir la matière. Bien que la lune ait une forme active et matérielle, elle est loin d'avoir reçu, selon une certaine graduation convenable, l'acte matériel capable de lui donner une certaine forme et espèce. Sinon, elle serait trop lente à engendrer son semblable. Pour nous éviter cette erreur, la nature a montré, par une certaine expérience, comment on peut augmenter ses vertus.

C'est donc la chaleur du mâle qui agit, fils, tant dans la première conjonction de leur solution que dans la deuxième réduction de leur germe. Alors, notre femelle conçoit abondamment la chaleur du mâle dans son ventre humide. Ensuite, elle l'engraisse volontiers et l'embrasse grossièrement lors de sa réduction, par l'attraction, l'envie ou l'impulsion de la chaleur du mâle reçue dans la première conjonction. Voyons un exemple : les eaux qui coulent à travers les concentrations de vertus minérales changent de vertu, et elles deviennent des pierres conformes à la nature de la vertu, plus ou moins rapidement selon que ladite vertu minérale a été communément renforcée ou affaiblie en son lieu. Nous renforçons la vertu de notre pierre par la chaleur de son mâle, afin qu'avec plus de facilité, sans violence, et en l'enlaçant amicalement, elle puisse faire fermenter son germe, l'attirer dans son ventre, et le convertir et congeler par la chaleur du mâle, et qu'ainsi ledit germe parvienne à une exubérance très fertile.

Fils, tu ne dois alors rien faire pour transmuter la nature. La vertu corporelle de notre femelle suffit à renforcer, maintenir et assurer l'alimentation de la chaleur naturelle. Par la vertu attractive, elle l'attire vers une concordance de nature. Ainsi s'introduit l'espèce par la vapeur subtile du soufre qui, dans notre mine, ressemble à une fumée mercurielle sèche et sulfureuse ; et dans son ventre, il y a un feu non brûlant qui est voisin et ami de la nature.

L'or plaît plus à notre argent vif qu'aucun autre métal, comme le montre l'attraction de sa pure nature première. Par la purification, il se congèle en soufre très agréable. L'endroit où se trouve cette vertu est proprement celui où s'engendre notre soufre et où se transmute notre propre germe.

45. LA GÉNÉRATION NE PEUT PAS PROVENIR DE QUALITÉS TRÈS ÉLOIGNÉES ; LA DIFFÉRENCE ENTRE LE MÂLE ET LA FEMELLE ; LA CHALEUR PHILOSOPHIQUE

À présent, fils, il est suffisamment clair que la génération est impossible avec une femelle trop froide ou un mâle trop chaud, à cause de la distance extrême ou l'intempérance de leurs qualités. Si tu veux faire notre magistère, prends une autre femelle dont la complexion ou matière humide soit plus chaude ou modérément froide par rapport à la chaleur du mâle, comme le veut le cours de la nature. Cette proportion tire ouvertement la nature générative de puissance en acte.

Veux-tu, fils, que nous révélions ici combien de choses font connaître la vertu et la quantité de la chaleur philosophale ? Tu peux les reconnaître à quatre choses.

Considère le sujet où elle se trouve naturellement, c'est-à-dire l'argent vif. La détermination et fin propre qu'il reçoit dépend de la propriété de la matière, comme il appert des éléments où il se trouve naturellement, et de la chaleur naturelle.

En deuxième lieu vient la vertu informative qui se rapporte à la vertu céleste. C'est la vertu informative de la nature naturée, et elle dépend de la chaleur du feu commun bien informé. Troisièmement, considère la vertu de la simple puissance générative. Enfin, considère la proportion de ces vertus entre elles. La vertu de la puissance générative renfermera la vertu formative, c'est-à-dire la chaleur artificielle gouvernée par l'artiste à l'image de la vertu céleste. La nature formative, c'est-à-dire la chaleur artificielle excitante, la renfermera de manière bien tempérée : le froid tempérera la chaleur formative en resserrant la chaleur du mobile pris à partir du composé, c'est-à-dire que la vertu ne pourra opérer efficacement que sous influence de la vertu informative.

Note que le feu des philosophes est composé de quatre choses, à savoir : le feu innaturel placé dans le sujet propre, c'est-à-dire l'argent vif, selon la prescription du philosophe qui dit de mettre le feu dans les corps propres ; la simple chaleur naturelle de ce sujet ; la chaleur et vertu informative ; et la proportion de ces trois. Car, si l'un excède et surpasse l'autre, il en diminue l'action, comme le montre la chaleur digestive.

Le sujet de ladite chaleur ne doit pas avoir une quantité excessive, ce qui s'obtient par solution. Sache qu'il faut mettre les éléments les uns dans les autres. La puissance du sujet ne peut pas surpasser la vertu de l'action dans la matière, elle ne peut pas être diminuée, et elle ne peut pas avoir de qualité contraire.

Plus cette puissance est grande et efficace, plus la vertu opérative est grande dans les opérations naturelles. Peut-être, fils, la chose te semblera-t-elle impossible à connaître pour le magistère, mais nous te l'expliquerons dans la deuxième partie. Nous t'avons dit de conjoindre le soleil et la lune jusqu'à ce qu'ils souffrent l'éclipse ensemble et se trouvent dans la tête et la queue du dragon. C'est alors, fils, que tu feras l'unité de la pluralité, et que la nature en fera une nouvelle génération. Je déclare donc que ladite unité renferme une essence mercurielle substantielle et non accidentelle. L'accidentelle provient du mercure vulgaire qui est rempli d'accidents.

Cela montre l'erreur de ceux qui trompent les gens par leurs teintures accidentelles. Ils croient que c'est notre argent vif essentiel et substantiel dont la vertu est plus grande que celle de l'accidentel. Car les opérations essentielles et substantielles sont plus nobles que les accidentelles, et plus encore dans notre magistère. Sinon, l'art refuse d'imiter la nature, car les matières de la nature, par rapport à la matière de l'art, ne sont que des accidents. C'est pourquoi il est nécessaire que la nature forme plus subtilement toutes ses créatures. Comme l'art ne peut pas opérer aussi subtilement, il faut venir en aide à sa puissance, en lui administrant une matière qui ne soit pas trop subtile mais une pluralité de matière essentielle et substantielle à l'égard de tous ses accidents. Plus elle est essentielle par l'unité de la pluralité, plus sa vertu est grande en essence active et passive. Sans l'action et la passion de ladite vertu, elle ne serait capable d'aucune opération, et n'aurait aucun sujet substantiel. Cette pluralité dans notre magistère est donc naturellement souhaitable.

46. L'UNITÉ DE L'ARGENT VIF QUI CONTIENT LA PLURALITÉ, PRODUIT LA VERTU SIMPLE QUI IMITE LA PIERRE

Fils, cette unité qui se fait de la pluralité produit une noble puissance et un principe naturel secret. Elle fait sortir celui-ci des premières entités réelles afin que ses secrets s'y manifestent. Ainsi, les choses simples secondaires révèlent les premières puissances spécifiques, conjointes en une chose que nous appelons « entité réelle », « chaos », « nature », « origine », « hylé », « lion vert », « première matière », « argent vif », « onguent », « huile », « pâture » et « liqueur précieuse ». Car beaucoup de vertus y ont été réunies par la puissance de la nature gouvernée par l'art du magistère, et elles produisent des œuvres secondaires qui mènent à la génération. La fin des entités réelles susdites est dans celle des premières choses simples. Voilà tout le cours naturel ; une entité réelle, par la dignité de sa noble substance, a une plus grande vertu que l'autre. Plus sa vertu est libre, plus son opération est puissante. Dans les opérations sophistiques, le chercheur sage peut découvrir la nature secrète et les vertus des entités réelles, s'il sait les observer. Ces observations lui permettront de parvenir à notre grand secret. Mais il doit d'abord avoir la connaissance des substances matérielles qui produisent, de puissance en acte, les entités réelles.

Fils, sache que certaines espèces ont une plus grande vertu, et celles qui comprennent des individus sont plus vertueuses eu égard à leur propre genre. Quelques individus de la nature minérale opèrent mieux et plus noblement que les autres, le soleil par exemple, puis la lune. Plus la vertu d'un genre est grande, plus son opération est efficace. C'est pourquoi, fils, n'opère qu'avec les deux luminaires et leur médiateur, notre mercure. Car l'opération de leur essence est la plus efficace. Quand tu voudras que la pluralité des deux devienne une unité, et que le tout devienne un genre (il s'agit de l'eau extraite de leur corps), grâce au principe actif et à la simplicité de notre dite matière (il s'agit de la fumée blanche où opère la chaleur naturelle, et qui est le premier genre, le plus proche de la matière des métaux), alors tous réunis participeront des fins des espèces. Dans ce principe du genre, ou dans cette unité, commencent les fins des premiers individus que la nature a pacifiés.

Cette unité est triple, puisqu'il y a trois dissolutions différentes. La première unité est l'uniformité de toute la matière, c'est-à-dire du feu, de l'eau, de l'air et de la terre. La deuxième est l'uniformité de chaque élément pris séparément : l'air, l'eau et la terre dissous séparément, et le feu essentiellement dans l'air et l'eau, et matériellement et essentiellement dans la terre. La troisième est l'uniformité de l'eau et de la terre : la terre séparément, c'est-à-dire d'elle-même, se dissout en un autre élément, c'est-à-dire l'eau en eau sèche. Le lien desdites dissolutions est parfait par le troisième élément dans la terre dissoute.

On doit les corrompre pour commencer la dissolution du genre nouveau, ce qui sauve sa première matière. Il appert que, sans simplicité, il n'y a pas de puissance dans le cours naturel ; sans puissance, pas d'espèce ; et sans espèce, pas d'individus, puisqu'ils doivent se trouver dans leur propre espèce. Cela montre qu'une intense simplicité meut toutes les natures des entités réelles et fantastiques. Plus important est leur mouvement, plus puissante est la vertu naturelle, et par conséquent son opération, comme tu peux le constater.

Selon l'importance et la vertu du mouvement, l'importance et la vertu de son opération se multiplient. Tu connaîtras une vertu plus importante en connaissant un mouvement plus important. Tu connaîtras un mouvement plus important en connaissant une fin plus grande. Le mouvement provient de la puissance, la puissance de la simplicité, la simplicité de la subtilité, et la subtilité de la dissolution, celle-ci étant la fin de la corruption des anciens individus. Comprends-le corporellement ou naturellement.

Par la solution qui constitue la fin de la corruption, notre pierre est tirée de puissance en acte. Elle produit les entités concrètes qui représentent les instruments de toutes les natures fantastiques et réelles, par la confusion du noble mélange. De là viennent tous les nobles agents qui sont des mouvements plus importants, et les nobles patients où leurs propres agents se meuvent toujours. Dans la mesure où lesdits mouvements ont plus de vertu que les patients dont les agents sont immédiatement originaires, dans cette mesure l'opération des agents a plus de vertu que celle des patients. À cause de son mouvement, le soleil est plus enclin à engendrer et créer son semblable que la lune ou toute autre planète dans le cours naturel, comme l'homme a un désir plus grand que la femme, et l'âme que le corps. Fils, si tu sais marier le propre mâle avec sa propre femelle, tu auras un fils qui ne mourra jamais et qui, bien plus, fera revivre tous ceux qui sont morts ; il les accompagnera après la mort.

47. L'ARTISTE DOIT OBSERVER LA PUISSANCE DES DEUX ARGENTS VIFS PHYSIQUES APRÈS LEUR CONJONCTION ; LEURS DIFFÉRENTS EFFETS

N'ignore pas, fils, la puissance des deux argents vifs, quand ils se conjoignent l'un à l'autre dans la dissolution, l'un étant actif et l'autre passif. Fils, les différents accords provenant des vertus et puissances unies leur font produire quatre natures principales qu'on appelle aussi les quatre vertus qui régissent la nature. En particulier, la première s'appelle nature attractive ou appétitive ; la deuxième, nature rétentive ou coagulative ; la troisième, nature expulsive ; et la quatrième, celle qui commence, nature digestive.

La nature attractive se fait par la domination de la chaleur tempérée par la sécheresse ; la rétentive, par celle de la sécheresse ; la nature expulsive, par celle de l'humidité ; et la nature digestive, par la putréfaction, et par la domination d'une chaleur modérée par l'humidité. La nature attractive provient du mâle chaud ; la rétentive, de la terre patiente ; l'expulsive, de l'humeur des parents, qui se met dans ledit genre appelé argent vif, descendu plus prochainement du genre très général ; et la digestive, de la qualité du feu et de tout ce qui est tempéré par l'humidité lors de la cuisson, quand tout se mélange. Nous appelons la meilleure partie du composé celle qui est digérée. Nous l'appelons « onguent », « âme », « notre or » et « huile ». Elle colore, teint et fait couler tout argent vif, à cause de sa perfection acquise par ladite digestion. Le froid devient chaud, le sec humide, et le lourd léger, chacun par ses propres moyens.

Fils, si tu ignores la différence entre le chaud et le froid, et entre le mâle et la femelle, tu ne comprendras rien à l'œuvre, et tu ne sauras jamais le faire.

Fils, tu sais avec certitude qu'une chose ne peut naître que d'une femelle et d'un mâle, et qu'un germe ne peut germer que par la chaleur et l'humidité. À présent, fils, nous t'exposerons leurs forces. Fils, les forces et puissances appétitives sont masculines, chaudes et sèches, et elles sont feu. Les rétentives sont également masculines, mais froides et sèches, et elles sont terre. Les vertus mondificatives ou digestives, c'est-à-dire altérantes, sont féminines, chaudes et humides, et elles sont air. Les vertus expulsives sont également féminines, mais froides et humides, et elles sont eau. La cinquième force est la vie de notre enfant ; cette force n'est ni chaude ni froide, ni humide ni sèche, ni mâle ni femelle.

Fils, notre enfant a deux pères et deux mères. Il a été tendrement nourri de toute leur substance, et il régnera dans le monde sans jamais mourir. Fils, les forces appétitives, sèches et chaudes, teignent, colorent et affermissent les couleurs, les rendant à jamais inséparables et inaltérables. Elles proviennent du feu, leur père. Les vertus rétentives, froides et sèches, conjoignent les couleurs aux corps ; elles ramollissent ceux-ci et les conjoignent solidement auxdites teintures, de manière inséparable. Les vertus digestives et mondificatives nettoient et lavent la gale des corps ; elles en extraient la première nature et la rendent accidentelle, car elles sont humides et chaudes. Les vertus expulsives, froides et humides, expulsent les vices du monde. Voilà comment l'œuvre transmute ces corps qui se mélangent tous entre eux, jusqu'à passer dans leur nature crue. Quand tous les éléments se sont unis, ils ne se séparent et ne se quittent plus jamais. Chaque élément qui se sépare du corps y est réduit et ramené, et l'art rassemble et conjoint leurs matières. La cinquième force fait tout, en conduisant chaque chose à sa composition finale ; c'est l'esprit de quintessence que la nature influe dans la substance des composés, afin que l'art y influe sa vertu.

48. LA PIERRE POSSÈDE DES NOMS DIVERS À CAUSE DE SES EFFETS DIVERS

Fils, si tu veux œuvrer et commencer notre magistère, veille à n'œuvrer qu'avec des natures ou matières luisantes, à l'exclusion des autres. Le monde mineur en a été créé. Nous te les désignerons par leurs propriétés.

Note qu'on parle du commencement du magistère. C'est alors que la matière est tirée de la luminosité et clarté à l'acte de la génération, selon ce que nous avons dit au chapitre : « Si donc ». Dans ce même chapitre, note bien le cas où la corruption n'est pas suivie par la génération[14].

---

14. Référence peu claire : il s'agit peut-être du chapitre I, 34, *cf. supra*, pp. 66-67.

Revenons à notre propos, et désignons les natures luisantes par leurs propriétés. Sache, fils, que le soufre est le feu ; la magnésie est notre chère terre, et en second lieu, notre air ; et l'argent vif est notre eau vive qui court et pleut à travers le corps entier. Mais l'esprit secret est l'eau secondaire qui doit nourrir toute chose, vivifier tout germe, et allumer toute lumière et clarté. Si tu veux faire notre œuvre sans faillir selon l'art du magistère, amène toutes ces natures à se mélanger avec égalité naturelle, le mâle avec la femelle, le chaud avec le froid, et l'humide avec le sec. Ensuite, nourris-les avec de l'eau qui renferme l'esprit de lumière, de clarté et de vie, en cuisant bien ton œuvre, de manière égale et avec constance, assiduité et consistance. Mets ensemble les choses qui veulent être mises ensemble, c'est-à-dire le soleil, la lune et le mercure vif.

Voilà, fils, comment notre composé est fondé sur diverses natures. Le corps, ou sa quantité, provient de la mélancolie. Le feu qui est une colère rouge se place et se joint au cœur, ou au foie, pour digérer tout ce qui arrive au cœur. Après cette digestion, la matière digérée par le feu est expulsée vers le foie. L'air s'y joint, qui est le sang coulant à travers toutes les veines du corps. La chaleur apparaît quand tout devient rouge. L'eau appelée flegme est placée dans le poumon, et elle monte vers la langue et les instruments de la bouche. Ainsi, fils, tu dois sagement conjoindre les natures, jusqu'à ce que les corps deviennent esprits. Ensuite, conjoins les deux natures aux forces accidentelles introduites dans le cours philosophique par l'art du magistère, jusqu'à ce que tu aies extrait toute la nature pure, lumineuse et claire. De ces deux doit naître une seule nature qui illuminera tout son genre.

Cependant, quand tu seras à l'œuvre, fils, garde bien les corps dans leur liquéfaction. Ne dépasse pas les mesures que la nature te montrera par des signes à chaque cuisson. La nature se transmute jusqu'à ce que le corps permanent se sépare pour se liquéfier et fondre. C'est dû à la permanence des natures fixes, nos secrets tempérés et humides en lesquels l'art du magistère change les corps. Ce sont les onguents, les huiles, les ferments, les âmes, et les soleils qui rayonnent sans cesse sur notre terre. Efforce-toi, fils, d'atténuer les natures pour former les corps philosophiques, jusqu'à ce que tous deviennent une eau claire. Cette eau appelée « eau de sagesse » est toute or et argent. Elle est portée à l'acte spirituel des éléments où réside l'esprit de quintessence qui fait tout.

49. L'ARTISTE DOIT GARDER LA NATURE DE L'ESPRIT DE QUINTESSENCE, QUI EST LA FORME DE TOUTES LES FORMES ; COMMENT IL DOIT LA COMPRENDRE ; LA MESURE DU FEU

Fils, garde bien la nature de l'esprit de quintessence, si tu veux faire quelque chose. Il descend de la première chose qui est la forme des formes située dans les quatre honorables natures susdites. On l'appelle « âme des quatre éléments », « lumière », « clarté », « lumière claire », « esprit de quintessence ». Puisque toute forme substantielle descend immédiatement de la cinquième chose proche, nous voulons l'appeler « mère de toute autre forme ».

Fils, ne comprends pas que cet esprit, ou forme, soit chaud, froid, humide, sec, mâle ou femelle. Mais comprends qu'en raison de sa grande perfection, il participe de chacune des natures susdites. Sans cet esprit, il n'y aurait de complexion dans aucun composé. Nous connaissons manifestement et nous avons vu par une expérience certaine la liaison et connexion entre les quatre éléments qui, à cause de leurs qualités contraires, se combattent. Ce combat empêcherait lesdits éléments de s'accorder et de s'unir à la fin, s'il n'y avait pas ce moyen honorable qui se répand partout dans les quatre éléments et participe de chacune de leurs natures.

Si tu veux le connaître, fils, sache que c'est cet esprit qui fait la paix entre les ennemis. Pour le comprendre, note et prends l'exemple de l'air situé entre deux ennemis, le feu et l'eau, le feu étant chaud et sec, et l'eau froide et humide. De même, l'eau est située entre deux ennemis, l'air et la terre, l'air étant chaud et humide, et la terre froide et sèche. Or, quand nous voulons changer le sec en humide, nous nous servons de l'eau qui participe de l'humide radical, c'est-à-dire de la vapeur humide et aérienne contenue dans son flegme aquatique. On y trouve le cinquième esprit sans lequel la vapeur ou la matière de notre germe contenu dans son flegme, descendue du susdit genre très général, ne pourrait être congelée. C'est pourquoi on te laisse par écrit de bien savoir dissoudre la substance aérienne de notre pierre et la substance de notre terre, la mère, jusqu'à ce qu'elles se conjoignent inséparablement.

Fils, la substance aérienne est la substance de notre germe, appelée aussi « eau permanente ». Son humidité est une nature très chaude, car elle est pourvue de la propriété du feu naturel. Tu dois savoir bien la disposer et connaître la terre où tu dois la semer, puisque toute la force gît là, et que toutes les vertus de notre pierre en sont constituées. Si la substance de notre germe était congelée et changée dans le ventre de sa mère, qui est le vase de notre esprit, et dont la nature aérienne participe de son essence grâce à la chaleur, le germe excité resterait sans âme et n'aurait plus aucun mouvement respiratoire. Il serait mortifié, comme une terre de couleur blanche, privée de l'esprit vivifiant, c'est-à-dire de l'air qui fait respirer toute chose. Sans cet esprit, notre terre honorable ne pourrait pas porter du fruit, faute d'être perfectionnée par lui.

Fils, congèle ledit esprit aérien volatil dans sa terre, en le nourrissant amoureusement du feu approprié, comme un enfant dans les bras de sa mère. Veille bien sagement à ce que le degré dudit feu soit proportionné, pour qu'il ne surpasse pas la force de l'esprit humide et chaud. Car sa chaleur naturelle serait aussitôt résoute par la flamme d'un feu impropre, de même que la vertu d'une grande flamme détruit la vertu d'une petite.

En ce cas, fils, imite la nature, c'est-à-dire que, lors de la génération des choses naturelles, tu ne prendras le feu élémentaire que dans la mesure où tu en as besoin pour exciter le feu naturel qui renferme la vertu générative active dans toute la matière. En l'imitant, regarde et comprends la nature comme ta directrice et maîtresse. Dans sa grande sagesse providentielle et sa sollicitude, elle ne prend dans l'œuvre naturelle qu'autant de feu élémentaire que nécessaire pour former sa matière. Voilà, fils, ce que tu dois faire, c'est-à-dire fixer ledit esprit humide dans sa terre, et le dessécher sagement au moyen de la chaleur appelée « escatesis », qu'il souffre comme sens et signe naturel. Il suffit que la sécheresse de la terre soit sustentée par la sécheresse d'un feu très ténu et faible. Malgré cela, sa nature doit être excitée par la chaleur subtile dudit feu, sans qu'elle surpasse sa vertu. Par elle, l'esprit chaud pénètre profondément la matière honorable, comme l'âme pénètre le corps humain pour lui donner vie.

Fils, voilà la substance aérienne que tu dois régir et gouverner par le génie naturel. Fixe-la bien avec le corps pour que ce dernier ne reste pas mortifié, et rejette ensuite son flegme et toutes les superfluités. Tu auras alors une substance terrestre bien disposée par l'humidité et la chaleur inséparablement unies, et redevenue air. Le lien sera le fait de ladite eau qui est le moyen entre le sec et l'humide.

On notera ici l'incération, appelée naturelle parce que la nature la fait en engendrant et vivifiant des choses mortes. Car, en sublimant, elle change le sec en humide et inversement. C'est le mélange de la nature, qui ne peut se faire sans feu.

D'une terre très subtile et bien digérée et d'une chaleur aérienne subtile, on compose le soufre, en sublimant comme dans le vase de la nature. Ladite humidité et ladite terre s'y mélangent entièrement et subtilement, en petites parcelles insensibles, de sorte que les plus petites parcelles de terre sèche et d'humidité aquatique, et les plus grandes, deviennent un ensemble homogène où toutes les parties se ressemblent, et qu'elles ne se séparent plus, comme il appert manifestement de leur sublimation. En effet, l'expérience montre irréfutablement, ou que tout s'envole ou que tout reste en bas, au fond du vase. L'art nous révèle que, quand la nature a pris grand soin de lier grandes et petites parties, aucune ne se sépare plus de l'autre.

Fils, tout cela se fait dans la première partie de la création de notre pierre. Voilà le mélange des choses altérées, c'est-à-dire de nos argents vifs altérés. On peut les lier à l'unité essentielle de l'esprit de quintessence, en les altérant et en les rendant homogènes, si bien qu'ils ne se séparent plus jamais, comme tu peux le voir par l'expérience de la sublimation où est rassemblé ce qui est du même genre. Tu ne dois en aucun cas ignorer que notre médecine se compose d'un seul genre et d'une seule nature.

50. LA NATURE SÉPARE LE PUR DE L'IMPUR, L'IMMONDE DU MONDE, PAR LA SUBTILITÉ ET LE GÉNIE DE L'ART ET DE LA NATURE ; COMMENT TU DOIS COMPRENDRE L'ÂME ; CE QU'EST L'ÂME

Fils, notre sublimation sépare tout ce qui est pur, lié et uni dans le mercure, des fèces grossières, terrestres et impures. Tu dois étudier, lire, relire et scruter jusqu'à acquérir un grand nombre de considérations raisonnables à propos de ce régime. Voilà tout le péril, tout le profit, tout notre magistère : former notre enfant et influer la vie et l'âme dans son corps, à l'aide de l'humidité et de la chaleur de la claire lumière quinte qui transmutera la matière de couleur en couleur.

Fils, ne t'imagine pas que cet œuvre se fasse par la force. Il faut le génie et la subtilité, de la nature s'entend. Sagace, celle-ci prend grand soin de conduire et porter la matière à sa perfection. C'est pourquoi, si tu veux trouver l'œuvre, sers toujours la nature, en disposant sa matière dans le feu avec une science connue, selon ce que requiert la nature. Alors, elle fera son devoir. C'est elle, et non toi, qui forme, lie et change la matière, quand elle trouve la matière conforme aux principes naturels que l'art lui approprie. Si on sollicite son intelligence, la nature obéissante fait tout l'œuvre dans la matière. Tu n'es que son serviteur. Aucune forme, excepté l'âme, ne met en mouvement la matière de manière appropriée ; et sans mouvement, rien ne peut être engendré. Tout dépend donc de l'âme. Mais ne la comprends pas comme quelque chose d'organique et physique, qui constitue la puissance de vie dans les animaux, mais comme l'artiste dans l'exercice de son art. Cette âme, fils, n'est pas la vertu sixte, mais la vertu quinte, et elle résulte de l'essence la plus pure des quatre éléments. Elle repose dans la sphère du feu et l'habite dans un mouvement continuel. La cause de son mouvement est la chaleur naturelle excitée par le feu élémenté simple, au même degré.

Veille, fils, à ce qu'il ne t'échappe pas, tiens-le avec les mains, et garde-le d'une chaleur excessive.

51. LES QUATRE NATURES ÉLÉMENTAIRES NAISSENT DU MÂLE ET DE LA FEMELLE POUR FAIRE LA GÉNÉRATION

Fils, deux des quatre natures susdites descendent du mâle, les deux autres de la femelle. Elles subissent nécessairement toutes ensemble la transmutation de leur nature, jusqu'à ce que la susdite vertu quinte les accorde vraiment et se lie à elles d'un lien tel que plus jamais aucun élément ne se sépare de l'autre, et jusqu'à ce que la corruption mène enfin ladite vertu quinte au terme du mélange, en soi ou accidentellement, et qu'elle se sépare, se dissolve et se délie entièrement du composé. Alors, les éléments n'ont plus aucune force pour se retenir, mais ils sont séparés et déliés les uns des autres, puisque leur lien quint, ou ladite vertu quinte, s'est dissous et séparé d'eux. Il reste une chose confuse et désolée, qui a perdu son recteur et gouverneur.

Ô vous, fils de doctrine, notez cette noble vertu, si vous voulez lier tous les éléments ensemble. Sans elle, on ne peut pas faire un vrai mélange d'aurigraphie ; avec elle, on fait un tempérament naissant d'une noble concordance, avec la propre mesure descendant de la nature suprême.

Cette nature renferme la philosophie et la science des sept arts libéraux. Car elle comprend toute forme géométrique, elle détermine toute chose par la vertu de son arithmétique, par l'égalité d'un nombre certain, et par une certaine connaissance rhétorique, elle porte et conduit son intellect de puissance en acte. Apprenez donc à connaître cet instrument, vous autres fils, si vous voulez voir et connaître avec une expérience certaine les vertus qu'il faut réinfluer dans ses composés, tant par la sagacité de la nature que par la sagacité de l'art.

52. L'INTENTION DANS LAQUELLE ON FAIT UN DES QUATRE ÉLÉMENTS ; COMMENT ON LE FAIT ; QUAND ET POURQUOI ON LE FAIT

Avant d'unir les quatre éléments spirituels, tu dois savoir que c'est pour les fixer qu'on cherche à les unir, pour que cette unité puisse résister au feu.

Fils, le feu est tel qu'il ne peut supporter rien qui soit corrompu. Au contraire, sa force l'annihile tout à fait. Car sa propriété est de refuser toute corruption avoisinante, à cause de sa pureté, et à cause des différentes grandes contrariétés entre la pureté du feu et l'impureté des autres éléments. Connaissant donc, fils, l'intention et la chose, prépare d'abord les éléments en les purgeant philosophiquement, pour obtenir cette pure nature appropriée au pur élément. C'est cet élément qui est appelé feu. Il est incorruptible.

C'est ce qui fait dire aux philosophes qu'on résout les corps en argent vif hors de la chaleur, car l'extraire, c'est la sagesse.

Cette pure nature est appropriée au pur élément et à la première chose. Elle s'extrait de leur centre sous forme de cristal très resplendissant et clair. Car nous t'avons déjà dit, au chapitre de la forme majeure[15], que la terre que nous foulons n'est pas un élément pur, mais élémenté du vrai cinquième élément. On constate qu'au centre, elle est vierge, un vrai élément blanc. Il faut comprendre la même chose à propos des autres éléments.

Nous avons dit aussi, si tu as voulu nous comprendre, que tout ce qui n'a pas la vertu pure des éléments sera entièrement brûlé et détruit. Les éléments resteront, clairs et très purs, et la terre resplendira comme du cristal fin. Le Seigneur créateur fera cette purgation par le feu du ciel, jusqu'à ce que le monde soit réduit à sa chose première, c'est-à-dire que tous les éléments soient ramenés à leur pure essence qui ne redoutera plus le feu du ciel. Le mouvement de la nature suprême restera au ciel sans aucune corruption. Voilà comment, fils, il te faut imiter, dans ton œuvre appelé « monde mineur », la purgation du monde majeur, jusqu'à ce que son mouvement demeure sans corruption. Alors, il ne redoutera plus le feu, mais les éléments reposeront assemblés par un grand amour.

Ô fils de doctrine, si tu es sensé, vois combien tu dois au Créateur qui t'a donné l'être pour te sauver et te montrer ces choses. Qu'il te soit entièrement révélé, fils, qu'aucune chose atteinte de corruption ne pouvant supporter ou soutenir le feu, et le feu ne pouvant souffrir la corruption, la pierre doit d'abord être magistralement extraite, nettoyée et séparée de toutes les féculences corruptibles, avant que tu ne prétendes la fixer. Il faut une

15. *Cf. supra*, I, 3, p. 12.

pure nature, c'est-à-dire une chose appropriée au pur élément et à la première chose.

53. TOUTE LA SUBSTANCE DE LA PIERRE DOIT ÊTRE IMPRÉGNÉE DU FEU OÙ SE TROUVE L'ESPRIT DE QUINTESSENCE ; LA GOMME DES SAGES PHILOSOPHES ET BONS ALCHIMISTES

Fils, sache que toute la substance de notre pierre est imprégnée du feu où se meut l'esprit de quintessence. Elle habite la sphère du feu ; notre pierre, l'esprit quint, en est remplie. On le trouve dans tous les quatre éléments, séparés et non séparés. Tous sont habités par le grand dragon, c'est-à-dire par le feu où se trouve la pierre aérienne.

On notera ici comment il faut garder et défendre la propriété contre la combustion.

Cette propriété se trouve dans tous les composés du monde. Ceux qui le comprennent bien disent que notre pierre se trouve dans le monde entier.

Mais il y a une grande différence entre pierre et pierre. Le tempérament ne peut être fait que par les ferments qui, nécessairement, fixent la pierre, après qu'elle se soit convertie en nature métallique, c'est-à-dire en soufre et argent vif. Le ferment ne provient que du soleil et de la lune. Nous ne cherchons à convertir la pierre qu'en son semblable. D'eux dépend tout le tempérament. Il n'y a pas de ferment avant que les corps susdits aient été changés en leur première nature. La médecine doit composer le ferment à partir d'une huile et d'une terre très subtile, par incération naturelle, solution et endurcissement, jusqu'à ce que tout soit comme une substance gommeuse. Cette gomme a la force d'attirer toute autre nature à laquelle elle se joint.

Fils, cette gomme est notre ferment composé. Elle est également une médecine qui a la puissance de convertir la médecine suprême ; ensuite, ledit ferment composé la fait fermenter. Nos simples ferments sont nos premières huiles ; nous en faisons nos ferments composés qui constituent une médecine de grande valeur. Si donc tu ne sais pas convertir lesdits corps parfaits en leur première nature, tu n'auras pas les ferments composés.

54. LA VERTU UNIVERSELLE QUI SÉPARE LES ÉLÉMENTS ET QUI LES CONJOINT ; D'OÙ ELLE SE CRÉE, EN DONNANT LA CONNAISSANCE UNIVERSELLE

De même, fils, vois ce que nous allons dire. Il est certain qu'une vertu est influée dans tous les corps élémentés, car sans elle ils ne peuvent être. Dans les choses homogènes terminées, ladite vertu demeure perpétuellement minérale. Elle supporte toute chaleur, à cause de sa parfaite cuisson sous forme d'humidité liquoreuse. Il faut extraire cette humidité des métaux parfaits, à savoir du soleil et de la lune. Car de là vient le terme de notre perfection, et la clarté et lumière de la claire lumière quinte.

Extrais cette vertu par une vertu semblable qui se trouve dans les choses crues et non terminées par une extrémité ; elles ne trouvent un terme que dans ce qui est moyen. Tu en sépareras l'eau, le feu, l'air et la terre. Ces éléments crus sont imprégnés d'une vertu semblable, mais plus crue à cause de la matière de ses vases. En raison de sa nature crue, elle doit attirer la nature plus cuite, chaude, humide, subtile et aérienne. Influée dans sa propre mine, elle est changée et congelée par le génie de la nature en espèce et nature de métal. Elle est une nature plus proche que la première matière. Elle descend plus prochainement de la forme des formes, et ne se conjoint ni ne se convertit jamais en forme ou nature de métal avant d'avoir d'abord converti le métal en sa nature crue, pontique et amère. Le cru doit souffrir le cuit, et le cuit le cru.

Voilà, fils, comment tu mettras la forme antique avec toutes ses parties substantielles. Elle est la pure espèce et la pure nature de la vraie clarté. Renforce-la avec la nouvelle, et augmente ses forces en administrant l'influence céleste. Comprends, s'il te plaît, que la nature doit aider la nature. Celle d'en bas a besoin de l'aide de celle d'en haut. De même, la matière de la femelle doit être renforcée et perfectionnée par la vertu de la matière de son mâle. Nous l'avons dit plus haut : la vertu du mâle tempéré en chaleur et humidité tempère et renforce la vertu passive, retient la vertu germinative, dompte tous les excès du froid et les conduit en une région éloignée, parce qu'elle désire la vertu céleste appelée « forme » et « mère des formes ». Elle descend conjointe à la nature plus prochaine du métal, par son influence vertueuse et subtile, en remplissant les formes moyennes selon le genre et la forme de la matière, et en s'attachant par un amour très véritable.

S'il te plaît, fils, note ces trois vertus. La première descend du premier moteur ou mouvement des étoiles et de ses figures. Dans notre *Testament*, nous l'appelons « forme des formes », c'est-à-dire première forme. Elle transmute toute matière inférieure de forme en forme, uniquement par le cours de la nature et par son instinct. Dans la nature, cette forme suffit pour former et mener de puissance en acte le premier composé avec la matière des éléments. Cette forme ne suffit pas dans l'art. La deuxième vertu est infuse dans les matières élémentaires confondues. Sache l'extraire de l'endroit où elle se trouve, en réduisant son genre à la première nature, et en le rapprochant autant que possible de sa cause première. Elle suffit à l'art, étant naturelle. En ce point, l'art ne peut pas imiter la nature, car il ne peut pas donner de forme substantielle aux choses, comme le fait la nature par le génie de sa noble opération orientée. En ce point donc, l'art et l'artiste auront recours à la nature. Ils la supplieront de prêter ses formes substantielles déjà créées, pour former un corps très puissant gisant mort en terre, de t'enseigner l'extraction à partir de ses composés créés, et de te montrer son incération qui mène la matière de puissance en acte générateur.

Fils, l'artiste subtil doit regarder comment la nature opère, afin que, par son art, il puisse l'imiter autant que possible. Quant à l'impossible, il doit savoir y suppléer par le génie intellectuel, en considérant la nature, si on veut que la chose se fasse naturellement. Celle-ci naît simplement de la troisième vertu que tu pourras comprendre par la deuxième forme. Bien que nous ayons dit qu'il y a trois formes, il n'y en a cependant qu'une seule. Car elle ne reçoit les différentes déterminations que par la nature du genre où elle est naturellement influée, reçue et condensée par lui en forme substantielle. Sans elle, rien au monde ne peut vivre.

Nous nous sommes efforcé d'ouvrir l'intellect humain pour faire comprendre que ladite vertu est influée dans les humides radicaux imbibés des parties essentielles des choses composées, mercurielles et élémentaires, pures et non pures. Dudit humide sont constituées toutes lesdites parties essentielles de tous les mercures et de tout ce qui est au monde. C'est lui qui nourrit et fait croître tout ce qui doit se nourrir et croître.

Fils, nous te parlons partout d'une façon générale. Si tu comprends ce que nous venons de te révéler, garde-le étroitement caché dans ton cœur, sans le révéler. Sans cette vertu, tu ne peux lier ni délier, former ni transmuter, laver ni dessécher, refroidir, réchauffer ou humidifier, ni mettre l'âme dans le corps. C'est par elle que sont liés les éléments.

Ô fils de doctrine, si tu ne comprends pas d'abord leurs natures par théorie, tu ne sauras jamais, par pratique, amender ton œuvre ni comprendre les mesures. Tu errerais sur un chemin opposé, dépendant du hasard.

55. LA NATURE DU MENSTRUE PUANT OÙ SE TROUVE LE FEU CONTRE NATURE ; LA CHOSE QUI CORROMPT TOUTE LA NATURE

Ensuite, fils, nous te révélons la nature du menstrue puant où se trouve le feu contre nature, qui transmute toute notre pierre en un dragon, une gorgone ou un grand serpent qui imprègne sa mère. Dès sa naissance, il a une complexion froide et sèche au quatrième degré, et sa substance est pontique. Mais, en la cuisant et digérant, on la change de nature en nature et de saveur en saveur. Étant sujette à la transmutation, la matière subit aussitôt la contrariété par son propre nom. Si elle-même résiste à ce qui lui est contraire, elle possède par contre la luminosité de la transmutation grâce à la contrariété qu'elle reçoit de cette entité provoquant cette contrariété.

Fils, rien ne la corrompt sauf la chose qui la vainc en étant de qualité contraire, comme par exemple le chaud et le froid. Il en va de même s'il s'agit d'une qualité du même genre, comme par exemple une chaleur tolérable et une autre intolérable détruisant le sens naturel. Ainsi, une petite flamme est brûlée et dévastée par une grande qui la surpasse. L'humide capable de nourrir longtemps une petite flamme est consumé en peu de temps par une plus grande, et aussitôt la petite flamme périt. Tout les choses que fait la nature en un moment, se corrompent en un moment ; elles n'existent qu'un moment, ayant toutes une contrariété. Certaines choses, toutes du même genre, ont une contrariété excessive. D'autres sont entièrement contraires et, malgré cela, l'emportent en vertu. Elles œuvrent et souffrent continuellement. Tu comprends que la corruption de notre pierre et la brièveté de notre vie, comme sa durée, dépendent de la complexion de l'air environnant.

Dans ce magistère, fils, tu as besoin de deux airs. L'un a une complexion tempérée. C'est par lui que nous engendrons notre pierre. Car il renferme une vertu vivifiante comparable à ce qu'est l'âme pour le corps. L'autre a une complexion non tempérée, ce que pourra te certifier sa ponticité terrestre, aiguë et amère. Il a, fils, une nature froide au quatrième degré, et chaude au premier. Le froid cause la ponticité, et la chaleur cause l'amertume et l'acuité. À cause de cette acuité, il pique beaucoup et a une vertu opérative et incisive, comme il appert de son acte. En effet, il pénètre, puis il sépare une partie de l'autre, et il la broie et corrode. Cela doit te persuader que, parmi les saveurs causées par la chaleur, l'aiguë est la plus chaude. Car aucune ne peut faire une impression aussi forte que celle qui renferme une chaleur excessive. Cette complexion peut toujours résoudre l'humidité, la convertir en vapeur et la putréfier, en imprimant une chaleur innaturelle provenant de notre argent vif, et surtout de la nature des pierres, et qui est voisine de l'acuité. Cet air pique et ronge comme une chose pontique et aiguë, mais pas aussi profondément. On lui attribue donc une substance grossière, ce qui appert d'une autre expérience. Quand la chaleur aiguë, incorporée dans l'amertume sous forme d'eau humide, entre au plus profond du corps dissous, et que le corps est envahi par les parties humides, les parties grossières salines qui n'ont pas pu entrer dans le corps avec le chaleur aiguë, se séparent. Comme il est séparé de son lieu, il ne peut obtenir l'humidité qui lui donnerait une continuité, mais il se congèle au fond de son vase. Il reste un métal dissous et imprégné par la chaleur aiguë sous forme d'eau, et de là vient notre argent vif qui en est la dissolution.

On met du sel pour deux raisons, d'abord pour extraire le feu contre nature qui corrompt notre pierre, puis pour que le sel efface et nettoie l'onctuosité. Cependant, fils, observe le poids et la mesure, car il ne faut pas que l'amertume surpasse la chaleur aiguë, afin qu'elle n'empêche pas la putréfaction de notre pierre. Aucun animal ne peut être engendré sans putréfaction.

Fils, la nature animale de notre menstrue mortifie tout ce qu'elle touche, mortifie et obscurcit nos deux airs, corrompt ce qui est animé, dessèche ce qui est vert, humide et naturel, engendré ou en voie de génération, aigrit le doux, congèle ce qui est dissous, nettoie ce qui est corrompu, change le chaud en froid, l'humide en sec, le dur en mou, le lourd en léger et le grossier en subtil. Sa nature première fait tout cela par certaines opérations.

Ce menstrue a encore d'autres puissances. Il vivifie tout ce qui est mort, blanchit tout ce qui est noir, engendre ce qui est animé, humidifie le sec, le garde et le défend contre la combustion, adoucit ce qui est âcre, humide, froid, allège ce qui est lourd, humidifie et adoucit ce qui est sec, amer et chaud, et le porte à une complexion tempérée, cuit davantage ce qui a été réincrudé, change le froid en chaud, le sec en humide tempéré, le léger en lourd modéré, le subtil en grossier qui participe du simple, condense ce qui est simple et raréfie ce qui est dense. Il a donc des opérations contraires qui sont celles de la nature. Car il congèle ce qui est dissous, et dissout ce qui est congelé.

Ne t'étonne pas, fils, en méditant dans ton cœur la recherche de la vertu d'un tel menstrue, puisqu'elle conduit et gouverne toute la nature. C'est une chose vile qui, d'elle-même, devient une chose très merveilleuse, très profitable et très précieuse. Nous ne l'aurions jamais cru si nous n'avions pas vu ses effets de nos propres yeux.

Cette vertu est finalement déterminée par son élément. Vois à ce sujet le chapitre dix-sept de notre *Pratique*, où nous parlons du corps et de l'esprit unis, en donnant l'exemple de la génération humaine[16]. Vois aussi à ce sujet les chapitres quarante-huit et quarante-neuf, « Mais l'esprit secret »[17]. On y explique la propriété qu'a le menstrue d'endurcir, car il participe à deux opérations, l'endurcissement et l'amollissement. Celui qui comprend bien cela sait que la vertu minérale réside ou dans la terre ou dans l'eau. Observe bien sa puissance, car elle n'est finalement déterminée que par sa propre matière. On doit se rappeler qu'elle est ou céleste ou terrestre, selon la vertu introduite qu'il ne faut en aucun cas suffoquer par un agent étranger. Sublime donc le

16. *Cf. infra*, III, 38, pp. 264 et sv. La référence au chapitre II, 17 paraît inexacte ; le *Theatrum chemicum* renvoie ici à I, 27.
17. *Cf. supra*, I, 48 et 49, pp. 87 et sv.

mercure qui renferme cette vertu. Quand il est sublimé, il congèle par sa vertu un autre mercure, et en fait une médecine élevée. Mais il ne le fera que s'il a été sublimé. C'est pourquoi Avicenne dit que notre mercure doit d'abord être sublimé, et que la première chose à faire en notre œuvre et magistère est de sublimer notre mercure.

56. L'ARTISTE DOIT S'ÉVERTUER À TROUVER LEDIT MENSTRUE ET BIEN COMPRENDRE SA NATURE

Fils, si tu cherches ce menstrue sans lequel tu ne peux rien faire naturellement, tu dois d'abord avoir recours aux principes naturels. C'est là que la nature commence à œuvrer de manière immédiate. Par un cours naturel, ces principes matériels adhèrent facilement à leurs propres substances, tels que les humides radicaux qui, par leur chaleur naturelle, et excités par le feu de l'orbe, trouvent leur terme dans la substance métallique ; ce qui serait impossible s'ils ne participaient pas de la nature du métal. Cet humide radical n'est que la substance de l'argent vif imprégné par la chaleur du soufre. Cette chaleur du soufre congèle l'humidité du mercure, et la termine en métal parfait. Il appert que cet humide radical terminé en forme métallique a, en acte, la puissance et la nature du menstrue. On l'appelle « premier extrême » de notre pierre.

Issue de sa nature, notre pierre s'y résout sans préjudice portée à sa nature et à sa croissance, car le premier régime de notre pierre est sa résolution en argent vif. Expliquons sous quelle forme notre pierre est extraite tant du corps que de l'argent vif, quand la nature dudit menstrue puant est encore voisine de celle des corps et de l'argent vif, sa chaleur l'ayant congelé en nature métallique. Ladite chaleur, multipliée dans la substance de l'argent vif, est mélangée vaporeusement à toute ladite substance humide, par la vertu du premier mélange homogène fait sous forme de liquide ou d'eau claire. En imitant ce principe de la nature, tu dissoudras la pierre jusqu'à ce qu'elle devienne une eau. C'est une chose que l'argent vif vulgaire ne peut pas faire, par manque de chaleur et d'humidité, alors que la pierre doit prendre la forme d'un liquide. Car on ne passe du premier au dernier que par leur milieu.

Si tu m'as bien compris, il appert que, sans le menstrue, la pierre ne peut pas être dissoute en humidité. C'est l'esprit puant dont on tire l'eau vive qui nous apparaît sèche. L'argent vif compris vulgairement, c'est-à-dire se trouvant dans sa première nature, ne peut changer un corps qu'en la nature en laquelle lui-même se change. Car il change le corps quand lui-même se change. S'il se fait une eau claire, il se change en eau claire. S'il n'est pas changé, il ne peut changer qu'en sa nature.

Ce changement en sa nature est expliqué au chapitre précédent, le cinquante-cinq. Il est imprégné d'une vertu telle qu'il est toujours déterminé en une matière, que ce soit celle de l'eau ou celle de la terre.

Beaucoup se trompent en croyant, sans raison, que cet argent compris vulgairement serait capable, par une nature qu'il n'a pas, de transmuter le corps en eau vive. Tout cela ne vaut pas une figue putréfiée. L'argent vif vulgaire, comme nous l'avons dit, ne transmute le corps du soleil et de la lune en eau humide que si sa nature le permet, au moyen d'une toute petite altération appelée proprement combustion et perdition des éléments réels, ou confusion de l'esprit, de l'âme et du corps. La raison est qu'il ne s'agit pas d'une chose qui a sa part entre le corps et l'esprit, c'est-à-dire entre ledit argent vif et le métal parfait. Cette chose, elle, est le moyen capable de faire des opérations contraires, de délier et lier les éléments, et de les défendre contre toute combustion. Cependant, le feu excité doit être modéré. De même que le plomb aide l'argent quand on l'examine, qu'il le garde de la combustion du feu, et qu'il est là comme un moyen entre l'argent et le feu, de même ce moyen défend les éléments contre toute combustion, et possède la propriété naturelle d'unir le corps à l'esprit et l'esprit au corps. Nous l'appelons donc moyen entre le corps et l'esprit. Mais un autre corps moyen aussi conjoint le corps à l'esprit et inversement. Il est très proche du genre métallique. C'est donc par les moyens qu'on passe aux extrêmes parfaits. Pour passer d'un contraire à l'autre, il faut passer par une moyenne disposition, comme cela te sera expliqué par la figure de l'arbre pratique.

Fils, la moyenne disposition est celle qui participe d'une part de la mollesse de l'argent vif, et d'autre part de la dureté du métal. Car cette nature a mené sa propre substance de puissance en acte. Les extrêmes immédiats de l'œuvre de la nature sont d'une part l'argent vif, mais pas tel que nous savons le faire par notre art, et que nous prenons en réalité comme menstrue ; d'autre part tous les métaux, parce qu'on y trouve la fin de la circulation faite dans l'œuvre de la nature. La moyenne disposition de ces deux extrêmes est l'argent vif que nous appelons menstrue dans l'œuvre de l'art, et qui s'extrait dudit premier extrême sous forme d'eau claire faite par le génie de la nature, qui se congèle en soufre. On l'appelle « eau sèche », non « eau de nuée » ni « eau flegmatique », mais « eau colérique plus chaude que le feu ». Mais les vrais principes nommés radicalement, et dont la nature opère tout ce qui a été dit, sont véritablement le soufre et l'argent vif dont proviennent les deux extrêmes très fortement éloignés du propre moyen. Tu dois les connaître si tu veux commencer quant à la nature ; tu dois même savoir comment on les appelle en langage rustique.

57. LES PRINCIPES NATURELS CONFONDUS ; L'OPÉRATION SUIVANTE LES ENGENDRE EN NATURES ÉLEVÉES

Les principes naturels confondus dans l'œuvre de la nature sont les esprits puants ainsi que l'eau vive qui devient eau sèche et, dès lors, s'appelle moyen réel. Fils, les esprits puants sont les seconds moyens. Ils ont leur part entre le corps et l'esprit et s'appellent encore « soufre » et « feu ». C'est en quelque sorte le sperme masculin, le moyen actif entre le menstrue et le feu. L'eau vive est l'argent vif qui est congelé en soufre, comme le menstrue est congelé en substance embryonnaire. Ensuite, cette matière dans son propre vase minéral, c'est-à-dire dans les mines ou veines minérales de la terre, engendre et crée une substance fumeuse très subtile qui se conjoint vaporeusement en une seule chose, et se cuit et se purifie longtemps. Ensuite survient la vertu minérale sulfureuse, sous forme de vapeur sèche qui la pénètre et s'unit à elle d'un lien d'amour tel que plus jamais l'une ne se sépare de l'autre. Mais la vertu du mâle doit surpasser celle de la femelle par l'égalité de la chose quinte. Il reste une chose fixée par la cuisson naturelle tempérée de la matière dans sa mine, de sorte que l'humide mercuriel ne se sépare jamais du sec sulfureux, ni le sec sulfureux de l'humide mercuriel. Ils ont été liés par l'action et la passion dans ce moyen mercuriel où la forme métallique s'est pleinement constituée. Non qu'il soit de l'argent vif dans toute sa nature, puisqu'une partie de sa nature a déjà été altérée par le resserrement des parties subtiles liées par la vapeur du soufre. Cependant, il n'y a pas non plus de soufre dans toute sa nature. Si c'était le cas, le soufre brûlerait la matière de l'argent vif par son action prédominante.

Puisque la vertu du soufre ne domine pas celle de l'argent vif, elle ne peut pas consumer la clarté métallique spécifiée, mais elle la congèle seulement et la fixe jusqu'au degré dont elle est capable, en conservant l'espèce métallique que l'argent vif tient matériellement d'après sa nature. Cette proportion de soufre et d'argent vif constitue spécifiquement la forme et l'espèce du métal. La vapeur de soufre et d'argent vif devient de l'or, de l'argent ou un autre métal, selon sa purification, cuisson et digestion dans la mine.

Les moyens dans l'œuvre du magistère sont le soleil et la lune. L'art prend les métaux comme moyen dans l'œuvre du magistère, et particulièrement le soleil et la lune. Ces deux, également tempérés et bien purifiés, sont issus d'un soufre et d'un argent vif bien cuits, purifiés et digérés par le génie de la nature. L'art travaillerait en vain pour obtenir cette proportion, s'il voulait commencer par les principes naturels sans les moyens réels.

58. LA MATIÈRE DU SOUFRE PROPORTIONNÉ ; SON ÉQUIVALENCE DANS L'ŒUVRE DE LA NATURE

Fils, telle est la matière métallique où est proportionné notre soufre que la sage nature nous a préparé par son génie subtil, et moyennant lequel nous faisons tout notre magistère. N'ignore pas, fils, que ce qu'on appelle le deuxième extrême dans l'œuvre de la nature est un moyen dans l'œuvre philosophal, car l'art doit achever ce que la nature a laissé. La nature n'a pas réussi à passer au-delà de la génération des métaux, ayant déjà accompli sa circulation. Comprends, fils, que la chose perfective doit être présente à toutes les expériences. Dans leur calcination, l'humidité métallique ne peut pas être brûlée ni séparée, en raison de l'homogénéité des éléments peu à peu liés ensemble. Mais l'humidité des pierres se sépare bien, comme il appert de leur calcination, sous la seule action du feu, sans aucune administration médicinale, et cela parce que, dans la substance grossière de la pierre terrestre, l'humide n'est pas lié au sec dans les petites parties et dans les parties subtiles, mais en beaucoup de parties grossières.

C'est le contraire dans la matière du verre. C'est pourquoi l'art du verrier est subordonné à cet art. Le philosophe dit que le verre est un exemple de notre magistère.

C'est la raison pour laquelle l'humidité des pierres et des moyens minéraux, tels qu'atraments vitriolés et azotés, sels, aluns et borax, dont la nature n'est pas fixée par le suc matériel, est volatile et s'enfuit du feu. Avec cette eau, nous fixons les oiseaux qui volent dans l'air, par la vertu de notre pierre extraite de leur propre substance. Notre argent vif est donc une substance matérielle, et il est l'humide radical de tous les corps liquéfiables.

On notera ici l'eau fixative. On doit liquéfier les corps et en faire de l'eau, en les fondant èt liquéfiant en argent vif. Car c'est le principal élément desdits corps liquéfiables. Quand il se fond et se liquéfie avec eux, ils se dissolvent avec lui et en lui.

Le soufre est la pierre. On l'appelle moyen dans l'œuvre de la nature. Mais on appelle l'argent vif et le métal ses extrêmes ; ils sont la matière du commencement et celle de la fin. Bien que notre magistère doive imiter l'œuvre de la nature autant que possible, nous ne pouvons proprement suivre la nature que dans la manière d'opérer, et non en prenant une matière crue, comme elle le fait au commencement. Pourtant, nous ne pouvons commencer sans elle. Le métal cuit qui est soufre et argent vif doit être réincrudé. Notre magistère imite l'œuvre de la nature avec des matériaux plus propres, ce que tout sage artiste doit savoir.

59. L'ART CORRIGE ET COMPLÈTE LES FORCES QU'IL TROUVE DANS LA MATIÈRE DE LA NATURE, EN LA TRANSMUTANT EN ACTE DE FORME PURE

Fils, qu'il ne t'ennuie pas d'écouter nos dires. Par l'art su, nous corrigeons et complétons les forces et vertus de la nature, avec son aide. L'art commence à œuvrer là où la nature abandonne. On a vu que les métaux ne peuvent teindre que dans la mesure où leur teinture s'étend par l'effet de la première circulation de leur nature sulfureuse. On fait donc une certaine opération lors de la génération de notre pierre, pour que sa teinture croisse et soit incomparablement plus forte que dans son état naturel.

Fils, si tu sais faire notre bain, tu pourras laver notre argent vif à un point que la nature n'a jamais atteint, et en faire l'élixir parfait. Mais comme, dans l'œuvre de la nature, l'argent vif et les deux métaux sont des extrêmes, ils ne peuvent teindre que par la vertu d'une disposition moyenne entre la mollesse de l'argent vif et la dureté du métal. Par cette disposition moyenne, on constitue une obédience naturelle qui produit la conjonction entre le corps et l'esprit, comme cela se fait dans toute chose engendrée.

Cette vertu est double : il y a une vertu opérative et une vertu matérielle. Chacune des deux a une disposition moyenne, à la fois l'opérative qui dépend de l'artiste sage et expert, et la matérielle qui dépend principalement de l'instrument, bien qu'elle ait déjà reçu sa détermination finale de tout le composé subtilisé, et cela trois fois avant sa perfection.

De même, il y a dans la nature plusieurs moyens dont deux sont plus purs et moins visqueux que les autres, tels que les azots et les vitriols verts avec la nature pierreuse qui est le sel et la nature des pierres.

Fils, aidés par la nature de cette chose ou matière vile, nous créons la pierre que nous avons tant cherchée. Car, dans l'œuvre de la nature, elle est le moyen entre l'esprit et le corps, et le propre sujet matériel, comme le soufre dans la matière de l'argent vif. Par elle, la nature convertit l'argent vif en métal vif parfait. En raison de sa dépuration dans notre magistère, on l'appelle le moyen réel entre le corps et l'esprit. Nous appelons « corps » la terre brûlée ; nous appelons « esprit » l'argent vif extrait du corps sous forme d'eau claire. Partout dans l'œuvre de la nature, fils, on choisit deux propres moyens parmi tous les autres, à savoir ledit azot et le sel de la nature, qui convertit l'argent vif en un liquide igné dont est créé le soufre qui congèle l'argent vif.

Fils, nous avons pareillement dans notre magistère deux moyens que la nature nous a donnés et qu'elle a dépouillés de leurs moyens confondus. On les appelle or et argent. En raison de leur pureté, ils participent d'une plus grande perfection. Les extrêmes de notre pierre, en sa première création, sont d'une part l'argent vif extrait du corps, et d'autre part l'élixir parfait. Le moyen de ces deux est notre pierre créée de la substance dudit argent vif dont aussitôt, sans autre moyen, on fait l'élixir parfait, c'est-à-dire le dernier extrême de notre pierre et l'accomplissement de notre magistère.

À présent, fils, descendons graduellement des extrêmes et des moyens aux premières racines de la nature, afin que tu comprennes les moyens par lesquels la nature passe graduellement à ses extrêmes, selon une perfection plus ou moins grande. Car là se trouve toute la connaissance de l'œuvre de la nature, de tous ses secrets et, par conséquent, de toute autre science.

60. LA NATURE DE NOTRE ARGENT VIF ET DE SES EXTRÊMES

Après avoir dit les extrêmes de notre pierre, disons à présent les extrêmes de notre argent vif. Nous dirons ses deux extrêmes et toute sa substance. D'un côté, il y a l'eau du lion vert, conjointe au métal. De l'autre, il y a la pierre créée. Leur moyen est le soleil et la lune dont sort notre argent vif, c'est-à-dire un corps liquéfié, fondu et putréfié, dont on crée la pierre quand elle est purgée de sa tache originelle.

Fils, la nature fait le lion vert azoté, appelé « vitriol », à partir de la substance de l'argent vif commun, c'est-à-dire de la racine de la nature dont est créé le métal dans sa mine. Fils, il faut trois choses principales dans notre œuvre ou magistère, comme dans l'œuvre de la nature, à savoir les extrêmes et les moyens. Tu dois apprendre à les connaître successivement et patiemment, en faisant l'œuvre selon les avertissements de la sage nature, afin de créer d'abord la nature de notre argent vif, et d'avoir ainsi la matière convenable pour la création de notre pierre.

Les moyens de notre argent vif sont principalement les propres métaux, à savoir le soleil et la lune. Leur nature devrait convertir l'argent vif en une pierre précieuse, mais il faut l'aide d'un artifice. Car la nature n'est pas capable de digérer une nouvelle fois lesdits métaux, et d'en faire l'élixir parfait par une nouvelle circulation, et cela à cause de l'épaisseur, de la dureté et de la compacité de l'humidité mercurielle. En effet, le soufre et la chaleur naturelle l'ont terminée et épaissie en forme de métal. Ainsi, la nature a créé le soleil et la lune avec la substance subtile de ses propres moyens, dans sa première œuvre, par la chaleur. À ce point, nous suppléons aux puissances de la nature en rendant les corps durs graciles et mous, avec l'aide de la nature qui ne s'en sépare pas. Nous les liquéfions et fondons par des putréfactions, jusqu'à ce qu'ils redeviennent une matière d'argent vif, en subtilisant et simplifiant le grossier, en réduisant le cuit en cru, et en dissolvant le sec en humide. Tout cela doit se faire entièrement, pour que la nature simple obéisse mieux à la nature digestive.

Il est évident pour tout sage, et les principes naturels le montrent, que ce qui a une substance subtile et partout semblable, c'est-à-dire un corps simple et homogène, se change et s'engendre plus vite, à cause de sa nature, que ce dont la substance est grossière, dure et épaisse. C'est pourquoi nous dissolvons l'or et l'argent par des choses radicales du même genre, c'est-à-dire par le liquide de nos argents vifs dont le premier est le menstrue puant. Il entre dans la première matière des deux luminaires, comme les principes naturels te l'enseignent dans leur mine. Ils doivent donc immédiatement se résoudre en ce dont ils sont faits, et se convertir à vue d'œil en menstrue puant. Autrement, ils n'auraient d'action et de passion qu'à la convenance de la nature. Souviens-toi aussi de ne mettre avec le menstrue que ce qui en est né au commencement de ton mélange. Si tu mets une nature étrangère, il se corrompt aussitôt, et tu n'auras jamais ce que tu cherches.

L'or, l'argent et le mercure se dissolvent dans notre menstrue, parce qu'il a une nature proche de la leur. Tu en extrairas une fumée blanche qui est notre soufre, le lion vert qui est notre onguent, et une eau-forte qui est notre deuxième argent vif. Cependant, il faut que le lion vert soit solennellement dissous dans l'eau puante, avant qu'on puisse avoir la fumée blanche appelée soufre, qui s'obtient également par la dissolution du corps et la congélation de l'esprit, sous forme d'eau sèche appelée « pierre » et « moyen suprême de tout notre œuvre ». Car elle est l'union des natures, à savoir du corps et de l'esprit.

Fils, on l'appelle eau ignée qui consume et brûle l'or mieux que le feu élémentaire, parce qu'elle renferme une chaleur naturelle qui scinde, rompt et dissout sans violence, ce que ne peut pas faire le feu commun. Nous t'ordonnons de faire le magistère avec des choses plus chaudes que tu trouveras partout dans la nature. Tu auras une eau chaude qui dissout tout.

61. LA NATURE DES EAUX FORTES ; LEUR EXAMEN OU ÉPREUVE

Beaucoup prétendent que les eaux fortes corrompent notre pierre ; et ce n'est pas un mensonge. Celui qui ne comprend pas sa corruption, force est qu'il ignore sa génération, car celle-ci ne peut se faire sans la corruption et la transmutation des individus. Ceux-ci sont les entités réelles et matérielles de notre pierre en sa propre nature, qui doivent être corrompues par ledit menstrue, conformément à l'amour pieux, c'est-à-dire sans difformité ou destruction totale. Car une mère pieuse ne veut jamais tuer le fils qu'elle a nourri. Fils, elle refuse tout ce que tu mets qui ne soit pas de son genre ; elle ne le dissout pas, mais le putréfie. C'est une chose commune que de recevoir toute la nature dont elle est proche.

Veille donc à ne mélanger à notre eau rien qui ne soit de sa propre nature. Ce qui putréfie davantage le corps parfait est notre eau, à cause de sa ponticité amère et de sa nature crue. Elle brûle et corrompt tout ce qui peut être brûlé et corrompu, en détruisant sa nature brûlante et combustible. Si l'humidité oléagineuse, impure et onctueuse se trouve dans le composé qu'elle doit corrompre par sa propriété, elle le tourne à rien par toute son opération. Le résidu qui est plus pur demeure, dissous et protégé du feu. C'est la nature pure et la propre matière essentielle de notre pierre, dissoute par la vertu de l'eau susdite, qui ne peut pas être consumée, mais dont l'humidité croît à mesure qu'elle se trouve dans le feu.

Cette eau a le pouvoir de brûler tout ce qui lui est étranger ; nous le savons par expérience certaine. Par un artifice, nous avons dissous dans cette eau le soufre commun beurrier, nous avons sublimé l'humidité dont la nature a été purifiée par distillation, puis nous avons introduit l'argent vif vivifié. Aussitôt, il se congelait en un amalgame noir très mou, parce que la nature sulfureuse, sèche et vaporeuse ne l'emportait pas sur la mollesse de l'argent vif. Ensuite, voulant éprouver sa luminosité, nous avons mélangé l'eau de l'argent fin et l'eau dudit soufre. Ensuite, nous avons congelé l'argent, nous l'avons fait fondre en notre présence, et nous l'avons trouvé qui était noir, terrestre. Nous l'avons éprouvé par les cendres. Il était bon comme le premier, mais plus de la moitié était perdu. Manifestement, toute l'humidité extraite du soufre était encore très onctueuse et combustible, et l'eau ne l'emportait pas sur l'impureté et la malice du soufre.

Nous avons encore mélangé une eau nouvelle et l'eau du soufre, nous avons distillé l'eau, et nous constatons que toute la substance humide du soufre était brûlée, parce qu'elle n'agit aucunement contre le mercure. La vertu de notre eau peut donc rassembler les choses pures et homogènes, et séparer et diviser les choses hétérogènes, en les brûlant et consumant, puisqu'elles ne sont pas d'une seule nature.

62. L'ARTISTE DOIT COMPRENDRE LES BONS ET LES MAUVAIS ESPRITS, ET LES RECONNAÎTRE À LA VERTU ET NATURE DES EAUX FORTES ; LE FEU ÉLÉMENTÉ QUI ÉLÉMENTE LES ÉLÉMENTS

De même, fils, nous avons éprouvé la nature de l'arsenic vulgaire, et nous ne le trouvions pas moins puant et combustible. Il en va de même pour les autres esprits, compris rustiquement : ils sont tous pleins d'infection. Venons-en donc à l'argent vif que nous savons. Ladite expérience de sa nature nous a montré qu'il était gardé et préservé de toute combustion. Sache, fils, que notre eau te permet de connaître visiblement quel esprit a une nature meilleure et plus proche dans notre œuvre. Car, en vérité, l'argent vif a été débarrassé de cette eau sans que sa substance pure ait été consumée, comme la nature l'a montré et que nous l'avons vu par l'art. La nature le termine en métal, et l'art en pure médecine qui serait impossible si la substance n'était pas perpétuellement fixe dans le feu qui ne veut que ce qui est pur. Sa substance étant pure, il réside dans le feu sans être consumé à la fin. Voilà comment l'eau te fait connaître l'esprit, et l'esprit, l'eau qui le rectifie.

Fils, note que le feu élémentaire qui élémente les éléments ne peut pas extraire l'âme du corps. Mais notre eau puante la tire bien vers la force d'amour qu'il y a entre eux grâce à la préparation. Car, par les préparations, on extrait les âmes et les forces qui se trouvent dans notre magistère, en distillant, redistillant, dissolvant et congelant. Ainsi, fils, notre eau fait de tout corps un esprit. Elle change l'argent vif en une substance vive, puis mortifie et ensuite vivifie avec sa propre nature. Congelée, elle s'appelle « notre magnésie ». Ce n'est rien d'autre qu'une eau composée et congelée, qui résiste au feu et ne le redoute plus jamais, parce qu'elle-même est feu, sa nature est ignée, elle a grandi dans le feu et s'est nourrie du feu.

Comment donc un père pourrait-il tuer le fils qu'il a engendré ? Et une mère très pieuse, comment pourrait-elle méditer la mort de l'enfant que sa chair a nourri ? Supposé même qu'ils veuillent le tuer, jamais ils ne pourraient le confondre. Au contraire, la chaleur du labeur les anéantirait plutôt, parce que le fils est revêtu d'une chaleur telle qu'aucun feu ne peut le corrompre. En effet, la chaleur dont il est muni est plus grande que celle du feu élémentaire. Fils, nous avons magnifié notre eau après l'avoir congelée par son ferment. Si tu comprends bien nos eaux, tu comprendras les argents vifs qui en proviennent successivement. Tout ce qui suit a une plus grande puissance de fermentation que ce qui précède. De même, ce qui vient en dernier a une plus grande puissance que tout le reste. Si donc tu comprends nos argents vifs et leurs forces, tu comprendras la puissance de nos ferments.

Ici gît une philosophie très remarquable. Elle peut se montrer visiblement, par expérience, patience ordonnée charitablement, et durée de temps anticipé, pour posséder une médecine qui ne se trouve pas tous les jours. Celui qui l'a, possède un trésor éternel, incomparable à tout autre.

63. LA NATURE DES FERMENTS ET DES EAUX ; NOS ARGENTS VIFS ; LES TERRES DU MAGISTÈRE ; LA CONNAISSANCE DE L'EAU-FORTE ; LES CHOSES QU'ON DOIT CONJOINDRE EN ACCORDANT LES CONTRAIRES

À présent, fils, nous avons l'intention de te dire en résumé la nature des ferments, des eaux, de nos argents vifs, qui sont tous une seule chose et une seule nature, et de parler aussi de nos terres. Nous te disons que tout cela n'est qu'une seule chose qui, selon les opérations, se distingue en trois. Par la cuisson, c'est une seule chose d'une seule puissance simple. Ensuite, selon une transition graduelle, avec information par une autre digestion, c'est une autre chose appelée « argent vif », « terre », « eau », « ferment », « gomme », « notre deuxième salsature amère et âpre ». Elle dissout tout corps par la vertu composée et la propriété acquise dans cette deuxième digestion. Ensuite, par d'autres digestions, elle reçoit une puissance beaucoup plus grande.

Tu peux comprendre ainsi que, dans notre magistère, il y a trois terres propres, trois eaux propres, trois ferments propres, trois gommes propres, trois salsatures propres et trois argents vifs propres congelés, comme te le permet de comprendre la figure de l'opération triangulaire[18]. Elle constitue les trois principales réductions qui accomplissent tout notre magistère, ainsi que nous l'expliquerons dans notre *Pratique*. Congèle donc l'argent vif, fils, dans les mines de sa terre. Car il est notre argent vif, notre terre, notre gomme, notre salse amère ; il est adouci par la vertu de la troisième réduction. C'est notre ferment, notre élixir et notre médecine pour toutes les maladies. C'est notre eau, non l'eau vulgaire mercurielle des flegmatiques, mais celle dont nous avons dit que sa nature est beaucoup plus chaude que celle du feu, et qu'Hippocrate, Galien, Avicenne, Averrhoès et d'autres philosophes ont appelée « urine des jeunes garçons colériques », c'est-à-dire une eau-forte aiguë extraite de ce que nous avons dit, convertie et congelée en eau de ferment, comme nous l'avons dit. Sache, fils, que la colère n'est qu'un feu.

Fils, telle est la description de notre eau première et dernière, et l'explication des vers suivants : « Dissipe la chose prise, d'abord, cette partie assez apte ». « Dissipe la chose » : c'est-à-dire la corporelle. « Prise » : par la liaison et union de la nature. « D'abord, cette partie » : l'aqueuse, c'est-à-dire la chose corporelle dissoute qui réside dans la chose aqueuse. « Assez apte » : à ce sujet, voir le cinquième chapitre du livre III des *Minéraux* d'Albert, sur la cause de l'essence des métaux, au-dessus de la clausule qui concerne la solution. Cette eau est la chose susdite. « Légèrement extraite, broie ainsi la masse faite ». « Légèrement extraite » : la chose corporelle bien dissoute qui réside dans la

---

18. Nous ignorons à quelle figure il est fait allusion.

chose aqueuse. « Broie ainsi la masse faite » : en engendrant l'œuvre de la solution, en broyant, imbibant et rôtissant la masse non dissoute jusqu'à ce qu'elle se dissolve selon un signe à toi connu, et cela par le feu aqueux, et aussi en excitant un feu suffisant, puisque la nature, pour agir, a besoin d'être informée conformément à son œuvre. « Car l'urine dispose à la ruine les membres ». « Car l'urine » : le feu de l'eau. « Dispose à la ruine les membres » : les parties individuelles des corps, en lesquelles les espèces se dissolvent. Nulle part au monde, il n'y a une chose aussi bonne pour teindre que l'eau que nous tenons en mémoire.

Fils, sache et note bien que, tant dans l'art que dans la nature, l'argent vif est congelé par l'eau aiguë. Comprends cela philosophiquement. Si elle n'était pas aiguë, elle ne le pénétrerait pas : c'est ce qu'elle fait en premier lieu dans la solution. Après cette solution, sa nature change et devient un sang d'apostumes. Fils, on doit faire adhérer deux choses en accordant les contraires : l'une est pure, l'autre impure. L'impure se retire, étant ennemie du feu à cause de sa corruption. Mais l'autre reste à cause de sa pureté, et se transmute en sang ; c'est notre argent vif et tout notre secret, revêtu d'un manteau triple, noir, blanc et rouge. C'est de lui seul que nous avons besoin pour posséder l'intention de notre magistère. Cet argent vif renferme tout ce dont nous avons besoin pour la substance quinte.

Voici encore des vers : « Il y a dans le mercure tout ce que cherchent les sages. Car sous son ombre se cache la substance quinte » : sa substance est pure et incombustible. Tout cela n'est qu'or et argent liquéfiés et fondus à l'intérieur et à l'extérieur, c'est-à-dire dans la chose corruptible soumise au feu de la pierre, puisqu'elle est contre nature. Ces corps sont liquéfiés à l'intérieur et à l'extérieur par la vertu dudit feu menstruel, puis purifiés et séparés de lui et de toute sa tache originelle. L'or, incombustible, reste liquéfié et fondu ; il aurifie le mercure, il y agit et opère, il le teint. Ainsi, le soufre se répand partout dans sa substance. Voir à ce sujet les *Livres de la perfection* de Géber et, au livre III des *Minéraux* d'Albert, les chapitres de la création du soleil. Dans la semence, ledit mercure est entièrement fermenté par la douceur de l'or qui nourrit la semence, la meut et la multiplie, comme tu peux le voir dans la nature.

Comprends, fils, notre mercure, sa propriété, son mode d'accouplement, le lieu où il faut l'administrer, et la manière dont l'argent vif extrait de l'argent s'accouple très bien avec l'or. N'œuvre donc qu'avec le mercure et la lune pour l'argent, et avec le mercure et le soleil pour l'or. En effet, l'or ne peut être dissous ou réduit que par sa propre nature. Distingue bien la figure et la nature des matières ainsi nommées.

64. ON PRÉPARE LA PIERRE EN LA DIVISANT EN QUATRE ÉLÉMENTS, APRÈS LES AVOIR PUTRÉFIÉS

Fils, pour faire notre magistère selon l'intention de la nature, il faut diviser la pierre en quatre éléments, pour que chacun puisse être préparé séparément, selon l'exigence de sa nature. Voilà la vraie purification qui précède l'opération parfaite. On l'appelle proprement « séparation des éléments », et leur « ablution ». Elle sépare toutes les parties impures d'avec les pures. Ensuite, en joignant naturellement les plus légères et pures, on parfait la préparation. On réduit l'humide en sec, immédiatement après la séparation des éléments. Car l'humide n'aimerait pas le sec, ni le corps l'esprit, s'ils n'étaient pas d'abord bien purifiés de leurs infections, et lavés par distillations, calcinations, solutions et congélations.

Fils, après la séparation des éléments, il reste un corps brûlé par la salsature sulfureuse brûlante provenant de la tache originelle de notre menstrue, qui corrompt notre pierre. La terre du corps se calcine après l'extraction de l'air, pour qu'elle soit bien purifiée des parties sulfureuses salées et combustibles. Si donc cette matière combustible n'avait pas été mise pour corrompre la pierre au commencement, il ne faudrait jamais la purifier. En effet, après la corruption de la pierre et après sa séparation en quatre éléments, le composé doit être purifié de toutes ses ordures par distillation et calcination. Ensuite, on conjoint le mercure au corps pour commencer la préparation réelle qui est la création de notre pierre, c'est-à-dire celle que la nature fait par distillation, en dissolvant le corps et en congelant l'esprit. L'opérateur doit sagement lui administrer la matière, comme les opérations de la nature le requièrent. C'est pourquoi il faut diviser la pierre en quatre éléments. Cette division est une solution faite pour que la substance de la pierre soit très nette, et que tout ne soit qu'un pur mercure qui a la propriété de fixer et de fondre.

Quand tu voudras dissoudre le corps après sa calcination, dissous-le avec l'argent vif extrait de ce corps, purifié et bien rectifié par la septième distillation. Alors, le corps se dissout très facilement, et l'argent vif pénètre ce corps avec beaucoup d'efficacité, en entrant par ses pores. L'esprit y est congelé grâce à la dissolution de la nature fixe du corps, et à son mélange avec l'argent vif. Fils, si tu me comprends, c'est là notre dissolution solennelle qui se fait avec la congélation de l'esprit, et sans elle, non.

Comprends encore, fils, que la séparation des éléments ne peut se faire qu'après leur putréfaction qui mélange l'esprit au corps et à ses éléments. Elle les rend volatils, comme il appert de leur séparation. Digère et putréfie donc les éléments dans leur limon, afin que ce qui est bien digéré puisse bien se séparer pour satisfaire à la volonté de la nature. Puis inhume pour que ce qui est séparé soit mieux purifié et devienne un argent vif sous forme d'eau claire. Fils, si tu ne divises pas la pierre, c'est-à-dire la substance quinte et les quatre éléments, tu peux être sûr que les éléments humides ne pourront ni s'unir naturellement ni se conjoindre au corps sec, aucun élément n'ayant la nature de la quintessence. Car c'est là l'union de tous les éléments, et leur réduction en une substance pure. Il convient que ces éléments soient bien purifiés de leur corruption. Nous te disons que, calcinées, les parties sulfureuses combustibles et corruptibles sont séparées et entièrement détruites par le feu et la terre. Le corps est broyé et bien subtilisé par cette digestion. Les eaux sont bien purifiées de leurs ordures par la distillation. Subtilisée, leur nature se change en celle de l'air, en allégeant ce qui est léger.

Ensuite, fils, tu peux conjoindre le mâle et la femelle, afin que, par l'art, ils engendrent le fils du feu, tant aimé de tous les philosophes. Ô fils, si tu m'as bien compris, ci-gît toute notre philosophie.

65. RÉSUMÉ DU FAIT DE TOUT L'ART ET DE TOUTE LA SCIENCE

Résumons pour mémoire tout ce que nous avons défini dans notre livre. L'effet de tout le magistère n'est, en résumé, que la multiplication de la teinture dont la nature est d'adhérer à tous genres de métaux. La teinture métallique n'est, en résumé, que le soufre multiplié par sa propre chaleur naturelle dans la substance de l'argent vif qui le digère et le convertit en substance de soufre selon un certain mode de digestion. La multiplication de la teinture n'est donc qu'une augmentation de la chaleur naturelle, c'est-à-dire du soufre non brûlant, dans la matière de l'argent vif, l'argent vif étant la matière des métaux, et la substance où leur clarté est fixée. Les métaux n'ont besoin que d'une teinture substantielle où la teinture du soufre se fixe. Elle doit être de la même matière que le métal, préservée de toute combustion, capable de toute fusion, aimable et agréable à tous les métaux.

La teinture du soufre doit suivre cette substance et s'y attacher, si on veut qu'elle teigne le métal et que ladite substance soit fixée sans consumer l'humidité, sans se reconvertir en terre, et sans être brûlée. Tout cela dépend de l'argent vif qui est donc, notons-le, la cause perfective des métaux. Il suffit à chaque degré de toutes les fusions, c'est-à-dire avec ignition comme le montrent l'or, l'argent, le fer et le cuivre, et sans ignition comme il appert du plomb et de l'étain. Toutes ses parties adhèrent bien et se mélangent avec force et noblesse. Si tu parviens, fils, à l'épaissir d'une certaine manière par le feu, en conservant son humidité, il ne se laissera plus jamais corrompre, et la flamme furieuse ne le fera jamais partir en fumée, à cause de son poids et de l'absence de toute combustion.

Cependant, nous ne pourrions pas épaissir l'argent vif vulgaire, mais bien le nôtre, le philosophique, sa substance étant susceptible de s'épaissir. Cela se fait par l'œuvre du deuxième ou troisième degré. S'il est manifestement parfait dans toutes ses parties, nous ne nous soucierons pas d'une autre épreuve, puisque l'expérience visible nous a montré que, quand il se fixe, il devient une teinture puissante, abondante, efficace et resplendissante, au point qu'il n'y ait pas homme qui vive pour te le dire. Il est le moyen qui conjoint les teintures, parce qu'il s'y mélange dans les plus infimes parties, et y adhère naturellement en profondeur. En effet, il a la nature des métaux, en particulier du soleil et de la lune qui teignent tous les autres métaux imparfaits. Nous t'enseignons donc que la teinture du soufre ou du feu mélangé à la matière de l'argent vif, doit se fixer en la propre substance dudit argent vif, qui est la matière des métaux, afin que la teinture liée à la matière à cause de sa nature commune, et fixée dans l'argent vif, puisse se joindre profondément et adhérer inséparablement aux métaux.

Si tu penses fixer le soufre d'une autre manière, il n'aimera pas les métaux et, par conséquent, ne les conjoindra pas, ayant une nature étrangère. Si tu le fixes dans la matière prochaine de l'argent vif, il perfectionnera et fera vivre les métaux. Tous se créent de lui, et tous s'y résolvent et se convertissent en soufre, par la multiplication de la teinture qu'on conjoint à ladite matière dissoute et congelée comme par une rétrogradation naturelle. Par la compréhension de cette chose, il appert que la teinture des sages alchimistes, en vérité, est plus grande que la naturelle. Comme la majorité de la teinture est créée dans la substance de l'argent vif médicinal, à partir d'une nature pure et par l'art du magistère, elle est multipliée par de nombreuses teintures, s'y unit et devient très puissante. Cela est dû au mélange de la matière, qui se fait par la chaleur naturelle et son mouvement dans ladite matière du métal. Ensuite, celle-ci devient un soufre qui est la substance de l'argent vif, où beaucoup de teintures se conjoignent dans l'unité matérielle du soufre et de l'argent vif blanc ou rouge, par la vertu lapidificative sulfureuse infuse essentiellement dans la matière de l'argent vif. Tout sage sait par expérience que cette majorité de teinture est plus grande que toute autre teinture de la pierre créée par la nature, comme nous l'avons noté plus largement et plus clairement dans le *Trcité questionnaire*, question 22, sur le mélange des ferments, dans la seconde partie.

66. LA MATIÈRE DE L'ARGENT VIF ET DU SOUFRE, QUI EST PLUS PROCHE DE LA NATURE

Fils, nous t'avons dit que l'humidité radicale où la chaleur se fortifie est très onctueuse, ce qui rend difficile sa séparation et, par conséquent, son égalité. S'il en était autrement, la nature ne pourrait pas pourvoir à ce dont elle a besoin, c'est-à-dire une solidité et une fluidité permanentes. La nature désire toujours maintenir et perpétuer ses individus en conservant leur espèce. Dans sa sagesse, elle a ordonné cette humidité mercurielle, onctueuse et très subtile, qui renferme la matière de la terre unie à la nourriture de la chaleur naturelle. La séparation de cette onctuosité permanente te révélera la création de notre pierre : elle est faite d'eau, après la séparation de l'esprit onctueux.

Fils, l'humidité onctueuse est la matière la plus prochaine de notre argent vif philosophal. La substance de cette onctuosité est la propre matière essentielle du soufre. On comprendra évidemment qu'on ne peut fixer l'un sans l'autre. L'un ne va pas sans l'autre, de même que la matière ne va pas sans forme. Le soufre est comme la chaleur contenue dans la substance de l'argent vif, comme la vertu du sperme masculin dans la semence de la femme, ou une autre vertu générative dans les semences. Fils, comprends que la matière de ce soufre est très luisante et très nette pour avoir été purifiée par des lavages très forts et pointus, de manière qu'elle ne renferme plus aucune onctuosité combustible ni aucune humidité flegmatique évaporable. La préparation l'ayant rendu subtil, chaque soufre est porté à la forme des éléments suprêmes. Ils sont mélangés tous ensemble par la chaleur, disposés dans un vase bien clos qui réfléchit la vapeur en lui-même et à l'encontre du lieu de sa conversion. Ainsi, un puissant lien naturel les lie en une chose pure et très miraculeuse.

67. LA CONNAISSANCE DE LA CHALEUR NATURELLE ET DU LIEU OÙ ON LA DISPOSE POUR CRÉER LE SOUFRE SUSDIT

Fils, l'humidité de l'argent vif ne peut être convertie et congelée en soufre qu'en vertu de son vase. Il est fait de sa matière prochaine, et est tout entier poreux et ouvert. Son ventre renferme cette nature subtile qui congèle l'argent vif en substance de soufre, et contient une partie de la chaleur naturelle. L'argent vif entre par ses pores et, par la résolution de ladite chaleur naturelle, est congelé en soufre pur. Si le corps n'était pas ouvert ou poreux, l'argent vif ne pourrait pas entrer, et la nature qui est l'exemple et le modèle de tout le magistère ne parviendrait jamais à nourrir, faire croître et multiplier une chose en une espèce solide et compacte, comme celles des métaux qui se mettent à exister dans leur espèce.

Nous disons que celui qui veut transmuter les métaux, doit les convertir d'abord en leur première espèce, proche de leur genre. Tant qu'ils sont en leur propre espèce, on ne peut les transmuter. Si on veut les transmuter, il leur faut celui qui les perfectionne et transmute ; et si c'est le cas, ils devront le souffrir. Cette souffrance est double ; elle dépend de la nature de celui qui convertit. En effet, celui qui transmute sera ou l'argent vif, simplement mais philosophiquement parlant, ou le soufre porté en médecine. Si c'est le soufre porté en médecine, le corps doit souffrir la conversion, comme la nourriture se convertit en substance d'animal, conservant son espèce. Si c'est l'argent vif, le corps résous et converti par l'argent vif en substance de soufre doit nécessairement souffrir jusqu'au dernier degré de la mort. Car nous ne pouvons trouver ce soufre qu'au plus profond de son ventre. Étant la pure nature des métaux, qui les maintient dans leur état, nous devons l'extraire en corrompant leur substance. Sans lui, nous ne pouvons créer la médecine parfaite.

Aristote, Platon et tous les autres docteurs valables de la philosophie ont écrit qu'on ne peut transmuter les espèces des métaux, c'est-à-dire changer une forme spécifiée en une autre espèce métallique, en conservant la forme métallique qui leur est commune, qu'en les changeant d'abord en leur première nature, à savoir en soufre et argent vif, pour en créer ensuite la médecine, sans procéder outre. Comprends cela des deux corps parfaits. Car le soleil et la lune doivent convertir et changer les corps imparfaits en parfaits, comme le majeur rectifie le mineur.

Fils, la nature nous montre qu'on ne peut acquérir ni multiplier ce soufre qu'en ouvrant d'abord les corps et en les rendant poreux, et cela en allégeant certainement et très véritablement[19] tous les éléments qui les composent. Tu dois donc aimer la corruption qui t'ouvre le corps par la résolution et la conversion des humidités naturelles qui sont les vrais éléments. Il y en a qui, ignorant ce qui a été dit, ne savent pas quoi dire sur la vérité de notre magistère. Ignorant tout à fait comment ouvrir les pores fermés et bien serrés, c'est-à-dire en excitant une vertu active, ils croient que c'est impossible. Mais l'art permet à l'homme de le

---

19. Allusion à la *Table d'émeraude d'Hermès Trismégiste* : « Il est vrai, sans mensonge, certain et très véritable ».

faire réellement, en pratiquant une certaine opération. Ce n'est impossible à faire que si tu ne la comprends pas. Tu auras beau regarder, voir et admirer les distillations répétées, puis retourner et recommencer, jamais tu ne trouveras ou devineras le magistère. Supposé même que tu l'eusses vu s'accomplir devant tes yeux, tu ne le mèneras à bonne fin sans comprendre comment la nature s'y prend pour transmuter.

Fils, il n'y a qu'un seul œuvre, mais il s'effectue diversement selon l'intention transmutatrice de la pure nature comprise par l'opérateur avec toutes ses actions. Qu'il te soit révélé une fois encore que, si tu ne comprends comment la nature proprement opère, et que tu te mets à distiller en croyant bien faire, tu peux y passer toute ta vie. Même en vivant mille ans et en distillant tous les jours, même si tu parvenais à conduire les éléments à bon port, tu dois d'abord comprendre leurs vertus et connaître tous les signes qui marquent leur transmutation. Celle-ci ne peut pas se faire sans les propres instruments. Nous te les découvrirons ; sache bien en retenir le sens.

Nous t'avons déjà décrit quatre régimes, si tu as l'intellect. On les appelle conversions des quatre éléments obéissant à la nature dont ils sont les instruments. Tu les convertiras en accomplissant ces régimes. Pour t'être agréable, je te les décrirai une nouvelle fois. Dans notre magistère, ils s'appellent solution, purification, réduction, fixation. Si on les ignore, on ignore les opérations de la nature. À cause de cette ignorance, on l'a dit plus haut, les hommes rustiques, clercs ou marchands, croient et prétendent notre magistère absolument incapable d'imiter la nature. Cependant, nous parlons aux fils de doctrine comme à d'heureux associés ayant la prescience de la nature, avec une sûreté visible, une expérimentation éprouvée, et sans tromperie.

La nature opère généralement dans ses propres lieux secs, chauds et poreux. Elle a bien voulu nous montrer que tout ce qui croît ou se multiplie réside nécessairement dans la cavité de ce qui croît et se multiplie. Notre père Hermès, sage philosophe parmi les alchimistes, qui observait les œuvres de la nature avant de les imiter par ses opérations, et nous qui suivons autant que possible ses traces pour atteindre les transmutations vraies et précieuses, nous avons découvert, par une expérimentation éprouvée et certaine, que tout métal dissous a besoin d'un lieu poreux qui soit de la même matière, car il contient la première nature dudit métal dissous appelé argent vif. Dans ce lieu poreux doit croître et augmenter ce que la nature multiplie. Cela vaut pour toute chose dont la nature est occupée à se multiplier.

Le corps devient poreux pour qu'en croissant, il puisse s'y dilater, progresser, s'étendre et se changer en la nature de ce qui le convertit et le multiplie. Quand le corps est spongieux, il recouvre ce qu'il a perdu, et plus encore, sous l'action de la chaleur naturelle, mû par l'attraction de la nourriture. La nourriture se dirige vers les parties de ce qu'elle nourrit, de même que ce qui cherche un lieu se dirige vers le lieu dont la vertu l'attire.

Fils, ce qui attire la nourriture vers tel ou tel lieu, c'est la force et vertu génératrice de la pierre, appelée aussi dans nos secrets « chaleur naturelle philosophale ». Sans cette puissance et vertu naturelle, aucune chose ne se crée. Dans toute porosité, il faut une nature aérienne qui est le sujet et le propre lien de ladite chaleur. Cette nature aérienne se manifeste par la couleur noire, quand les éléments sont bien mélangés, et que le corps est brûlé. Si les éléments ne se mélangent pas bien, tu ne verras jamais la noirceur qui manifeste la chaleur. La noirceur montre que le corps n'est pas privé d'une vertu active. La vertu active est sa chaleur élémentaire et instrumentale. Elle suscite la noirceur en opérant dans son humidité. Elle montre que les éléments sont bien mélangés quand l'eau a pénétré au plus profond du corps, et qu'elle a résous et noirci la chaleur liée à l'humide radical. Si l'humide radical, sujet de la noirceur, se sépare du corps calciné, la chaleur naturelle est suffoquée. En effet, le sujet lui fait défaut et le corps se manifestera dans une couleur rouge. C'est un travail sans profit, puisque la chaleur naturelle s'est retirée, et que le corps reste sans vie.

Fils, l'humide susdit est la matière de l'esprit. La chaleur naturelle y est retenue et s'échauffe. En chauffant, elle opère contre son humide et engendre la noirceur. Séparée du vrai tempérament, il faut qu'elle opère, puisqu'elle est un feu. Elle n'a pas d'autre sujet pour refréner son action au moyen d'une qualité contraire, comme le faisaient auparavant l'eau et la terre qui la liaient et tempéraient. En effet, elle est très forte, elle brûle et consume le propre sujet qui la retient, et elle le rend noir comme du charbon. Veille donc, fils, à ce que l'humide où la chaleur naturelle s'échauffe ne soit pas totalement séparé du corps par un feu étranger, quand tu seras occupé à le calciner naturellement et utilement. Car il ne pourrait plus attirer ni convertir la nourriture de la pierre, n'étant pas l'agent principal. Ainsi, la multiplication serait entièrement perdue. En effet, l'attraction ne peut se faire que par la chaleur et l'humidité, causes de la chaleur naturelle.

68. L'EFFET DU FEU ; COMMENT NOUS L'APPELONS DANS CE MAGISTÈRE

Le précédent exposé, fils, te permet de discerner évidemment si cette chaleur se trouve dans toute chose générative. Mais, puisque toute chose créative renferme différentes opérations contraires, ladite chaleur comprise de la manière susdite, c'est-à-dire comme instrument naturel, n'a pas une seule forme et vertu, mais elle en a beaucoup, selon la puissance et force spécifiquement reçue par la détermination du sujet où elle se trouve. Rien ne l'empêche donc d'opérer beaucoup de merveilles très remarquables dont l'air est approprié et naturel.

Fils, par la force de la raison, nous avons extrait la puissance de la nature, qui est occulte, pour la rendre manifeste. Nous avons gagné cette raison par la force du sens et de l'intellect, c'est-à-dire des premières facultés permettant de connaître les substances et les opérations naturelles. Le tout est dirigé par l'instrument de l'expérience qui nous a permis de te manifester ce que nous avons vu, à savoir que chaque opération susdite a différentes mesures, plus ou moins fortes. Cette diversité est due à la diversité du mélange des éléments. Ce mélange n'implique qu'un seul genre d'action : distiller, redistiller, dissoudre et congeler. À cause de ces répétitions, les ignorants du monde réputent notre magistère un jeu d'enfants et une œuvre de femmes, ou encore un monstre sans queue ni tête. Mais qui a peu de sens, sait peu de choses.

Ensuite, que ledit mélange soit terminé ou non terminé, plus sa chaleur naturelle sera grande, plus elle chauffera et desséchera l'humeur du mercure, et imprimera ses effets dans ledit mercure jusqu'à le convertir en son semblable, sa vertu surpassant celle de l'humeur appelée mercure. Parfois, cependant, la chaleur naturelle, étant rare et fixée dans une matière grossière, ne peut le faire que si elle est informée et aidée par la chaleur extérieure sagement administrée par l'opérateur naturel, comme nous l'avons vu pour la création et la multiplication du soufre. Car les œuvres de la nature deviendraient contraires aux vertus effectives qui se trouvent dans les éléments, selon que leur matière est déterminée par ladite vertu. Quand la vertu active se trouve dans une humeur qui s'exhale, elle pénètre aussitôt toute l'humeur condensée, sans aide de chaleur extérieure. Comme l'humeur où se trouvait ladite vertu s'exhale, elle abandonne et laisse sa vertu dans le corps condensé qui, privé de vertu, reste sans aucune impression.

L'humide, disons-nous, recouvre vite, puis perd vite. Mais c'est tout le contraire dans le sec. Car le sec et l'humide sont contraires. Si l'humide a telle opération, celle du sec sera contraire. Cette contrariété subit difficilement l'impression, et la perd difficilement. L'humide le fait sans feu accidentel, mais le sec non. Comme le sec a besoin du feu pour faire impression, nous subtilisons ce sec autant que possible, et nous le mélangeons à l'humide jusqu'à obtenir un moyen tempéré et devenu subtil, afin qu'à l'aide d'une petite chaleur, il fasse de tout son corps une noble impression.

Cependant, pour faire cela, il te suffit d'avoir la chaleur du feu commun excitant, et la chaleur commune de la nature opérante, dont nous te disons autant que tu peux bien comprendre. Fils, tu dois planter ladite chaleur dans une terre très subtile ; une terre grossière s'opposerait à l'impression. Prends l'exemple de l'humidité subtile. Fils, ladite chaleur est en quelque sorte le principal agent de tout ce que tu cherches. Ce qui n'est qu'en puissance, elle le mène en acte manifeste, avec une expérience claire, parce qu'elle adhère et est liée à l'impulsion de la nature. C'est ce que le feu, en tant que feu, ne peut jamais faire : la matière serait plutôt réduite en cendres. Car il n'opérerait pas comme un instrument organique. Quant à la chaleur efficace, elle est innée et influée dans le composé par le soleil et les étoiles, et non par le feu commun, comme beaucoup de bouffons le pensent dans leur ignorance.

Quand nous disons que la pierre est créée par le feu, ces gens, ne voyant corporellement d'autre feu que le commun, ni d'autre soufre ou argent vif que le vulgaire, restent déçus par leurs estimations certaines. Ensuite, ils vont dire que nous sommes la cause de leur déception, et que nous leur avons donné à comprendre une chose pour une autre. Mais ce n'est pas vrai, sauf leur honneur, comme nous l'avons prouvé par les écrits des philosophes. En effet, comme beaucoup de fils d'Hermès, nous avons déclaré avec force, nous aussi, dans beaucoup d'endroits de nos ouvrages, particulièrement dans l'*Art bref*, pour que notre magistère soit certain et évident pour tout fils de doctrine, que nous appelons le soleil « feu », et son vicaire « chaleur naturelle », qui renferme la force du soleil avec l'aide de la chaleur commune, ainsi qu'il appert de son effet. Ce que fait la chaleur du soleil dans les mines en mille ans, la chaleur naturelle le fait aussi, en une heure. Avec beaucoup d'autres, nous l'appelons aussi « fils du soleil », car c'est d'abord par son influence qu'elle a été engendrée naturellement, sans l'aide de l'art. Aristote a appelé le soleil « père », et la terre « mère de tous les végétaux ». En effet, le soleil imprègne la terre d'une chaleur vivifiante qui, ensuite, se convertit en chaleur naturelle que l'art du magistère multiplie à l'aide de la chaleur du feu.

Puisque les philosophes l'ont appelée « fils du feu », il est démontré qu'ils l'ont donnée avec une très grande clarté ; ou, s'ils l'ont cachée, ils l'ont fait avec une très grande obscurité. Mais toi qui ne cherches rien dans la philosophie, comment peux-tu t'imaginer que nous puissions te le dire mieux ? Vois si tu peux te contenter de ce que nous voulons scander sans plus : le feu naturel engendré par le soleil, multiplié à l'aide du feu commun, et disposé par le philosophe. Si une de ces trois choses faisait défaut à l'art, le tout ne vaudrait rien. Il doit donc être fils du soleil, parce qu'il est naturellement engendré par lui ; puis, fils du feu, parce que sa vertu innée croît et est multipliée par lui ; enfin, fils du philosophe, parce qu'il est dirigé et conduit à sa perfection finale par lui. Ainsi, il est montré que le fils a trois pères : le premier l'engendre, le deuxième le multiplie, et le troisième le perfectionne.

Nous te disons, fils, de prendre notre terre imprégnée par le soleil, et de bien nourrir l'enfant par une nourriture subtile. Car, renfermant la force de son père, il doit occuper la place du soleil. Le père a fourni à son fils sa puissance : voilà notre soleil et notre or influé. Cependant, c'est notre âme et c'est notre airain dans lequel, et non dans un autre, se trouve ledit soleil ; c'est la terre lépreuse et noire où notre or vulgaire se corrompt aussitôt. Honore sa nature, et connais sa vertu. C'est ici la pierre honorée, trouvée dans les lieux déserts ; à l'intérieur est enfermé comme un grand secret, un trésor enchanté.

Fils, la matière de notre médecine doit être munie de quatre éléments. Premièrement, le feu mélangera proportionnellement les autres éléments, de manière à ajouter au feu naturel, la chaleur digérante ; à l'eau, le flux du suc changé en humide ; à l'air, le pouvoir d'insuffler ledit humide dans la terre ; à la terre, la consistance de la substance et la rétention de sa figure. La vertu céleste qui forme se trouve dans la chaleur et l'esprit. Il convient de faire un mélange proportionné, selon une moitié appelée géométrique ; non pas qu'il s'agisse d'une égalité quantitative, mais d'une proportion requise pour la vertu et l'espèce ou du soufre ou de la médecine. Ce mélange est la première et principale chose requise par toute matière d'un être engendré. Deuxièmement, la matière doit avoir la puissance lapidificative ou végétative, avant qu'on puisse la dire munie de la vapeur du soufre, non comme l'âme végétable se trouve dans les plantes, mais comme nous l'avons dit. Nous dirons les troisième et quatrième points au chapitre suivant.

69. L'ARTISTE DOIT S'HABITUER À MESURER SES IMBIBITIONS, EN TENANT COMPTE DES FORCES DU FEU QUI EST L'INSTRUMENT DE LA NATURE

Nous t'enseignons de tempérer les imbibitions selon la qualité du feu naturel, parce que la vertu du feu doit combattre l'eau, de même qu'une force supérieure lui permet de vaincre son propre père. La vertu de l'eau ne doit donc pas surpasser la chaleur naturelle, parce qu'elle la résoudrait et dissoudrait trop, et que la vertu végétale serait tuée et convertie en eau, mais à un degré plus chaud. Pour fortifier la vertu ou nature de la pierre qui doit fixer l'ensemble et congeler la sixième partie de l'eau, tu sépareras la moitié de la moitié du composé en la distillant par un feu lent. Car une plus grande quantité d'eau dissout le soufre et le convertit en puissance d'eau par la nature de ce plus. La nature montre par cet exemple que telle chose plus forte l'emporte sur telle autre plus faible par le secours de ce petit plus. Garde-toi de ce petit plus si tu veux agir en sensé. De même que l'eau l'emporte sur le soufre, le dissout et le change en sa nature, de même le soufre doit pouvoir vaincre l'eau, la congeler et la rechanger en sa propre nature. Cette conversion se fait par une inversion de différence provoquée par une concordance, comme la raison naturelle nous le montre, et comme l'expérience nous l'a certifié. Nous devons fortifier la vertu de la pierre et la secourir au point qu'elle puisse convertir l'eau, notre argent vif, dont les forces l'avaient d'abord convertie en une chose semblable à elle.

Fils, on fait la mesure et le tempérament de tout corps en fortifiant ses membres. Il convient donc de savoir distinctement, non seulement la qualité de la chose, mais toutes les manières dont elle peut et doit opérer. Cette puissance montre visiblement et fait connaître son effet à l'ignorant. En général, le sage et l'ignorant ont la même connaissance d'une chose manifestée devant eux. Le sot connaîtra cette chose manifestée aussi bien que le sage, car l'un et l'autre sauront ainsi quelle est la matière. Mais quand la vertu de celle-ci est-elle fortifiée ? Comment peut-on y parvenir plus vite et en montrer l'opération ? C'est ce que l'un sait, et l'autre pas.

Tu ignores, fils, une chose vraie avant tout en général, à savoir que la vertu d'une matière, d'un corps ou d'un membre n'est affaiblie ou fortifiée que par l'amour de l'opération dont ladite vertu doit s'acquitter. Qu'elle s'en acquitte ou non, à la fois l'ignorant et le sage connaîtront vite sa perfection ou imperfection. Mais ce n'est jamais par là que l'ignorant connaîtra davantage la disposition de la matière, sinon à la manière de celui qui, voyant un homme malade, dit : « Cet homme souffre d'une maladie ; son corps a une mauvaise disposition ». C'est là une généralité que peut dire et connaître aussi bien l'ignorant que le sage. Mais ce n'est jamais par là que l'ignorant connaîtra la propre disposition vertueuse permettant au corps ou à la matière de réussir ses opérations, bonnes ou mauvaises ; et s'il ne la connaît pas, il ne connaîtra jamais la manière de fortifier ou d'affaiblir.

Je te dis, fils, que tout cela ne peut s'accomplir que par le discernement de la raison naturelle informée par l'instrument dont le mouvement dépend de l'intelligence à l'égard d'expériences évidentes et non sophistiques. Tout ignorant est donc exclu et banni de notre magistère naturel par ces ignorants sophistiques et mensongers. Le philosophe en témoigne devant les fils de vérité par l'exemple évident du médecin bête et ignorant qui se contente de dire : « Ce corps souffre parce que sa vertu est affaiblie ».

Ces dires montrent qu'il ne connaît pas mieux la disposition du corps, ou de tel membre, que l'homme du commun, rustique et inculte. Manifestement, si celui qui considère l'art ne discerne pas par la raison et ne connaît pas de façon appropriée la disposition de la vertu, il ne saura jamais croire à cette vertu qui se fait par confortation ou affaiblissement. Car on ne peut fortifier une chose qu'en affaiblissant une autre, comme il appert manifestement de la disposition de notre soufre, ou de notre pierre.

70. L'AFFAIBLISSEMENT DE L'UN EST LA CONFORTATION DE L'AUTRE ; ON ENGENDRE NOTRE PIERRE EN CONFORTANT LA VERTU MINÉRALE

Fils, toute dissolution du corps l'affaiblit, et tout affaiblissement du corps implique l'affaiblissement de son tempérament. Quant au tempérament, il implique le recouvrement de ce qui était perdu. Puisque notre pierre doit être affaiblie par dissolution, division et corruption, les vertus de l'eau où se réfugient les individus naturels doivent être confortées dans toutes les espèces élémentaires. Le but est de conjoindre et unir les mixtes altérés dans leur nouvelle génération. Ainsi, les vertus confortées des eaux sont mieux préparées, et de manière plus acceptable, à tel progrès ou manquement, et leur exubérance leur permet de l'emporter sur les vertus affaiblies de notre pierre, et de les changer en leur propre qualité et nature. Cette conversion qu'on fait en affaiblissant l'un pour conforter l'autre, suscite une comparaison : notre pierre est comme un homme submergé dans un grand gouffre d'eau.

Inversement, la sage nature nous a montré, avec une raison patente, qu'on peut conforter la vertu affaiblie de la pierre en affaiblissant l'eau confortante, de manière qu'elle puisse changer l'eau en sa nature. La nature humide deviendra sèche, grâce à la bonne tempérance, et la froide deviendra chaude, de même qu'auparavant, la sèche a dû devenir humide. Car, lors de toute transmutation des éléments, cette résistance et passion doit se faire d'abord et précéder la transmutation de la substance, c'est-à-dire avant que la substance puisse être bien et parfaitement transmutée. La vertu de l'élément transmutant doit tenir en son pouvoir les parties de l'élément qui sera transmuté, et s'y fixer. Par ce mélange, la matière de cet élément se trouvera dans tout autre élément.

C'est pourquoi il faut que la raison naturelle, considérée comme une variation entre la vertu d'un élément et celle de l'autre, soit attribuée à celui qui comprend les enseignements écrits d'Hermès, prince de notre magistère, qui dit la signification de notre pierre : « Doucement et avec grande industrie, il monte de la terre au ciel ». Parfois, il faut qu'il descende du ciel en terre où il trouve un vent de repos, qui fixe la pierre portée dans le ventre du vent volant. Quoi qu'il en soit, comprends que notre pierre, par sa passion et résistance, doit passer par les qualités de tous les autres éléments, avant d'être une médecine parfaite. Si le sec pierreux se change en froid pierreux, elle doit y résister. Si le froid pierreux qu'elle a souffert se change en humide, elle doit le souffrir jusqu'à ce qu'il devienne un humide parfait. Si l'humide pierreux se change en chaleur, notre feu s'allume pour ne plus jamais s'éteindre ni faire défaut. Notre médecine est achevée et parfaite. En effet, en faisant tourner la roue circulairement, la noble nature est passée par tous les éléments, et plus elle a résisté aux grandes chaleurs, plus elle devient noble.

71. LA CONVERSION DE LA PIERRE EN ARGENT VIF N'EST QUE LA CONVERSION DES ÉLÉMENTS D'UNE SEULE NATURE

Expliquons la doctrine du philosophe, selon laquelle la conversion de la pierre en argent vif n'est qu'une transmutation de natures.

Ne comprends cependant pas, fils de vérité, que la substance de notre pierre soit variée ou diverse. Elle n'a qu'une seule substance naturelle, entièrement convertie, transmutant la nature froide avant qu'on n'en fasse rien, et jusqu'à ce qu'elle désire se transmuter en la qualité d'un autre élément. Et donc, toi comme nous, nous la disons élémentée, et nous la séparons et divisons en quatre parties, conformément à l'impulsion de sa pure nature qui cherche de toutes ses forces à se séparer de la corruption dont elle souffre beaucoup, au point qu'elle vient à mourir, et que chaque partie va à son propre élément. Car aucune partie de la nature ne peut être sans son propre élément. Elle en revêt la qualité, puis elle s'en dépouille au profit d'une autre qualité qu'elle recherche et désire. Elle n'est pas non plus entièrement et élémentairement froide à l'extérieur, avant d'être déterminée par l'élément du feu ; elle a alors une nature plus chaude.

Fils de doctrine, comprends par le terme « élémentaire » l'élément tel qu'il est dans sa nature, c'est-à-dire une partie de toute notre nature pierreuse, où il y a un seul élément élémentaire. Nous disons « élémentaire » pour faire la distinction : un seul élément élémentaire retarde et refrène en lui-même la corruption ainsi que la génération. Les éléments simples sont de peu ou d'aucune utilité dans cet art, parce qu'ils ne renferment pas les essences premières des éléments, où se trouvent les vertus qui nettoient, purifient, engendrent et corrompent. Sache donc que les éléments simples sont exclus de la corruption et de la génération. La raison en est que les éléments simples n'obéissent pas à l'humble nature qui fait tout naître. C'est ce qui faire dire, à nous et à tous nos prédécesseurs philosophes, que notre dit magistère ne peut se faire naturellement qu'à partir des quatre éléments que nous disons composés conjointement et séparément. La nature qui est l'homogénéité des métaux y réside entièrement.

72. NOTRE PIERRE SE CHANGE EN TOUTES LES QUALITÉS ÉLÉMENTAIRES

La nature de notre pierre est telle qu'elle peut se changer en toutes les qualités élémentaires qu'un bon artiste veut lui prêter. Ces éléments sont dits qualités composées. Ils peuvent progressivement convertir la qualité de cette nature pour la rendre sèche, humide, froide ou chaude, selon qu'une partie de la nature a été confortée ou affaiblie par la division, ou que toute la nature l'a été par la conjonction et la complexion de son élément.

Fils, sache que notre pierre ne se fait que d'une nature pure. Tout sage alchimiste le sait de deux façons, à savoir par la science spéculative avec un intellect modéré, et par l'expérience visible avec une parfaite lucidité et clarté. Ce n'est que de cette seule nature que nous faisons la médecine, et sans elle, non ; nous entendons bien l'expliquer dans la deuxième partie. Celui qui a l'intention de voir sa puissance ne doit rien mélanger à cette nature, excepté des choses qui sont de sa propre nature, et dont elle doit être confortée et nourrie jusqu'à ce que sa force affaiblie puisse croître et s'augmenter par une parfaite nutrition contre le danger du feu.

Ayant une substance subtile, cette nature se laisse pénétrer par les qualités des éléments, et elle prend la qualité de l'élément le plus abondant. Quand notre pierre fait tourner et circuler tous les éléments au gré de la nature, et qu'entièrement pure, elle pénètre la région de son feu, le feu de la philosophie reste perpétuellement allumé, tant qu'il y a des éléments dans ce monde. Notre pierre est comme la matière des éléments, où ces éléments mettent leur forme, et où ils sont retenus, comme la nature nous le montre lors de toute génération.

Fils, les qualités des éléments purs se condensent dans cette substance subtile ; elles sont prises par elle comme le rat par le lardon. Les éléments donnent une telle vertu à cette substance qu'elle peut pénétrer, teindre, faire des merveilles, grâce à la puissance reçue et acquise au violent combat du feu et des puissants éléments d'en haut et d'en bas. Sa grande force l'emporte sur tout ce qui est en bas et en haut. Sa nature est une chose secrète et à ce point merveilleuse que les gens simples la tiennent pour un miracle, ou pour l'effet d'une incantation, d'une forme de magie. Car ils n'ont pas assez de mémoire pour comprendre notre magistère fait par nature, avec nature, de nature et moyennant nature.

73. TOUTE LA SUBSTANCE DE LA PIERRE EST ESSENTIELLE

Fils de doctrine, si cette nature n'avait pas une substance subtile et essentielle, l'essence des éléments purs ne pourrait pas s'imprimer durablement dans la substance. Si les éléments d'en haut, chacun selon sa nature, ne dominaient pas qualitativement ceux d'en bas, la substance ne pourrait pas entrer, pénétrer ou avoir ingression. Si elle n'avait pas d'ingression, ils ne pourraient pas colorer. Par conséquent, elle ne pourrait pas donner d'autres différences spécifiques, ou spéciales, conformément à ce que nous entendons par une action accomplie. Notre médecine en est capable grâce à sa propriété ignée qui fait que le feu domine dans la substance susdite.

En outre, si cette matière n'avait pas une substance subtile, elle ne pourrait pas avoir de fusion uniforme ni d'adoucissement continu ; une partie ne suivrait pas bien l'autre. Cette propriété fait que l'air doit dominer dans ladite substance, c'est-à-dire que notre pierre est d'abord engendrée par l'air. La propriété de l'air ne peut y dominer que si elle est d'abord engendrée de sa substance. Il en va de même pour les deux autres éléments. Mais, pour la raison susdite, leur substance est convertie en celle de l'air, issue de celle de l'eau, de même que la substance de l'eau est issue de celle de la terre. Il appert ainsi que toute la substance de notre pierre miraculeuse provient de la terre. Si sa nature n'était dans aucun être substantiel, la sécheresse et le froid qui doivent se trouver dans le tempérament du feu et de l'air, ne pourraient jamais être liés ou joints à ladite nature, comme cela est nécessaire dans la fixation parfaite. Il faut qu'il y ait une terre subtile, non celle que nous foulons aux pieds, mais celle qui vole au-dessus de nos têtes : il faut la prendre, l'ordonner et la tenir pour une propriété précieuse. Sans elle, en effet, jamais le tempérament fixe ne peut être réalisé ou fait. Le philosophe dit que la nature de ce tempérament n'est ni chaude ni froide, ni humide ni sèche, étant l'une et l'autre. Il veut dire qu'elle n'a pas plus une qualité qu'une autre, mais autant qu'il faut au tempérament de sa propriété faite par la concordance, et par la différence spéciale de nos éléments *(cf. fig. 7)*. Celui qui réussira cette expérience sera digne de prendre place à la table des douze pairs.

74. LADITE MÉDECINE DOIT AVOIR UNE SUBSTANCE SUBTILE

Fils de doctrine et d'intellect, comprends que notre médecine doit avoir une substance subtile et pure. Le philosophe écrit, avec une doctrine éprouvée dans la vérité d'une lumineuse expérience, que notre médecine doit avoir une substance plus forte, plus subtile, plus pure et plus liquéfiable que les corps métalliques, et une rétention plus fixe que l'argent vif naturel. En un autre endroit, le philosophe dit qu'on doit séparer le subtil de l'épais pour avoir ladite substance, ainsi que le pur de l'impur, et le simple du gros-

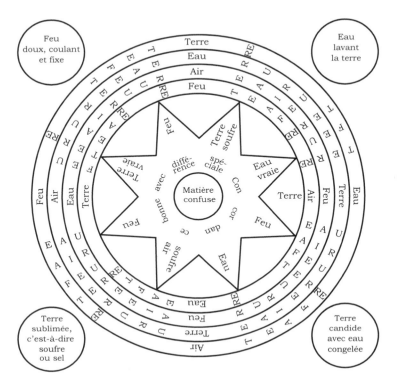

Figure 7

sier, pour que notre médecine soit faite avec ce qu'il y a de plus léger et de plus pur, et qu'on la perfectionne.

Pour faire cette séparation, il ne faut pas peu de science. Presque infini est le nombre de ceux pour qui elle reste toujours un secret gardé, à cause de l'aveugle ignorance de l'intellect. Ceux qui ne comprennent pas cela ne comprendront pas une chose à l'égard de laquelle ils imaginent avoir l'intellect ouvert, alors qu'ils l'ont totalement clos et fermé. L'art peut le leur manifester au moyen d'une expérience lumineuse qui est pure vérité. Cette science est comme un miracle pour celui qui la tient par son intellect, et permet d'avoir une méthode claire dans les autres sciences. Car elle nous montre la raison et cause en touchant la vérité par une expérience lumineuse qui ne souffre pas les preuves ou raisons topiques, éloignées de l'intellect éclairé.

132

D'autres ne peuvent comprendre que ce qu'on peut voir corporellement arriver dans les domaines quotidiens et mondains auxquels une longue fréquentation a habitué leur intellect. Puisque celui-ci est contraire et opposé, sans moyen terme, à notre intellect, ces gens sont exclus et écartés de notre magistère naturel, comme un peuple cassé, condamné et privé de notre secret. Celui qui nous comprend ici fait partie des élus de notre secret et art. Nous lui laissons notre *Testament* où il trouvera certainement le trésor éternel, si notre dit *Testament* peut être transmis entre ses mains.

Écoute nos dires, puisque ni le miel, ni le sucre, ni le baume aromatique, ne feront autant tes délices que notre confiture. Si tu n'en goûtes qu'une seule fois une petite saveur, je te jure que ton désir d'en manger sera plus grand qu'avant.

75. RÉCAPITULATION ; TOUT CE QU'ON CHERCHE SE FAIT D'UNE SEULE NATURE

En résumé, cette chose a une seule nature suffisante pour faire ce que les hommes puissants désirent et recherchent. Par un accord amoureux, sans combustion violente et renforcée, sans trituration manuelle, sans que sa propre chaleur soit destructive, et sans que sa propriété s'en ressente, cette nature change de qualité. Car, tant qu'elle reste dans sa première nature ou qualité, elle ne vaut pas le fumier. Mais, après être passée par la roue circulaire, elle est un trésor éternel et inestimable.

Nous te disons encore, fils, qu'avant de passer par la roue circulaire des éléments, cette nature doit être divisée en quatre parties, pour pouvoir passer par les quatre qualités élémentaires, c'est-à-dire du sec au froid et du grossier au simple, du froid à l'humide et du lourd au léger, de l'humide au chaud et de l'âpre au suave, doux, mou et agréable, par l'adoucissement de l'amer. On ne peut faire cette division en transmutant la nature, sans perdre sa propriété. La nature dont la masse est dure et sèche ne peut perdre sa propriété qu'en devenant semblable, avec toutes ses parties, à la nature première, celle dont la puissance divine avait primitivement constitué le siècle. C'était comme une forme confuse où se trouvaient confondus tous les moyens sans lesquels la nature ne pourrait accomplir ses opérations. L'esprit du

Seigneur était porté sur les eaux qui occupaient la place de tous les autres éléments, conformément à l'ordre du suprême Créateur Dieu, instantanément, sans que cela prît du temps, et avant qu'il lui plût de faire la merveilleuse division de ces éléments.

Le suprême Créateur tout-puissant, notre Rédempteur, fit cette opération en montrant à la première nature comment elle devait opérer par une noble intelligence. Cela ne s'entend qu'à propos de toute la nature d'abord créée de rien. Ensuite, celle-là fut divisée en trois parties. Entends bien ce que je te dis en un sens strict, et non à propos de toute la nature suprême d'abord créée de rien, car celle-là fut divisée en trois parties, avec une certaine mesure. De la partie la plus pure, Dieu créa les anges dans le ciel empyrée. Cette pureté et clarté fait que les âmes participent de la nature des anges, et cette participation les unit parfaitement dans la gloire.

De la deuxième partie de la nature, moins pure, Notre-Seigneur fit le firmament, comme nous l'avons déjà expliqué au troisième chapitre, « La forme majeure » ; il en fit aussi le soleil, les étoiles et la lune. Il donna à chacun ses vertus qui participent de la nature des choses d'en bas.

De la troisième partie, moins pure encore, Notre-Seigneur fit ce monde-ci et tout ce qu'il contient, comme on le décrit dans notre *Testament* : Notre-Seigneur diversifia la nature afin que chaque chose fût faite selon sa propre droiture. Selon le degré de pureté, il fit les choses plus ou moins bonnes, comme c'est inscrit dans la raison naturelle. La valeur d'une chose dépend de l'élévation de sa nature. Dans toutes ses œuvres, la nature d'en bas, dont la pureté est moins parfaite, a besoin de celle d'en haut pour pouvoir les accomplir. Plus la nature d'en haut lui donne de sa pureté, plus la nature d'en bas s'approche de cette pureté et clarté, attirée par cette voisine à laquelle elle était conjointe avant leur séparation. En conclusion, il n'y avait d'abord qu'une seule nature.

76. IL FAUT COMPRENDRE LE MAGISTÈRE COMME UNE IMITATION DE LA CONSTRUCTION DE CE SIÈCLE, C'EST-À-DIRE DE CE GRAND MONDE

Parlons maintenant de la troisième partie, c'est-à-dire de la nature d'en bas. La nature est tellement diversifiée dans ce monde. J'ai dit plus haut que tu dois la comprendre en un sens strict, sous peine de tomber dans l'erreur. Je ne te dirai plus que ce qui suffit pour comprendre le secret qui nous a été donné. Voici donc, fils, comment il faut comprendre la constitution du monde. Dieu tout-puissant avait d'abord créé la nature sous une forme confuse. Les quatre éléments étaient tous mélangés, de manière que le feu, l'air et la terre n'apparaissaient que sous la forme d'eau. Celle-ci atteignait le cercle de la lune, de sorte que le feu était sans chaleur, l'air sans humidité, la terre sans sécheresse. Au contraire, la confusion de leurs natures les avait tous changés en froid.

Plus la nature de l'eau était froide, plus elle resserrait la nature chaude au fond des autres éléments, y compris la nature plus pure de l'air, l'air étant la nourriture et la matière du feu. Plus tard donc, lors de la miraculeuse division des éléments opérée par la volonté du Dieu de la nature, on découvrit que la terre contenait le feu et les autres éléments où se trouve la chose qui participe des choses quintes. Ainsi, dans un verre plein d'eau, l'air clarifié luit alentour, frappant sous lui la substance et la saveur de l'eau ; l'eau, remplie de substance quinte, monte et s'approche de la nature d'en haut, comme il est naturel. Nous révélons cela par une figure. On doit savoir que la nature n'opère qu'en respectant la volonté et l'opération de son maître, pour satisfaire autant que possible son Créateur. Le Seigneur notre Dieu fait naturellement tout ce que nous voyons, au moyen de cette nature, et non par des miracles puissants, comme au temps du déluge. Par une concordance amicale, le Dieu suprême, notre Créateur, utilisait la vertu des étoiles pour attirer dans l'air les eaux de la mer et les suspendre en haut, au-dessus de la région de l'air, d'où elles retombaient en pluie, neige ou grêle pour couvrir toute la terre. Elles étaient donc détournées d'une partie de ce climat vers une autre, jusqu'à ce qu'elles fussent de retour dans leur lieu, pour faire et accomplir la volonté divine.

Si le Seigneur notre Dieu voulait que deux montagnes, l'une d'orient et l'autre d'occident, se rejoignissent au milieu de la terre, cela se ferait aussitôt, non par miracle, mais par les instruments vertueux, aptes et habiles que le Seigneur notre Dieu a confiés à la nature dont les éléments accordent sagement leurs actions. Aucune œuvre naturelle n'est cachée à Dieu, mais elle l'est aux hommes. Celui qui veut faire quelque chose doit donc le faire par la nature, en sachant la concordance dont elle se sert. Sans elle, rien ne se fait jamais. Car, quelle que soit la chose, rien au monde ne se fait en dehors des termes, limites ou sentiers de la nature. Tout se fait et doit se faire par et avec elle.

77. LA TERRE EST PLEINE D'INTELLIGENCE ; COMMENT ELLE OPÈRE ; LA CRÉATION D'ADAM ET ÈVE ; POURQUOI ET COMMENT CE MAGISTÈRE RESSEMBLE À LA CRÉATION DE L'HOMME

Toute la terre est pleine d'une intelligence encline à l'opération naturelle et issue de la nature d'en haut. La nature intellective d'en bas influera dans la mesure où elle ressemble à celle d'en haut. Elle se laisse intelligemment unir à son semblable en le convertissant et l'attirant puissamment. Après cette merveille naturelle, Dieu créa Adam de la nature limoneuse des éléments, c'est-à-dire de la nature limoneuse de la terre, de l'eau, de l'air et du feu. Il le vivifia du soleil du Saint-Esprit, et de la lumière et clarté lumineuse du monde. Le résultat fut un mélange composé de quintessence. Il fut plus particulièrement créé de l'élément terrestre, comme il appert de son délit et péché. De cette nature limoneuse, le Créateur suprême constitua la nature homogène d'Adam dont, ensuite, il créa Ève.

Puis, il commanda à la nature de multiplier l'espèce en appliquant la doctrine, par une noble intelligence, à la masse du monde, d'abord confuse, puis divisée, comme nous l'avons dit. C'est là la règle générale pour opérer, que Dieu donna à la nature, et qui nous est révélée figurativement. Celui qui a des oreilles pour entendre aura tout dans son intellect. C'est en suivant cette doctrine que la nature fait toutes ses œuvres. Celui donc qui ignore cette doctrine divine est exclu de l'œuvre de la nature. L'œuvre de notre pierre imite celle de la nature animale, végétale et minérale. Bien plus, elle imite ladite création de l'homme fait de la nature limoneuse de la terre.

Toi donc, qui veux faire notre œuvre naturel, suis la voie et la doctrine de la nature. Il n'est possible à la nature d'opérer que selon la doctrine donnée par son maître, prescrite et attribuée par une intelligence parfaite qui détermine les opérations. Que celui qui veut opérer ne se hâte pas. Regarde le miroir de la nature :

celle-ci ne forme pas ses productions en un bref instant, mais elle a besoin, pour les faire et constituer en elle et pour elle, d'un certain temps.

78. L'ARTISTE DOIT SE DISPOSER À IMITER PAR SON MAGISTÈRE L'ŒUVRE DE LA CRÉATION UNIVERSELLE, EN CRÉANT UNE MASSE CONFUSE QUI RENFERME TOUS LES QUATRE ÉLÉMENTS

À présent, fils, dispose naturellement la chose dont tu as besoin, selon ladite connaissance, à savoir en la rétrogradant et réduisant à une forme confuse, à l'image de la masse confuse du siècle, et jusqu'à ce qu'elle soit qualifiée par le grand froid de jadis. Tu noteras alors que ce n'est qu'un composé fait par l'art à l'image de la nature, comme s'il était fait par la nature sans l'aide de l'art. L'intention finale est de créer un métal parfait ou une médecine parfaite, à l'image de la nature aidée par l'art.

Ce composé renferme les quatre éléments de la nature minérale, les simples et les composés, dont résultent les quatre qualités élémentaires. Par cette première conversion susdite, notre pierre revient à une nature plus froide. Il convient que l'eau domine, et qu'elle renferme les autres éléments. Ensuite, la nature doit les diviser et se changer de qualité en qualité.

Voilà la chose qui contient tout ce dont nous avons besoin pour notre magistère. Hermès nous donne de comprendre l'écriture avec la raison philosophale : de même que toutes les choses furent faites d'une seule par la puissance divine, et qu'elles sortirent d'une masse globuleuse et confuse par la volonté miraculeuse de Dieu, de même notre pierre naît et sort d'une masse compacte où sont contenus tous les quatre éléments créés par la nature ; c'est d'eux que la volonté de Dieu et l'opération de la nature font naître ensuite notre pierre.

79. COMMENT LES PHILOSOPHES ONT APPELÉ LADITE MASSE CONFUSE ; SA DIVISION ; LA NATURE DE SES ÉLÉMENTS

Par similitude, les philosophes ont appelé cette masse confuse « monde entier », puisqu'on y trouve confondus les quatre éléments qui, imprégnés de la nature quinte, se séparent et se divisent, chacun de son côté. Sépare donc de cette masse confuse les éléments, avec l'industrie de la sagesse basée sur une noble intelligence, et tu trouveras la nature divisée en quatre parties. Chaque partie de cette nature sera ornée et revêtue de la qualité de son élément. Celle qui restera avec la terre aura une complexion sèche ; celle qui restera avec l'eau, plus pure et plus subtile, deviendra froide ; celle qui restera dans l'air aura une qualité humide, et elle sera voisine de la qualité du feu.

Les éléments s'étant divisés, fils, la nature quinte qui était entièrement froide s'est à présent changée en quatre qualités élémentaires et principales, c'est-à-dire en sécheresse, froid, humidité et chaleur. De même que chaque élément participe de ce qu'il a de plus proche, de même chaque partie de cette nature a plus d'affinité avec celle qui lui est proche qu'avec celle qui est éloignée. Cela est dû à la puissance et à la qualité des éléments où est vaporeusement répandue ladite nature quinte que nous aimons tant.

Fils, ces quatre qualités élémentaires sont appropriées auxdits éléments, selon la grossièreté ou simplicité desdites parties où la nature pure gît dans une grande corruption. Celui qui saura l'en chasser aura assuré à notre magistère une préparation certaine. Notre pierre ne se trouve que dans le ventre des corruptions, d'où nous l'avons extraite. Ladite substance qui produit la corruption est très épaisse, fangeuse, grasse, onctueuse, très aérienne. Son ventre renferme le feu que nous cherchons ; nous l'y allumons. Le bon et subtil Morien, sage philosophe romain, sans pareil pour garantir une bonne préparation, craignant Dieu, fidèle et débonnaire, révéla cela pour donner tout son conseil, en disant que les sciences humaines se rejoignent manifestement en une seule chose dont la demeure se manifeste dans la chair et le sang, et au fond du ventre. Ailleurs, Morien nous révèle que le secret de notre pierre réside dans les hanches et les fémurs chauds, c'est-à-dire au fond des éléments composés dont sont issus les éléments.

Ce qui a été dit plus haut implique qu'il faut joindre entre elles les choses proches et voisines. On sait bien que la nature sèche, ou la partie qui est dans son élément terrestre, ne peut pas immédiatement se changer en nature humide, ou se lier à la partie humide qui a la nature de l'air. Deux raisons s'y opposent. Premièrement, la terre et l'air sont contraires, ayant des qualités différentes. En effet, la nature de la terre est sèche et froide ; celle de l'air est humide et chaude. La nature sèche ne peut se changer en humide, ou la froide en chaude, que si chacune passe d'abord par leur milieu qui est le frère germain des extrêmes. Selon ce qu'on écrit, les natures contraires ne peuvent être liées ensemble et reformées que si leur qualité contraire se change d'abord en une moyenne qui partage avec les extrêmes une affinité de nature. La nature de la terre ne peut devenir celle de l'air que si elle devient d'abord celle de l'eau, et la nature du feu ne peut devenir celle de l'eau que si elle devient d'abord celle de l'air. Aucun passage d'un extrême à l'autre n'est possible sans passer par les moyens germains.

Fils, l'eau et l'air sont des moyens germains élémentaires de la ronde échelle. La nature doit passer par eux depuis les extrémités élémentaires, pour pouvoir accomplir ses œuvres et atteindre la perfection. L'eau est froide et humide. Par sa froideur, elle participe de la terre ; par son humidité, de l'air. Par son humidité, elle raréfie et atténue la terre en l'allégeant ; par sa froideur, elle condense l'air en le resserrant. Ainsi, après avoir converti la terre en sa nature, l'eau peut la convertir en air, par l'accord de l'humidité que la terre reçoit de l'eau, et par celle du froid qui caractérise les deux. De même, l'air est le moyen entre le feu et l'eau. Par l'humidité, il participe de l'eau ; par la chaleur, du feu. Par son humidité, il condense le feu et le change en air en l'épaississant ; par sa chaleur, il atténue et subtilise l'eau et la change en air en l'allégeant. Ainsi, quand l'eau a été changée en air, l'air la convertit en feu, et inversement. Quand le feu a été changé en air, l'air le change en eau. Tout dépend de l'intention de la nature ou du sage opérateur. De même que l'eau est la matière de l'air et de la terre, de même l'air est celle du feu et de l'eau ; l'un est la matière de l'autre.

80. LES ÉLÉMENTS DEVIENNENT SUBTILS OU GROSSIERS EN PASSANT PAR LA ROUE CIRCULAIRE APPELÉE CHAÎNE DORÉE

D'après les dires des philosophes, quand la terre est subtilisée par son contraire, elle est changée en eau par le froid qui participe de la sécheresse et de l'humidité. Quand cette eau est subtilisée davantage par le feu, elle est changée en air. Enfin, quand cet air est subtilisé davantage, il est converti en feu. Inversement, quand la nature du feu devient plus grossière, elle est changée en la nature humide de l'air, et elle perd autant de chaleur qu'il faut pour que ladite humidité, hébétée et grossière, lui soit contraire. Plus cette matière humide est condensée et épaissie, plus elle est changée en eau froide qui, par sa condensation, tue beaucoup de chaleur. Elle perd une grande partie de l'humidité en s'endurcissant, quand la nature de l'air se rapproche des qualités terrestres.

Quand elle s'épaissit davantage, cette eau est changée en terre et, par sa froideur, perd une partie de l'humidité et se tourne vers la sécheresse. Celui qui veut allumer notre feu doit lui administrer une nourriture légère et ténue. Son hébétement et sa mortification ne proviennent que de la rudesse et de la grossièreté de la matière, comme il appert de l'explication susdite. Quand donc tu veux changer la terre en feu, tu dois la subtiliser très fort ; et quand tu veux changer le feu en terre, tu dois le condenser très fort.

En vérité, fils, sache que l'eau et l'air épaississent le feu ; l'air plus que l'eau, l'eau plus que la terre, l'eau moins que l'air, et la terre moins que l'eau et l'air. La terre d'autre part, de toutes ses forces, épaissit l'eau et la change en sa propre nature. L'eau, en se condensant et convertissant en terre, épaissit l'air et le change en sa propre nature d'eau. L'air, en se condensant et convertissant en eau, épaissit le feu et le convertit en air. Tous condensent, épaississent et grossissent la substance subtile. De même, le feu s'efforce de changer l'air en sa nature, en subtilisant sa substance pure. Cet air changé en feu subtilise bien l'eau et la change en air, en la raréfiant et allégeant. Cette eau changée en air raréfie la terre et la change en eau, en subtilisant sa substance grossière. Voilà mise en lumière pour les fils intelligents, et dans l'ordre, la composition secrète de notre eau. Il appert vivement que la nature sèche ne peut devenir une nature humide sans d'abord se changer en nature froide.

Fils, nous t'ouvrons manifestement la porte d'entrée à toutes les œuvres de la nature, si tu veux bien nous comprendre. Les éléments d'en haut subtilisent les éléments d'en bas ; et la subtilisation est ce qui vivifie et anime. Les éléments d'en bas épaississent les éléments d'en haut, en les attirant par une harmonie qui rapproche leurs natures, comme nous venons de l'expliquer pour la terre et le feu ; et l'épaississement est ce qui tue et assoupit la chaleur animale. Nous disons en vérité, par un bon intellect, que la subtilisation ne peut se faire sans épaississement, ni l'épaississement sans subtilisation, ni la dissolution de la terre sans congélation d'eau, ni la congélation de l'eau sans dissolution de terre. Fils, nous dissolvons en esprit le corps congelé, et nous resserrons en corps l'esprit dissous. Car en congelant l'esprit, nous dissolvons le corps, et en dissolvant le corps, nous congelons l'esprit.

Fils, vois et regarde bien la multiplication de la vraie teinture. Le Seigneur notre Dieu l'a donnée à la nature pour faire la transmutation. D'une poignée de terre et de neuf d'air, on fait dix poignées d'eau. D'une poignée de cette eau et de neuf de feu, on fait dix poignées d'air. En montant par cette échelle qui élève, vivifie, subtilise et simplifie la nature grossière, d'une poignée de feu et de neuf d'eau, on fait dix poignées d'air mort qui est une eau vive. D'une poignée de cet air mort qui est une eau vive, et de neuf de terre, on fait dix poignées d'eau glorifiée.

Comprends, fils, qu'en vérité, c'est là la doctrine pour faire toute mesure et toute tempérance. C'est ainsi qu'elles doivent se faire dans cet art ; sans elle c'est chose impossible. C'est là, fils, la chaîne dorée et la roue circulaire du siècle entier, qui gouverne la sage nature et tous ses instruments en tournant, circulant et passant en rond, et que le Créateur suprême a voulu conserver dans ses œuvres merveilleuses, divines et infiniment puissantes.

81. L'ARTISTE DOIT SAVOIR PAR CŒUR LA ROUE CIRCULAIRE ET LA NATURE DE LA CONVERSION DES ÉLÉMENTS À L'ÉGARD DES QUALITÉS PRIMAIRES ET SECONDAIRES

Fils de vérité, tu dois savoir par cœur cette roue dorée, si tu veux parfaitement comprendre et savoir comment les éléments, avec ladite nature, tournent en rond et se succèdent jusqu'à la fin du cercle, qui est la perfection de l'œuvre. De la science de leur circulation appert ce que j'ai dit plus haut à propos de la première raison. La deuxième raison ou cause pour laquelle la nature sèche de la terre ne peut être convertie en celle de l'air sans leur moyen, est la différence entre la grossièreté et la subtilité, ou entre le poids et la légèreté, les parties de leur nature ou

141

matière étant opposées, comme c'était le cas pour les qualités susdites de leur complexion. Les autres considérations s'y réduisent en grande partie, c'est-à-dire que la fluidité et la solidité se réduisent à l'humidité et la sécheresse, et la légèreté et le poids à la subtilité et la grossièreté. On notera ici le premier degré.

Comprends, fils, que la partie terrestre de la nature est grossière, pesante, froide et sèche. Froideur, grossièreté, pesanteur et sécheresse sont donc produites par la nature terrestre. La nature de l'eau est moitié grossière et pesante, moitié subtile et légère, et humide et froide ; c'est le deuxième degré. Elle produit donc pesanteur et froideur, et légèreté et humidité. Ensuite, notons le troisième degré : la nature de l'air est subtile, légère, chaude et humide. Elle produit donc légèreté et humidité, et une chaleur douce. Notons enfin le quatrième degré : la nature du feu est très subtile, très légère, très chaude et sèche. Il produit donc légèreté et sécheresse, et une chaleur aiguë.

Cette doctrine, fils, te permet de comprendre que, dans notre magistère naturel, tu ne dois pas définir les éléments comme le principe du mouvement d'un endroit à l'autre, mais comme subissant l'altération. C'est là le mode ou la voie que suivent les philosophes. D'après leurs dires, la terre est l'élément qui fait que tout corps sain participe du froid et de la sécheresse dans une substance grossière ; l'eau, du froid et de l'humidité dans une substance moyennement subtile ; l'air, de l'humidité et de la chaleur moyennement subtiles, en raison de sa propre nature ; le feu, de la chaleur et de la sécheresse dans une substance très subtile et très active, en raison de sa propre substance subtile.

Fils, cette dernière raison nous ouvre la porte, puis la ferme. Car j'ai dit plus haut que d'une poignée de feu et de neuf d'eau, on fait dix poignées d'air mort qui est une eau vive, et ainsi de suite.

82. QUELLE CAUSE EMPÊCHE LES ÉLÉMENTS D'ÊTRE CONVERTIS ; PAR QUELLE CAUSE ET DANS QUELLE MESURE ILS PEUVENT L'ÊTRE PAR LES ÉLÉMENTS MOYENS

Voilà clairement décrite la deuxième raison pour laquelle la nature sèche ne peut se convertir en humide sans passer par leur milieu. La description susdite explique ouvertement que c'est en passant par leurs moyens que les éléments produisent cette mutation et altération ; l'expérience manifeste et visible le prouve. Je n'ai pas besoin de preuves logiques pour savoir que notre magistère naturel se fait ainsi.

Fils, prends de notre air et un peu de terre. Perfore-lui le flanc avec une lance aiguë toute chaude. Tu verras sortir de son ventre tant de bile noire brûlée qu'elle peut intoxiquer le monde entier. Garde-la, ne la perds pas et ne t'en sépare pas, car elle est utile contre tes ennemis. Puis, perfore-lui l'autre flanc avec la piqûre du grand serpent, jusqu'à ce que tout le flegme soit sorti, et qu'il n'y en ait plus dans son ventre. Ensuite, brûle-le entièrement, jusqu'à ce qu'il soit comme mort, que son âme sorte, et que son corps devienne une poudre couverte d'yeux noirs.

Sache que le reste a une nature grossière, pesante, froide et sèche, à cause de la propriété de l'élément terrestre dont la nature est entièrement opposée à celle de l'air. Si tu veux le convertir en air, ajoute-lui la neuvième partie de la tête rouge dont la substance a une nature fort subtile et très légère, et une complexion très chaude, sèche et aiguë. Puis, conjoins-leur deux parts des pieds blancs dont la substance a une nature moyennement grossière, et une qualité moyennement froide ; cette qualité la fait participer des yeux noirs. Sa substance est encore moyennement subtile, et sa qualité moyennement chaude ; cette propriété la fait participer de la substance de l'air. C'est ainsi que se révèle à nous la définition des opérations de l'eau et de l'air.

Comme ils sont amis des contraires dans ce composé, à savoir du feu et de l'eau, de la terre et de l'air, on donne naissance à un moyen pur qui unit et mélange leurs qualités altérées, sous forme d'une terre congelée, blanche, très subtile, et transparente comme l'eau aérienne, déjà congelée par la vapeur de ladite matière terrestre, et fortifiée par une chaleur aiguë.

83. LE SYMBOLE QUI LIE LES ÉLÉMENTS

Lors de cette transmutation, la substance terrestre, grossière et lourde d'en bas est capable de retenir toute la nature de l'eau par une saveur homogène et froide, la qualité pesante étant commune à la nature de ces deux éléments. Assure-toi bien que la sécheresse et le froid l'emportent pour retenir l'air contracté. On le fait en confortant la chaleur aiguë par la saveur humide qui est la matière du feu et de toute sa nature. Fils, donne une chaleur élevée à la nature d'en bas pour conforter sa sécheresse et tuer sa froideur, selon une tempérance dont on connaît la nature.

En vérité, le grand froid tue le feu, et endurcit et épaissit la nature attractive produite par la chaleur et l'humidité. La chaleur naturelle doit toujours être tempérée par l'humide radical, pour que la vapeur chaude et très active ne brûle et ne consume pas la matière de notre cher enfant. On n'obtient cette tempérance que par la conjonction de sa nature humide. La chaleur doit atteindre un degré d'acuité tempérée, pénétrer insensiblement toutes les parties de la nature humide, et imprimer sa forme et figure dans la matière de l'air. Sache donc comment faire et susciter ce tempérament, et en quel lieu.

En révélant la puissance de la nature, nous disons qu'on le fait en extrayant l'humidité radicale, jusqu'à ce que la chaleur naturelle excitée, stimulée et dégagée, nous montre ladite action. Il ne faut pas dépasser cette action, pour qu'on ne découvre pas le composé exclu ou séparé de toute sa nature. Sinon, tu ne la verras plus, et tu ne pourras plus fixer dans le corps aussi promptement, ni aussi proprement, la nature perdue. Si cette partie était tout à fait éloignée dudit corps, et si plus tard tu voulais la réduire à son principe pour corriger le défaut, la chose serait très difficile à faire, à cause de sa lenteur.

L'art, nous l'avons dit, ne fixerait pas aussi radicalement et proprement la nature dans son corps, sans le génie subtil de notre magistère. L'art de la nature aurait beaucoup de mal à le faire, s'il s'appuie trop sur son intelligence pour accomplir ses dites opérations. Car l'art ne donne pas un intellect à ce point subtil que les premières vertus cachées par leurs premières corruptions, et dans leurs objets corrompus, ne s'affaiblissent pas. Il faut méditer la première corruption, et bien comprendre l'ordre de cette dernière conclusion.

84. LES QUALITÉS ACCIDENTELLES ; L'HUMEUR DE LA NATURE

Ensuite, il faut savoir que l'acuité susdite de la vapeur chaude est créée par le feu même qui se sépare de cette nature, et qui est la quatrième partie de toute la nature. Plus haut, je t'ai

déjà dit que cette nature est divisée en quatre parties. En pénétrant l'humeur par son acuité, le feu digère la nature grossière et
l'unit à la nature simple, en rassemblant et liant uniformément
leurs plus petites parties en une nature homogène. Confortée de
la sorte, la nature grossière et sèche retient la nature humide et
subtile, en épaississant et congelant la nature simple ; et la
nature simple, ainsi convertie, raréfie la grossière par une union
subtile. Il appert manifestement que plus la matière grossière
retient la nature simple, par l'attraction de la nature chaude et
humide, plus elle se rapproche de la subtilité aérienne, en comparaison du temps où elle avait sa propre nature, et plus sa perfection est grande. Plus la nature simple se joint à la nature
grossière par condensation, plus elle se rapproche de la lourdeur
et pesanteur, et plus sa perfection est petite. Cela te permet de
comprendre la multiplication des vertus opératives, et leur diminution.

Il est écrit dans les *Météoriques*[20] que, dans le lieu où sont
engendrés les métaux, la nature terrestre renferme les vertus
célestes qui, aidées par la vertu de cette nature terrestre, convertissent son individualité en nature, forme et espèce métallique. Si
la vertu et puissance de la nature terrestre surpassait celles de la
nature céleste qui spécifie le métal, la sécheresse et le froid de la
nature grossière condenseraient l'humidité. Celle-ci, au lieu de
prendre la forme métallique, prendrait une nature conforme à
celle de la terre, par un défaut de vertus célestes dans ladite
matière. Les fils de vérité comprennent ainsi que la forme métallique doit son origine et sa constitution à la vertu céleste influée et
infuse au fond de sa matière. Selon la *Raison météorique*, l'âme se
trouve dans la semence de la nature comme le maître dans son
art.

Cette vertu céleste se trouve dans le lieu même où les métaux
sont engendrés, ce qui lui vaut le nom de « forme métallique ».
Fais en sorte que, dans le lieu de la génération et de la conversion, il y ait une telle puissance, capable, en conservant l'action
impulsive de la nature terrestre, de transmuter l'humidité de

---

20. *Cf.* Aristote, *Météorologiques*, IV.

l'individu en forme et espèce transparente, et de la transposer et congeler en sécheresse terrestre. Cette chose sera très vertueuse, puisque la vertu de la terre, au moyen du froid tempéré et de la complexion sèche, opère en congelant, épaississant et retenant en elle-même. La vertu céleste influée dans la vertu de la terre donne à l'espèce une couleur céleste, et la matière se congèle de sorte que cette congélation transmute ou transforme l'espèce, et que la formation congèle la matière.

Fils, la doctrine écrite te prescrit de laver l'argent vif jusqu'à ce qu'il prenne une couleur bleu clair. Voilà la terre où nous avons semé nos âmes. En elle se trouve notre congélation, et non ailleurs. Par elle, on retient les simples esprits quints fugitifs qui doivent former et transmuter la terre claire en vertu d'élixir, par une différence spéciale provenant de la noble concordance entre les choses quintes, comme nous le noterons clairement et en entier dans la deuxième partie, celle de notre *Pratique*.

85. TOUTE L'INTENTION DE L'ARTISTE DOIT ÊTRE DE PRÉPARER LA MATIÈRE ET LE TEMPÉRAMENT DE LA PIERRE

Ton intellect remarquera, par une considération raisonnable, que mieux la matière est préparée et subtilisée, plus elle obtient lesdites vertus célestes d'en haut, et l'inverse est vrai aussi. Observe donc comment l'eau se change en air, et l'air en feu, si tu veux préparer la nature. Si tu veux changer la matière terrestre en feu, il convient de la subtiliser en eau et en air. Si d'aventure tu veux opérer en sens contraire, fais retourner les éléments en sens contraire. Cependant, travaille sur une chose plutôt simple, la vertu céleste étant sa forme appropriée, conformément à l'action de la matière et au cours naturel. Comprends bien ce que le philosophe enseigne au septième livre de la *Métaphysique*, à savoir qu'à la propriété de la matière correspond l'action d'une certaine forme appropriée[21]. Si donc la matière est simple, elle s'appropriera une forme simple et très noble, à cause de ladite simplicité et de la ressemblance qui naît de la propriété simple de la nature d'en haut. Quand tu voudras tempérer la substance de

---

21. *Cf.* Aristote, *Métaphysiques*, VII, 8.

la pierre, mets-la dans le lieu de la conversion ou de la génération. La qualité du lieu correspondra à celle en laquelle tu voudras, par une certaine connaissance, changer ta pierre, c'est-à-dire une chaleur humide. Car ce sont là les qualités qui adoucissent la pierre amère, et qui conservent la pierre humide dans son feu jusqu'à ce qu'elle puisse soutenir le feu pour toujours.

86. ON MONTRE COMMENT PRÉPARER LA PIERRE, PAR DIFFÉRENTS EXEMPLES DE LA NATURE ŒUVRANT DANS SES MINES

La nature se sert du même tempérament pour ses opérations incessantes dans les mines, bien qu'un accident fortuit l'égare loin du but. Si, purifiée et remise en splendeur, la matière du soufre et de l'argent vif trouve, pour se retenir et se congeler, un lieu sec, terrestre, obscur, et non tempéré, elle aura une complexion non tempérée, obscure, terrestre, crue, pontique, âpre et amère. Elle recevra comme forme spécifiée celle que lui donne la vertu et complexion crue et terrestre du lieu. On le voit manifestement en toute sorte d'atraments et de moyens. En effet, leur matière n'est tout simplement que du soufre et de l'argent vif mélangés vaporeusement et spécifiés en atrament terrestre par la vapeur grossière, terrestre et obscure, qui naît dans le lieu où elle est engendrée et transmutée.

Ramène donc cette matière grossière en une simple, jusqu'à ce qu'elle revête les vertus célestes qui donnent à notre pierre la clarté. Pour ce faire, celui qui comprend la convertibilité des éléments opérera une révolution élémentaire. Sache que la vapeur grossière dont croît l'atrament est très aiguë, âpre et pontique. C'est pourquoi elle pénètre les parties purifiées du soufre et de l'argent vif, en pénétrant aussi cette matière purifiée et en la congelant en une espèce de vapeur d'atrament boueuse et terrestre qui est mêlée avec elles. Ainsi, fils, apparaît la vérité dont je t'ai dit qu'elle était la porte majeure, c'est-à-dire que les vertus terrestres ne doivent pas l'emporter sur les célestes. Fais donc en sorte que les vertus célestes surpassent les terrestres, et tu auras ce que tu cherches.

Ce mélange fait apparaître ce qui est un milieu entre la pierre et le métal. Car ledit mélange est la matière des pierres et celle des métaux et des corps liquéfiables. Le moyen est donc tout ce qui, en quelque sorte, participe d'un côté de la pierre et de l'autre du métal. De plus, la propriété de la pierre est de ne pas pouvoir être fondue ; la propriété de la matière métallique est de pouvoir être fondue par le chaud et le sec. Note que les pierres sont du genre terre sèche, et que les métaux sont du genre eau humide. On appelle donc « moyens » toutes les choses qui participent des deux extrêmes. Mais quelques moyens ont plus de sécheresse, et ils contiennent le chaud et le sec ; d'autres ont plus d'humidité, et c'est d'eux que nous distillons l'eau avec chaleur et sécheresse.

Par cela, fils, la doctrine éclairée doit briller à tes yeux. Le propre du métal est l'humeur aquatique, l'argent vif que sépare le génie du magistère, que nous t'avons révélé. Connais donc la nature des moyens, car nous en tirons toute notre science, le magistère et le pouvoir de mettre la pierre en œuvre. Tire l'argent vif de ses cavernes vitreuses. Il réduit la pierre à sa première nature. On l'appelle le moyen suprême, purgé de la tache originelle.

87. QUELS SONT LES EXTRÊMES DE NOTRE PIERRE, ET D'OÙ ON LES EXTRAIT

Ainsi, ton sens pourra connaître que notre argent vif est le premier extrême de notre pierre au premier degré ; qu'au second, c'est l'élixir parfait. Voyons, fils, comment notre artifice trouvé subtilement et le génie naturel nous permettent de tirer les extrêmes des moyens susdits qui participent de notre pierre. La sage nature nous l'a donné à savoir. En effet, elle nous a ouvertement montré comment elle transmute la nature des moyens, de l'argent vif en métal parfait. Voilà le moyen commun pour tirer le moyen suprême de puissance en acte. Cependant, dans ton opération, tu dois choisir, au lieu des moyens, les métaux qui sont les extrêmes de la nature. Plus les moyens sont nobles, plus les extrêmes sont puissants. Nous séparons donc de ces moyens les extrêmes, c'est-à-dire l'argent vif des argents vifs, et l'élixir parfait qui est la médecine des médecines.

En effet tout moyen contient, en quelque sorte formellement, les extrêmes. Autrement, ces derniers ne pourraient pas produire en acte ce que la nature n'aurait pas en puissance, et cette impuissance les rendrait dès lors inséparables. La nature nous montre, et l'expérience le prouve, que leur nature diminue et tue l'argent vif en le resserrant et congelant. Après cette congélation, on peut le mélanger aux corps métalliques ; c'est alors qu'il opère, non avant. Nous obtenons toute la chaleur dont nous avons besoin. En vertu de sa nature sèche et terrestre, il est retenu et ne peut pas fuir des corps auxquels il est mélangé.

Il appert indubitablement que la vapeur des extrêmes est ce qui resserre l'argent vif, à la fois dans la nature et dans notre magistère ; ce ne peut être que parce que l'un lui convient, et l'autre non, à cause d'une différence dans la concordance, comme il appert de la conservation de sa chaleur qu'il convient de conserver. On appelle cette substance « lion vert », « serpent vert », « argent vif » et « pâture du basilic philosophique ». Mais, à cause de la puissance présente, on appelle cette vapeur plus proprement « humeur menstruelle ». Cette humeur provient de l'argent vif, bien qu'elle soit altérée par la corruption et la fragilité terrestres qui lui surviennent. Cet argent vif conjoint au corps, ce sont les deux spermes dont nous faisons naître l'eau vive, notre argent vif, l'eau de vie qui ressuscite les corps des morts.

88. LE MENSTRUE EST CE QUI TUE L'ARGENT VIF

Par cette humeur menstruelle que nous avons expliquée, nous disons que l'argent vif cause sa propre mort. Il se tue lui-même, puis tue son père et sa mère, extrait l'âme de leur corps, boit toute leur humeur, et les rend noirs comme du charbon. Ensuite, il les ressuscite avec une grande clarté et splendeur. En vertu de cette résurrection, son père et sa mère sont immortels. C'est ainsi, certainement, qu'en présence de quelques compagnons, j'ai par ma pratique tué l'argent vif vulgaire avec son menstrue. Une autre fois, accompagné d'un d'entre eux, je me trouvai à deux lieues de Naples où, en présence de Jean de Rhodes, de Bernard de la Brett et d'autres personnes, nous avons congelé l'argent vif par son menstrue. Bien que cela se fît ouvertement en leur présence, de façon visible et palpable, ils ne surent de la manière de faire que les simples apparences rustiques.

Si la spéculation de la vertu intellective leur avait donné la connaissance réelle et philosophique dudit menstrue et de ses vertus, sans doute auraient-ils partagé la science et l'art de quelques-uns des compagnons susdits. Ces derniers nous ont bien compris ; nous leur avions donné de savoir manifestement et de posséder les vertus dudit menstrue. Ils auraient laissé l'argent vif vulgaire pour créer la pierre et rendre son humidité exubérante. La raison nous contraint à ignorer l'ignorant, et à cacher et réserver le secret pour toi, fils. Je te dis de prendre une chose vile, et de faire qu'elle embrasse ses parents en prenant l'argent vif de leur ventre, jusqu'à ce qu'ils suffoquent et meurent. Fais-en la pierre, puis l'élixir, ou la médecine qui n'est pas donnée à tous. Ainsi, le peu deviendra bon, et le bon meilleur. Fils, béni soit le Dieu suprême, notre Fondateur, Créateur et Rédempteur, pour avoir créé d'une chose si vile une si précieuse. Car elle renferme des propriétés et vertus qu'on ne trouvera pas ailleurs.

89. L'ARGENT VIF DES PHILOSOPHES N'EST PAS L'ARGENT VIF VULGAIRE ; POURQUOI LA PIERRE SE TROUVE SI PEU SUR TERRE

Comprends et sache que notre argent vif n'est pas l'argent vif vulgaire, et que l'argent vif vulgaire n'est pas notre argent vif, mais que notre argent vif est une eau d'une autre nature plus puissante. Notre argent vif philosophique ne pourra jamais être trouvé sur terre. Il ne peut devenir actif par nature sans l'aide d'un génie, et sans une opération manuelle humaine imitant celle de la nature. La nature seule ne peut le tirer en acte des choses où cet argent vif est en puissance, sans une résolution obscure et ténébreuse aux yeux de l'homme. Si donc nous voulons créer notre médecine, nous devons l'extraire des choses où il est en puissance, et le tirer de puissance en acte, en imitant la nature par l'industrie raisonnable du magistère, c'est-à-dire par une génération basée sur la corruption avisée que la philosophie nous a fournie, donnée et fait savoir.

Nous parvenons à l'engendrer en suivant la puissance et vertu de la nature. Par la vertu de notre philosophie, et non par la vertu rustique qui est contre nature, nous avons découvert qu'elle est une gomme sœur de la naturelle. Cet argent vif est le nôtre, et non celui des vilains rustiques incapables de le connaître et de métallifier la nature minérale. Il ne peut donc être engendré sur terre par le seul artifice naturel ; il faut l'aide de notre artifice magistral découvert par nous de manière philosophale, sans aucune vulgarité rustique. Pour l'engendrer, nous devons subtilement introduire l'action de la nature métallique dans la matière dont il doit être engendré. En ce domaine, le vulgaire rustique est totalement privé d'yeux et totalement aveugle. Il est privé des raisons philosophiques qui conduisent notre intellect dans une direction dont il lui est impossible de dévier tant qu'il suit point par point l'A B C D de notre magistère.

Notre argent vif n'est donc pas celui du vulgaire. La nature ne peut pas le créer sur terre, et le rustique ne le peut pas davantage. Mais notre argent vif, celui de tout philosophe, est comme le fils du père qui l'a engendré. C'est pourquoi, sache-le, on trouve si rarement notre pierre dans le monde. En effet, le Créateur suprême n'a pas donné à la nature la puissance de l'engendrer sans le génie de l'homme, et sans une intervention manuelle humaine. De plus, les hommes ignorent sa nature matérielle, son mélange et son opération. Voilà pourquoi il se manifeste très rarement en acte, car, ignorants, ils ne peuvent ni ne savent secourir la nature. Il est indispensable de passer d'abord par toute la philosophie désirée. C'est elle qui révèle ce qui est caché.

90. LE MAGISTÈRE EST FAIT NON PAR UN MIRACLE, MAIS PAR LA NATURE ET PAR L'ŒUVRE DE L'ART ; SA DÉMONSTRATION

Fils, ne crois pas que cela se fasse par un miracle ou par un art confus, comme le croient beaucoup de sots. Cela se fait selon un cours naturel, par un art connu dont nous tenons une opération précise, et qui nous apporte la chose désirée, par préparation. On t'a déjà dit, fils, la vertu démontrée par ladite préparation. En effet, elle change la nature vile et sordide en nature noble, le sec en humide, et le chaud en froid. Sans ce changement, la nature terrestre dominerait celle d'en haut, et elle convertirait la nature individuelle homogène à sa propre nature grossière terrestre. La vérité en appert d'une expérience incontestable. Car, quand on met l'argent vif en une vapeur sèche d'atrament, comme celle de l'eau aiguë, il se dissout aussitôt à cause de cette incision, pénétration et acuité très puissante. En se dissolvant, il devient un atrament terrestre sans forme métallique, et sans couleur claire ni bleue, comme il appert de l'évaporation de ladite eau, et de sa congélation en petites pierres jaunes. Cette couleur jaune provient de la terrestréité pontique sulfureuse, mélangée outre mesure à ladite eau, en de petites parties dont la généralité et la simplicité sont homogènes. Cette simplicité a été prise et liée par ladite terrestréité, et la clarté transparente s'est transmutée en obscurité.

De même, par une opération moyenne, on change l'argent vif mélangé aux atraments, et on lui donne une forme contraire, en le lavant dans l'eau et le feu, ce qui dévore et consume toute sa vapeur grossière. Mais on doit mélanger avec un argent vif qui, par la simple aérité de la nature grossière, devient simple. Moyennant une acuité modérée, on le congèle et on le mélange à des choses dont la nature participe davantage de la transparence cristalline, comme il appert de sa sublimation. Voilà pourquoi nous conseillons de tempérer le feu en sublimant l'argent vif, jusqu'à ce que l'acuité qui, par trop de feu, porte la terrestréité grossière et infecte la matière de l'argent vif, s'évapore complètement. Car, par l'impression d'un feu sec, elle porte la matière grossière dans son ventre, comme il appert de la confection des eaux-fortes. Nous n'en avons nul besoin, puisque c'est la corruption de notre magistère.

Mais comprends bien ce qui suit. Prends une nature aérienne simple, lave-la bien, fais-en une eau, et prépare-la philosophiquement jusqu'à ce qu'elle soit passée par les cinq planètes, puis arrivée à la lune. Quand elle sera passée par les six planètes, elle arrivera au soleil qui illumine et éclaire tout. Fils, ce que je dis enseigne les multiples préparations à faire ; lors de chaque préparation, la complexion d'une planète est fixée par sa vertu. Si la nature individuelle trouve un lieu adapté et convenable à sa génération en forme de métal, ce lieu de la génération possède la complexion et nature du plomb si sa planète est Saturne ; la planète peut aussi être Jupiter, Mars, Vénus, Mercure, la lune ou le soleil. Si le lieu a la complexion du plomb, une faible digestion transmute l'individu en une forme et espèce de plomb cru et boueux. Si sa complexion est celle de Jupiter, de Mars ou de Vénus, une digestion imparfaite convertit l'individu en la nature du lieu auquel il est conjoint. Si ledit lieu de la génération a la complexion de Mercure, la digestion est trop faible et pas assez puissante pour terminer l'individu en un corps métallique dur. Il ne peut pas se convertir, mais seulement s'épaissir. Sa nature d'air devient celle de l'eau, l'air étant condensé par ses parties terrestres peu digérées et mélangées à lui vaporeusement, par manque de vertu resserrante. Sous l'effet de la chaleur uniforme et de l'humidité onctueuse, laxative, tartaréenne, il s'épaissit et devient une chose crue, comparable au lait dans les mamelles.

91. LA NATURE ABORTIVE DES CORPS IMPARFAITS COMPARÉS AUX PARFAITS ; LA TEMPÉRANCE DU VASE NATUREL

Qu'il te soit manifeste, fils, que les corps imparfaits susdits ne sont que des avortons ; ils n'ont pas pu aller au terme de la perfection. Comme ceux qui sont nés dans un lieu menstruel mal ordonné, sale, indigeste et corrompu, ils ont un corps malade, lépreux et corrompu. La nature, en effet, manque de préparation et de chaleur naturelle, et ne peut pas digérer le menstrue qui est la matière du métal, soit à cause de la grande excitation ou stimulation de la chaleur, brûlante et colérique, soit à cause de l'individu, soit à cause du lieu de la transmutation, qui contient toute la matière de la génération, et où un accident fatal peut arriver si souvent.

Si le lieu où l'individu se transmute est bien tempéré et capable, en digérant avec tempérance, de purifier davantage son germe clarifié, tout en le conservant, il sera vraisemblablement congelé et transmuté en lune fine et pure, par la vapeur du soufre désormais purifié de la tache originelle lépreuse, c'est-à-dire du lieu de ladite transmutation, ou encore en soleil parfait ; cela dépend de la tempérance que reçoit l'humidité de l'individu dans le lieu où il est engendré et digéré, complètement ou incomplètement. Dans le lieu où est engendré le soleil, et où l'humidité mercurielle est transmutée et congelée en fin soleil, le feu domine très certainement avec une très noble tempérance et une très bonne digestion. Dans le lieu où est engendrée la lune, l'air domine avec une vertu céleste. Il est éclairci et démontré que la fumée ou vapeur du menstrue terrestre et celle de l'argent vif ne doivent pas excéder ou surpasser le poids du métal pur, mais lui être égales ; sinon, il faut aviser davantage lors des préparations. Si le lieu de la génération renferme plus de vertus terrestres que de lumière et de noblesse venues des planètes et envoyées dans ledit lieu, le congelé deviendra sombre, obscur, pesant, boueux et froid, comme le plomb.

Il appert que dans le plomb, l'élément terrestre domine ; dans l'or, l'élément d'en haut domine avec une tempérance parfaite. Si ledit lieu participait plus des vertus célestes et moins des vertus terrestres, il serait éclatant, resplendissant, sans aucune corruption, ferme et solide dans la construction des parties, ce que montrent la lourdeur et la pesanteur par le besoin de relâchement. On dit inversement que la proportion constitue l'espèce de l'or. La matière devient proportionnée si elle est purifiée et congelée dans les mêmes proportions. La congélation est due à la froideur du lieu, et à la sécheresse locale qui boit toute l'humidité, selon la chaleur naturelle du ventre maternel, et une digestion déterminée. La mère reste morte et privée de toute vertu, et elle se change en un froid qui resserre et congèle le mercure, plein d'une chaleur parfaite, en un métal déjà formé.

92. L'ARTISTE DOIT NOTER LES VERTUS MINÉRALES QUI APPROCHENT DE LA PERFECTION ; ABRÉGÉ DE L'ŒUVRE PAR FERMENTATION

D'après tout ce que nous avons dit et fait savoir, tout fils de doctrine et artiste doit s'aviser particulièrement de noter les vertus minérales proches de la perfection. Nous avons dit que l'argent vif purifié acquiert la nature de ce à quoi il se conjoint. Comprends cela tant de la première partie, c'est-à-dire la purgation et la création de la pierre, que de la deuxième, c'est-à-dire sa fermentation et sa transmutation en vraie médecine raffinée. Quand tu passes à la deuxième partie du deuxième degré, conjoins le soufre déjà créé au ferment lavé. On l'appelle « onguent ». On sait et voit que ce qui donne la forme convient à ce qui la reçoit. De même, on constate et suppose que toute génération se fait à partir de choses qui se rassemblent dans une nature où sont renfermées les formes et vertus célestes. Ce à quoi notre préparation ne peut suppléer qu'à force de temps et qu'au prix de beaucoup d'erreurs dans la première partie, le ferment y supplée et l'achève par ses vertus tempérées et très bien digérées, en peu de temps et sans grand obstacle, si tu sais bien y faire dans la deuxième partie.

En cela, nous surpassons le cours naturel. En effet, la nature finit son œuvre par la seule digestion, et nous la finissons en faisant fermenter ce que la nature a fini de digérer. Aie donc en toi de quoi faire les préparations connues, adapte-les, et aie de la patience en cas de long retard. La longueur du temps caractérise l'œuvre de la nature, puisque celle-ci n'opère que peu à peu. Nous ne faisons que des préparations que la nature parfait en temps voulu, comme tout ce que crée la nature. Celui qui ignore nos préparations ne possédera jamais le trésor donné et octroyé à tous les fils élus de notre doctrine. Bienheureux celui qui la comprend !

93. L'ARTISTE DOIT COMPRENDRE COMBIEN, ET QUAND, LA PIERRE PERD DE SA PREMIÈRE NATURE TEMPÉRÉE, POUR L'AMENDER

Dans la première partie, disons-nous, il faut savoir amender et restaurer tout ce que la pierre perd de sa première nature tempérée, dans tout le régime de la préparation. Il faut retourner à cette préparation et passer à une plus importante, par la partie du deuxième degré. Nous disons, fils, que plus la pierre est éloignée de son tempérament par les mortifications des corps opérées dans la première partie, plus elle perd de sa première nature. Le corps souffre comme un homme très malade, dont les vertus spirituelles sont troublées, ou détachées du corps continuellement frustré. Nous appelons instable ou faible le corps ainsi éloigné du noble tempérament ou de la complexion équilibrée, dans la mesure où il souffre du manque de ce qui le confortait. Plus il en est éloigné, plus le rapprochement nécessitera une confortation et une réduction au vrai tempérament. Plus tu étends la roue pour corrompre et tuer longuement le corps, en le conservant quelque peu, plus il participera de la vie et de la perfection. En lui rendant ses esprits perdus, tu le confortes, et tu le ramènes et le fais revenir à son tempérament.

La raison est qu'il reçoit lors de la première attraction, par le régime de la réduction, plus qu'il n'a perdu à sa mort. Le tempérament ne se fait que par la restauration de ce qui a été perdu, c'est-à-dire les esprit vivifiants ; et la restauration est impossible sans attraction naturelle, l'attraction sans évacuation naturelle, et l'évacuation sans mort provoquée par la crémation et calcination du corps, et par l'évacuation de l'humide radical.

94. COMMENT ET QUAND LA PIERRE EST PLUS ÉLOIGNÉE DE SON TEMPÉRAMENT

Fils de philosophie, sache que le corps brûlé, consumé et vidé de tous les esprits qui l'animaient, est aussi éloigné que possible de son tempérament. Il a fini la roue de la corruption, et est devenu un lieu propre à la génération. Plus il a perdu d'humeur superflue dans sa solution, plus il attirera de ladite humeur exubérante dans sa réduction.

Si par exemple, dissous et corrompu par la roue étendue, le corps perd B et C, il recouvre et attire D et E qui rétablissent la perte de B et C. En outre, l'attraction naturelle fait venir davantage dans le régime de la réduction, et il attire F et G qui débordent de D et E par fermentation de B et C. Si le corps ne perd que B par la roue mineure, il ne recouvre à sa place que C, puis D débordant de B, et il n'approche pas du tempérament, car sa perte ne le souffre pas, ni le cours naturel. Ainsi donc, la tempérance de la roue mineure est moins parfaite, à cause d'une moindre corruption ; celle de la roue étendue est deux fois plus parfaite, à cause d'une plus grande attraction d'humidité au fond d'un corps davantage calciné, dissous et tué.

Fils de doctrine, comprends toute notre intention. Notre magistère ne consiste qu'à multiplier l'argent vif exubérant et fixe, ce qui mène notre pierre à plus de tempérament et de perfection. Voilà, fils, ce qui accomplit les corps diminués et imparfaits, qui manquent d'un peu d'humidité fixe et d'épaississement parfait. Il appert que notre médecine renferme ce qui les accomplit en corps parfaits, c'est-à-dire ce qui multiplie et épaissit l'argent vif, et le rend bien fixe et permanent.

Fils, aie confiance en ce que je dis, comprends-le bien avec l'acuité de ton intellect, vois mes doctrines sur la corruption, c'est-à-dire le lieu propre à la génération, et tu comprendras, par notre doctrine susdite, que tout notre magistère ne consiste qu'à lier l'humeur résoute, ou à dissoudre une chose et à congeler l'autre, à tuer l'une, spirituelle, et à vivifier l'autre, corporelle.

De la façon dont on dissout la pierre, il faut la composer. Cette liaison ne consiste qu'à multiplier l'argent vif exubérant et fixe, ce qui mène notre pierre à plus de tempérament et de perfection.

95. CE QUI ACCOMPLIT LES CORPS IMPARFAITS ET DIMINUÉS ; LA PIERRE SUPPLÉE À TOUT CE QUI LEUR MANQUE ; LE LIEN ENTRE LES RÉGIMES À L'ÉGARD DE LA NATURE DES ÉLÉMENTS

Voyons, fils, ce qui accomplit les corps imparfaits et diminués, qui manquent d'un peu d'humidité fixe et d'épaississement parfait. Notre médecine doit apporter ce qui les accomplit en corps parfait, c'est-à-dire multiplier l'argent vif, bien l'épaissir et le fixer durablement. Fils, considère que nous te montrons et manifestons les premières causes de tout notre secret, c'est-à-dire les entités réelles de notre magistère ; sans elles, on ne peut jamais l'accomplir. Comprends bien ce que nous notons dans notre *Testament*, avec l'acuité de ton intellect, et vois comment mes doctrines s'accordent, en quels endroits elles conviennent mieux, comment on les applique, combien il y a de régimes, lequel précède l'autre, et ce qu'ils peuvent faire. Nous t'avons dit que notre magistère ne consiste qu'à corrompre une forme et à engendrer une autre, en conservant son espèce qui sera bien plus resplendissante et luisante. Ce que ton illumination te permet d'approcher de notre tempérament, approche-le ; ce que tu peux en éloigner, éloigne-le. Tu parviendras ainsi à corrompre la première forme à un degré véritable, et à engendrer la deuxième forme qui sera noble.

Fils, les régimes de notre magistère sont liés entre eux. Le premier est aidé par le troisième et le deuxième, le troisième par le premier et le deuxième, et le deuxième par le premier et le troisième. Quand donc tu es au troisième, aide-le par le premier et le deuxième ; au deuxième, par le premier et le troisième ; et au premier, par le deuxième et le troisième. Tous ces régimes sont liés entre eux, non seulement par les diverses opérations mélangées, mais par la digestion ou cuisson diversifiée, toutes réduites par une putréfaction réitérée. Tout n'est qu'un seul régime : la cuisson qui, par diverses opérations mélangées selon des intentions bien ordonnées, accomplit le premier degré de notre magistère.

Fils, l'intention de la nature est très ordonnée, même si ses œuvres sont erronées. Comprends donc l'intention de la nature, de son œuvre et de sa révolution. La première transmutation est un acte intentionnel ; puis, on passe au deuxième acte de transmutation, qui aboutit à la troisième transmutation. Aucune ne peut être finie sans l'aide de l'autre. Elles se font par des opérations contraires, comme on le remarque pour la solution du corps, qui suscite la congélation de l'esprit, cette dernière suscitant la dissolution du corps. Ainsi, chacune a un acte propre et différent, mais toutes s'accordent. Voilà la révolution erronée des éléments, que tu dois bien comprendre. Si tu la comprends, ton intellect resplendira très abondamment dans la confortation et l'affaiblissement qui constituent notre plus grand secret et tout le cours naturel. De là dépend le tempérament ou distempérament de notre magistère, c'est-à-dire l'étendue des complexions.

96. L'ÉTENDUE DE LA COMPLEXION ; ELLE EST COMPRISE ENTRE DEUX TERMES

Fils, toute l'étendue de la complexion, de quelque espèce qu'elle soit, se change en tempérament ou distempérament. Au départ, il n'y a que deux complexions différentes, la tempérée et la distempérée. Dans la complexion tempérée, les premières qualités se détruisent mutuellement jusqu'au terme d'une disposition meilleure et très puissante du composé, selon la manière propre à l'espèce. D'une façon absolue, chaque espèce individuelle a son tempérament propre. Dans la complexion distempérée, le corps solaire est séparé d'une meilleure disposition par la domination de certaines qualités primaires, de manière simple ou composée.

Toute complexion distempérée est donc simple ou composée. Dans la simple ne domine qu'une qualité, comme la sécheresse dans notre pierre, qui est une qualité simple. Ne comprends pas par « simple » celle qui ne participe pas des autres. Ce serait contraire à la complexion, puisque c'est une qualité composée des quatre premières. Mais le sens nous a donné, avec un signe manifeste, le jugement d'une connaissance précise, qui nous permet de savoir et voir qu'une de ces quatre seulement domine fortement son contraire. Nous voulons dire que, quand la pierre est réduite, sa très grande humidité devient une très grande sécheresse et une très petite humidité, et il y a un froid plus petit et une chaleur plus grande.

Puisque l'élément terrestre est déterminé par cette sécheresse, il appert que notre pierre humide est changée naturellement en une terre aérienne par le régime de réduction. D'aucuns ont prétendu que notre pierre était sèche au dernier degré, et le plus éloigné de son tempérament parfait, en raison de sa sécheresse et de son acuité. Ils ont cherché à faire sortir cette nourriture vers son tempérament, avec une humidité mutative fermentable. Mais à la sagesse de la nature, cela a semblé contraire à la bonne raison, et très inconvenant à son intellect. Car le régime de la réduction a déjà informé notre pierre des qualités contraires et différemment accordées ; et grâce à cette information, toute chose est tempérée et s'approche du vrai tempérament.

Notre pierre a été tuée par le deuxième régime, submergée dans le gouffre de la grande Satalie, et sa pâture et nourrice a été totalement consumée et brûlée, privée de la vie parfaite qui l'approche du noble tempérament. C'est pourquoi on laisse dire que notre pierre est aussi éloignée que possible de son tempérament ; elle en est audit deuxième régime, et en deçà du terme des deux complexions plus extrêmes. La matière ne doit pas être extraite ou tirée de l'étendue dudit terme, mais participer en quelque sorte d'une des complexions métalliques proches de l'extrémité, sans passer au-delà des complexions extrêmes qui participent de la mort. Car, s'il y avait une tension ou un relâchement de qualités très contraires à l'encontre de la matière, celle-ci manquerait totalement de complexion métallique, au point que l'individu de l'espèce métallique ne pourrait plus être conservé. Cela appert de la combustibilité de la matière corrompue par un grand feu, et entièrement séparée de sa nature par manque d'information naturelle.

Fils, comprends et entends que le corps ne se sépare pas entièrement de sa nature, c'est-à-dire de ses dernières complexions particulières contenues sous l'étendue du tempérament. À ce point, la matière, disons-nous, est la plus éloignée de son tempérament. Mais, si tu disais que notre magistère devrait commencer par le troisième régime, tu manquerais à l'intellect de l'œuvre. Car nous n'avons pas encore le sujet ou la matière convenable pour y fixer les éléments. Par le troisième régime, notre pierre doit être d'abord créée d'eau et de terre.

97. QUAND ON CRÉE LA PIERRE, ON EXTRAIT DE SES EXTRÊMES LA SUBSTANCE SUJETTE DU SOUFRE

Nous disons qu'on crée d'abord notre pierre pour extraire la substance subtile, plus chaude et sulfureuse, de ses extrêmes. On la tempère par l'humidité et par la chaleur. C'est le deuxième instrument perfectif de la nature, le moyen qui participe immédiatement de ladite substance, et qui donne la teinture métallique se trouvant dans ledit instrument. Ainsi, fils, nous extrayons notre pierre des extrêmes où se trouvent les moyens confus, afin qu'elle ne soit ni l'un ni l'autre, mais un moyen ou un neutre, entre les extrêmes dont elle est matériellement issue.

Nous l'appelons « neutre » selon la considération exprimée dans le traité *De l'Intention des sages alchymistes*. Non qu'elle soit neutre en désavouant les extrêmes, mais en participant de l'un et de l'autre. Tous ses extrêmes sont dits corps et esprits ; tous les neutres et tous les moyens en sont créés. Comme ce neutre est créé de ses propres extrêmes minéraux déterminés et connus, il participe indubitablement de leur nature, encore que le jugement du sens et de l'expérience ne les distingue pas. Par conséquent, il renferme et possède certains extrêmes subtils, mélangés de manière absolument indistincte. On dit donc neutre comme on dit sain et malade. Sa propriété doit opérer indifféremment, et ne rendre ni malades ni sains les corps infirmes avant d'avoir intégré la vertu de la santé. Il appert que la raison en est son imperfection qui provient de sa maladie.

Ensuite, fais de ce neutre imparfait un extrême parfait. Ajoute-lui encore de sa nature homogène dont il était créé en partie, c'est-à-dire simplement, afin que la perfection sanitaire qui se trouve dans l'air enlève la maladie du neutre, et que la vertu du malade soit confortée par la vertu de celui qui est sain. L'infirmité neutre, provenant de la terre et de l'eau, doit être enlevée par la chaleur et l'humidité dans une mesure égale. Tu découvriras qu'il s'approche de l'extrême parfait et tempéré, et ne tient qu'une demi-partie de maladie et deux parties de santé.

Rends cet extrême de nouveau imparfait, et ajoute-lui deux vertus opératives : l'air et le feu naturel. Tu le trouveras reconverti, depuis les extrêmes et moyens imparfaits, à l'extrême plein de santé et de toute bonne tempérance. Comprends-nous bien, car nous t'avons tout dit ; considère la deuxième partie du chapitre qui commence par : « Notre pierre, fils, demeure dans tous ses éléments »[22].

Ici finit la première partie du Testament *du grand Raymond, homme très savant qui, en confessant et prêchant le nom glorieux du Christ parmi les Sarrasins, mérita d'être couronné du martyre, et dont le tombeau se trouve dans l'île de Majorque.*

Grâces à Dieu.

---

22. *Cf. infra*, III, 28, pp. 243 et sv.

II. PRATIQUE

1. ICI COMMENCE LA DEUXIÈME PARTIE DE CE LIVRE, LA
   PRATIQUE; DÉFINITION DE L'ALCHIMIE

L'alchimie est une partie cachée de la philosophie naturelle, et elle est davantage nécessaire. C'est un art qui n'est pas apparent à tous, qui enseigne à changer toutes les pierres précieuses en leur rendant leur vrai tempérament, à donner au corps humain une très noble santé, et à transmuter tous les corps métalliques en vrai soleil et en vraie lune, par un corps médicinal universel auquel se réduisent toutes les médecines particulières. Il est réalisé par un régime manuel secret, révélé aux fils de ceux qui engendrent la lumière. Le moyen est la chaleur du feu dont on observe six degrés qui, en fait, se réduisent à trois.

Le premier s'appelle chaleur affaiblie. Celle-ci empêche le mouvement naturel de se faire intégralement, et introduit la putréfaction dans les mixtes. Sans elle, aucune animation n'est possible dans les choses élémentées. Le deuxième est une chaleur excitée avec une chaleur supportable et vivifiante. Elle introduit la génération et la multiplication. Le troisième est une chaleur excessive et mortelle. Elle détruit tous les sens, instruments, instincts et appétits naturels qui produisent la corruption, la génération et la multiplication.

Voilà, fils, la science qu'on appelle fleur royale. Elle rectifie l'intellect humain à force d'expériences visibles à l'œil nu, et corrige la connaissance rustique. Ses expériences se passent de toute preuve sophistique ou imaginaire. Elle permet de pénétrer efficacement toute autre science, en montrant à l'intellect comment pénétrer les vertus divines très cachées. Ainsi, la nature nous fait comprendre ce qui est. Beaucoup de sots croient qu'elle n'est rien. Nous, nous savons si elle est ou non. Cependant, pour l'homme ignorant, ce sera un secret, car cette science arrache l'intellect aux superfluités qui l'éloignent de la vérité totale. On l'appelle aussi le vase et l'instrument de la philosophie, avec lequel les antiques poètes ont dirigé leur sens en chaque science. Il leur a permis d'entrer dans n'importe quelle expérience. Celle-ci se fait par l'art, selon le cours naturel.

Dans cette deuxième partie donc, nous avons l'intention, fils, de te transmettre la pratique par deux instruments. Le premier est la pratique mémorielle ; le second, la pratique opérative. Cependant, tu dois mélanger le tout en suivant la figure de l'alphabet, où chaque régime est déterminé. Cela te permet de mieux comprendre le magistère réel, de savoir le former selon l'art, et d'atteindre ainsi le fait de la pratique précise dont la démonstration se fait devant les yeux, en acte, par une expérience éclairée. En effet, la vertu du principe ne peut aboutir à sa fin que par la moyenne qui accouple les extrêmes. La raison nous dit de former l'instrument susdit par l'art mémoriel. Surtout, la conduite de la nature réelle nous montre que la compréhension théorique ne peut pas se séparer ou s'éloigner d'un pouce du savoir pratique. L'un forme l'autre et corrige ses défauts.

Dans cet art ou science, nous avons mis la pratique mémorielle sous forme d'un moyen qui participe naturellement de ses propres extrêmes. Ses extrêmes sont la pratique opérative en deuxième lieu, et sa sœur, c'est-à-dire la théorie, en premier. Voilà les principes des vrais instruments, qui incluent tout l'art formé par les premiers. Car il n'y a pas d'art qui ne commence par certains principes qui lui sont propres.

Ce livre, le deuxième du *Testament*, est divisé en quatre opérations principales. La première consiste à dissoudre, la deuxième à laver, la troisième à congeler, la quatrième à fixer. La première opération principale, la solution, est divisée en deux parties, comme nous l'avons signalé dans la *Théorie*. Par la première, nous faisons l'union de la pluralité, et par la seconde, nous faisons la pluralité de l'unité. Nous te le montrerons par une doctrine éclairée.

Fils, toutes ces opérations te sont données à comprendre avec des distinctions alphabétiques transmises, certaines et déterminées, c'est-à-dire au moyen d'un alphabet, de définitions de figures, de mélanges et d'applications.

2. LA PREMIÈRE DISTINCTION ALPHABÉTIQUE

Selon la première distinction alphabétique, dans la première opération, A désigne Dieu de qui tout procède *(fig. 8)*.

Figure 8

165

B désigne l'argent vif, la substance commune à tout corps corruptible, comme le montre sa propriété. Car il a la force et l'action pour corrompre, engendrer, conjoindre, diviser, épaissir, raréfier, amollir, durcir, augmenter, diminuer, dissoudre, congeler, calciner, mortifier, vivifier, réincruder, mûrir, laver, dessécher, humidifier, chauffer, refroidir, lénifier, rendre âpre, adoucir, rendre amer, conforter, affaiblir, pénétrer, teindre, alourdir, incérer, imprégner, sublimer, faire la première matière, fiancer, fixer, obscurcir et rendre lumineux. Grâce aux propriétés de cet argent vif, tout fils de doctrine sait et peut détruire les œuvres de la nature et, par sa propre vertu, en réduire beaucoup, et de grandes, de puissance en acte. Par lui, il sait régler et ordonner les œuvres selon l'impulsion de sa nature réelle. Nous te disons qu'il est le père de tous les corps liquéfiables, et aussi des non liquéfiables, sa nature leur étant commune. Chéris-le, gardes-le secret, ne le divulgue pas. Il est la matière de la nature, sans laquelle aucune chose corporelle n'est engendrée, car il donne le principe d'une nature limoneuse où la nature opère et martelle sans passer la mesure.

C désigne le salpêtre, une nature commune semblable à l'argent vif, à cause de sa nature forte.

D désigne le vitriol azoteux qui corrompt et confond tout ce qui n'est pas argent vif commun.

E désigne le menstrue qui réunit et contient les natures desdits trois.

F désigne l'argent fin clair et resplendissant. Parfois, F désigne le mercure des philosophes, c'est-à-dire l'argent fin dissous par le menstrue.

G désigne le mercure que tu sais. Parfois, G désigne les soufres secs issus dudit mercure.

Enfin, H désigne l'or tant honoré. Parfois, H désigne les autres métaux.

Nous donnons à A une place dans cet art, puisque sans lui rien n'est créé ni même engendré, ni aucune œuvre commencée ou finie. Il est la cause efficiente principale et finale de toutes les créatures et opérations. Une grande raison nous montre qu'il doit être proposé comme formateur de toute création. Sa médiation et son immensité illuminent l'artiste dans l'œuvre. C'est surtout Dieu qu'il doit garder devant les yeux de l'intellect et en mémoire.

3. LA DEUXIÈME DISTINCTION COMPREND LES FIGURES DE LA PREMIÈRE PARTIE SOLUTIVE

Cette distinction enseigne que, moyennant A, on compose avec lesdites lettres six figures pour la première partie solutive, trois triangulaires et trois circulaires *(fig. 9)*. La première circulaire est désignée par E et se fait à partir de la figure B C D. La deuxième circulaire est désignée par I et se fait à partir de la deuxième triangulaire E F G. La troisième circulaire est désignée par K et se fait à partir de la troisième triangulaire E G H.

Ces figures n'appartiennent qu'à la première partie solutive, appelée proprement liquéfaction.

4. LA TROISIÈME DISTINCTION COMPREND LES FIGURES DE LA DEUXIÈME PARTIE SOLUTIVE

Cette distinction enseigne comment, à partir de ces deux figures circulaires I et K où est confondue la première figure E, on forme distinctement deux autres figures *(fig. 10)*. Il faut savoir que la figure circulaire I désigne le composé de la lune, et l'autre figure circulaire K, celui du soleil. De la figure I, on extrait L, M et N. Ces trois lettres constituent la figure triangulaire de la troi-

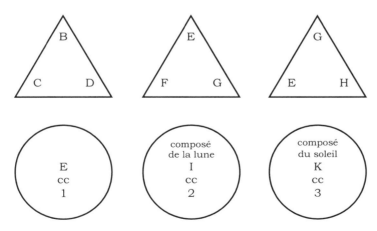

Figure 9

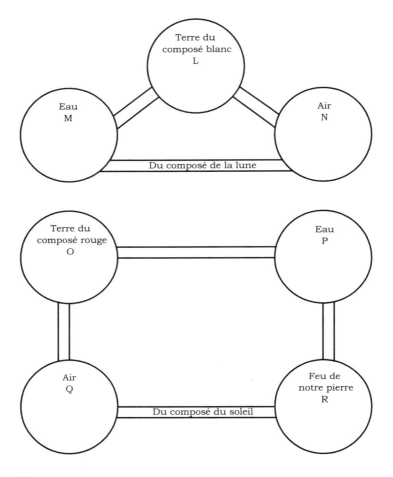

Figure 10

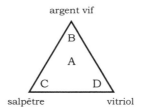

Figure 11

sième distinction. De l'autre figure circulaire K, on sépare distinctement O, P, Q et R. Ils constituent la deuxième figure, quadrangulaire. L désigne la terre du composé blanc ; M, l'eau ; N, l'air. O désigne la terre du composé rouge ; P, l'eau ; Q, l'air ; R, le feu de notre pierre. Ces deux figures n'appartiennent qu'à la seconde partie solutive, qui comprend la première et principale opération, sa dissolution et réduction en argent vif.

Fils, sache par cœur cet alphabet, si tu veux savoir la pratique formée par l'art avec la raison théorique. Elle vient promptement sous forme de mémoire à tout noble intellect, si tu l'étudies. Ainsi, tu auras la pratique présentée sous une figure réelle que, sans autre grand labeur, tu pourras mettre en acte à ton gré. Si tu ne le sais pas par cœur, tu ne pourras pas pratiquer ni même commencer. Au contraire, tu ne sauras pas quoi faire, parce que tu ignoreras l'acception des espèces signifiées par les lettres. Tu ne sauras pas les mélanger comme la nature le requiert. Tout artiste pratiquant doit donc le savoir afin que ces mélanges soient des opérations naturelles, lesdites lettres ou leurs signifiés étant la propre matière de la propre chose requise.

5. LE SECOND INSTRUMENT PRATIQUE ; LA PREMIÈRE PARTIE SOLUTIVE

L'instrument pratique revient à mettre la théorie en pratique opérative. Le moyen est l'instrument habituel qui te montre comment les lettres susdites représentent, dans la première partie solutive, six figures principales. Puisque tu as cet instrument habituel, mets-le en pratique de la manière qui suit. Retourne à la première figure B C D *(fig. 11)*.

6. LA FIGURE TRIANGULAIRE QUI MONTRE LE COMMENCEMENT DE LA PRATIQUE ; L'INTENTION DU TRIANGLE

Dans cette première figure triangulaire, nous te montrerons l'entrée de la pratique. Nous te disons qu'elle se fait de deux substances corporelles, et d'une essentielle et accidentelle, portée en leur ventre, comme la figure E te le représente.

Fils, nous faisons ce triangle dans l'intention d'en extraire artificiellement, et moyennant la bonté de A, l'élément humide tempéré par la chaleur contre nature, qui résout les corps en argent vif, l'élément de tous les corps liquéfiables, la première matière. En lui, on peut continuer notre pierre sèche créée de l'argent vif. Puisque c'est la première entrée de notre magistère, fils, applique-toi au poids qui produit le tempérament équilibré, comme nous ne tarderons pas à te dire.

7. LA PREMIÈRE DISPOSITION POUR COMMENCER LA PRATIQUE DE NOTRE ŒUVRE ; LA COMPOSITION DE NOTRE MENSTRUE PUANT

Par la vertu de A, tu commenceras par prendre une partie de D et la moitié de C. Pile tout sur du marbre, et après l'avoir subtilement pulvérisé et subtilement mélangé, tu le mettras dans une cucurbite de verre. Ensuite, tu y jetteras ces poudres, et tu poseras ton alambic au-dessus, pour que les esprits y circulent et s'y condensent. Tu luteras la jointure avec une bande d'étoffe, enduite de pâte de fleur de farine, détrempée dans du blanc d'œuf, pour éviter la perte des propriétés des trois mercures réunis qui sont le salsugineux, le vitreux et l'aquatique.

Veille bien à ce que lesdites poudres mises dans la cucurbite ne surpassent pas le poids de huit onces de la livre. Tu mettras en deux cucurbites la même matière pulvérisée, huit onces dans chaque cucurbite, toujours pour gagner du temps. Place-les sur ton long fourneau dont nous t'expliquerons la construction au chapitre des fours[1]. Ne mets que trois cucurbites ou vaisseaux sur ledit four, car le feu ne peut pas être tempéré également par un grand nombre, comme le requiert le mélange naturel. Lesdites cucurbites doivent être éloignées l'une de l'autre d'une distance de cinq ou six doigts. Selon l'épaisseur de la matière, lute leur fond avec de la terre poilue, en entrant dans le fourneau par le trou supérieur. Au-dessus, tu mettras des cendres criblées et bien pressées, de l'épaisseur de cinq doigts. Veille à ce que chaque cucurbite ait son propre récipient au long cou, et que le contour du récipient ne sente aucunement la chaleur du fourneau, pour éviter que l'eau distillée dans le réceptacle ne reflue en haut, et que l'esprit ne suffoque.

---

1. *Cf. infra*, III, 20, pp. 230-231.

Ensuite, fils, prends deux parties de sciures de bois, dont tu as fait provision, et une et demie de marc de raisin foulé, de tourbe en menus morceaux, ou encore de chanvre bien sec, que tu mélanges avec ladite sciure. Remplis ton fourneau de ce composé. Puis, allume le feu aux deux extrémités du four et attise-le. Tu ne feras pas un autre feu avant de le voir distiller jusqu'à cinq, dix, quinze ou vingt gouttes. Quand il en distillera également jusqu'à vingt, commence à te servir de petits morceaux de bois pour faire un feu dont la flamme est dirigée vers la matière. Surveille la quantité distillée, et que l'eau soit claire. S'il revient à quinze, et que l'eau est claire comme une fumée subtile, continue ce feu. Si tu le vois revenir de quinze gouttes à douze ou moins, fortifie ton feu, et continue ainsi selon son degré de distillation. Pour la troisième fois, fortifie ton feu d'un degré de plus, et continue ainsi jusqu'à ce que tu ne voies plus rien distiller. Alors, laisse le feu, ferme ton fourneau, et laisse-le refroidir. Si l'eau est fine et claire, sans aucune turbulence, prends-la et garde-la dans un vase bien fermé avec de la cire, afin qu'elle ne respire aucunement et que l'air n'y entre pas. Car l'esprit subtil serait aussitôt corrompu par l'air qui entrerait rempli d'une nature totalement sale et étrangère.

Quand tu commences à faire le feu de bois, souviens-toi bien de te servir de la pâte susdite et de la bande d'étoffe de lin pour luter la jointure des alambics et de leurs récipients. Mets de la paille entre ladite bande et le vase du récipient. Il arrive que l'air surpassé par le feu cherche à respirer, et qu'il n'y a pas de contenant qui puisse le retenir. Car le sujet qui devrait le retenir est tellement chaud qu'il ne peut aucunement supporter le feu violent ou excessif. C'est pourquoi il doit avoir un lieu pour respirer. Ouvre un trou quand tu l'entends souffler.

Question : Père, pourquoi as-tu fait la pratique si longue ?

Réponse : Pour que, fils, tu t'habitues mieux à toutes les choses, petites et grandes, et que tu connaisses, par le présent chapitre, tous les feux dont on se sert généralement dans les autres œuvres, et toutes les lutations. Nous n'avons pas l'intention de t'en dire plus, puisque, moyennant la pratique susdite, ce n'est pas quelque chose de difficile pour le sage et l'intelligent. En effet, tu peux dire maintenant que le menstrue puant est à tes ordres. C'est une chose vile qui, en peu de temps, réduit tous les corps à leur première matière. Sa naissance est pure, et c'est une chose admirable et très utile, si tu la sais connaître avec un intellect éclairé.

Fils, de manière élémentaire, ce menstrue devient un corps aqueux par la vertu élevée du quatrième élément, le feu chaud qui mélange tout très uniformément. L'homme ne peut atteindre ce mélange que si le feu est maître. Le feu fait une chose de trois, en une seule réduction, comme le veut la nature uniformément mêlée à l'humeur, principe naturel de l'opération majeure.

Je t'en prie, père, quelle est la troisième chose ? Tu ne l'as pas exposée.

Fils, la forme ne peut évidemment exister sans la matière, et la matière ne peut rien faire non plus sans forme. D ne peut exister sans B qui doit former les choses du monde. L'argent vif n'a pas de renom. Nous disons de même que C est formé de B, car ainsi le veut A. Il est prouvé qu'il y a plus de B que de C ou de D. La raison en est que nous appelons la propriété de son propre nom. Celui-ci est vrai, car on la représente par une unité simple, et avec une grande puissance empruntée aux trois substances réunies. Cette vertu est commune à tout corps minéral, et à la pierre, et inférieure à la vertu végétale, comme le transmet le *Propriétaire* de notre présent art. Nous te disons de reconnaître sa vertu et son prix. Elle t'en fera connaître d'autres qui ont plus de prix et de valeur. Garde en mémoire la première figure circulaire ici présente, et désignée par E *(fig. 12)*.

8. LA PREMIÈRE PARTIE SOLUTIVE SOUS FORME DE PRATIQUE ; LA LIQUÉFACTION DE F ET G ; LEUR CONJONCTION QUI EST LE COMPOSÉ BLANC

Fils, dissous la lumière du monde, ou une partie d'elle, par le premier régime, c'est-à-dire en liquéfiant toutes ses parties substantielles et accidentelles. Garde-les du broiement provoqué par l'action du feu contre nature. Les sots trompeurs ignorent sa nature. Tu le feras de cette manière, sans toucher la matière du pied ni de la main.

Par la vertu de A, prends une once de F bien purgée par la coupelle ou par les fortes cendres. Après l'avoir bien broyée, coupe-la en petits morceaux, courts et étroits. Ensuite, divise-les

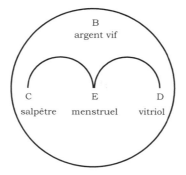

Figure 12

en deux parties égales. Prends deux vases de verre appelés « solutoires », mais auxquels d'autres donnent un nom plus approprié à ce régime, « liquéfactoires ». On voit donc qu'il n'y a pas de différence entre le solutoire, le calcinatoire et le liquéfactoire ; ce sont les opérations qui déterminent le nom du vase. On en montrera la forme et figure au chapitre des vases[2]. Mets dans chacun d'eux une once et demie de E, c'est-à-dire la huitième partie de F. Fais aussitôt la projection de tout le menstrue sur chaque partie de F. N'oublie pas de les bien fermer incontinent avec leur beau couvercle et de luter la jointure avec de la fine cire, ou de la terre empâtée de blanc d'œuf. Cela fait, mets le tout dans un bain chaud pendant trois jours. Que Dieu te donne le bon jour !

9.   LA LIQUÉFACTION DE G

Fils, prends une once de G, et mets-la dans une amphore au long cou, où tu as mis trois onces de E. Ferme aussitôt l'amphore avec son couvercle et avec de la cire commune, et mets-la dans un bain chaud pendant deux jours naturels. Après ces deux jours, tu la trouveras dissoute en eau fine.

2. *Cf. infra*, III, 21, pp. 231-232.

10. LA CONJONCTION DES DEUX LIQUÉFACTIONS

Ensuite, tu prendras F, et tu en filtreras l'eau dans un récipient propre, en inclinant bien le vase, et en veillant à ce que la terre de F ne puisse aucunement se cacher ni l'eau se troubler. Ferme le récipient qui contient l'eau de F, de la manière que tu as entendue, puis mets-le de côté. Mets incontinent, sur le solutoire de F qui doit être dissous, son alambic ; tu le joindras soigneusement et le fermeras bien, de la manière susdite. Puis, place-le sur des cendres criblées. Sépare l'humidité dans le nouveau récipient, par un feu de sciures. Quand toute l'humidité sera distillée, renforce momentanément ton feu avec du charbon, comme bon te semblera, pour calciner la terre. Garde-toi cependant d'une chaleur excessive, car nous l'avons vu faire par la chaleur du soleil. Comprends-nous, s'il te plaît, et ne sois pas insensé. Continue cette chaleur pendant onze heures.

Puis, laisse refroidir et ferme le fourneau. Va te coucher. Le lendemain, tu prendras ton calcinatoire, appelé ainsi à cause de l'opération particulière que l'action naturelle t'a offerte. Tu y jetteras le menstrue susdit où G a été dissous. Tu le verras à l'œuvre ; les fumées monteront et le métal se calcinera en se liquéfiant. Mais ferme-le avec le couvercle approprié, qui entre à l'intérieur. Veille à ne pas le mettre dans une autre chaleur, tant qu'il œuvrera par sa propre vertu.

Après cette opération suivie d'un repos, lute bien la jointure avec de la cire commune. Ensuite, mets-le au bain pendant trois jours naturels, comme l'autre fois ; c'est ce qui lui convient. Puis, filtre l'eau, distille l'humidité et calcine la terre, comme auparavant. Réitère autant de fois ce régime, jusqu'à ce qu'elle se soit dissoute en une liqueur. Mets toujours de côté l'huile ou la boue artificiellement dissoute, qui est la substance du corps contenue par l'eau. Quand tout est dissous, conjoins toutes les dissolutions. Puis mets à putréfier dans une chaleur tempérée, pendant un mois et demi. Lute bien le vase putréfactoire ou résolutoire, et ferme-le avec son couvercle. Voilà comment on accomplit la figure de I.

11. LE ROUGE ET LES EAUX CORRUPTIBLES

Après avoir parlé du blanc, parlons du rouge *(fig. 13)*. Fils, le corps du soleil est un tout essentiel par rapport à l'argent. Sache comment le transmuter. Cependant, toutes ses opérations s'accordent essentiellement en une seule, si tu sais la considérer avec l'aide de ce que nous te donnerons physiquement de l'eau corruptible. Par sa grande vertu, elle liquéfie le soleil et le fait monter dans l'air, ce qui est notre secret.

12. L'EAU CORRUPTIBLE

Par la vertu de A, prends une once de l'eau du composé de l'argent distillé par l'alambic, et jettes-y une once de G végétal. Puis, mets-y ton or conformément au poids de G, et mets au bain pendant deux ou quatre jours. Au terme dit, tu trouveras le tout noir comme du charbon. Mets-y douze parties de E, puis mets à putréfier tout cela pendant un mois et demi.

13. UNE AUTRE EAU CORRUPTIBLE

Prends deux onces de G, et extrais-en l'humidité par l'alambic, avec deux onces de nature commune, c'est-à-dire d'eau de vin. En une once, tu jetteras le soleil que tu veux dissoudre. On fait cette solution en conservant sa forme. Les sages physiciens en font une eau potable et très confortable, comme nous te le dirons. Congèle cette matière, en séparant l'eau par l'alambic. Puis jettes-y du suc de lunaire, autant que tu voudras.

Figure 13

Tu verras l'or dissous en eau végétale, en couleur de soleil. Voilà comment, à partir de trois choses, nous formons la troisième figure circulaire désignée par K.

14. LA SECONDE PARTIE SOLUTIVE

Fils, après une putréfaction d'un mois et demi, ton composé blanc sera animé, très précieux et d'une grande vertu. Tu en sépareras les éléments de la manière suivante.

Tu prendras le vase où se trouve la matière, et tu mettras l'alambic au-dessus, en insérant le couvercle. Après l'avoir bien luté, tu le mettras au bain-marie, de la manière que tu sais, avec discernement, et comme notre doctrine te le montre. D'abord, tu recueilleras l'eau distillée par un feu léger, égal et continu, jusqu'à ce qu'il n'y ait plus rien à distiller. Alors, cesse le feu et laisse refroidir. Puis prends le vase, mets-le sur la cendre, et renforce peu à peu le feu. Distille l'air entièrement mélangé avec son feu, et mets-le de côté dans son propre récipient. Ce qui reste, consumé au fond, est une terre sèche et noire.

Question : Pourquoi la distillation de l'eau se fait-elle par le chaud et l'humide, alors que celle de l'air se fait par un feu sec ?

Parce que l'opération nous montre qu'étant de nature subtile, l'eau doit être extraite par une substance humide et une chaleur très subtile. Artificiellement, il n'y a pas de séparation plus subtile, parce que par sa nature, l'eau ne paraît pas supporter le feu. Il faut la séparer par un feu corrompu. Mais l'air et le feu, qui supportent l'ignition, sont distillés par les cendres, quand les parties grossières et les couleurs terrestres montent dans l'air. Voilà comment tu diviseras les trois éléments désignés par L M N. Au blanc, le feu de notre pierre n'est pas nécessaire, mais au rouge, il y a les quatre éléments désignés par O P Q R *(fig. 14)*.

15. LES OPÉRATIONS DE CHAQUE ÉLÉMENT ; SES PROPRIÉTÉS

Fils, après cette séparation, veille à avoir une terre fixe dont rien ne puisse se sublimer, surtout après la rectification des quatre éléments, qui constitue le deuxième des quatre régimes principaux. Après la séparation donc, tu dois précisément faire en sorte que tu l'emportes sur la propriété mercurielle dans ton mélange. Si tu réussis, tu seras maître d'une nature victorieuse. Com-

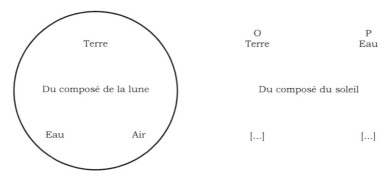

Figure 14

prends que dans le premier mélange susdit, ainsi que nous l'avons dit dans notre *Théorie*, les propriétés mercurielles doivent surmonter celles du menstrue puant, si tu veux trouver la nature précieuse.

Fils, ce nom te donne à comprendre ou à connaître toutes les propriétés ou vertus de toutes les matières, comme il est expliqué dans le *Propriétaire des choses* de cet art. Bien qu'il n'y ait qu'une propriété commune à tous les minéraux, chacun reçoit en effet sa propre détermination, comme l'expérience visible nous l'a montré effectivement avec une lumière éclatante après la division en quatre éléments. Tu peux le voir manifestement de semblable manière. La propriété de la partie terrestre dessèche beaucoup, congèle et fixe ; celle de l'eau refroidit beaucoup, dissout et lave ; celle de l'air humidifie, adoucit et fait couler les parties discontinues ; celle du feu chauffe et teint. Une autre détermination dépend de la grossièreté ou subtilité de la matière de l'élément. Cette diversité oblige à observer quatre feux principaux, selon la substance propre des quatre éléments.

Le propre de la terre est une substance plutôt grossière et une nature plutôt fixe qui la font mieux résister au feu. Il lui faut donc un feu propre et conforme à l'exigence de sa nature. Il en va de même pour les autres éléments. Il appert qu'en conservant sa propriété, la matière est gouvernée par certains degrés de la chaleur excitée ou secondaire. En séparant les éléments, veille donc à ce que la matière ne perde pas sa propriété par un grand feu, même s'il s'agit du feu d'excitation ou contre nature. Car les deux sont destructeurs et ennemis mortels de la génération, à moins qu'on observe la règle géométrique : avec elle, tu extrairas l'air selon ton bon plaisir ; sans elle, non.

Fils, voilà un secret qui vaut plus qu'un denier ou de l'or, celui d'extraire la nature, c'est-à-dire le vrai mercure rempli de propriété.

Fils, nous t'avons donné la pratique, la manière de l'extraire par un feu approprié. À présent, nous te donnerons tout notre instrument qui te permet de conduire et diriger l'œuvre. Quand tu voudras extraire l'air de son lieu, ton œuvre devra imiter la nature. Fils, dans le sujet vide, il y a des choses plus ou moins extrêmes et moyennes. Un élément se réfugie dans l'autre et y retourne par nécessité naturelle. L'eau en est un exemple manifeste : on y dissout autant de sel que l'humidité aqueuse peut contenir, eu égard à la nature aérienne du sel.

Nous t'avons montré que l'humidité est poreuse. Les pores contiennent le sel, c'est-à-dire la pierre naturelle portée par l'eau, ou le seigneur de la pierre installé sur son trône. Fils, son trône est constitué par les pores des eaux, d'abord remplis d'air très subtil, puis de la chose qui épaissit. Plus elle s'épaissit, plus elle fuit la raréfaction et rallie la densité. Les pores susdits, en effet, se remplissent de matière grossière, dans la mesure où la simple est évacuée. Car la nature ne souffre jamais le vide ; elle serait détruite bien avant de le souffrir. Les physiciens en montrent des exemples par la science des ventouses, et nous par l'extraction des airs naturels. À ce propos, quelques Anciens ont voulu dire que la nature était vide de toute entité, en attirant ainsi toute chose de son propre gré. Mais ils n'ont pas toute la profondeur de la nature. Car, bien que la chaleur du feu consume la matière de l'air humide et la rende poreuse, ladite matière ou ledit lieu attire cependant, à proportion que sa nature se vide, plus qu'elle n'a perdu. C'est ce qui appert des pluies, et aussi de ceux qui recouvrent la santé après une longue maladie, et dont la nature désire plus qu'elle ne peut digérer. À vrai dire, ce lieu ne reste jamais entièrement vide d'entités naturelles, mais seulement de sa matière plus simple qui, selon notre science sensible, participe du simple et du très simple, c'est-à-dire des extrêmes du plus simple. Plus simple est par exemple l'air que nous respirons, comparé à ses deux extrêmes, à savoir l'élément de l'eau qui est simple, et celui de l'air pur très simple, appelé éther à cause de la proximité du feu. Sinon, aucun élément n'aurait une sphère déterminée où vivre et demeurer ; surtout pas l'air appelé éther, qui ne peut pas être détruit ni corrompu par la chaleur du feu toujours proche.

Voilà expliqué pourquoi la nature n'admet jamais que le vide vienne d'en haut dans les sphères d'en bas, puisque le feu y loge. La nature désire la perfection. Autrement, le lieu de la nature se corromprait et resterait inanimé. Or il est la sphère déterminée de l'un ou l'autre élément. Néanmoins, il serait sans vertu et sans attraction et, par conséquent, resterait vide à la fin. Or la nature ne désire jamais être privée de ces propriétés. Quand donc la nature plus simple a été dévastée, c'est-à-dire celle de l'air humide située dans la sphère qui lui est attribuée en propre, à cause de sa place moyenne entre la pesanteur et la légèreté, elle demeure cependant toujours très simple dans ce lieu, et le feu ne peut pas la dévaster. Mais cette matière très simple n'occupe ou ne remplit pas suffisamment le lieu de ladite sphère, conformément à sa substance. C'est pourquoi, voulant d'instinct recouvrer et restaurer ce qu'elle a perdu de matière, ou une chose semblable, et désirant toujours atteindre la perfection, la nature dudit lieu, par sa vertu attractive et son grand désir, tire la substance d'un des éléments raréfiés, jusqu'à ce qu'elle ait recouvré son dû, c'est-à-dire ce que la chaleur du feu lui avait fait perdre.

Plus le lieu est vide, en le comprenant tel qu'on l'a dit, plus la force d'attraction et le désir de sa nature sont grands, comme il appert de la condensation de l'air et des pluies, ou comme le fait voir la nature vitale qui fortifie, restaure et raréfie le membre blessé, c'est-à-dire une des parties de la substance individuelle où elle réside. Voilà la raison radicale et la puissance de la nature. Sans son intention, tu ne peux rien faire. C'est par elle que les éléments montent et descendent, grossissent et se raréfient, se composent ou se délient, par la force de l'amour. Plus le feu est simple et actif dans ledit lieu de la nature, plus ledit lieu et contenant perd et, par conséquent, attire sa propre matière.

Fils, en comprenant cela, tu comprendras et sauras comment la nature a fait toutes les choses du monde, et comment tu peux les faire en imitant la nature, à condition d'avoir l'air suscité par la nature. Quant à l'animation de la quintessence, il n'y a aucune chose rationnelle qui sache la faire si Dieu ne la crée pas. Nous avons certains arts et beaucoup d'autres sciences. Il en existe une qui est la forme pour savoir toutes les autres. Son sujet, plus subtil, est suscité par la nature. Nous pouvons bien détruire ce que fait la nature, puis le reformer en le mettant dans la nature. Sans elle, aucun physicien ne peut faire une cure. Qu'on le donne pour savoir diviser les éléments, ce qui est un grand secret, avec l'instrument formé. Ce que tu as fait au blanc, fais-le au rouge.

16. L'OPÉRATION DU DEUXIÈME RÉGIME, QUI CONSISTE À LAVER ; D'ABORD L'EAU ET L'AIR, ET LEUR GÉNÉRATION

Fils, quand tu auras divisé la pierre en quatre éléments, il te faudra les purger par ce régime. Tu dois d'abord savoir la substance des quatre éléments. Nous te disons d'assembler la terre et le feu dans la substance de la pierre. Ils ont donc besoin de la préparation du feu calcinant. Les deux autres, l'air et l'eau, sont de nature aqueuse. Tu dois savoir la préparation propre à l'exigence de leur nature. L'eau et l'air doivent être préparés par une septuple distillation, jusqu'à ce qu'ils soient vidés de toute la combustion provoquée par la partie menstruelle, et qu'ils restent remplis de la vraie teinture dépourvue de toute combustion.

Fils, distille et rectifie l'eau et l'air séparément. Mets les fèces de l'eau dans la terre que tu feras à chaque distillation. Après la sixième distillation, mets une goutte ou deux sur une lame de pur argent. Si cela la noircit un peu, elle n'est pas dépourvue de combustion. Distille une septième fois, jusqu'à ce que l'argent ne soit plus noir de corruption. Alors, tu auras l'eau de vie. Avec celle-ci, tu laveras la terre, et le mercure philosophal conforté, le moyen qui marie les teintures. Ce que tu fais pour l'eau de la lune, fais-le pour l'eau du soleil. Tout ce que tu as entendu à propos de l'eau, tu dois l'entendre à propos de l'air. Ce qui restera après les distillations de l'air, ce sera un feu plein de teinture, que tu mettras de côté. L'air distillé est une huile, une teinture ; c'est un or, une âme, l'onguent de la philosophie. Sans lui, le magistère ne peut être achevé. Comprends bien, fils, pourquoi nous te disons de distiller le feu avec l'air, et non avec l'eau.

Fils, l'eau ne dois pas faire l'office de l'air ; elle ne doit que laver, non teindre. Si l'eau teignait, le feu resterait sans aucune humidité, puisque l'eau fuit le feu ; il n'y aurait pas de teinture fusible, par manque d'humidité. Nous te disons de distiller le feu avec l'air, parce qu'ils s'accordent par la chaleur. L'eau fuit le feu parce qu'elle est revêtue d'une qualité contraire, ce qui les rend discordants. Mais l'air est une eau teinte par une grande digestion, une huile et une teinture qui se mélange très facilement. Le feu est sa teinture et un corps fort bien digéré. L'esprit est un air qui porte le feu à l'intérieur de lui-même.

D'après ce que nous disons, fils, c'est-à-dire que l'humide est une substance boueuse subtile, ne pense à œuvrer que sur l'eau et la terre. De ces deux, on crée un soufre pur. Utilise le soufre sec pour le feu et pour l'air, puisqu'il est la teinture et la perfection de tout le magistère. Fils, si tu mélanges le feu de la pierre au mercure, il devient aussitôt rouge et ne s'en sépare plus. Si donc tu veux avoir une teinture durable, rougis ton soufre avec le feu de la pierre, et ils s'aimeront toujours.

17. L'ABLUTION DE LA TERRE ET DU FEU SEULS

Fils, si tu veux laver le feu, sépare d'abord l'air où il réside, en distillant. Mets ensemble toutes les fèces dont la couleur est entre le noir et le rouge. Mets-y le même poids d'eau première. Puis, distille tout jusqu'à ce qu'il reste un feu tout sec. Fais cela sept fois, et tu trouveras ton feu rouge, sous l'aspect d'une poudre subtile.

Fils, fais la même chose avec la terre, jusqu'à ce qu'elle soit vidée de toute humidité. Cette humidité séparée de la terre est une huile blanche très précieuse pour l'incération. Plus elle participe de la nature du corps, moins vite elle s'en sépare, et par conséquent, plus on la considère comme une chose précieuse pour achever tout l'élixir. Quand tu verras que la terre est moitié lourde, moitié légère, comme une poudre très subtile, mets-en un peu sur une lame de cuivre brûlante, et vois si quelque chose s'en évapore. Si c'est le cas, tu la ramèneras au régime de calcination. Si rien ne s'évapore, c'est le signe qu'elle est privée de tous les esprits qui la maintenaient en vie. Garde-la très précieusement, car elle est la magnésie qui te donnera ce que tu cherches, après sa résurrection. Après avoir purifié les quatre éléments comme nous l'avons dit, garde-les précieusement dans un vase de verre bien fermé avec de la cire, surtout l'huile. Car, si l'air la touchait, il la consumerait aussitôt, à cause de la proximité de sa nature très aérienne et très volatile. Nos propos devraient te suffire pour bien laver les quatre éléments.

18. LA TROISIÈME OPÉRATION CONSISTE À CRÉER LA PIERRE DE LADITE SUBSTANCE DES ÉLÉMENTS PRÉPARÉE

Fils, la troisième opération de notre pierre consiste à réduire l'air désigné par M, et rectifié par O qui est réduit par L *(fig. 15 et 16)*. Car ces deux sont les éléments secs et fixes. Conjoins donc O du composé rouge et L du composé blanc, pour que ce mélange conforté soit plus utile. On prépare O et L pour qu'ils attirent et recouvrent plus d'humidité qu'ils n'en ont perdu dans leur calcination. Sache qu'aucun corps ne peut être discontinué sans la calcination qui le prive de toute humidité. Étant sec et vidé de toute son humidité spirituelle, il boit volontiers son humidité aqueuse. Si tu nous comprends ici, tu comprendras ce que nous disons dans la *Théorie*, au chapitre : « Fils, pour faire notre magistère selon l'intention de la nature »[3], sur la préparation ou opération parfaite qui suit la purification parfaite des éléments susdits.

Fils, cette préparation vaut plus que tout or. Elle permet de faire les pierres précieuses et toutes les perles. Pour atteindre l'effet de cette opération, prends M et divise-le en douze ou en deux parties, du poids de O et L. Car tu dois garder la moitié de M, et plus, et l'autre moitié doit avoir le poids de O et de L, et être divisée en douze parties. Mets une partie avec O et L, et mélange tout dans un vase semblable aux autres, mais que nous appelons « ymen » dans ce régime. Ferme le vase avec son couvercle de verre, et avec de la cire fine. Mets-le au feu de fumier. Nourris-le d'abord avec un peu d'eau, puis avec une plus grande quantité, comme la nature te le montre dans l'éducation des enfants. N'omets pas d'imbiber la terre tous les quinze jours, selon ce

---

3. *Cf. supra*, I, 64, pp. 114 et sv.

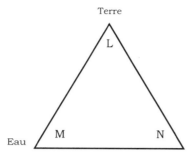

Figure 15

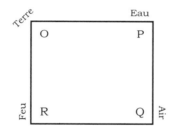

Figure 16

qu'elle avalera et convertira. Qu'il ne t'ennuie pas de souvent réitérer cela. Quand tu trouves qu'elle l'a convertie et qu'elle est sèche, mets-la dans le feu sec pendant un jour naturel. Ensuite, donne-lui plus de M, et fais tout comme nous l'avons dit. Tu ne peux pas te tromper dans cette opération, pourvu que tu sois patient, sa nutrition étant longue.

Fils, tu y verras beaucoup de couleurs dont tu ne dois pas te soucier avant que la matière finisse par devenir une fine poudre blanche, ou une terre feuillée blanche comme les perles talqueuses. Si tu la vois sous forme d'une poudre très subtile, sache qu'elle a une plus grande force et vertu minérale sulfureuse pour congeler le mercure et transmuter tous les corps métalliques par la cuisson.

Fils, nous ne te ferons pas de long discours, pour que les mots n'embrouillent pas l'intellect. Notre *Théorie* suffit ; tu peux la mettre en vraie pratique par celle que nous te donnons. Voilà la chose recherchée, la terre feuillée congelante et congelée, notre arsenic et notre soufre accompli au blanc, qui permet de faire l'élixir à l'argent. Œuvre donc, fils, et fais-en la médecine au rouge, comme nous te le dirons. Elle se fait avec le soufre blanc non brûlant accompli *(fig. 17 et 18)*.

19. LA COMPOSITION DU SOUFRE ROUGE

Fils, prends le soufre blanc et imbibe-le en l'arrosant d'eau rouge, après l'avoir dissous dans ladite eau. Quand tu auras congelé l'eau avec lui, environ la moitié de son poids, il sera tout blanc. Renforce le feu de charbon, car il ne faut rien faire d'autre, jusqu'à ce que tu le voies rouge comme l'écarlate. Puis, renforce ton feu enflammé jusqu'à ce qu'il se sublime.

Fils, sache que ce qui se sublimera sera le soufre blanc très noble. Ce qui restera au fond sera le soufre fixe, rouge comme le sang, très clair et précieux. Ceci te montre que ce qui était occulte au blanc est rendu manifeste au rouge, grâce à la nature ignée de l'eau mise dans la substance du soufre essentiellement blanc. La substance du plomb te le montre comme un miroir.

La transmission de la composition du soufre blanc et rouge doit te suffire. L'artifice de la cinquième opération permet d'en faire l'élixir parfait qui transmute tout corps diminué en vrai soleil et en vraie lune.

20. LA QUATRIÈME OPÉRATION CONSISTE À FIXER ET À COMPOSER L'ÉLIXIR ; LA MULTIPLICATION DE LA PIERRE QUI EST LE PREMIER SOUFRE

Fils, si tu veux faire la médecine, considère d'abord à quelle préparation parfaite tu entends la mener, et sur quel corps tu veux faire la projection. Car tu dois mettre de ce corps dans la médecine sur laquelle tu entends faire la projection. Cependant, si tu entends la mener philosophiquement à la dernière préparation, tu ne mettras pas le corps, mais seulement l'argent vif qui est le médiateur de tous. Si tu n'entends la mener qu'à quelque moyen pour faire la subtilisation, tu choisiras le corps sur lequel

Figure 17

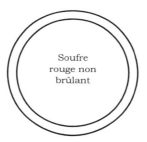

Figure 18

tu veux faire la projection. Supposé que ce soit sur l'étain, voici comment tu composeras ton élixir.

Prends deux parties et demie d'argent fin minutieusement limé, et fais-en un amalgame avec cinq parties d'argent vif commun, agitées ensemble. Que le tout soit comme du beurre, de façon qu'on ne puisse pas remarquer les parties dudit argent. Puis, prends une demi-partie d'étain fin, fais la fondre trois fois, puis jette-la dans du vinaigre distillé. Nourris-la avec une partie d'argent vif, en moulant le tout jusqu'à ce qu'il y ait un seul corps. Lave séparément ces deux amalgames avec du sel commun préparé et du vinaigre distillé, jusqu'à ce que le vinaigre sorte clair et net. Conjoins et unis les amalgames, et relave tout avec du sel et du vinaigre, en moulant et mélangeant, jusqu'à ce que le vinaigre soit clair et pur. Enfin, lave l'amalgame avec de l'eau douce, jusqu'à ce que tout le sel soit sorti, et fais sécher au soleil ou au feu.

Fils, notre magistère se divise en deux parties, à savoir créer la pierre et composer la médecine. Dans la première partie, pour créer la pierre, nous mettons l'argent vif, comme nous l'avons dit dans toute notre *Théorie* et au commencement de notre magistère mis dans la *Pratique*. Dans la seconde partie, on doit conjoindre le soufre à la matière du métal. Fils, le soufre est son feu ; il digère la matière du métal et de l'argent vif qui s'y trouve comme moyen entre le soufre et le corps. Nous te disons de ne pas nous comprendre selon le parler rustique ; c'est selon le langage philosophique que nous te dirons qu'il y a un autre moyen et différents extrêmes. Nous ne pouvons pas te le dire autrement, puisque les matières se transmutent philosophiquement. Quand nous disons « philosophiquement », comprends qu'il s'agit de matières transmutées par la vertu de la philosophie. Quand nous disons « rustiquement », nous parlons de matières créées pour tous les gens par la nature commune, en les prenant comme comparaison. Selon le langage philosophique, nous te dirons qu'il y a d'autres moyens sans lesquels les teintures des ferments ne pourront se joindre aux teintures des onguents. Nous devons passer doucement d'un moyen à l'autre, jusqu'à atteindre les extrêmes recherchés.

Fils, la nourriture que nous t'avons donnée, philosophiquement parlant, est un des moyens entre l'eau et l'esprit, c'est-à-dire quand elle a été altérée et réduite en poudre ; le soufre et l'air sont les extrêmes. Mais, pour parler sans volonté philosophique, s'il n'y a pas altération, l'argent vif compris vulgairement, en raison de sa ressemblance, est le moyen de parfaire, de multiplier et d'accomplir l'élixir. Car il peut faire toute fusion métallique et toute ingression, à cause de son poids. Le soufre, pour parler selon la volonté de notre philosophie, est son premier extrême qui, avec une différence spéciale, doit nécessairement l'altérer. Quant au second extrême, sans volonté philosophique, nous te dirons que ce sont les métaux qui servent à composer l'élixir. Les autres moyens et extrêmes, philosophiquement parlant, sont les matières transmutées. Entre le soufre et l'argent vif, il y a la poudre faite du corps et de l'argent vif. Entre ladite poudre où se trouve le soufre, et la fin du magistère, il y a deux argents vifs qui continuent les parties de ladite poudre en médecine fine. Entre l'air et l'eau, il y a la chaux.

Fils, tout le commencement et toute la fin de cet œuvre se font par une seule opération appelée proprement « réduction ». Fils, comprends bien la puissance naturelle qui transmute tout. Notre soufre est une terre subtile, ou une eau sèche, dont le ventre renferme un feu naturel fortement multiplié. Ce qui provoque cette sécheresse est la terminaison de l'humidité chaude, le feu étant comprimé dans ses entrailles. Fils, l'argent vif est une liqueur coulante, fluente, qui préserve le feu de la combustion. L'air est la matière du soufre, où le feu est comprimé par le génie du magistère, à l'image de la nature, jusqu'à ce qu'il soit terminé en une terre sèche subtile appelée soufre. De même que l'air est la matière du feu qui y introduit sa forme, de même l'argent vif est la matière du soufre et s'y convertit en raison de la propriété de sa nature.

Fils, ne t'étonne pas en voyant les choses se changer devant tes yeux. La cause est la puissance du soufre. Ce dernier étant très chaud et sec, il a la propriété du feu, ouvre, pénètre et détermine les parties de tout corps et de l'argent vif. Car, par sa chaleur, il ouvre naturellement les pores fermés. Comme le feu est substantiellement lié à lui en une substance subtile, il entre comme une vapeur dans tout corps. Lié à une substance très sèche, il termine et congèle l'humidité qu'il pénètre, en l'informant de sa chaleur qui est l'instrument de la nature digestive et informative. Ainsi, fils, notre soufre a la vertu de sceller et de former son semblable, et tout ce que l'homme veut, mais non de recevoir. C'est pourquoi nous l'appelons le père et la semence du mâle. Ignorant cela, les alchimistes insensés et inexpérimentés se laissent tromper. Ils croient fixer les amalgames sans feu naturel, et sans avoir égard à la vertu de la chose apte à les digérer parfaitement. En effet, l'argent vif usuel étant très cru et ayant une substance grossière, il faut lui administrer une forte vertu pour le mener à la perfection. Nous en avons très largement parlé dans notre livre *De l'Intention des alchimistes*.

Fils, au nom de celui qui a souffert la mort pour les pécheurs, nous commençons nos altérations philosophiques en faisant le signe de la croix † sur le vase, pour que le diable ne te fasse pas obstacle. Comprends que nous disons « argent vif vulgaire » à cause de la ressemblance avec celui qui est vivifié par l'art. Certains corps métalliques se dissolvent, d'autres non. Car les corps métalliques diffèrent entre eux comme l'argent vif diffère de ses semblables. Nous disons « semblables » pour distinguer les purs et les impurs. Voici à présent, fils, une règle générale pour composer la vraie médecine royale.

21. LA COMPOSITION DE LA MÉDECINE RÉELLE, OU ROYALE

Fils, prends un vase de verre, long d'une paume, au fond arrondi, si étroit que l'entrée ne soit pas plus large que le médius, en forme de col d'amphore, ou d'ampoule, et dont le couvercle entre et s'adapte très bien *(cf. fig. 33*, p. 217*)*. Ensuite, prends l'amalgame, et mets-en une sixième partie au fond dudit vase, avec une partie de notre pierre. Mets-y ton amalgame artificiellement, en inclinant le vase pour qu'il filtre mieux, sans violence, tout le long du vase. Il doit couvrir toute la pierre de façon que celle-ci, sentant la chaleur, ne puisse respirer que par le moyen de l'amalgame. Car l'amalgame doit recevoir la vapeur de notre pierre, la retenir dans son ventre et être altéré par elle. Ensuite, ferme ton vase avec son couvercle, et place-le sur le fourneau, parmi les cendres criblées bien pressées, dont la quantité est à peu près celle de la matière, c'est-à-dire de l'épaisseur d'un couteau, afin que tu puisses voir la matière s'altérer. Puis, allume un feu de sciures, ou si tu veux éviter la fumée, un feu de charbons, et attends qu'il commence à chauffer peu à peu.

Quand le vase sentira la chaleur, il commencera à susciter la chaleur du soufre. Sa vapeur s'insufflera à la substance de l'argent vif, pénétrera tout l'amalgame et le congèlera d'abord en espèce ou forme d'argent fin. Continue le feu, car l'espèce métallique te montre que tout le soufre ne s'élève pas encore en vapeur, qu'il n'a pas encore donné tous ses effets, et que toutes ses vertus ne sont pas encore entrées dans le ventre dudit amalgame. Ton intention n'est pas de créer dudit soufre une pièce métallique peu vertueuse, mais de créer une médecine dont la substance rassemble beaucoup de vertus, capable de choses qui passent pour des miracles aux yeux de tout homme, grand ou petit. Seul le philosophe connaît ses puissances et vertus, permettant d'opérer ce que nous te dirons, pour autant que tu gardes notre secret.

Fils, l'œuvre ou l'effet que le soufre doit produire dans l'amalgame, est de le convertir en poudre très fine, en raison de sa propriété ou puissance. Continue donc ton feu. Il ne faut rien faire d'autre avant de voir la surface dudit amalgame convertie en poudre. Tout cela se fait par une cuisson de quatre, cinq ou six heures au plus, selon l'exactitude avec laquelle le feu est continué, et selon la propriété de la matière. Mais, dès que tu verras le signe de ladite poudre, éloigne le feu du four, et laisse refroidir sans affaiblir la vertu de notre feu. Fils, si on jette un peu de soufre, fondu comme nous l'avons dit, sur beaucoup de corps, de façon qu'il l'emporte sur lui, il le réduit aussitôt en poudre très subtile, dont la couleur est celle du corps où la vertu divine a infusé l'esprit. Aie donc l'intellect, fils, pour multiplier ladite matière par la vertu du premier soufre, avant de faire la médecine.

22. LA MULTIPLICATION DE NOTRE SECOND SOUFRE

Fils, n'ignore pas les puissances de tous les soufres. On les découvre de deux manières, selon le nombre des degrés de leur vertu, à savoir par la perception sensible, et par l'expérience qui rectifie et éclaire la raison de la perception sensible. Fils, les vertus, ponctuellement et graduellement augmentées et confortées, sont liées à la substance de notre soufre. Nous te disons que, selon les degrés ponctués des vertus, sa substance a la puissance d'altérer le double du poids, chaque fois de dix nombres. Cela est dû à ladite vertu qui découle de sa forme. Par elle, la matière est spécifiée en substance de soufre. Si tu en mets plus, la substance suivante aura plus de vertu, à cause des nombreuses vertus liées à la substance précédente.

Supposons, par exemple, que le premier soufre contienne cinquante degrés ponctués en nombre de vertus. La raison, à force d'expérience, nous a montré et enseigné que, si on met de côté une simple livre de sa substance, le soufre qui n'a qu'un degré de vertu altère deux livres entières divisées en vingt nombres, et appelées livres simples. Nous appelons « livre simple » 1, 2, 3, 4, 5, 6, « nombre composé » 7, 8, 9, et « nombre entier » le dix qui prend le relais du un. Une vertu graduée de notre soufre correspond à dix, et ainsi de suite. Entends qu'à cause de la différence de poids entre les matières convertibles, et à cause de l'intensité ou le relâchement de la force du soufre, la vertu spécifie ladite matière en diverses formes, comme l'explique le *Traité des degrés de la médecine suprême*.

Fils, une vertu entière congelant ponctuellement dix fois la quantité d'argent vif en métal parfait, si on fait la projection d'une livre sur dix fois sa substance, une livre de cinquante vertus congèle proportionnellement cinq cents livres d'argent vif en métal parfait. La vertu n'est jamais diminuée par la diminution du poids de la substance, puisque le degré de son action est proportionnelle au poids. Ainsi, si la graine de poivre, chaude au quatrième degré, opère sensiblement dans la nature humaine, il en va de même pour une partie de la graine, sa vertu étant la même que celle de toute la substance du poivre. Une partie du degré est donc semblable au degré même.

Autant sa substance et vertu continue, autant elle montre l'effet de sa propre opération graduée. Si on en jette une livre sur un poids inférieur, son ignition y sera proportionnellement plus grande. Elle opérera en digérant, voire en brûlant, dans la mesure où s'étend la force de sa puissance ignée. Plus on dépasse la proportion du convertible, plus on atteint l'effet d'une altération parfaite, si le poids du convertissant ne croît pas proportionnellement autant que la substance du convertible dépasse la proportion du poids correct.

Dans cette intention, fils, si tu me comprends bien, tu peux trouver le poids correct par la vertu de notre pierre. Elle te montrera le pouvoir du simple feu non brûlant. Elle atteint le terme et la mesure en congelant le mercure ou argent vif en métal parfait, et en le laissant sous forme d'or ou d'argent. Si elle le laisse sous forme de soufre, c'est-à-dire de poudre subtile, cela montre sa grande ignition. Ne la méprise pas pour autant, mais apprécie-la et honore-la davantage, puisque tout sage opérateur discernera comment la mener au terme du simple feu, selon l'enseignement donné plus haut, sur la substance multiplicative. Beaucoup de vertus rassemblées en un petit sujet s'étendent et se multiplient dans une très grande quantité de matière, la terminent et la mènent à un degré de perfection, conforme à la puissance perfective et au poids administré.

Fils, pour mieux comprendre une partie de nos dires par une expérience visible, prends une partie de la pierre, administre-lui dix parties d'argent vif amalgamé ou simple, comme nous l'avons dit, et observe en quelle forme elle le terminera ou transmutera. Si, après la transmutation, elle le laisse en forme spécifiée d'argent, tu peux en déduire qu'elle a peu de vertu. Si elle ne le congèle pas parfaitement, elle a moins de vertu encore, ce qui implique que le poids du convertible doit être diminué, et celui du convertissant augmenté. Si elle le laisse en forme de terre blanche massive, sa vertu ignée te donne à connaître que son action est plus forte et sa valeur plus grande qu'au début. Plus il a la forme spécifique du métal parfait, plus il l'emporte sur un autre argent vif, à cause de la puissance et vertu de la pierre, répandue en lui. Si elle le laisse en forme de poudre, cela signifie que sa puissance est plus noble.

Prends une livre de cette poudre, et conjoins-la à dix livres de l'autre argent vif, comme on l'a dit plus haut. Si elle le transmute en poudre semblable, tu peux en déduire que sa vertu est excellente. Continue l'opération, fils, jusqu'au degré où, transmuté pour la dernière fois, l'argent vif ne devient plus ni une poudre ni un métal parfait, mais seulement une terre blanche massive et fragile. Fils, ce qui se change en forme de métal parfait a la vertu d'une simple ignition, à l'égal de son nombre entier. Or cette vertu ne suffit pas à l'égard dudit nombre pour composer notre médecine, puisqu'elle ne s'étend proportionnellement que pour terminer l'argent vif en forme de métal, et non pour terminer ses éléments en médecine, à moins qu'il y ait un autre poids, un génie subtil et une longue cuisson. Pour éviter l'erreur, et à moins que tu ne sois un artiste très efficace, ne le mets pas même en forme de poudre, puisqu'elle aurait une très forte ignition et brûlerait les éléments simples. En disant « simples », nous faisons la distinction de la substance du ferment, que nous mettons dans l'élixir, et dont nous ne pouvons pas te montrer le tempérament. Mais ce qui se change totalement en forme de terre massive et fragile, c'est là le moyen pour tempérer la simple ignition artificielle, pour créer immédiatement la médecine, et pour conserver tous ses éléments. Tempère donc ton soufre jusqu'au degré de la terre appelée masse.

Fils, plus il convertira des nombres entiers les uns après les autres, plus il aura des vertus entières. Si tu veux expérimenter ses vertus, ne fais pas l'expérience sur la pierre tout entière, mais sur la plus petite partie possible. Mets le reste de côté, jusqu'à ce que tu saches quelles vertus et quelles puissances il aura. Quand tu sauras la puissance de ses vertus, nourris-la proportionnellement à sa force. Si sa force est de dix vertus entières, la proportion veut qu'on lui ajoute cent livres d'argent vif ; si elle est de quinze, cent cinquante ; si elle est de cent, mille. À présent, passe à l'acte réel, puisque tu sais combien de vertus entières contient la plus petite partie de la pierre. Nous disons « la plus petite » par une façon de parler moyenne, qu'il te faut comprendre si tu veux multiplier la pierre naturellement. Sache avec certitude qu'elle renferme la force de cinquante vertus. Nourris-les entièrement. Prends tout, mets-le dans cent cinquante livres de mercure amalgamé ou non amalgamé, et soustrais à chaque dizaine la dixième partie. Nous faisons cette soustraction pour que la matière ne se termine pas en métal parfait ; son ignition s'affaiblirait. Moins la substance de l'argent vif monte, plus l'action de la vertu répandue dans sa substance l'emporte, ce qui est plus conforme au tempérament.

C'est donc de cela, fils, que tu créeras la médecine, comme nous te le dirons. Mais disons d'abord la multiplication du soufre et de sa vertu. Fils, nous appelons soufre toute la substance convertie en terre, comme on l'a dit plus haut, par la vertu de notre première pierre. Prends cette dernière substance, et mets-en une partie proportionnelle au poids de la matière que tu veux mettre dans l'élixir. Mets-en donc une quatrième, ou dixième, partie. Mets le reste du soufre dans une ampoule au long cou. Garde-la au chaud si tu veux en multiplier la vertu. Donne-lui tous les mois un peu d'argent vif, environ la cinquième partie, et ferme l'amphore. Il ne faut rien faire d'autre. Ainsi, tu auras deux mines dans ta maison, pour régner au service de Dieu, si tu sais garder le secret. Fils, la puissance de cette chose est infinie, et nous ne saurions pas plus te la dire que la fin du monde. Si elle était maintenue manuellement, elle durerait toujours et jusqu'à la fin du monde, sa multiplication étant infinie. En disant « infinie », nous distinguons la vie de l'homme et celle du monde.

23. LA CONFECTION DE LA MÉDECINE

Fils, prends deux parties et demie d'argent fin, cinq d'argent vif et une demie d'étain fin. Fais-en l'amalgame comme nous l'avons dit dans le chapitre précédent, « La multiplication de la pierre ». Ajoute-lui une partie dudit soufre dernièrement congelé, et mouds tout dans un mortier de verre jusqu'à obtenir un seul corps. Imbibe ton élixir avec une partie de son eau, et nourris-le d'une chaleur fébrile, comme lors de la création de notre pierre, par une cuisson continue, jusqu'à ce que l'eau d'au-dessus soit congelée par la sublimation. Ensuite, renforce un peu ton feu, jusqu'à ce qu'enfin, chassé par le feu, tout ce qui est volatil soit sublimé. Sache que le corps redevient volatil, et que le volatil emporte le fixe. Puis, quand le vase sera refroidi, prends ce qui est sublimé, et remets-le sur les fèces avec une autre partie de son eau, en moulant, imbibant, cuisant et rôtissant, comme le veut la nature. Cuis et sublime. Continue le régime susdit en renforçant le feu, jusqu'à ce que deux parties de l'eau soient fixées sur la terre, et que plus rien ne puisse se sublimer.

Fils, toutes ces fixations se font dans le même vase où se font les réductions. En effet, le régime de la fixation ne diffère pas de celui de la réduction, sauf par l'intention qui est de fixer, et non seulement d'endurcir. Multiplie ton feu dans la fixation, pour que l'humide soit fixé par le sec. Ramène toujours ce qui se sublime sur la chose qui reste fixe, jusqu'à ce que tout soit fixe. Le soufre fixé et congelé par lui-même congèle naturellement son mercure, en sublimant fréquemment la chose fixe. Les parties dudit soufre doivent être continuées dans ledit argent vif qui est sa propre humidité, de même nature.

Fils, si tu sais bien disposer la nature à l'extérieur, elle sera capable de parfaire tout ce dont tu as besoin. Une impulsion très sage et un désir naturel la poussent sans fin à incérer son corps. Expliquons le mouvement de la nature, qui est l'instrument avec lequel elle fait tout.

Fils, si tu sais bien disposer la nature à l'extérieur, elle pourra œuvrer à l'intérieur jusqu'à atteindre le dernier degré de la perfection. Par ses mouvements, elle incère, ou enclot, le sec avec l'humide, et elle continue l'humide avec le sec. Leur adhérence et leur continuité sont si fortes, si ordonnées et si unies qu'on ne pourrait imaginer ou considérer au monde rien de meilleur ni de plus sûr ; tellement la nature est parfaite, à cause de ses mouvements cohérents qui sont les instruments les plus appropriés à ses œuvres. Qu'il te soit révélé intellectuellement, fils, que pour accomplir tous lesdits mouvements, le magistère a besoin d'une longue préparation. Car la nature ne peut pas traverser ses mouvements en ligne oblique, empêchée par quelque contrariété. La perfection ne peut pas être trop rapide. Il faut suivre l'ordre naturel, et le mouvement naturel doit être continu, selon l'intention de la raison perfective.

En résumé, fils, la nature a besoin d'un certain temps pour imprégner, d'un certain temps pour enfanter, pour nourrir, pour œuvrer. Fils, après avoir imprégné la terre, attends l'enfantement. Après l'enfantement, nourris l'enfant jusqu'à ce qu'il supporte n'importe quel feu de fusion. Alors, fais-en une très noble projection. Pour faire tout cela, que ton miroir soit la création de l'homme.

24. LA FIXATION DE L'AIR

Fils, veux-tu savoir la fin, la perfection de notre magistère, par une doctrine paternelle ? Après l'avoir fixée, réduis la matière susdite non fusible à une liquéfaction parfaite, en imitant le mode de la nature, en l'incérant et en la rendant molle. Les parties discontinues doivent être rendues continues par une humidité telle qu'elle puisse faire face, mieux que toute autre, à la chaleur de n'importe quel feu, sans s'exhaler ou trouver un terme. En ce point, fils, veille à imiter autant que possible l'œuvre de la nature. Dans la racine de l'incération, elle ne cesse d'incérer le corps avec l'humidité du soufre et de l'argent vif fusibles. En aucun corps, la nature ne trouve une humidité plus convenable que celle du soufre. Mais crois bien que tout procède de l'argent vif. Cette humidité ne termine ni ne consume, mais perfectionne, elle est radicale, très subtile, et la chaleur naturelle de tous les corps liquéfiables s'y restaure. La nature dont l'impulsion et le grand désir sont de continuer à exister longtemps dans son espèce et individualité, et de s'y perpétuer, a ordonné et établi cet humide pour sa propre perfection, comme nourriture de la chaleur naturelle, comme on l'a dit plus haut, et comme on l'exposera plus bas.

Fils, en imitant l'œuvre de la nature par voie d'exubération, tu auras la même humidité. Tu as vu que la nature qui conçoit et crée l'homme, forme les parties menstruelles, ou minérales, avec une nourriture suffisante non seulement pour restaurer ce qui a été perdu, mais pour les amener à croître en leur temps. La nature donne auxdites parties une forme spongieuse afin qu'elles reçoivent plus d'humidité nutritive que ce qui a été perdu. Une fois la chose perdue restaurée, il reste encore à ces parties spongieuses une quantité notable de nourriture. Le fœtus la prend à la substance indigeste par le cordon ombilical, bien qu'elle soit incomparablement moins noble que celle qui monte aux mamelles pour le besoin final, qui consiste à nourrir l'enfant après la naissance, avant qu'il puisse manger du pain. Toute chose qui vit ayant besoin d'une chose très tempérée, la nature toujours limitée dans ses actes s'ingénie à faire cela. De même que, pour la première formation des membres humains, il suffit d'une très petite quantité de principe séminal, de même il suffit d'une très petite quantité de soufre pour créer la médecine, comme les dires précédents le manifestent.

Pour le faire croître, l'augmenter et le nourrir parfaitement, sache exubérer ladite humidité nutritive en imitant la nature. C'est en cela que consistent le magistère et la perfection de tout le haut secret de ce digne art. Fais-le comme nous te le dirons, après l'incération de l'élixir. Fils, quand l'eau est fixée par la terre, imbibe-la de rosée et d'une partie de son air. Mets cela à moudre au fumier où il y a une chaleur de cuisson. C'est là que se fera le mélange, à cause du mouvement que la nature fait pour broyer.

Ensuite, mets à sublimer en renforçant momentanément le feu, jusqu'à ce le volatil se sublime, et que l'humide se mélange avec le sec. Ramène le volatil sur le fixe, avec une autre partie de l'air, en imbibant de rosée, et en faisant un feu d'abord léger, puis plus fort. Réitère cela. Tu ne dois rien faire d'autre, jusqu'à ce que, par une sublimation continuellement réitérée et un mouvement continu, tout se fixe avec une partie et demie d'air. Ensuite, continue un feu fort pendant un jour naturel, plus fort le deuxième jour naturel, et encore plus fort le troisième jour naturel, comme un feu de fusion. Ainsi, fils, l'air, moyennant l'eau, se fixe dans la terre. Car la nature de l'air se réjouit de celle de l'eau, celle de l'eau se réjouit de celle de l'air, et celle de la terre contient celle de l'air et de l'eau, et retient celle par laquelle elle veut être perfectionnée. La nature chaude aérienne apprend à celle de l'eau et de la terre à résister au feu. Par cet accord amoureux, celui qui hait retiendra celui qui aime. L'un cherche la fuite, l'air poursuit celui qui fuit. L'oiseau déplumé retient l'oiseau plumé, qui ne peut plus s'envoler.

Fils, comprends avec un esprit scientifique ce que nous te dirons maintenant. Ne bois pas sans manger, et ne mange pas sans boire. Fils, nous te disons d'imbiber uniformément le sec avec l'humide, plusieurs fois et en très petite quantité, à l'imitation de l'incération naturelle, pour aider la chaleur naturelle du corps passé totalement du côté du tempérament à celui du distempérament. Un vieillard au tempérament labile doit en user ainsi, c'est-à-dire ne pas boire sans manger, ni manger sans boire. Car les parties sèches doivent couler dans l'humidité et y être continuées et simplifiées pour renforcer la chaleur naturelle. C'est pourquoi, dans la fixation, nous mélangeons l'eau à la terre, momentanément. Ainsi, la puissance naturelle la convertit, la lie à elle et la fixe. Puis l'air y est fixé, jusqu'à ce que le vainqueur soit vaincu par le vaincu. L'air est fixé quand l'eau est morte, et non avant. L'air nourrit le feu, comme l'eau nourrit la terre. Le feu vit de la nature limoneuse de l'air, l'air de la nature limoneuse de l'eau, et l'eau de la nature limoneuse de la terre fixe. Fixe donc d'abord l'eau dans la terre, pour que l'air puisse s'y fixer, car c'est ce que veut la puissance naturelle. Si l'eau est tuée, tous les autres sont morts. Cependant, l'eau ne se fixe pas sans terre. C'est pourquoi il est dit :

Jamais aucun fruit ne surgit sans corps.
La semence y meurt-elle, elle donne du fruit, dit-on.
Ainsi, la nourriture est consumée dans l'estomac[4].

4. Les deux premiers de ces vers sont cités aussi par le pseudo-Arnaud de Ville-neuve, *Rosaire des philosophes*, II, 24 ; *Artis auriferæ*, t. II, p. 443 ; J.-J. Manget, *Bibliotheca chemica curiosa*, t. I, p. 674.

25. L'INCÉRATION DONNE LA FUSION À L'ÉLIXIR PARFAITEMENT FIXÉ

Après avoir fixé l'eau sur la terre, puis l'air sur l'eau, comme nous te l'avons dit, prends une once de médecine, et mets-la dans un creuset de terre, sur un feu léger. Dès qu'elle sentira la chaleur du feu, fais-y tomber goutte à goutte son huile blanche. Sache que l'huile en pénétrera toutes les parties, y entrera insensiblement, se mettra au fond du corps de l'élixir, et le rendra fusible et pénétrant. Ensuite, prends-la et éprouve sa fusibilité sur une lame de cuivre brûlante. Si tu la vois aussitôt se résoudre comme de la cire, sans fumer, la médecine est incérée. Sinon, réitère l'incération en y faisant goutter son huile goutte à goutte, jusqu'à ce qu'elle fasse le signe que nous t'avons dit, comme elle l'a fait pour nous. Puis laisse refroidir.

Voilà accompli l'élixir dont le prix est inestimable, et qui convertit tout corps diminué en un vrai lunifique sans fin. Jettes-en une livre sur mille parties de mercure vulgaire lavé avec du sel et du vinaigre. Il deviendra une lune pure bien meilleure que celle de la mine dans toutes ses propriétés et épreuves. De même, si on le jette sur un des corps imparfaits, il sera transformé aussitôt par l'humide radical en argent très véritable.

26. L'EXUBÉRATION DE L'HUMIDITÉ NOURRICIÈRE

Fils, l'exubération nutritive ne consiste qu'à préparer l'humidité nourricière au tempérament proportionnel aux qualités du nourrisson, pour qu'il ne soit ni trop froid ni trop chaud, ni trop cru ni trop cuit. S'il était trop froid, il tuerait la vertu convertissante ; trop chaud, il étoufferait la vertu digestive. Tout ce qui engendre du soufre et de l'argent vif doit pouvoir chauffer et humidifier conformément à la raison et puissance de la nourriture, de lui-même ou accidentellement. Il y a deux choses qui chauffent d'elles-mêmes en humidifiant. L'une est comme le principe efficient, c'est-à-dire une digestion parfaite comme celle que fait la nature. Nous la faisons en une heure, en rétrogradant du très cuit au suffisamment cru, puis en passant graduellement du très cru au suffisamment cuit. L'autre est comme un aliment médicinal, apte à gouverner la colère en chauffant et en desséchant, ensuite à rassembler le flegme en humidifiant et en refroidissant, si les fumées ne sont pas retenues ; on l'appelle contre nature. De même, il est apte à engendrer l'humidité nourricière, semblable au lait qui se convertit en sang. Selon la tempérance de l'humidité exubérée, il chauffe et humidifie l'argent vif par un changement refréné ; on l'appelle innaturel. Voilà comment il chauffe et humidifie l'argent vif qui est l'aliment du soufre, pour autant qu'il engendre du sang spirituel. L'esprit s'engendre de la substance sanguine qui est une humidité exubérée, et la substance du corps médicinal en est nourrie et confortée.

Fils, conclus des choses susdites que, pour multiplier le soufre et l'argent vif, il faut les exubérer et digérer parfaitement, en rendant l'esprit sanguin plus apte à la génération. De nature, ces argents vifs ne sont absolument pas aptes à engendrer des esprits vivifiants, comme tous les genres de menstrue qui multiplient accidentellement, engendrent et font engendrer. Ainsi, l'eau du mercure végétal est naturellement apte à multiplier le flegme. Cependant, si sa complexion s'accorde entièrement en chaleur et en sécheresse, elle multiplie l'esprit vivifiant. L'eau multiplie le soufre, quand il est éjecté du ventre des mâles colériques. Quand on le jette dans le ventre des femmes colériques, il multiplie l'argent vif très tempéré et fort exubéré par la chaleur et l'humidité. De même, les médecines qui peuvent enlever tout ce qui entrave notre esprit, et qui lui permettent d'engendrer le sang, sont le feu de la pierre.

Fils, le ferment spirituel se subtilise et digère graduellement, et il s'approche alors plus du métal que la pierre. On réduit la pierre à la nature métallique en l'imbibant entièrement de sang pur, et non avant. Si tu veux avoir ce sang pour imbiber la pierre de rosée, mets sur la substance du corps dont tu veux extraire le sang, tant de mercure pur qu'il la couvre de quatre ou six doigts, et cela dans un vase de verre, long et étroit. Fais un feu léger en dessous, jusqu'à ce que tu voies le sang s'élever peu à peu au-dessus du mercure. Tout ce qui aura été liquéfié et dissous, mets-le de côté dans un autre verre, puis mets un autre mercure. Continue jusqu'à ce que tu aies dissous et liquéfié le sang. Distille-le par l'alambic, et tu trouveras l'argent vif plus chaud qu'avant son exubération.

Fils, si tu veux l'exubérer davantage, mets-le avec un autre corps, et fais comme nous te l'avons dit, jusqu'à ce que tu aies extrait toute son humidité vivifiante. Voilà comment notre pierre monte au ciel et est portée dans le ventre du vent, c'est-à-dire de l'argent vif. Fais ainsi l'exubération accidentelle, et multiplie-la de nouveau avec un autre corps, selon ton propre bon plaisir. Sois ingénieux, et ne jette pas les terres noires et les fèces, si tu en fais des soufres minéraux. Car tu peux en faire de nombreuses choses, presque infinies, et en créer de nombreuses pierres.

Si tu es désœuvré, fils, et que tu ne sais pas quoi faire, entre dans notre magistère. Tu auras assez à faire, au point que tu n'accorderas à rien le prix d'un bouton. Tu sauras que tout ce qui a du prix provient d'une chose vile, et remplit des chariots.

Fils, on pratique la fermentation exubérée parce que le corps est éloigné de son tempérament, et l'eau de son menstrue, et qu'ils s'approchent du métal. Si, après avoir dissous et distillé le corps, tu dissous notre autre corps, celui-ci s'approchera d'une plus grande fermentation, parce qu'il est engraissé, imprégné, exubéré et plus proche de la nature du métal, étant un humide radical pur. Voilà comment, fils, par les extrêmes et les moyens, tu perfectionneras l'exubération de nos argents vifs. Le deuxième vaut plus que le premier, le troisième plus que le deuxième, le quatrième plus que le troisième, le cinquième plus que le quatrième, le sixième plus que le cinquième, et ainsi de suite, sauf que chacun garde sa perfection, comme le veut la nature exubérée. Cette multiplication se fait toujours durablement, en raison de la grande vertu minérale de notre eau. Par elle, la pierre qui n'est pas pierre est amenée de puissance occulte en acte manifeste, et de vertu éloignée en vertu rapprochée, par des opérations graduelles qui s'étendent entre le tempérament et l'intempérament. Ainsi, la nature s'approche de sa perfection.

Sache donc, fils, dans quelle forme se font les degrés par lesquels la vertu est fermentée, exubérée et confortée. Car la chose tempérée refrène l'intempérée et multiplie sa vertu. Fils, notre opération ne consiste qu'à parcourir toute l'étendue entre le tempérament et l'intempérament. Elle ne doit pas aller au-delà ; sinon, elle sort de tout le magistère.

Si tu veux savoir pourquoi nous parlons des sels de vitre, de verre et de vitriol, consulte le chapitre 42 qui commence par :

« En cette noble matière »[5]. Si nous parlons du mercure végétal, consulte le chapitre 39 : « Nous t'avons dit »[6]. Si tu veux savoir pourquoi la dissolution du soleil ne peut se faire sans le mercure de la lune, consulte le chapitre 43 : « On vient, fils, de te révéler »[7]. Pour savoir combien de temps il faut pour faire la pierre, consulte la fin du chapitre 43 susdit. Si tu veux savoir pourquoi et comment on fait les ferments, consulte le chapitre 54 : « Il est certain »[8]. Si tu veux savoir la nature du vitriol et du salpêtre, consulte le chapitre 59 : « Fils, qu'il ne t'ennuie pas d'écouter »[9]. Si tu veux savoir l'expérience de la solution du soufre commun, ou de l'eau dissolvante ou menstrue, consulte le chapitre 61 : « Beaucoup »[10]. Si tu veux savoir comment notre pierre est créée à l'image animale, végétale et minérale, consulte le chapitre 89 : « Comprends »[11]. Si on te cite des soi-disant preuves ou arguments contre cette science, consulte le chapitre 22 : « À présent, tu dois te poser la question »[12].

27. LA COMPOSITION DE L'ÉLIXIR ROUGE

Fils, conserve la pratique au blanc pour faire celle au rouge, parce que la pratique n'est pas différente, sauf que tous les éléments sont rouges. Comme tu as multiplié le soufre blanc, multiplie le soufre rouge. Au lieu d'argent, tu mettras de l'or. L'eau du mercure doit être rubéfiée d'abord par le feu de la pierre, par la seule cuisson. La médecine est composée de trois parties de ferment, de trois d'eau, de trois d'air, et d'une livre et demie de feu. Quand tu réduiras l'air, réitère la sublimation jusqu'à ce que tout se fixe. Puis continue les trois feux que nous t'avons dits au

---

5. *Cf. supra*, I, 42, pp. 77 et sv.
6. *Cf. supra*, I, 39, pp. 73 et sv.
7. *Cf. supra*, I, 43, pp. 78 et sv.
8. *Cf. supra*, I, 54, pp. 96 et sv.
9. *Cf. supra*, I, 59, pp. 105 et sv.
10. *Cf. supra*, I, 61, pp. 109 et sv.
11. *Cf. supra*, I, 89, pp. 150 et sv.
12. *Cf. supra*, I, 22, pp. 44 et sv.

blanc, pour que l'élixir soit mieux purifié et fixé par la digestion d'optesis.

Fils, cette digestion optétique donne à la médecine la puissance d'agir et de faire ce qu'elle doit. Par elle, l'humide est terminé en sec, et le sec est digéré. Ensuite, extrais ton élixir, et incère-le dans un creuset de terre, sans poids, par un feu léger, avec son huile rouge que tu feras tomber goutte à goutte, jusqu'à ce que tu le voies fondre et se liquéfier comme de la cire, sans fumer, ou comme de l'étain sur du fer brûlant. Tout deviendra uni, stable, répandant, pénétrant, consolidant, teignant, fluant et permanent. Jettes-en une livre sur mille de lune, ou de mercure lavé avec du sel et du vinaigre, et il se transformera en un soleil à toute épreuve, bien meilleur que celui produit par la mine, en toutes ses vertus et propriétés.

Fils, nous te disons que notre or et notre argent ne sont pas les vulgaires, parce que nous imprégnons leurs teintures de beaucoup de feu, et nous les rendons très résistants au feu, grâce à nos opérations connues, très utiles pour chasser toutes les maladies.

28. LA PERFECTION ET L'AMÉLIORATION DES MÉDECINES

Si, après la projection, tu vois que le métal converti par la médecine n'a pas assez de couleur, ajoute encore de ladite médecine. S'il y a trop de rouge (il ne peut pas y avoir trop de blanc), le remède consiste à ne pas mettre autant de médecine. Si tu en mets, ajoute encore du métal à convertir. Si la médecine ne résiste pas pleinement au feu, c'est par manque de fixation. Remédie à ce manque en la fixant parfaitement, soit en réitérant la solution et la congélation, soit en sublimant la partie non fixe sur la chose fixe, jusqu'à ce qu'elle résiste à l'âpreté du feu. Si tu vois qu'elle ne fond que difficilement, c'est par manque d'incération. Remédie en renouvelant l'incération avec l'huile de la pierre, en la faisant tomber goutte à goutte, comme nous l'avons dit, sur un feu léger, jusqu'à ce qu'elle flue comme la cire, sans fumer.

Fils, si tu veux incérer, mets plus de chaud et d'humide que de froid et de sec. Si tu œuvres dans l'intention de fixer, mets plus de froid et de sec que de chaud et d'humide. Comprends ce que nous te disons, puisque la perfection de cet œuvre ne consiste qu'en une transmutation des natures.

29. COMMENT LES MÉDECINES SE MULTIPLIENT EN VERTU ET PUISSANCE

Après avoir perfectionné lesdites médecines, et fait leur projection, tu peux en multiplier les vertus de deux manières.

La première manière est de les dissoudre dans l'eau de leur mercure blanc ou rouge, dont elles ont été créées, jusqu'à ce qu'il y ait une eau claire après l'inhumation. Puis congèle-les par une légère cuisson, et incère-les avec leurs huiles sur le feu, jusqu'à ce qu'elles coulent. La vertu de leur teinture en sera sûrement doublée, et tu en verras toutes les perfections dans la projection. Car le poids projeté sur mille sera projeté cette fois sur deux mille. Dans cette multiplication, il n'y a pas beaucoup à faire ni beaucoup de labeur.

La seconde manière de multiplier leur vertu est plus précieuse. Car, si tu les dissous et distilles, leurs vertus se multiplieront par cent, c'est-à-dire qu'un poids en vaut cent. La manière donc de multiplier les médecines est de dissoudre leurs espèces dans leur propre eau, une à une, par inhumation. Ensuite, sépare les éléments par distillation, en recueillant d'abord l'eau, puis l'air. Au fond restera la substance de la terre fixe, entièrement claire, sous forme de poudre. Ramènes-y l'eau par imbibition, jusqu'à ce qu'elle l'ait entièrement bue, et qu'elle soit entièrement fixée avec la terre. Puis imbibe tout avec son huile, c'est-à-dire avec l'air et sa teinture, jusqu'à ce que tout se fixe bien et fonde comme de la cire. Jette une livre de cette médecine sur le corps que tu veux convertir. Tu peux être sûr de trouver la puissance de sa teinture multipliée par cent. Ainsi, si une partie ou une livre en convertissait mille, elle en convertira à présent cent mille ; la troisième fois, un million ; la quatrième, dix millions ; la cinquième, cent millions, et cela en vrai solifique ou lunifique.

Note, fils, que plus la médecine est dissoute, sublimée et congelée, plus elle opère abondamment. Chaque solution lui fait gagner et acquérir dix livres dans la projection, à cause de sa vertu multipliée. Qu'il ne t'ennuie donc pas, fils, de réitérer les solutions, sublimations et congélations. Grâce à ces opérations, en effet, la médecine est digérée et animée, et sa vertu se multiplie, se fixe et opère avec plus de perfection.

30. LA MULTIPLICATION QUANTITATIVE DE LA MÉDECINE

Fils, prends une once de ladite médecine dont tu as multiplié la vertu, et jette-la sur cent parties de mercure. Dès que le mercure commencera à chauffer dans le creuset, tout se congèlera promptement en une médecine fine dont on peut faire la projection sur un autre mercure. Ensuite, prends une once de cette deuxième médecine, et fais-en la projection sur cent parties d'un autre mercure chauffé. Tout deviendra encore une médecine pure et vraie. À présent, fils, tu as multiplié quantitativement une partie ou l'ensemble de ta première médecine. Car, à partir d'une once, tu as obtenu deux cents onces dont la vertu, cependant, n'est pas celle de la première médecine ; il faut pour cela que tu la multiplies par dissolution et congélation. De la manière que nous t'avons dite, on peut multiplier à l'infini sa vertu, puis sa quantité.

Jette une livre de médecine dernièrement congelée sur cent parties de mercure lavé avec du sel et du vinaigre, et chauffé sur le feu. Dès que tu le verras fumer, tout se congèlera en or ou en argent à toute épreuve, selon que le premier élixir est rouge ou blanc. Nous t'avons donné, fils, la vérité à ce sujet, grâce à un discours complet auquel tu parviendras indubitablement, si tu goûtes un peu de notre enseignement par ton intellect. Respecte soigneusement la méthode des régimes susdits, les exercices de la *Pratique*, ainsi que les considérations rationnelles de la *Théorie* et d'un intellect élevé, et tu en verras la vérité corporellement. Tout ce que nous t'avons dit, tu le trouveras réellement entre tes mains. Cela ne se produit jamais tout seul ou par hasard, comme tu le penseras, ni même par miracle. Mais crois que cela s'accomplit par l'art et par une opération continue.

Voilà la pierre suprême de tous les philosophes, cachée aux ignorants et aux indignes, mais révélée à toi. Elle transforme tout corps diminué en vrai solifique et lunifique, à l'infini, selon que l'élixir est préparé et subtilisé. De même, nous te disons que sa vertu et son efficacité surpassent celles de toutes les autres médecines. Elle guérit réellement toute maladie du corps humain, qu'elle soit de nature froide ou chaude. Ayant une nature très subtile et très noble, elle ramène tout à l'équilibre suprême, conserve la santé, conforte et multiplie la vertu, au point de faire du vieillard un jeune homme ; elle chasse du corps toute maladie, résiste à tout poison, humidifie les artères du cœur, dissout ce qui est congelé dans le poumon, conforte et consolide le blessé, nettoie le sang, conforte tous les esprits, et garde et préserve leur santé.

Si la maladie est vieille d'un mois, cette médecine guérit en un jour ; si elle dure depuis un an, la guérison sera nette en douze jours ; si elle existe depuis longtemps, la guérison sera réalisée en un mois. Il n'est pas étonnant que cette médecine mérite, plus que toutes les autres, d'être recherchée par l'homme, puisqu'en général, toutes les autres s'y réduisent. Si tu la possèdes, fils, tu as un trésor inépuisable.

Ladite médecine a encore d'autres puissances. Au printemps, par sa grande chaleur admirable, elle rectifie tout animal et vivifie toutes les plantes. Si tu en dissous dans l'eau environ un grain de millet, et que tu mets la quantité d'un noyau d'aveline dans le cœur d'un tronc de vigne, les feuilles et les fleurs naîtront artificiellement, et elle produira de bonnes grappes au temps de mai. Il en va de même pour toute autre plante. On tient la chose pour un miracle contre nature, et ceux qui en ignorent la puissance croient à une incantation.

Cependant, fils, il ne s'agit que de la chaleur naturelle fixée dans son humide radical. Ayant d'instinct un grand désir d'être au fond de toute chose élémentée, la nature y opère en multipliant la chaleur naturelle du corps dans le centre duquel elle est entrée. Car elle est commune à tout corps.

Elle peut rectifier toutes les pierres précieuses possédant une vertu. Elle les fixe de la manière que nous avons dite dans le traité du *Lapidaire*. Elle rend le verre malléable, et fait beaucoup d'autres puissantes merveilles dans les trois règnes. Le physicien Galien mentionne cette médecine au troisième livre de son *Enfant*, au canon qui commence par : « L'utilité des deux », mais en des termes tellement obscurs qu'aujourd'hui, on ne trouve au monde que trois personnes capables de croire fermement ce qu'il a voulu en dire expressément.

31. RÉCAPITULATION DU MAGISTÈRE EN SECTIONS

Fils, tout le magistère est divisé en trois degrés.

Le premier degré est divisé en trois dissolutions principales. Par ce degré, nous purifions la pierre, et nous rendons le fixe volatil.

Le deuxième degré est divisé en trois réductions principales. Par lui, nous fixons la pierre volatile préparée, jusqu'à ce qu'elle repose dans l'âpreté du feu.

Le troisième degré est formé par les deux premiers. Il est divisé en deux parties : la première est la dissolution et la congélation ; la seconde est la fixation. Par ce degré, nous accomplissons la pierre, et nous la multiplions *(fig. 19)*.

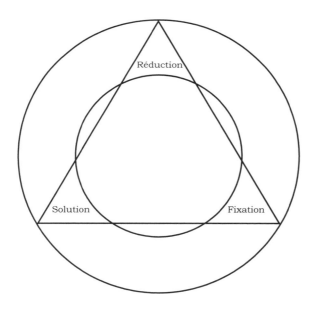

Figure du troisième degré pour multiplier par les trois convertissants. Doux, amer et aigre comme l'absinthe, ou comme le vinaigre, ou pontique comme l'eau de mer : voilà ce qu'ils sont.

Figure 19

Parmi les opérations du premier degré, la première solution est représentée par ces six figures *(fig. 20)* :

Figure 20

La première désigne la mère du menstrue ; la deuxième, le menstrue ; la troisième, la mère du composé blanc ; la quatrième, le composé blanc ; la cinquième, la mère du composé rouge ; la sixième, le composé rouge.

Les autres solutions sont représentées par les neuf figures suivantes *(fig. 21)* :

Figure 21

Les quatre premières désignent les quatre éléments du composé rouge ; les trois suivantes, les éléments du blanc ; la huitième, triangulaire, désigne la conjonction de trois en un, car elle est composée par les deux premières du blanc et par la première du rouge. La deuxième figure du blanc est au milieu des deux autres, d'où la neuvième figure, notre pierre préparée par le premier degré.

L'opération du deuxième degré est représentée par trois figures *(fig. 22)* :

Figure 22

La première désigne la multiplication du soufre, faite par le triangle ou le quadrangle ; elle est divisée en plusieurs autres que contient l'arbre. Puis il y a la deuxième figure. La troisième est entièrement ronde, car la ronde du blanc est parfaite par l'extérieur. Mais elle parfait par l'intérieur, par un mélange parfait, grâce au troisième degré, au-dedans comme au-dehors ; comprends cela pour le blanc.

Pour le rouge, grâce au deuxième degré, on forme les quatre figures suivantes *(fig. 23)* :

Figure 23

La première désigne le soufre lors de sa seule cuisson. La deuxième désigne sa multiplication ; elle est divisée en plusieurs autres que contient l'arbre. La troisième désigne la conjonction de la deuxième figure rouge de la deuxième dissolution du premier degré ; la quatrième, la conjonction de la troisième qui vient après la deuxième. Ainsi, par ce degré, nous mettons quatre en un.

Mais, afin que le quadrangle soit rond à l'intérieur comme à l'extérieur, tout le magistère est accompli par le troisième degré, comme la présente figure le montre *(fig. 24)*. Comprends que chaque partie de cette figure est ronde à l'intérieur et à l'extérieur.

Ladite figure nous montre comment les éléments élémentés constituent et font des éléments ronds, de manière que la plus petite partie de l'un se trouve dans la plus petite partie de l'autre. Autrement, il n'y aurait pas de vrai mélange ni des composés terminés et finis, et par conséquent, l'or ou l'argent ne serait pas facile à travailler. De même, ladite figure montre comment les éléments sont élémentés, et comment un élément entre dans l'autre circulairement, par un artifice naturel qui se fait dans le vase, comme nous l'avons dit dans notre *Pratique*, et comme nous le dirons encore dans notre *Codicille*. Ci-après vient notre *Codicille*[13].

13. Il existe, ici comme au début du *Testament* (*cf. supra*, p. 3) une confusion entre les titres *Codicille* et *Livre des mercures*. Voir à ce sujet la *Table des correspondances*, *supra*, p. XXI, n. 1.

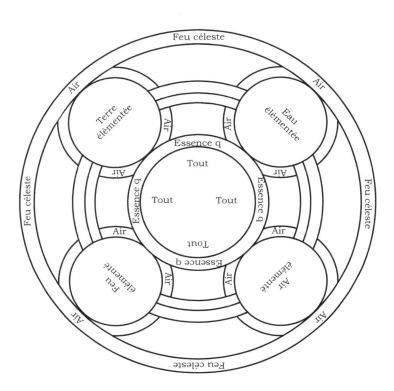

Figure 24

Cette figure *(fig. 25)* montre que notre dit magistère est divisé en deux parties. Il faut d'abord engendrer le soufre avec notre vif-argent, puis composer la médecine.

Figure 25

Cette figure *(fig. 26)* montre que le magistère comprend deux générations principales. Elle nous révèle aussi la corruption sans laquelle rien n'est possible. Voir la figure des quatre convertissants *(cf. fig. 32)*.

Figure 26

Cette figure *(fig. 27)* montre en combien d'opérations est divisée la corruption, et ce qui est requis, et combien de choses il faut, avant qu'elle soit parfaite pour l'action et l'effet de la génération, c'est-à-dire autant d'opérations que pour parfaire la digestion du premier régime. Voir la figure des quatre convertissants *(cf. fig. 32)*.

Figure 27

Cette figure *(fig. 28)* enseigne la purification des individus corrompus. Si on demande quelles opérations il leur faut, et combien, avant de devenir vif-argent, la réponse est : autant que pour parfaire l'ablution du deuxième régime. Parmi elles, il y a l'inhumation, la distillation et la calcination. Sur ce, voir la figure des quatre convertissants *(cf. fig. 32)*.

Figure 28

Cette figure *(fig. 29)* enseigne la génération de la pierre, et montre quelles opérations, et combien, il lui faut plus particulièrement. Elles donnent lieu à d'autres œuvres particulières par lesquelles on accomplit la réduction du troisième régime. Sur ce, voir la figure des quatre convertissants ; vous la trouverez plus loin, avec d'autres *(cf. fig. 32)*. Ci-après vient le *Chapitre des mercures.*

Figure 29

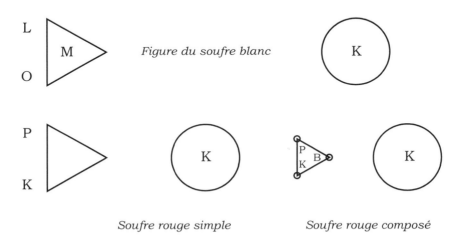

Figure 30

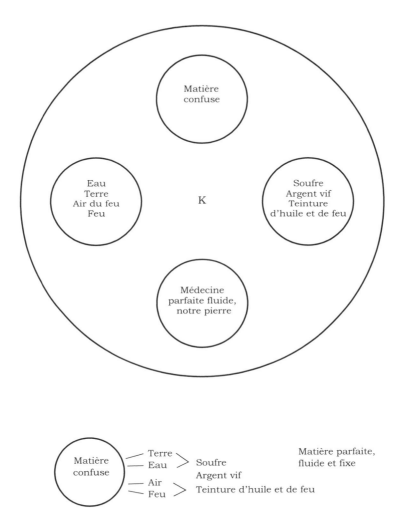

Figure de l'élémentation au sens et à l'acte. Elle montre quels éléments, et combien, composent le soufre ou la pierre, l'élixir ou la médecine, comme tout K le permet.

Figure 31

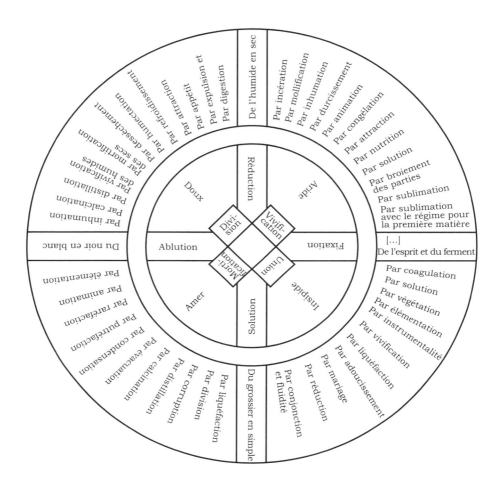

Figure circulaire de tout le magistère pour la pratique. On l'appelle figure du quatrième degré pour multiplier par les quatre convertissants.

On devrait mettre ici l'arbre élémentaire qu'on a mis plus haut, à un endroit impropre, c'est-à-dire au chapitre 56 de la Théorie.

Figure 32

III. LIVRE DES MERCURES

1. LIVRE DE LA CONFECTION DES MERCURES ET DE LEURS ÉLIXIRS

Fils, tu dois comprendre les opérations par lesquelles sont créés nos argents vifs. Si tu les sais, et si tu as la science pour connaître notre argent vif, tu possèdes tout l'art. Il n'y a qu'une seule opération qui se fait comme nous te le dirons.

Prends autant de liqueur mercurielle ou de lunaire que tu veux, et sépares-en les éléments en distillant. Sépare d'abord l'eau flegmatique où demeure l'esprit mortifié. Continue ta distillation au bain jusqu'à ce que tu voies distiller l'eau animée, qui commence à brûler. Distille-la à part jusqu'à recueillir tout ce qui peut être distillé par cette chaleur, et jusqu'à extraire le flegme, comme le manifestera le signe de sa combustion. Fais-en deux parties. Gardes-en une pour créer les mercures, et extrais de l'autre les éléments sans aucune combustion, et en conservant la propriété du soufre et de l'argent vif. Ensuite, mets cette partie de l'eau animée susdite sur les fèces qui ressembleront à de la poix fondue ou liquéfiée au fond du vase. Mets aussitôt l'alambic au-dessus, avec le récipient, et allume un feu de sciures composées, comme nous l'avons dit au début de notre *Pratique*. Continue avec égalité ledit feu jusqu'à ce que tout ce qui peut être distillé le soit. Fais cette distillation au bain-marie. Ensuite, mets le vase au feu des cendres, produit par les sciures, et distille l'huile. À la fin de la distillation, laisse refroidir la matière avec tout le vase.

213

Puis ramène sur les fèces la première liqueur qui tient le milieu entre l'eau première et l'huile. Réitère ta distillation comme on l'a dit, jusqu'à ce qu'il ne reste que des fèces sèches et brûlées. L'humidité onctueuse doit être entièrement enlevée, comme l'âme dans la substance de l'esprit.

Fils, la nature de notre esprit opère sur tout, et surpasse tout. C'est lui qui fait la noirceur, la blancheur et la rougeur, pourvu que tu saches bien le mélanger. Ce mélange se fait comme nous te l'avons dit. L'un entre dans l'autre et s'y réfugie, le raréfié se remplit du condensé, et le condensé est subtilisé par le raréfié. Tout cela se fait par solution et calcination, avec un feu léger. Ce feu doit être continué jusqu'à ce que les éléments s'embrassent, et que leur humidité soit terminée. Au terme, ils brûlent peu à peu, et sont desséchés par ce feu lent. Sache, fils, que l'un brûle l'autre et s'y mélange ; l'un se conjoint à l'autre, le conserve et lui apprend à résister au feu. Fils, si tu cuis les éléments par un feu lent, ils se réjouissent beaucoup et sont ramenés à des natures étrangères. Le liquide diminue complètement et devient non liquide ; l'humide devient épais. Ainsi, le corps devient esprit, et l'esprit devient teignant, fort et résistant au feu.

2. LE RÔTISSAGE DU MERCURE DISSOUS ET SA CONGÉLATION

Fils, la propriété de tout mercure est de dissoudre et de blanchir son soufre, et la propriété de son soufre est de congeler et de purifier son argent vif. Car l'argent vif est proprement tout ce qui peut être congelé par la vapeur de son soufre sec. Fils, la vapeur qui congèle l'argent vif a la même nature que sa propre substance moyenne qui se trouve dans une terre sèche, subtile, aérienne, mélangée, digérée et cuite par une chaleur lente et continue. Remets donc peu à peu l'argent vif dissous sur sa terre sèche, et non tout en une fois. Car la vertu du soufre du dragon convertit plus vite une petite quantité séparée qu'une grande quantité conjointe. Veille donc à ce que la vertu du dragon ne se joigne pas à la gorge de Sathalie, ton intention étant de congeler et non de dissoudre. Ainsi, fils, l'argent vif règne d'abord contre le soufre, comme il appert de la vérité du chapitre précédent. Ensuite, le soufre règne sur l'argent vif, par l'opération dite au présent chapitre.

III. LIVRE DES MERCURES

Continue donc l'opération, rôtis-le et imbibe-le, jusqu'à ce que la première eau l'ait entièrement blanchi et qu'il soit congelé par la vapeur du soufre. On ne doit rien faire d'autre. De même que l'argent vif l'emporte sur le soufre, de même l'opération contraire fait que le soufre l'emporte sur l'argent vif en le congelant par une sublimation réitérée, comme nous l'avons dit.

3. LA SUBLIMATION DU MERCURE MORTIFIÉ PAR LA VAPEUR DE SON SOUFRE

Quand tu verras que les multiples imbibitions, broiements et fréquents rôtissages auront détruit la plus grande partie de l'eau du mercure, sublime-le de nouveau avec un feu fort, jusqu'à ce qu'il ait entièrement perdu la plus grande partie de son eau. Quand tu ne verras plus s'élever que du sec, comme une poudre morte, plus blanche que la neige, attachée aux côtés[1] du vase, sublime-le une nouvelle fois seul, sans les fèces. Le voilà enfin correctement nettoyé et sublimé, pour être une teinture blanche incomparable.

4. SA FIXATION ET PERFECTION

Après avoir sublimé et recueilli ladite pure substance du mercure, fixes-en une partie. Nous t'avons donné le mode de fixer pour la pierre majeure. Ayant fixé cette partie, fixe l'autre. Réitère la sublimation de la partie non fixe sur la fixe jusqu'à ce qu'elle se fixe semblablement. Éprouve-la pour voir si elle donne une bonne fusion sur le feu. Si elle fait cela, c'est fait ; sinon, ajoute de l'argent vif exubéré, et réitère la sublimation jusqu'à ce qu'il soit fusible.

Si tu nous as bien compris, nous t'avons donné le mode d'exubérer n'importe quel argent vif pour la pratique de la pierre majeure, au chapitre de la *Pratique* : « Fils, prends »[2]. On la fait à partir de son propre argent vif, et c'est pourquoi elle est simple. Mais, si tu la veux plutôt composée, à partir du mercure, dissous

---

1. En latin : *spondilia*, mot qui désigne en fait les vertèbres de l'épine dorsale.
2. *Cf. supra*, II, 30, pp. 203 et sv.

un autre mercure dans l'eau première exubérée par l'âme dudit mercure, et dont on fait la teinture. Puis sépare l'eau en distillant. Recommence, distille et redistille sur ses fèces jusqu'à ce que l'eau ait été bue et toute l'humidité des fèces mercurielles attirée.

Fils, cette humidité incérative résiste mieux que toutes les autres au feu. Ainsi, de la seule substance du mercure, nous faisons une excellente médecine blanche. Ce que nous te paraissons dire pour un, comprends-le pour tous. En disant « tous », nous n'en exceptons aucun, ni vulgaire ni commun. Par « commun », nous voulons dire celui d'entre eux que les philosophes ont plus proche dans leur intellect. Par « vulgaire », nous voulons dire celui qu'entend le rustique, et qui se vend dans les boutiques. Crois-le bien, là où il s'agit du commun, on le met comme nous le savons. Nous qui le connaissons, nous le savons par la propre vérité.

5. AUTRE EXUBÉRATION DU CORPS

Si tu veux exubérer l'argent vif avec l'humidité que la nature t'a préparée, il se fixera plus vite à cause de sa permanence. Exubère-le donc avec l'humidité du corps préparé par le génie de la nature. La chose préparée te donnera une chose ornée. Tel son ornement, telle sa perfection ; et telle sa perfection, telle la démonstration de sa projection sur tout corps imparfait et sur le mercure vulgaire non préparé.

6. LA RECTIFICATION DE L'HUMIDITÉ EXUBÉRÉE PAR LA FUSION DE LA TEINTURE

Après avoir bien exubéré l'argent vif avec le corps ou avec le mercure, et avant de le fixer, rectifie-le par sept distillations, jusqu'à ce que ses parties limoneuses aient la splendeur et la clarté des cristaux ou des perles, ou la luminosité de l'argent poli et la clarté du talc. Il pourra dès lors efficacement opérer dans la fusibilité de l'argent vif, en s'y fixant comme nous te l'avons dit. Il est comme la forme qui parfait son soufre fait d'argent vif. Il a encore beaucoup d'autres vertus dans les pierres communes. Nous t'en dirons quelques-unes à propos des perles.

7.   LA RECTIFICATION DES PERLES

Pour vérifier la vertu de ladite humidité exubérée, tu dois avoir des perles claires, d'une bonne couleur, petites et menues, autant que tu veux. Mets-les dans un vase de verre, au fond arrondi, pourvu d'un couvercle ; voici sa forme *(fig. 33)*. Mets-y

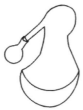

Figure 33

autant de ladite eau exubérée qu'il faut pour couvrir les perles de l'épaisseur d'un couteau. Puis ferme-le avec son couvercle de verre, pour éviter que la poussière ou une autre saleté y entre. En trois heures, elles fondront pour devenir une pâte blanche.

Ensuite, rassemble et mets de côté la partie limoneuse qui nagera à la surface de l'eau. C'est sa forme exubérée et multipliée par la partie limoneuse de l'eau du mercure, que tu dois lui restituer, comme nous te le dirons ensuite.

8.   LA DIVISION DE L'ESPÈCE, ET SON UNITÉ AVEC LA PARTIE LIMONEUSE DE L'EAU

Quand tu verras les perles susdites liquéfiées et fondues en pâte blanche, par la vertu de l'eau tout entière, sans aucune autre action de chaleur extérieure, filtre l'eau bien sagement et proprement, avec toutes les parties limoneuses qui surnagent. Mets tout dans un autre vase de verre, semblable au premier. Veille à ce que rien de ladite pâte des perles ne soit filtré avec l'eau susdite, mais seulement la partie limoneuse qui est sa propre forme. Ferme bien tous les vases. Place celui qui contient l'eau au bain artificiel, de manière qu'elle subisse l'action de la chaleur et se subtilise en vapeur d'eau chaude. Elle doit y rester pendant trois jours naturels.

Fils, sache que la partie limoneuse des perles s'y joindra à la partie limoneuse du mercure, et toutes les parties de l'eau seront continues et unies, comme une chose fondue en liqueur subtile. Tire-la du bain et mets-la de côté.

9. LA FORMATION DES PERLES, AVEC L'INTRODUCTION D'UNE NOUVELLE FORME

Fais ensuite un moule artificiel en argent, correspondant à la taille dont tu veux former les perles. L'intérieur du moule doit être doré et fait de deux moitiés creuses égales, se joignant si bien l'une à l'autre qu'à l'intérieur, le creux soit parfaitement rond et sphérique, qui donnera aux perles la rondeur voulue. Chaque partie du moule doit avoir un petit trou qui ne laisse entrer qu'un fil d'or à peine plus grand que le cheveu d'une tête ou queue de cheval. Chaque trou doit être directement opposé à celui qui lui correspond, et se situer sur la même ligne droite que l'autre, comme les trous d'un cadre bien équarri.

Remplis ledit moule avec la pâte susdite, d'abord une seule moitié du moule, jusqu'à ce que tu la voies pleine, puis l'autre. Fais passer le fil d'or. Tourne la pâte avec une palette d'or, afin que l'autre moitié du moule puisse bien se remplir.

Ferme le moule en joignant bien les pièces susdites, sans oublier de faire passer le fil d'or par les trous susdits. Voilà comment tu formeras ta perle. Celle-ci formée, retire le fil d'or, regarde par le milieu de tout le moule, pour voir si ta perle a été bien perforée de part en part, et fais repasser le fil d'or par le milieu. Ensuite, ouvre le moule, retires-en la perle, mets-la dans une écuelle de verre et couvre-la avec un couvercle de verre. Laisse-la sécher ainsi à l'ombre, à l'abri du soleil. Forme ainsi toutes les autres, puis laisse-les sécher.

10. COMMENT INTRODUIRE LA FORME PARFAITE DES PERLES APRÈS LEUR FORMATION

Après que tes perles aient été formées et bien séchées, prends le fil d'or et fais-le passer avec soin par leurs trous, sans toucher les perles des mains, jusqu'à ce que tu les aies raccordées de manière particulière. Ensuite, prends deux ou trois œufs, selon la longueur du fil d'or. Fends ou perfore la tête de chaque œuf, si bien que la tête perforée de l'un entre dans celle de l'autre, perforée de la même façon, et qu'elles se rejoignent aussi étroitement que possible, comme nous te le montrons par cette figure *(fig. 34)*. Il faut avoir vidé tout le contenu des œufs.

Figure 34

Ensuite, prends deux perles et plonge-les dans ladite liqueur que, plus haut, tu as mise de côté. Laisse-les-y le temps d'un Ave Maria. Puis aussitôt, mets-les dans les œufs susdits, de manière qu'elles s'y trouvent comme au milieu de l'air, sans toucher les œufs. Ferme-les avec de la cire, et mets-les à sécher dans un lieu aéré, à l'ombre, à l'abri du soleil, pendant huit jours. Ensuite, mets-les à sécher au soleil pendant trois jours, en tournant les œufs susdits d'un côté à l'autre toutes les trois heures, entièrement et uniformément, sans perturber la cuisson des perles. Tu ne dois rien faire d'autre. Ensuite, ouvre les œufs et retire les perles. Tu les trouveras lumineuses et éclatantes à un degré que la nature est incapable d'atteindre dans la mine. On ne peut en trouver dans la nature qui soient aussi resplendissantes que celles que fait l'art, si le maître sait cette pratique.

Tu peux rectifier ainsi les perles qui ont perdu leur bonne couleur par la corruption, ou par les bains chauds où les dames se baignent en les tenant dans les mains. Alors, elles se corrompent si elles sont naturelles. En effet, les artificielles ne se corrompent pas aussi vite, grâce à l'humeur fixe exubérée qui retient la clarté, comme l'esprit retient l'âme, et comme l'âme retient en vie le corps, moyennant l'esprit. Cependant, il n'est pas donné à n'importe qui de savoir ni de connaître un tel esprit. Il y a tant de perles sophistiquées. Si tu veux rectifier celles qui ont perdu leur clarté, tu peux en rectifier deux onces avec un quart d'once de perles fines, réduites en menus morceaux, en les dissolvant toutes ensemble et en les formant dans ladite liqueur, comme nous l'avons dit, ni plus ni moins. Mais, afin de ne pas être déçu à l'achat, prends-en une lors de l'achat et romps-la. Si tu la trouves blanche à l'intérieur comme à l'extérieur, elle est bonne. Si elle est noire, elle est sophistiquée, ou elle a été brûlée au bain, ou parmi les aliments chauds. Ce genre est communément sombre à l'extérieur. Si donc tu ne les vois pas bien claires à l'extérieur, ne les achète pas et ne les romps pas, puisque le signe qu'elles te montrent de l'extérieur te suffit.

Certains les éprouvent avec du sel armoniac et avec de la vapeur de soufre, comme nous l'expliquons plus en détail dans le *Livre lapidaire* où nous avons parlé de quelques expériences secrètes. Veux-tu voir la transformation qui rectifie ? Quand les perles, pendant la cuisson, reçoivent leur espèce dans les œufs susdits, prends, au lieu des coquilles des œufs susdits, un chalumeau ou tuyau de verre, aussi long que le fil d'or, de la forme que voici *(fig. 35)* :

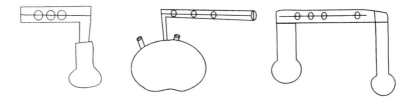

Figure 35

Mets-y le fil avec les perles, de manière qu'il passe d'un bout à l'autre et rejoigne l'extrémité du tuyau. Penche-le dans l'ampoule qui contient l'eau des perles, pour qu'elles reçoivent la vapeur de l'eau. Lute bien toutes les extrémités et ouvertures, pour que rien ne puisse entrer ni respirer. Procède de la manière que nous t'avons dite, et tu verras leur transformation à travers la vitre. De la même manière, tu peux faire de beaux rubis et les rectifier avec la liqueur du mercure rouge. Il en va de même pour toutes les autres pierres précieuses, comme nous l'avons dit au deuxième chapitre du traité du *Lapidaire*, « La rectification des perles ».

11. JE DIRAI COMMENT CRÉER LES MERCURES ROUGES POUR FAIRE LA TEINTURE ROUGE DE LEUR PROPRE SUBSTANCE, ET POUR RÉUSSIR LES OPÉRATIONS SUSDITES

Fils, prends la dernière liqueur qu'il est plus difficile de séparer par distillation aux cendres. Distille-la trois fois au bain. Après chaque distillation, tu mettras l'eau sur la terre visqueuse, et cette terre se dissoudra aussitôt dans ladite eau. Sépare encore une fois ladite eau par les cendres. L'intention est que l'eau extraie le feu qui se trouve dans la terre, et qu'elle soit gardée comme teinture.

Distille une nouvelle fois cette liqueur par le bain, pour la dépouiller du feu, et mets-la toujours de côté. Après avoir distillé l'eau, extrais plus d'âme de la terre avec un feu sec. Veille cependant à ce que la terre ne rougisse pas, car la teinture du soufre blanc où doit se fixer le feu de notre pierre mercurielle, se consumerait aussitôt. Réitère cela jusqu'à ce que tu voies la terre diminuée et privée de toute humidité. Ensuite, prends le feu et lave-le par distillation et calcination, jusqu'à ce qu'il soit bien rouge comme du feu.

Fils, ce feu est extrait par la chaleur et l'humidité, l'autre est créé et engendré par la sécheresse et le froid.

12. LA RUBÉFACTION DU MERCURE SUBLIMÉ AVEC SON PROPRE FEU, POUR FAIRE L'ÉLIXIR ROUGE

Prends le mercure sublimé au blanc comme nous te l'avons dit. Dissous-le dans l'eau du mercure, dont tu as extrait le feu de la pierre mercurielle, et où le feu de la pierre dure est dissous tant substantiellement qu'essentiellement. En disant « substantiellement », nous parlons de la substance du feu. En disant « essentiellement », nous distinguons les qualités que l'eau reçoit de la substance du feu.

Ensuite, distille l'eau jusqu'à ce que tout soit congelé. Ramène encore une fois l'eau sur le mercure, pour que son onctuosité soit surpassée par l'eau distilllée. Recommence. Distille une troisième fois. Puis renforce peu à peu ton feu, jusqu'à ce que tu vois une rubéfaction extrême. Ce qui n'est pas lié par le feu de la pierre, montera tout blanc, sublimé par la vertu du feu. Continue donc ton feu jusqu'à ce que tu voies qu'est sublimé ce qui peut l'être, et qu'au fond, le fixe se rubéfie. Fixe tes éléments sur cette terre, si tu as bien compris ce que nous t'avons dit, et le mercure sera devenu ton élixir parfait.

13. LE MODE DES FERMENTS COMPOSÉS

Fils, sache qu'il y a deux sortes de ferments, les ferments composés de teinture et les ferments composés de liquéfaction. Les ferments composés de teinture sont au nombre de sept, comme il appert de la table des ferments, où les teintures sont désignées par six lettres alphabétiques, B C D E F G *(fig. 36)*.

B désigne l'eau simple ; C, le soufre rouge simple ; D, leur dissolution simple, ou l'or dissous simple ; E, l'eau rouge composée ; F, le soufre rouge composé ; G, l'or rouge composé, ou - ce qui revient au même - le composé de E et F. De là naissent autant de figures triangulaires qu'il y a de chambres dans ladite table, comme le fait connaître ladite figure circulaire.

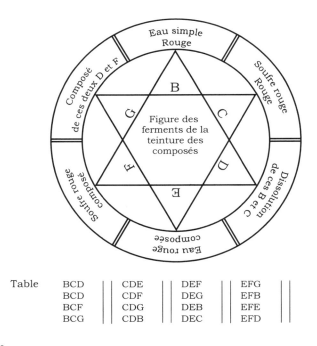

Table	BCD	CDE	DEF	EFG
	BCD	CDF	DEG	EFB
	BCF	CDG	DEB	EFE
	BCG	CDB	DEC	EFD

Figure 36

Fils, quand tu auras évacué une seule chambre de ladite table, tu sauras parfaitement, d'expérience, ce que vaut notre philosophie, et quelle est son utilité. Tu peux en tirer beaucoup d'autres abrégés, si tu es ingénieux pour évacuer lesdites chambres. Le ferment est de plusieurs sortes : simple comme les âmes extraites de leurs corps ; composé comme les corps réduits à la nature du soufre et conjoints à leurs huiles, et comme les ferments sulfureux des corps imparfaits.

14. LES FERMENTS COMPOSÉS DE LIQUÉFACTION, APPELÉS « GOMMES »

Les ferments composés de liquéfaction sont aussi nombreux que ceux des teintures, et on les fait après eux. On doit les faire couler et entrer avec toutes leurs teintures, en leur administrant la dernière liqueur simple ou composée. La seule différence est donc que le ferment composé de teinture est infusé par ladite liqueur, en permanence et avec une vraie douceur. Au lieu d'eau rouge simple, on met de l'air rouge simple ; et au lieu d'eau rouge composée, on met de l'air rouge composé. On désigne le simple par H, et le composé par I *(fig. 37)*.

Si donc tu veux faire le ferment composé de liquéfaction, fais d'abord celui de teinture, et multiplie-le avec le feu de la pierre, en le dissolvant dans l'eau de la pierre ou du simple mercure. Fais de même avec le soufre : dissous, congèle et rubéfie-le bien, comme nous te l'avons dit. Dissous encore une fois le rubéfié dans sa propre eau. Puis résous dans la même eau le corps de

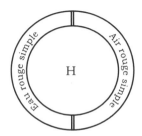
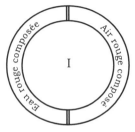

Figure 37

l'or fin, pour un quart de soufre rubéfié. Mélange les eaux, et laisse les fermenter pendant neuf jours naturels. Ensuite, évapore l'eau par la simple chaleur continue du bain-marie, jusqu'à ce que plus rien ne puisse en être distillé. Ensuite, mets sur les cendres, le couvercle fermé, jusqu'à ce que toute l'humeur du ferment soit fixée. Voilà comment tu accompliras bien le ferment de la teinture rouge, par la première chambre.

Ce ferment est tel que, gommeux, il attire tout métal à sa propre nature et le convertit en or très fin et très luisant ; et l'or l'attire à sa propre substance et le liquéfie, pour que tout devienne un ferment.

15. LE FERMENT DE LIQUÉFACTION ET SA MULTIPLICATION

Après avoir fait ce ferment de teinture, convertis-le par la liquéfaction, en lui conjoignant H, selon le poids que tu sais, et comme la perception sensible le montre par l'œuvre de la nature, jusqu'à ce que tout soit fixé dans le condensoire. Ensuite, mets-lui la cinquième lettre. Fixe-la, jusqu'à ce que tu la voies fondre comme de la cire, sans fumer. Ainsi, elle deviendra le ferment liquéfié de la première chambre. On peut le multiplier à l'infini en opérant secrètement divers mélanges.

16. LA MULTIPLICATION DES FERMENTS PAR LE MÉLANGE *(fig. 38)*

Fils, si tu mets à cuire B et C, qui sont deux chambres, mélange tout en résolvant et liquéfiant par la seule chaleur. Mais, si tu fais le mélange avec l'eau de la pierre, il sera meilleur. Car il est l'union des choses miscibles déjà altérées par les opérations susdites.

Prends donc, fils, le ferment de B et celui de C. Jette l'un et l'autre dans l'eau rouge. Conjoins les eaux et évapore-les au bain-marie. Puis mets sur les cendres, et fais comme je te l'ai dit au chapitre précédent. Si tu ne le vois pas couler, ajoute-lui autant d'air qu'il faut. Plus il est diminué dans la liquéfaction, plus on tire l'eau par distillation. Que te soit révélée la séparation des quintessences. Restitue-lui tout ce qu'il a perdu, et davantage. Tu as multiplié le composé sur un autre composé. Ainsi, tu marieras gomme avec gomme, et ferment avec ferment. Enfin, tu

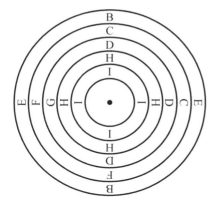

Figure des ferments à mélanger

B	E	B	E
C	C	F	F
D	D	D	G
H	H	H	H
I	I	I	I

Première table des ferments à mélanger

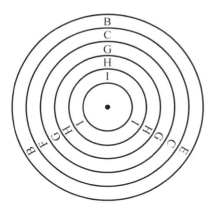

Figure de la deuxième table

B	E	B
C	C	F
G	G	G
H	H	H
I	I	I

*Deuxième table des ferments à mélanger,
désignés par les lettres de la deuxième table*

*Ces figures et tables devraient figurer dans le chapitre immédiatement
précédent qui commence par les mots : « Fils, si tu mets à cuire B ».*

Figure 38

peux le multiplier. On ne voit jamais la fin de cette multiplication, puisqu'elle est infinie.

En disant « davantage », nous parlons d'une équivalence pour la raison du sens. Il y a un certain poids délimité par la nature. La raison d'intention et le sens de l'artiste doivent donc œuvrer pour toi, en penchant vers ce que la nature souhaite et désire. Tu le sauras vite en l'imbibant peu à peu, jusqu'à ce que tu la voies couler. Il ne faut rien faire d'autre. Le poids n'y est pas.

Nous disons que, dans les choses invisibles, il faut connaître davantage par prudence sue que par le sens, à moins que ce soit avec l'assentiment de son intellect dont il use avec prudence, jusqu'à ce que tu voies le signe qui montre dans quelle mesure sa nature se met à fondre, ce qui est la direction parfaite de tout l'œuvre. Nous disons « infinie » à la différence de la vie humaine. Si tu veux multiplier ledit ferment composé, c'est-à-dire le conduire à une plus grande composition de multiplication, ajoute-lui les chambres B F D H I. Si tu veux qu'elle ait la plus grande multiplication, mélange-le avec les autres chambres, selon la pratique.

Avec quelques-uns de mes compagnons, j'ai évacué très soigneusement toutes les quatre chambres de la première partie de la table, en trois ans. Nous croyions les évacuer toutes en trois mois, mais la division l'a emporté sur notre unanimité.

Fils, si tu entres dans l'art par la voie de la pratique, tu verras bientôt toutes ses forces. Fils, on tarde longtemps à l'entrée du magistère. Car, au début, il faut bien du temps pour séparer et rectifier les éléments, et pour créer le moyen minéral suprême qui renferme, liées au ventre par le génie du magistère, toutes les vertus minérales qui font tout ce qu'on a dit. Si tu mélanges tous les ferments de D avec ceux de G, comme nous te l'avons dit pour la pratique des premières chambres, tu feras, sans autre multiplication, un élixir et ferment infiniment puissant.

17. NOUS DIRONS L'ŒUVRE QUE NOUS AVONS VUE EN CHERCHANT À PARFAIRE LE MERCURE

Fils, dissous d'abord l'argent vif dans l'eau mercurielle. Puis sépare l'eau par le bain, et l'air par les cendres. Mets chacun de côté, dans une fiole bien close. Ensuite, ramène l'eau sur les fèces, pour que soit dissous ce qui peut l'être. Ce qui se dissout a la forme d'une huile nageant sur la terre au fond de l'eau. Mets tout cela à fermenter dans une chaleur légère, pendant un jour naturel, pour que ladite huile soit continuée par l'eau, car la chaleur remue et mélange les éléments. Ensuite, sépare l'eau en inclinant le vase. Mets-la dans une cucurbite, et pose l'alambic au-dessus, pour distiller l'eau au bain, et l'air aux cendres, comme on l'a dit plus haut. Sépare l'eau des premières fèces en distillant sur les cendres. Si elles restent humides, sépare l'humidité tant par le bain que par les cendres. Verses-y encore de l'eau séparée par le bain. Recommence comme plus haut. Si tu vois que les premières fèces sont quelque peu humides, sépare l'humidité, comme on l'a dit plus haut, tant par le bain que par les cendres. Ensuite, conjoins les deuxièmes et troisièmes fèces dissoutes ensemble. Jette les premières, et sépares-en l'eau par le bain, puis l'air par les cendres.

Fils, sache que tu dois prendre ce qui est plus chaud par nature, avec toute sa liqueur dissoute et continuée dans l'eau mercurielle. Car cette matière se dissout plus vite, étant plus chaude. Distille au bain l'eau séparée, ainsi que l'air, cinq ou six fois. Puis mortifie la terre avec l'eau préparée, momentanément, jusqu'à ce qu'elle soit bien sèche. Puis ramène-lui l'eau pour l'animer, et sublime-la jusqu'à ce qu'elle soit congelée. Ensuite, renforce ton feu jusqu'à ce que tout ce qui peut être sublimé le soit. Avec l'eau, ramène le sublimé sur le fixe. Recommence jusqu'à ce que la moitié environ du poids de l'eau se fixe. Puis fixe sa deuxième eau en sublimant avec un feu gradué, jusqu'à ce que tu la voies couler. Il ne faut rien faire d'autre. Cependant, quand nous voyons qu'elle se vivifie un peu, nous lui donnons un peu de soufre pour la restreindre.

Fils, par le manque de restriction, la pratique nous montre un manque de soufre restrictif. On t'explique qu'une fixation parfaite est impossible sans soufre congélatif et congelé, et qu'on n'obtient jamais ce soufre congelé sans fixer l'argent vif dans les plus petites parties, jusqu'à ce qu'il soit imprégné de chaleur et de sécheresse, ce qui correspond à la nature du soufre. Plus il est congelé, plus il montre sa force, c'est-à-dire la chaleur et la sécheresse nées dans le ventre de l'argent vif par la chaleur et la sécheresse, à longueur de temps.

227

Voici des vers :

Le mercure contient tout ce que cherchent les sages.
Sous son ombre se cache la substance quinte.

18. LES EAUX ET LES MÉDECINES DU CORPS HUMAIN

Disons à présent la composition de la simple eau potable. On la fait du sang fixé naturellement, pour conforter l'humide radical de l'homme. Prends l'eau susdite qui peut dissoudre l'or en conservant son espèce ou forme. Subtilise-le continuellement, en l'inhumant au bain, et par une légère cuisson. Puis mets l'or dissous dans une cucurbite de verre, distille l'eau, et sépare toute l'humidité. La substance sèche de l'or restera au fond du vase.

Puis prends de la lunaire, et distille l'humidité par l'alambic, jusqu'à ce que tu voies qu'à cause de la diminution de sa nature sulfureuse, elle ne brûle plus. Continue la distillation dans un autre récipient, et prends cette eau jusqu'à ce que plus aucune veine n'apparaisse au sommet de l'alambic. Jette la substance de l'or dans cette eau où elle se dissoudra aussitôt en eau végétale, en raison du mercure. Rectifie le mercure de son flegme jusqu'à ce que tu le voies brûler, puis mélange-le avec la première eau contenant la substance de l'or. Voilà l'eau de vie.

19. L'ADMINISTRATION DE LADITE EAU AU CORPS HUMAIN ; LES EAUX QUI LA TEMPÈRENT

Prends l'eau de vie, et tempère son humidité par distillation. Mets de côté la substance de l'eau, qui est un or pur. Mets dans l'humidité végétale un tiers des braises, avec toute sa substance, c'est-à-dire avec le miel et la cire. Mets-la à fermenter dans une chaleur légère, pendant trois jours. Plus elle y demeure, plus elle gagne en valeur. Puis mets à distiller au bain. Réitère quatre fois cette distillation, en renouvelant chaque fois les braises.

Confection de la deuxième eau : Prends un vieux chapon, ou une poule, déplume-le, jette les intestins et tout l'intérieur du ventre, et sépare les os et les pattes. Broie toute la chair. Puis mets-la dans l'alambic, distille toute l'eau, et mets-la de côté.

Confection de la troisième eau : Prends toute la chair de la poule ou du chapon, distille toute son humidité sur les cendres, avec un feu modéré et bien continué. Garde-toi bien de brûler la chair. Mets de côté l'humidité distillante.

Confection de la quatrième eau : Prends la simple humidité de ladite lunaire, et mets-en trois parties sur la substance de la chair. Puis ferme la cucurbite avec son couvercle de verre, et avec de la cire commune, et mets-la sur les cendres pendant trois jours naturels, avec un feu composé de sciures. Ensuite, mets l'alambic, et distille toute l'eau au bain. Garde-la de côté.

Confection de la cinquième eau : Prends ladite substance de la poule ou du chapon, et sépare toute l'humidité en distillant sur les cendres.

Confection de la sixième eau : Prends tous les os dudit chapon ou de la poule, pile-les bien minutieusement, et mets-les dans la cucurbite avec l'alambic, sur les cendres. Recueille toute la liqueur en distillant, et mets-la de côté.

La rectification des eaux susdites, distillées aux cendres : Prends la troisième eau, la première et la sixième, mélange-les, puis distille-les au bain. Mets-les de côté et gardes-les.

Comment l'administrer aux bien-portants : Prends l'or, c'est-à-dire l'eau terminée et l'humide radical congelé en une couleur jaune semblable à l'orpiment. Mets-en la moitié dans la première eau, et elle se dissoudra bientôt en eau glorieuse. Prends-en environ la quantité d'une cuillère d'argent, et mélange-la à une grande quantité de vin blanc. Donne-la en hiver à un bien-portant flegmatique. S'il est colérique, donne-la-lui avec de l'eau simple. Donne-la au mélancolique avec du brouet de choux blancs, où on a cuit du mouton. S'il est sanguin, ne lui donne pas de cette eau, mais de la suivante, dans du vin blanc simple. Prends de l'eau d'or, environ la quantité d'une demi-cuillère. Ils resteront à l'abri de toute maladie, rectifiés contre les qualités des saisons.

En été, donne-la au flegmatique avec le brouet d'une tendre poule, où on a cuit du persil. S'il est colérique, donne-lui l'eau suivante, avec le brouet d'une poule ; de même, s'il est mélancolique. Donne cette eau quand la saison devient très froide ou chaude.

Comment l'administrer aux malades : Prends l'autre moitié de l'or, et dissous-le dans la deuxième eau du chapon. Si le malade est flegmatique, donne-lui une demi-cuillère en argent avec de l'eau d'or et deux parts de la quatrième eau ; de même, si le malade est sanguin. S'il est colérique, donne-lui deux cuillères des trois eaux rectifiées ; de même, s'il est mélancolique. Tu ne dois rien faire d'autre. En trois jours, il sera guéri ou se portera beaucoup mieux. Ne te soucie pas de connaître la maladie. La nature intelligente a donné d'instinct, à la pierre dissoute, la vertu de guérir toutes les maladies, et de se rectifier elle-même, comme nous l'avons dit plus au long dans le *Traité des eaux médicinales*.

Voilà comment tu administreras la médecine suprême au corps humain. Cependant, étant très digérée, purifiée et amenée au tempérament suprême, tant par l'industrie de l'art que par celle de la nature, elle ne doit pas être administrée avec lesdites eaux. Il suffit de demander au malade dans quel aliment il désire la recevoir. Ainsi, même si la chose est contre-indiquée, adminis-tre-lui environ la quantité d'un grain de millet, une ou plusieurs fois, dans du vin, dans une assiette garnie de salaisons ou de brouet, dans une liqueur épaisse ou ténue, selon le savoir de ton génie, ou selon l'envie du malade. Il guérira certainement.

Fils, cette médecine a un effet sur toutes les maladies, chau-des ou froides, naturelles ou accidentelles, en ramenant tout à l'égalité. Si tu veux changer de pays et emporter ladite médecine, simple ou composée, congèle-la, puis mets-la dans un verre, emporte-la, et utilise-la comme nous te l'avons dit, en la dissol-vant en liqueur potable, ou en quelque viatique que tu veux. Elle a de telles vertus que les ignorants n'y croient pas, comme nous l'avons dit pleinement dans le *Traité du lapidaire*. Si tu veux en administrer à un lépreux, donne-la-lui avec de l'eau froide com-mune, et à un intoxiqué, avec du vin blanc.

20. LES FOURS ET LES VASES ; D'ABORD LES FOURS

Fils, pour composer la médecine suprême, mère et impéra-trice de toutes les médecines, tu dois avoir trois fours : un pour calciner et distiller au bain ; un autre pour inhumer et distiller aux cendres ; et un autre préparé pour les œuvres corrompues, pour corriger les erreurs, selon ce que les signes de la nature te montreront. Les fours doivent être ronds à l'intérieur, avec au milieu trois foyers capables de supporter un feu fort, perforés au milieu d'un trou rond, grand comme une couronne de clerc, c'est-à-dire de chapelain, ou large de quatre doigts, pour qu'au besoin, on puisse les fermer ou ouvrir avec leur propre pièce.

D'un milieu à l'autre, la distance sera d'une paume. Chaque milieu aura sa porte qu'on fermera ou ouvrira selon le caractère du feu. Ils seront rapprochés et alignés. Dans le four du milieu, et dans chaque milieu, tu feras un conduit pour accueillir la chaleur des autres, par-dessous et par-dessus. Fais des ouvertures en dessous des foyers, qu'au besoin, on puisse fermer et ouvrir. Tu auras des fours perpétuels pour continuer les différents feux requis par la médecine, jusqu'à la fin.

Si tu veux faire quelque chose, apprête tes fours au bain, aux cendres ou au feu enflammé, selon que le requiert la chose. Au bain, nous distillons nos eaux ; aux cendres, nous séparons nos airs et calcinons nos terres en forme d'eau claire ; et par le feu enflammé, qui est optétique, nous fixons nos esprits. C'est le feu qui donne à la médecine la puissance actuelle de tout faire.

Si tu veux philosopher en pratiquant la grande médecine, tu dois avoir d'autres petits fours, avec un seul milieu. Car les médecines particulières ne requièrent pas tant de digestions différentes, mais seulement trois qui peuvent se faire dans les fours susdits, comme nous le dirons plus tard par des branches particulières. C'est une grande habitude de joie pour diriger le sens lors des opérations de la nature, et pour patienter lors de la lente cuisson de la grande médecine. Sans être oisif, tu peux faire beaucoup d'autres choses.

21. LES VASES

Fils, pour composer quelque médecine que ce soit, il ne te faut qu'un seul type de vase, le nôtre. Il a trois pièces, à savoir un couvercle, un alambic et une cucurbite. Mais il reçoit différents noms correspondant aux différentes opérations. Quand il sert à distiller, on l'appelle « distillatoire » avec son alambic ; à dissoudre, on l'appelle « dissolutoire » ; à putréfier, « putréfactoire » ; à calciner, « calcinatoire » et « mortificatoire » ; à congeler, « congélatoire » ; ou encore « condensatoire », « sublimatoire », « animatoire », « vivificatoire », « créatoire », « inhumatoire », « atténuatoire », « condensoire » et « ymen ». Mais il n'a jamais qu'une seule forme. Cependant, chaque médecine requiert son propre vase de verre, comme on l'a dit, avec son couvercle et son alambic.

Fils, dans ce chapitre, nous disons « médecine » pour l'intellect de la simple en soi ou de la composée en soi. La simple, par exemple, est la seule terre première, ou l'eau seule, sans addition d'autres éléments. Il en va de même pour chacune des composées, comme la pierre composée ou créée de deux éléments simples, à savoir de terre et d'eau, ou comme l'élixir fait de composés ou de simples ; de composés comme le soufre et les ferments, et de simples comme l'eau et l'air.

Fils, pour être préparée, l'eau a besoin de son propre vase, fait comme on l'a dit plus haut, puisqu'elle est une médecine simple. Il en va de même pour l'air, pour les autres éléments et les médecines simples. Manifestement donc, deux choses pouvant se faire en même temps, tu éviteras une succession ou prolongation dans le temps par manque de vases. Tu peux faire tantôt deux choses ensemble, tantôt trois, tantôt quatre ; ce qui serait impossible si tu manquais de vases. Leur forme unique te suffira pour composer et mener à terme la médecine réelle.

22. COMMENT TU DOIS COMPRENDRE LES ÉLÉMENTS

Fils, comprends que les éléments sont tous composés. La nature ne peut subsister que dans la matière du simple composé avec les autres éléments composés, eux, élémentairement d'une matière fine et claire, par la vertu élémentative où subsiste la vertu végétale. Nos éléments, fils, se trouvent donc en chacun d'eux. Chacun a une forme circulaire, et le cercle de chacun s'appelle simple mixte.

Fils, nous prenons le nom de chaque élément selon sa propriété déterminée, par exemple celui de l'eau à cause de son froid, celui du feu à cause de sa chaleur, et ainsi de suite. Cette détermination nous fait aussi appeler « éléments » les corps des animaux, des végétaux et des minéraux, chacun du nom de l'élément dominant. Engendrés naturellement les uns à la suite des autres par les éléments élémentés, selon leurs divers degrés de simplicité, de grossièreté ou de médiocrité, ils prennent diverses formes constituées de divers élémentés, parmi lesquels il y a ceux que nous appelons éléments ; surtout les corps minéraux, et tout ce dont la partie est semblable au tout.

Ainsi, on appelle notre médecine « feu », parce qu'elle a la complexion déterminée du feu, bien qu'elle soit composée d'éléments composés, et tempérée par des qualités contraires. Quand un composé a pénétré l'autre, il prend une forme homogène, à cause d'un vrai mélange appelé union des choses altérées. Celles-ci désirent être mélangées pour être composées avec la puissance des instruments desdites choses altérées, c'est-à-dire l'élémentativité et la végétativité. Voilà accompli le cercle sphérique à partir de quatre cercles sphériques qui, après avoir

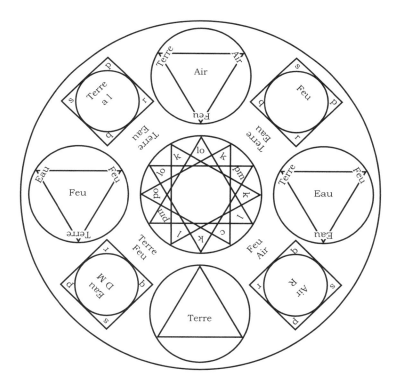

La figure ci-dessus montre comment du triangle et des quadrangles on compose la figure circulaire.

Figure 39

233

été divisés, font un quadrangle, comme ces figures te le montrent *(fig. 39)*.

Ainsi donc, fils, comprends que nos éléments sont composés et élémentés. En effet, notre terre contient un feu allumé, ce qui explique sa complexion chaude appropriée ; de même, elle contient l'eau et l'air. Elle y participe plus ou moins, selon les propriétés de leurs extrémités. Il en va ainsi pour les autres éléments. Dans notre eau, il y a du feu, de l'air et de la terre, mais le feu repose dans la plus profonde de ses régions, plus loin que la terre et l'air. Nous multiplions ce feu par la chaleur des autres, nous le tempérons par le froid de l'eau, et nous le fixons par l'humidité de l'air, qui est la matière du soufre. L'humidité est la matière de notre feu, comme l'huile est celle de la lumière qui brûle dans la lampe. Voilà la matière, fils, où notre feu est appliqué et augmenté, jusqu'à ce qu'il devienne soufre. Car le feu de la terre, qui consume et brûle la masse, se change en sujet ; l'eau mercurielle devient un soufre non brûlant, à cause du tempérament froid de l'eau incombustible, puis revient à la substance de l'air, en entrant en fusion.

Tu dois fixer notre feu, par certains régimes de réduction, dans la matière humide qu'il faut terminer en matière de soufre secret, par l'humide radical. Plus tu le caches dans la matière subtile, plus son humide radical se multiplie. Plus il se multiplie, plus son humide radical opère puissamment. Enfin, plus sa matière est subtile, plus elle pénètre subtilement et occultement, avec une altération ferme et rayonnante.

Rappelle-toi, fils, cette opération naturelle faite par un feu qu'il faut gouverner très sagement et pendant longtemps. Plus le temps est long, plus on ajoute des particules à une substance où est unie une vertu potentielle entièrement et essentiellement composée de feu dans l'humide radical. Étant composé de plusieurs particules ignées, le feu a la puissance d'embraser d'autres parties. Comme ces particules sont ignificatives, elles sont coloratives : elles ont la puissance de colorer et teindre d'autres parties. Le coloratif descend donc de l'ignificatif ; de l'ignifiable vient le colorifiable ; et d'ignifier vient le colorifier. En effet, notre teinture n'est qu'un pur feu composé de nombreuses particules de même essence, réunies par un art éclairé et su. Nous disons que notre feu fait en une heure ce que le soleil et les étoiles font dans leurs mines en mille ans. Considère donc, fils, et comprends comment et de quelle manière notre feu se nourrit et croît jusqu'à atteindre une puissance montrant la vertu sulfureuse par sa propriété qui congèle tout argent vif.

Fils, prends un exemple expérimental de la raison de notre philosophie. Voici ce que celle-ci te montre potentiellement dans notre magistère : de même que la chaleur naturelle simple termine l'humide naturel simple en le digérant et congelant, et en subtilisant l'aliment proportionnellement à sa vertu, ce que manifeste le premier régime qui réduit en substance de soufre, de même, la chaleur composée et multipliée dans l'humide mûri digère, mûrit et congèle la première matière crue de l'argent vif vulgaire, et en détermine la forme en composant un métal.

Fils, multiplie le feu dans la substance subtile de notre argent vif, et il congèlera tout le corps composé. La nature te montre que l'enfant nouveau-né ne peut prendre des mamelons un aliment fort que si la chaleur de la mère l'a préalablement digéré, cuit, subtilisé et converti en suc laiteux, l'aliment et la nourriture propre de l'enfant. Voilà ce qui est généralement requis au début, fils, pour nourrir le nouveau-né. Incapable de prendre un aliment grossier, il attire et suce la substance du lait, jusqu'à ce qu'il soit nourri et puisse prendre un aliment grossier.

Fils, que ton miroir soit la génération et nutrition du petit enfant humain, pour créer notre pierre. Ci-gît tout le régime de santé, auquel tout bon physicien doit beaucoup appliquer son intellect.

23. L'ANIMATION DES ÉLÉMENTS ; LA CONNAISSANCE DE CETTE ANIMATION

Fils, notre argent vif, ou partie de lui, est une eau distillée de sa terre. De même, la terre est notre argent vif animé. L'âme est une chaleur naturelle liée à la première essence des éléments de l'argent vif. Nous te faisons savoir que l'eau doit avoir un peu de cette chaleur ; autrement, elle ne serait pas animée. Pour ce faire, nous élémentons et animons les éléments par une agréable solution et putréfaction qui se répand partout dans la matière, naturellement et essentiellement, la chaleur naturelle pénétrant dans toutes les parties élémentaires. Après s'être répandue, elle se lie intimement auxdites parties élémentaires. Lors de la séparation des éléments, la chaleur liée et accouplée à la matière essentielle des éléments s'extrait par distillation.

Ainsi, la matière de chaque élément restera animée par le feu naturel, celui-ci étant une chaleur vivifiante dont tous les éléments s'exubèrent. Plus l'eau est difficile à distiller, plus elle est liée aux parties essentielles de l'argent vif, auxquelles s'est accouplée la chaleur naturelle, comme il appert de l'huile et des choses chaudes et liquides.

Considère, fils, la différence entre l'eau et l'huile. Tu ne la verras jamais à leur seul aspect, mais à leurs effets, si tu sais les éprouver par l'intellect, et si la théorie se trouve dans notre magistère.

Quand une partie de la chaleur naturelle est séparée de l'autre par une forte résolution, la matière coule et se sépare de la vertu majeure. Car, dans son flux, la pierre perd de la chaleur naturelle et de son propre humide de même nature. Mais, si on la ramène par conjonction, elle reçoit avidement le corps entièrement conforté et restauré. Le soufre est conjoint au soufre, comme l'humidité à celle qui lui est semblable. En enflammant la matière, la vertu du feu se multiplie toujours, à cause de son essence et de sa nature. Elle renouvelle entièrement l'humide radical, comme la pierre de la grande lunaire le montre aisément par expérience, surtout après la séparation des éléments. Car elle désire toujours avoir un humide propre où la chaleur naturelle s'augmente, et où elle imprime sa forme et ressemblance.

Veille à ce que la matière où la chaleur doit opérer et imprimer son essence, soit bien subtile, pour que tout puisse devenir feu et humide radical. Elle doit être subtilisée par une longue et douce cuisson, et par des régimes contraires qui sont les opérations de la nature.

Fils, comprends ici que tu as besoin de la double chaleur du feu commun, à savoir de l'humide qui lie et conjoint à la nourriture de l'esprit, et du feu sec qui détruit et dissout les flegmes, après que les esprits aient été terminés et condensés par le feu humide.

24. NOUS DIRONS COMMENT TU DOIS COMPRENDRE LES ACTES
POUR TEMPÉRER L'ÉLIXIR

Fils, pour tempérer ton élixir, tu dois savoir que tout tempérament est constitué par les premières qualités liées aux premières essences immédiates des éléments. Tu en as besoin pour tempérer en confortant, comme le veut la nature. Mais, comme tu peux le voir, on ne peut avoir les premières qualités que sous une forme substantielle, composée et visible. La substance de chaque élément doit être bien purifiée et subtilisée, afin que la qualité d'un élément ne perturbe pas celle d'un autre, qui s'y trouve insuffisamment préparée, aux dépens du tempérament de la médecine.

On te manifeste que, s'il y a dans l'eau une terre indigeste à cause de la sustentation de l'esprit, elle se laissera mal rectifier après sa préparation. Car elle gardera dans son ventre une qualité sèche, c'est-à-dire la propre qualité de la terre. La pierre froide en sera perturbée dans son action. Il en va de même pour les autres éléments. Évite donc une préparation insuffisante, pour que le sec ne détruise pas le froid, ni le froid le sec, ni l'humide le chaud, ni le chaud l'humide. Autrement, tu ne pourras pas tempérer la pierre ni l'amener à un certain degré spécifique. Sache combien mettre de chaque élément séparément.

Les éléments sont rectifiés selon des degrés de séparation et de préparation, pour que la pierre se change en quatre qualités élémentaires dont chacune doit être aussi forte que possible. Car tu dois tempérer la pierre à partir des quatre qualités excellentes. Lesdites qualités excellentes ne se trouvent que dans les simples éléments. Les éléments sont simplifiés à force de préparation, pour que la qualité de l'un ne perturbe pas celle de l'autre. Il en résulte un tempérament conforme à la confortation ou à l'affaiblissement qu'on obtient par les réductions. Ainsi, les éléments préparés se lient de nouveau, et deviennent une eau composée qui les contient tous les quatre. Cette eau est fixée dans les plus petites parties, et congelée par son ferment, au moyen de la réduction. Voilà comment les éléments sont tempérés par l'action réciproque de leurs qualités contraires. Il en résulte un composé dont la complexion est un mélange tempéré de chaud, d'humide, de froid et de sec. Cependant, on tempère d'abord le sec par l'humide et le froid, ce qui donne un tempérament de froid et d'humide, puis on met l'humide dans le chaud, et cela jusqu'à ce que l'élixir ait acquis un noble tempérament.

25. LES TROIS INSTRUMENTS SANS LESQUELS L'ŒUVRE EST IMPOSSIBLE

Dans cet art, fils, tu dois considérer trois sujets instrumentaux, à savoir le végétal, le principal dans la transmutation des éléments et instruments, car sans lui les autres ne peuvent transmuter tous les sujets ; l'élémentaire, le principal dans le mélange des éléments ; et l'instrumental sans lequel il ne peut y en avoir d'autres. Ces trois doivent se trouver en général dans la matière dont se fait notre magistère. Si elle n'était pas végétative, la matière ne pourrait jamais être transmutée, comme la nature le requiert, selon ses organes instrumentaux.

Fils, le principal effet de cet instrument est le feu naturel. S'il n'y avait pas une bonne élémentation, les éléments ne pourraient pas se mélanger. Si l'eau n'était pas élémentée des autres éléments, particulièrement de la terre, elle ne pourrait jamais se nourrir, ni par conséquent avoir de substance pour constituer le soufre, notre moyen suprême, et l'instrument végétatif n'aurait pas de substance à transmuter. Comprends que, dans toute nourriture, les éléments simples sont peu utiles. La nature te montre manifestement que les éléments mélangés avec son instrument élémentatif ont d'admirables effets. De même, l'art imitant la nature nous montre en pratique que les éléments mélangés opèrent mieux, plus vite et avec beaucoup plus d'effet, que les simples.

Les premières essences des éléments se trouvent dans les mixtes, et toutes les choses s'en nourrissent au moyen de leurs instruments. Ils se lient entre eux de manière que le plus grand de l'un se mélange avec le plus grand de l'autre, et le plus petit de l'un avec le plus petit de l'autre, chacun altérant l'autre par ses propres qualités. Cette liaison, fils, se fait en diverses proportions, comme nous te le dirons au chapitre suivant, et comme nous l'avons dit au chapitre de leur animation, ainsi qu'au chapitre immédiatement antérieur[3]. Il appert que la matière ne doit pas

---

3. *Cf. supra*, III, 22 et 23, pp. 232 et sv.

être privée de l'instrument par lequel les éléments sont élémentés. S'il n'y avait pas d'élémentation dans l'instrumentation, il n'y aurait rien pour gouverner la matière, élémenter ses éléments, et entrer dans la composition du soufre, moyennant l'instrument végétatif.

Manifestement, l'un ne peut se passer de l'autre, mais il y a une suite de différentes opérations. Si nous voulons mettre l'instrumentalité dans la matière, nous passons au régime de dissolution, que nous t'avons dit plus haut. Là, l'élémentation commence à naître dans l'instrumentalité. Si nous voulons qu'elle élémente ses éléments, nous passons au deuxième régime de résolution. Ici, la végétativité naît bientôt ; elle transmute et altère les éléments nourris par l'élémentation en soufre, par le troisième régime qui congèle la nature. Ce soufre, fils, créé de la matière appelée argent vif, est la première et pure matière des métaux, où tous les trois instruments sont fixés ensemble par les opérations susdites qui peuvent transmuter l'un en l'autre, d'une manière parfaite et merveilleuse.

À ce propos, quelques aristotéliciens ont dit qu'il est impossible de transmuter les espèces des métaux sans les ramener d'abord à leur première matière ou nature, avec tous ses instruments ; que ladite première matière doit être unie ou conjointe à ceux par lesquels l'artiste fait ses transmutations artificielles, imitant celles de la nature. La nature nous propose quatre nobles régimes ou opérations pour produire les trois instruments qui transmutent la matière en ce que nous avons dit.

26. NOUS DIRONS QUE LA LIAISON DES ÉLÉMENTS SE FAIT EN DIVERSES PROPORTIONS

Fils, la liaison ou le mélange des éléments se fait en diverses proportions, selon la propriété de chaque élémenté. Ainsi, quoique chaque élément entre dans chaque élémenté par élémentation, tel élément agit cependant plus fortement dans le mixte que tel autre. Il en est ainsi dans tous les mixtes ou élémentés. Élémenter ne signifie que mélanger les éléments, en observant cependant leur diversité. Ces liaisons diversement proportionnées, nous les appelons nombres, car elles lient les éléments dans les élémentés.

Dans l'action de l'opération, on trouve un feu élémenté fort actif, parce que l'humide où il est lié le fait adhérer à ce qui est sorti ; ce dont le feu n'est pas capable de lui-même, ni par la terre qui le lie au mouvement du corps, continuellement orienté vers ce qui corrode. Il se nourrit de l'humide aérien, comme nous l'avons dit au chapitre précédent, et en beaucoup d'autres. Le feu simple ne serait pas capable de tout cela.

Le simple, fils, n'est pas contenu par le sec terrestre. Le feu mixte est autre que le simple. Il en va de même, fils, pour le froid de l'eau, contenu par le sec terrestre, quand un lieu s'ouvre à lui pour qu'il entre dans son ventre au lieu de l'esprit aérien. Cependant, il est aiguisé et pénétrant à cause de l'acuité du feu. Quand il se trouve dans le corps, il est plus apte à le refroidir et durcir avec tout son mélange ; ce dont l'eau simple n'est pas capable. Il en va de même pour le sec terrestre. Il ne pourrait pas entrer pour dessécher et congeler les corps humides, s'il n'empruntait pas adhérence et acuité aux autres éléments, comme il appert de notre pierre sulfureuse. Qu'il te soit donc donné de connaître clairement pourquoi et comment ladite pierre est créée des quatre éléments tournés en quatre cercles sphériques, liés par des chaînes d'or, comme la claire expérience de leur action te le manifestera.

Les éléments simples n'ayant pas une telle action, les anciens philosophes ont donné à ladite liaison le nom de mixture admirable. Dans leur élémentation, il en résulte une autre vertu, outre les trois instruments que nous t'avons dits plus haut. Nous te disons de te souvenir de toutes les vertus produites dans le composé, qui sont au nombre de cinq. En effet, il y a l'action de chaque élément simple, essentiellement et naturellement plus proche : l'instrumentation. La deuxième vertu est la proportion de la mixture. La troisième aide à mélanger les éléments, et constitue leur mixte : l'élémentation. La quatrième est la vertu céleste. La cinquième est l'instrument végétal.

Ces cinq vertus, fils, constituent et forment l'action de notre pierre médicinale. Alors, le lieu du vase minéral aide davantage. Cependant, sa nature ne pénètre pas la médecine de manière aussi essentielle que lesdites cinq vertus.

Fils, par les vertus célestes, nous comprenons ici la vertu du feu commun. Il doit mettre en mouvement l'instrument végétal qui forme et scelle l'intérieur de la matière, pour autant qu'il soit bien informé par le feu commun, à l'image de la nature. Le feu commun est informé et gouverné par le sage praticien, à l'image de la vertu céleste. Mieux il est informé proportionnellement à l'instrument végétal, plus il s'approche de la vertu céleste. Parfois, nous l'appelons ici « vertus célestes », pour une raison philosophique. Nous l'appelons encore de ce nom significatif d'après son action requise dans notre magistère.

Note ce que le maître dit ici aux inquisiteurs de l'art. Il est très manifestement dans l'erreur en disant que par la vertu céleste, on comprend celle du feu commun. De même, le maître dit que le feu commun doit immédiatement mouvoir l'instrument végétal, et que cet instrument est formatif. Mais c'est là une chose ou parole improprement dite, avec une ignorance d'aveugle et sans raison, bien qu'elle ait été expérimentée. Le feu naturel commun est un instrument dirigé vers la forme, et chaque feu n'est pas le commun, n'ayant pas son effet. Il faut qu'il soit directement dirigé par un autre qui tend à la forme. Chaque feu n'est pas le commun dont l'effet n'est que de chauffer. Mais celui-ci contient la vertu céleste qui est chaleur et esprit. Cette vertu informée est mise en mouvement par la chaleur commune non excessive. Ladite vertu qui se meut et qui, de son propre mouvement, informe la propre matière, informe et meut directement la chaleur naturelle. Celle-ci digère son humidité qui est la matière et nature du métal, et la détermine par une propre forme. Ce feu n'opère donc que par la vertu céleste.

27. NOUS DIRONS LES QUATRE CONDITIONS POUR CONSIDÉRER LES SUJETS ; COMMENT LES COMPRENDRE DANS L'ART

Fils, dans notre art, on comprend les sujets de deux manières. D'abord, ce sont les instruments nommés plus haut, par lesquels nous accomplissons le magistère. Les autres sujets instrumentaux ne concernent que les choses vives. L'art ne peut pas les retenir à cause de la rareté de leur matière. Il ne peut les engendrer et amener à la vie que si l'intellect y supplée avec une main lente. Car certaines expérimentations divines se complètent par la science de la nature étoilée qui organise les harmonies, avec l'instrument du sens ouvert et révélé par l'expérience. Avec l'aide fréquente de la nature d'en haut, nous faisions parler et mouvoir certaines choses en y fixant certaines vertus, et nous faisions des prodiges sous l'influence d'en haut. Voilà ce que font les pierres, les paroles et les herbes où beaucoup de vertus sont influées et implantées par la quintessence de la nature d'en haut, mère des accidents, ainsi que par les bons mouvements et les subtils mélanges de la nature d'en bas. De là viennent les vertus dans les matières simples liées aux grossières, conformément à l'intellect sensible de la nature d'en haut qui, ensuite, produit des merveilles. Nous te le dirons avec un bon intellect dans l'ouvrage *Les Choses sensibles*.

Comprends ainsi les sujets comme la matière où se trouvent les instruments susdits qui la transmutent et déterminent selon une harmonie propre, naturelle et spécifique. Nous te disons, fils, qu'il y a quatre conditions pour considérer le mode de ces sujets, tant matériellement qu'instrumentalement. L'intellect doit y rester habitué et conditionné pour parcourir les éléments desdits sujets, matériellement et instrumentalement, pour simplifier les matériels grossiers, et en même temps sublimer les instrumentaux. Car les instrumentaux accompagnent toujours les matériels. Chaque sujet, tant matériel qu'instrumental, est conditionné par son essence et sa nature. Car, s'il se trouve dans le lion vert, il a telle condition, et dans la fumée congelée, telle autre.

Dans le lion vert, le sujet matériel domine à cause de sa substance grossière qui entrave l'instrumental. Il ne faut pas l'en séparer par un feu étranger avant qu'une opération l'ait fixé dans la substance subtile. Dans la fumée congelée, l'instrumental domine à cause de la rareté de sa matière, particulièrement après qu'elle ait reçu de l'eau ou de l'air où se trouvent les âmes vivifiantes. Puis les choses sont vivifiées par la chose vive. Donnons l'exemple de l'argent vif sublimé. Quand il est vivifié, il fait impression. Mais la sublimation lui fait perdre toute cette faculté. Puis une sublimation qui lui apporte la vie peut la lui faire recouvrer, par une opération sue et connue, conforme à l'intention de l'opérateur.

La première condition, fils, que tu dois t'habituer à savoir, est d'extraire de chaque sujet sa propriété vertueuse, en conservant sa propre essence définie, et de l'amener de puissance en acte par la pratique formée, pour qu'il soit différent de l'autre sujet. La

deuxième condition est de conserver, dans la pratique, la différence des sujets tant matériels qu'instrumentaux. Ainsi, la végétation du lion vert diffère de celle du soufre, à la fois en vertu et
en substance, cette dernière étant la fumée de l'eau congelée par
la grossièreté corporelle fixe et parfaite. La troisième condition est
de ne pas détruire l'accord entre un sujet et l'autre, tant matériellement qu'instrumentalement ; par exemple, celui entre la terre et
l'eau, l'air et l'eau, l'air et le feu, voire entre le corps et l'esprit.
Car l'esprit s'accorde diversement au corps, en corporalité et en
instrumentalité, et le corps diversement à l'esprit, en spiritualité,
la dissolution ayant accordé et uni les deux. La quatrième condition est d'attribuer à un sujet plus noble des éléments plus
nobles, qui participent à l'essence de principes plus nobles. Ainsi,
la vertu et la substance de la pierre créée sont plus nobles que
celle qui sort de la mine ; l'air l'emporte sur l'eau ; le feu sur l'air ;
et le mixte sur le simple.

Voilà les conditions auxquelles doit s'habituer l'intellect de
celui qui veut pratiquer les opérations de la nature, moyennant le
secret de la perfection, que contient le traité compendieux *Vade-
mecum du nombre des philosophes*.

28. NOUS DIRONS COMMENT LE TEMPÉRAMENT DE LA PIERRE EST FAIT DES QUATRE ÉLÉMENTS, AVEC LE DISTEMPÉRAMENT

Notre pierre, fils, demeure dans tous les éléments qui la
composent ; elle est entière en chacun d'eux séparément. Voilà ce
qu'on appelle le mélange des mixtes. En effet, elle est entière dans
la terre où elle est morte et sans vie, comme le sable, à cause de
la grande sécheresse. Nous te disons encore qu'elle est entière
dans l'eau où elle gît morte et sans vie à cause du grand froid.
Nous te disons encore qu'elle est entière dans l'air où elle est
submergée dans la grande mer, sa chaleur naturelle suffoquée
par l'humidité excessive. Nous te disons encore que notre pierre
est entière dans le feu où elle gît imbibée et consumée par une
chaleur excessive, sans assaisonnement d'aucun acte de vie.
Cette chose doit te révéler qu'en aucun des extrêmes dont les
qualités sont excessives, il n'y a de condition tempérée dont
résultent les actes de vie, sauf dans les mixtes.

Si toutes les qualités excessives sont dûment accouplées en un mixte, c'est-à-dire que la pierre chaude, la froide, la sèche et l'humide, se tempèrent également, il y aura une complexion particulière qui fait naître le vrai tempérament où sont actives les premières qualités excessives des éléments. Il t'est donc manifesté qu'aucune complexion n'a de qualité excessive. Les éléments du mixte sont rompus par l'action conjuguée lors de la transmutation. Le résultat est un autre moyen où se constitue l'espèce du mixte parfait.

Puisqu'il n'y a aucun acte de vie sans moyen, joins l'eau à la terre, comme le requiert la nature, intimement. Le résultat est notre pierre qui n'est ni l'une ni l'autre, et qu'on appelle monstre inachevé. Quand l'eau est gelée par la vapeur de sa terre, le moyen s'approche de la nature de l'air. Mais, ayant encore beaucoup de sécheresse du premier extrême, il ne peut que difficilement être tempéré par l'air pour devenir pénétrant. Il n'y participe pas encore autant qu'à la terre.

Ramène donc plusieurs fois de l'eau sur la terre blanche, pour qu'elle s'y fixe. Le moyen doit s'approcher plus de l'air que de la terre, et le froid doit repousser l'humide au fond. Alors, le moyen aura la sécheresse proportionnée à la couleur naturelle de l'air par le froid de l'eau. Joins donc l'air humide au sec proportionnellement tempéré par l'eau, pour qu'un extrême s'exalte sur l'autre. L'un tempérera l'autre, le sec et l'humide s'épaississant mutuellement par la continuité de leurs particules. L'impression que tu cherches dans la projection, doit acquérir l'humidité du sec. Car l'impression ne se fait que par l'humide lié au ventre du sec, et par le sec lié à celui de l'humide.

La liaison se fait par une passion mutuelle, et par la cuisson d'un feu tempéré. Après cette liaison, quand l'humide sent le froid, il se cache aussitôt dans le ventre du sec. Quand le sec trouve la chaleur excessive, il s'en protège dans le ventre de l'humide. L'humide est retenu par le sec, pour supporter n'importe quel feu. L'humide donne une impression au sec ; c'est l'eau et la vie des morts.

Fils, si le sec retourné de lui-même en un nouveau corps, reçoit une seule fois l'impression, par l'union de l'humide et du sec, de manière qu'au feu, l'humide empêche les parties du sec de se séparer, et le sec empêche l'humide de s'exhaler, ce corps ne peut que tardivement et difficilement perdre l'impression déjà faite. Fils, quand la vapeur du sec monte en fumée, et est resserrée et comprimée par l'humidité froide en un nouveau corps lumineux et resplendissant comme le cristal, efforce-toi de l'épaissir avec l'humidité chaude, aérienne et laxative, pour que les parties resserrées du sec soient continuées en des lames cristallines, blanches, coulantes, entrantes, détergentes et pénétrantes, sans aucune vaporisation ni mortalité, mais solides. Là est la propre vertu de l'humide radical et de l'argent vif, et la vie de tous les corps liquéfiables ainsi que des non liquéfiables.

Voilà enfin terminé le feu désiré des philosophes, que ses propres moyens mènent facilement à la perfection, par l'entité de ce que tu recherches. Les vrais principes considèrent leur fin, et les fins y retournent en passant par les moyens, comme la projection du métal l'a déjà fait voir. Le métal est terminé en conservant les moyens naturels qui contiennent les extrêmes des fins et des principes. Nous te disons que la pierre ne se fait pas avant d'avoir été quatre fois bien dissoute, puis congelée. Alors, la maladie moyenne des extrêmes, déjà projetée à l'extrême tempéré, est ramenée grâce à la nature de son moyen. Comme on l'a dit, la nature ne se parfait qu'en passant par ses propres moyens. Les qualités primaires de tous les éléments sont brisées et entièrement distempérées, jusqu'à ce qu'elles atteignent spontanément le propre tempérament des individus, c'est-à-dire la pure nature des métaux suprêmes.

29. NOUS DIRONS COMMENT TU DOIS COMPRENDRE LA SUBLIMATION DU MERCURE ; LA GRANDE DIFFÉRENCE ENTRE LA SUBLIMATION VULGAIRE ET PHILOSOPHALE ; RÉFUTATION DES INFIDÈLES

Fils, par la sublimation du mercure, nous et tous les philosophes entendons sa cuisson, jusqu'à ce qu'une partie se change en soufre, et l'autre en l'argent vif qui donne la vie à tous, le feu contre nature cuisant l'argent vif et le purifiant de ses onctuosités.

Fils, si tu veux comprendre notre sublimation, considère principalement deux choses, à savoir comment simplifier et digérer la matière grossière, et comment sublimer la chaleur, instrument de la nature, sans la séparer de son propre sujet. On simplifie et digère la matière en la cuisant différentes fois par le feu contre nature, excité par le commun, de manière que la chaleur naturelle qui forme toutes choses ne soit pas suffoquée ni séparée de ladite matière. Tu dois la sublimer, exalter et augmenter, en simplifiant et digérant ladite matière, c'est-à-dire en la cuisant longuement et lentement, comme nous l'avons dit, par le feu contre nature. Pour ce faire, imite le sage physicien qui garde la nature.

Fils, quand le sage physicien voit que la matière est dure et compacte, il utilise des médecines qui digèrent, divisent et sont incisives, comme les diurétiques. Ainsi, la matière dure est amollie et préparée à une légère cuisson et à une extraction qui ne détruisent pas sa nature. Il utilise deuxièmement des médecines laxatives, pour que la matière digérée soit convenablement expulsée et évacuée. Il utilise troisièmement des médecines confortantes, pour conforter la nature que la violence de la médecine a relâchée et affaiblie pendant l'évacuation. Il utilise quatrièmement des médecines récupératrices et restauratrices, pour restaurer ce que la nature avait perdu pendant l'évacuation.

L'opérateur doit imiter lesdites opérations dans notre magistère. On comprend la première opération par I et K ; la deuxième par L, M, N, O, P et R ; la troisième par la réduction de L M en L et O ; la quatrième par la réduction de N en ce qui est issu de L, M et O.

Si tu veux avoir N par M de L, sers-toi d'une évacuation prudente, douce et patiente, jusqu'à ce que L soit dépouillé et privé de N par M. La propriété naturelle de la végétation, qui est un feu naturel, ne peut pas être séparée de L par une évacuation trop forte. L'évacuation, la réduction, la caléfaction et le refroidissement forts et soudains sont des choses absolument décevantes, nuisibles et ennemies de la nature.

Fils, N ne s'évacue de M que parce que L peut attirer M. M désire être avec L et le convertir à sa nature, selon que L est empêché par N de retenir M. M dépouille L de N qui empêche l'amour de L et de M.

Rappelle-toi et pense que trois choses surtout sont nécessaires à notre sublimation. La première est la dissolution, la deuxième le broiement, la troisième la restauration : la dissolution pour vider et évacuer les choses pleines, le broiement pour endurcir les choses dissoutes, la restauration pour rendre à la nature toutes ses forces. Fils, restaure peu à peu, par une diète convenable et tempérée. D'habitude, quand ses vases ont été vidés, la nature est très avide. Elle prendrait plus qu'elle ne peut digérer et convertir, si l'artiste sage et naturel ne lui faisait pas subir un régime de diète. Nous avons dit dans la *Théorie*, si tu as voulu nous comprendre, que la nature convertit plus vite une petite chose divisée peu à peu, qu'une chose grossière sans aucune division[4]. Notre mercure est sublimé et fixé par la digestion et la conversion que le feu naturel opère dans ses diverses parties, par les quatre éléments.

Si tu veux sublimer notre mercure, sépare d'abord ses éléments, de manière que son instrument où réside sa propriété, ne sente pas le feu extérieur, excepté celui qui lui est plutôt contre nature, le but étant de corrompre les éléments. Ensuite, rends-lui ses éléments peu à peu, pour que notre oiseau recouvre les plumes qu'il avait perdues, et qu'il puisse s'envoler et partir. Cuis-le dans son feu, le temps qu'il faut, en le nourrissant de son lait comme un enfant aux mamelles de sa chère mère. Ensuite, fais-le voler au ciel, jusqu'à ce qu'il ait bu l'air dont il a fort besoin. Il recouvrera la puissance de pénétrer tout corps, et de le changer en H ou en F.

Fils, la sublimation est le nom commun à toutes les opérations, en particulier et en général. Car on entend par la sublimation tantôt toutes les opérations requises pour parfaire le grand œuvre, tantôt une d'entre elles, celles qui se font par l'humide, comme les dissolutions, ou par le sec, comme les durcissements. Comprends qu'on fait ladite opération dans l'intention de parfaire la nature, autant que faire se peut par ledit régime. Cela a dupé et trompé beaucoup d'infidèles, comme il appert de leurs maudits écrits, par exemple l'*Épître* de Moïse Cohel le Juif, ou Rabbi Abrahali. Ils ont compris que notre sublimation se faisait par le sec, avec un feu étranger ; d'autres, par un feu humide, avec une nourriture étrangère. D'autres encore, comme le mineur Rasis et Ésuel, ont prétendu qu'il était impossible de sublimer avec le feu contre nature. Nous disons qu'il ne peut y avoir de génération

---

4. *Cf. supra*, I, 60, p. 108.

sans corruption. Bien qu'ils eussent pu comprendre le feu naturel, il ne peut cependant être excité pour faire quoi que ce soit, sans celui contre nature.

Ces trompeurs, paraît-il, ont transmis la science sans la connaître, ou bien en l'enveloppant d'un manteau de ténèbres. Ainsi, Bezuch l'Arabe, Balistes, Ozeli, Géber, Mahomet, Bubatar, Hanabri, Arabes, et plusieurs autres, ont fait connaître notre sublimation d'une manière confuse et très corrompue, sous forme d'opérations étrangères qui n'ont jamais eu cours dans la philosophie. Ce n'est pas qu'ils aient voulu la revoiler ; ils n'ont pas parlé de manière traditionnelle de la perfection, et ils n'ont fait que tenir un discours obscur. Apparemment, s'ils l'ont donnée, c'est soit en l'ignorant, soit en l'enveloppant. Si c'est en l'ignorant, ils l'ont donnée faussement, car il n'y a que trois opérations sans lesquelles l'œuvre est impossible. Apparemment, la fausseté ou la malice opérait dans leurs cœurs, et leur faisait écrire ce qu'ils ne savaient pas, comme il appert de leurs opérations étrangères par lesquelles il est impossible de faire l'œuvre. Ce qui manifeste encore qu'ils opéraient dans l'ignorance, c'est qu'ils n'ont pas su donner le nom ni le nombre de ce qui mène le plus à la perfection. Nous te disons, quant à nous, que la troisième humidité d'incération, ou de création, qui résiste mieux au feu que toutes les autres, a été exubérée et multipliée par les sublimations que nous t'avons dites, et non par les autres qui détruisent toute génération.

Dans cet exercice, ne vilipende pas la compagnie des fidèles chrétiens, pour que les méchants ne portent pas préjudice à la gloire des bons. Ne crois pas que ce peuple qui s'écarte de la vérité, surtout ce traître méchant et réprouvé, Moïse Cohel le Juif, ni que le sombre chœur des païens puisse comprendre et contempler pleinement la génération de toutes les choses naturelles connaissables s'ils ne voient ni ne comprennent la glorification, porteuse de salut, que leurs propres livres décrivent à la lettre. Il en va de même pour la venue effective du Sauveur, pour l'obombrement, pour la virginité et la maternité de Sainte Marie qui toujours fut et sera Vierge, et qui enfanta Notre-Seigneur Jésus-Christ, Dieu et homme ; de même, pour la Sainte Trinité, pour le saint sacrement et pour le saint baptême, choses qu'ils nient et condamnent à l'encontre de leur Écriture.

Pour commencer, leur Écriture dit : *Al-mikram bakeseph tsa-diq veebion baabour naalaïm*[5]. Ce verset leur dit que Jésus-Christ était un juste, et que ce juste a été vendu pour des deniers ; puis il l'appelle, hélas ! homme de peu de valeur, parce qu'il a été livré et vendu pour le prix d'un soulier.

Ils ne peuvent pas ignorer non plus, d'après leur Écriture, la naissance de Jésus-Christ, ni la virginité de Sainte Marie. Car le prophète Isaïe leur dit : *Beterem tahil ialadah beterem iabo ebel lah vehimlitah zakar*[6], c'est-à-dire que la Vierge enfanta sans souffrir, et que sans douleur, un mâle naquit.

Ils ne peuvent pas non plus ignorer, d'après leur Écriture, la Trinité parfaite, sans confusion de personnes. Car le pentateuque de Moïse, plus précisément le premier livre, commence par dire : *Berechit bara Elohim*[7], c'est-à-dire : « Au commencement créa Dieu ». On pose la question : Pourquoi Dieu, parlant par la bouche de Moïse, a-t-il placé son nom « Elohim » en troisième lieu, non en deuxième ou en premier ? La raison est qu'il y montre et signifie la Trinité. Cela étant vrai, les juifs faux et renégats ont approuvé ce qui nous a été révélé.

On le comprend encore d'un autre passage de leur Écriture, qui dit trois fois, ni plus ni moins : *Qadoch qadoch qadoch Adonaï tsebaot*[8], c'est-à-dire : « Que soit sanctifié le Père, que soit sanctifié le Fils, que soit sanctifié le Saint-Esprit ». Nous disons : « Saint, saint, saint », et nous ajoutons : « le Seigneur Dieu ». Quant à eux, ils ajoutent : *Adonaï tsebaot*, ce qui veut dire : « le Seigneur Dieu des saintes oraisons ». Il appert qu'en disant « Dieu », ils désignent l'unité de la Sainte Trinité, sans confusion. Ils font donc comme nous, bien qu'ils ne veuillent pas le reconnaître.

Les voilà tombés dans le quatrième péché qui ne leur sera apparemment jamais pardonné. Car leur Écriture dit : *Al-chelo-chah pichei Israel veal-arbaah lo achi-benou*[9], c'est-à-dire : « Le

---

5. *Amos*, II, 6.
6. *Isaïe*, LXVI, 7.
7. *Genèse*, I, 1.
8. *Isaïe*, VI, 3.
9. *Amos*, II, 6.

peuple a commis trois péchés ; le quatrième ne sera pas pardonné ».

Leur Écriture nous révèle autre chose encore. Dans un autre endroit, elle dit aux juifs mêmes, par la bouche du prophète Isaïe, qu'ils restent toujours condamnés, comme réprouvés, répudiés, confondus, chassés et exilés parmi les autres nations. Toutes les nations qui les soutiennent, aident ou protègent, partagent cette condamnation. Car leur Écriture dit : *Leherpah ulemachal lichninah*[10] ; tout cela, à cause de leurs péchés.

À moins d'être dans des ténèbres obscures, ils ne peuvent pas non plus ignorer le très saint sacrement qui se fait sous l'espèce du pain. En effet, leurs Écritures parlent d'un pain à deux faces ou visages, saint, consacré, adoré, et placé en un lieu sacré et digne. La réception très digne du corps de Jésus-Christ sous l'espèce du pain devrait donc leur être révélée, pour qu'ils ne soient pas rendus coupables des péchés dont il est écrit chez nous : « Celui qui me reçoit indignement ». Ce lieu digne est le temple où le sacrement est gardé pour le salut des fidèles chrétiens. Voilà ce que leurs livres déclarent en deux mots secrets : *Lehem hapanim*[11].

À moins d'être dans une obscurité ténébreuse, sombre et aveugle, ils ne peuvent pas non plus ignorer le saint baptême, un des principaux moyens de salut. Il est écrit dans les livres des douze petits prophètes postérieurs, en hébreu : *Raouka iahilou harim zerem maïm abar natan tehom qolo rom iadeihou nasa*[12], c'est-à-dire : « Convertissez-vous, obéissez aux montagnes et aux terres ; car, si les eaux bénies passent sur nous, ce sera le vrai salut ; inclinez-vous afin de parvenir au salut ; retirez-vous des abîmes ; élevez la main droite sur les autres, pour faire le signe sanctifiant de la croix ».

Leurs Écritures le prouvent encore par la bouche du prophète Isaïe : *Oucheabtem-maïm besason mimaaïnei haïechouah*[13], c'est-

10. *Jérémie*, XXIV, 9.
11. *Exode*, XXXV, 13.
12. *Habacuc*, III, 10.
13. *Isaïe*, XII, 3.

à-dire : « Vous vous baignerez dans les eaux sacrées, en vous réjouissant de la source du salut ».

Tout cela permet de savoir si leurs usages correspondent à ce que leur Écriture montre avec une grande clarté, et sans aucune glose. Que la prière *Roch hachana*, qu'ils font chaque jour contre tous les chrétiens, retombe sur eux ! Elle ne renferme que de grandes tromperies basées sur la lettre condamnée de leur Loi mosaïque, et est dirigée contre nous autres chrétiens. Nous avons longuement parlé de tout cela, de tous leurs dérèglements et erreurs évidents, dans le *Livre de la réformation hébraïque*. Tu y trouveras des merveilles qui mettent à découvert tout leur maudit secret.

Il appert donc qu'à cause de leurs propres fautes, la lumière qui éclaire leur fait défaut. Ces païens sont incapables de pleinement contempler les choses naturelles que les écrits proposent de façon très mélangée, plus subtilement que ce que nous avons dit d'après leurs Écritures.

> Car elles ne sont pas du tout mises selon le sens littéral.
> Il convient donc de compléter avec la raison du sens
> Ce qui ne gît pas dans la lettre, avec la lumière et avec la
> [clarté du sens divin.
> On ne le donne pas au paganisme,
> Puisque la lumière qui donne la clarté lui fait défaut.
> Mais c'est pour le bienheureux peuple chrétien
> Qu'a été élu le don de la pleine vérité.
> Va donc au peuple chrétien,
> Qui te donnera la science sans ténèbres,
> Si tu veux la recevoir de bon gré.
> Car ce sera le don de Dieu, si déjà on te présente
> Ce *Testament* dont tu fus éloigné.

30. NOUS DIRONS LA DIVERSITÉ DU FEU CONTRE NATURE, SELON LA PROPRIÉTÉ DES DIVERSES MÉDECINES PARFAITES, SOUS FORME DE PRATIQUE ; COMMENT TU DOIS LA CONSIDÉRER

Nous te disons, fils, que tu peux opérer sur le corps seul, sur l'argent vif seul, et sur l'un et l'autre, selon l'intention de ta pratique. Opéreras-tu sur le corps, sur l'esprit, ou sur les deux ensemble ? Si tu as l'intention de faire notre pierre en opérant sur le corps seul, tu le peux en rétrogradant la cuisson que la nature a donnée au métal, c'est-à-dire en le ramenant à une chose crue, mesurée par la nature. Si tu as l'intention d'opérer sur le mercure ou argent vif seul pour faire la pierre, tu le peux aussi, en ramenant le très cru au cuit mesuré par la nature.

Fils, cette différence est due à la diversité du cuit et du cru. Suppose que chacun passe par quatre moyens opératifs. La fin de chacun est de convertir en pierre philosophale. En fait, il y aura sept moyens opératifs, à savoir B C D E F G H *(fig. 40)*. B désigne l'opération de liquéfaction ; C, la solution et l'élémentation ; D, l'élémentation et la congélation ; E, la sublimation ; F, l'élémentation et la congélation ; G, la solution et l'élémentation ; et H, la liquéfaction. Par B C D E, on comprend les opérations du mercure et de l'argent vif, qu'on fait en cuisant sans arrêt. Par E F G H, on comprend les opérations du corps, qu'on fait en rétrogradant et réincrudant ; il faut énumérer les lettres du corps en rétrogradant, c'est-à-dire H G F E. Chacune d'elles finit par E. Si on ramène le corps de H en G, on ne peut pas le faire passer graduellement de B en C ; ni de C en D, si on le ramène de G en F. Car on ramène une chose plus vite à ce qu'elle a été qu'en ce qu'elle n'a pas été, selon l'impulsion naturelle.

Il est plus aisé de dégrader une chose non dégradée que de laver une chose sale. Plus une chose se fait lentement, plus vite elle se détruit, à cause des parties impures qui tendent à la corruption, et des parties pures qui cherchent la reformation. Si donc tu travailles sur le mercure, aie toujours assez de matière quand tu commences à cuire, à cause de son poids, de sa crudité et de son épaisseur. Puisqu'il ne peut pas être ramené à la nature des éléments moyens parfaits, on doit le cuire deux fois pour alléger son poids, cuire sa crudité et subtiliser sa grossièreté, jusqu'à ce qu'il parvienne à la perfection de C par une cuisson suivie, où on peut réduire F par réincrudation.

Fils, comprends qu'après être passé à E, on passe à F, puis de F à G, de G à H, de H à I, de I à K, et de K à L. Voilà, fils, les lettres de la grande échelle. Comprends ainsi que, si tu veux passer graduellement de E à F, et de F à G, donne à F G H d'autres significations. Par F, tu comprendras la liquéfaction des ferments ; par G, leur solution ; par H, l'élémentation médicinale et la congélation ; par I, la multiplication qualitative ; par K, la multiplication

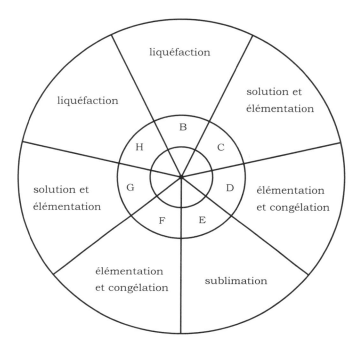

Figure 40

quantitative ; et par L, le métal parfaitement transmuté par la médecine. Comprends cela seulement à propos de l'opération parfaite sur le mercure ou argent vif.

Cependant, fils, bien que nous t'ayons dit qu'à cause de sa grande crudité, le mercure a besoin de deux cuissons, cela concerne la chose mesurée par la nature d'en haut qui, pour une plus grande perfection, cherche à égaler la vertu du soufre qui transmute et transforme tout corps parfait. Voilà pourquoi il a besoin de deux cuissons et de deux lettres. Mais, si tu n'as pas l'intention de faire cette chose mesurée par la nature, tu peux très bien abréger ton œuvre en passant aussitôt de B à C, de C à D, et de D à E. Comme nous te l'avons dit, ce E n'a pas autant de vertu que celui mesuré par l'autre nature, parce que ses cuissons n'ont pas été renouvelées. Plus la nature est entraînée par ce qu'exige la matière, plus la vertu et la force s'élèvent. Les vertus

253

ou forces ne se produisent qu'en E, grâce à la noblesse des matières ; et la noblesse des matières est due à la subtilisation et à la raréfaction.

Tout cela dépend de la patience ou endurance de la matière. Sa patience provient de l'action du feu, l'élément d'en haut, qui brûle et purifie tout cela, et mène toute chose à la simplicité. Plus ton mercure répond à la simplicité, plus il opère, mais pas davantage ; et plus il est purifié, plus il opère purement, dans une lucidité éclairée. Qu'il soit donc clair que tu peux faire l'œuvre parfait ou imparfait avec le seul mercure ou argent vif. S'il est parfait, c'est à cause d'une longue cuisson renouvelée et digestion redoublée. S'il est imparfait, c'est à cause d'une brève cuisson non pleinement renouvelée. Cela est dû à la proximité du soufre, et à la facilité à se volatiliser. Ainsi, fils, nous en tirons une œuvre plus proche et plus brève. Mais on ne la fait plus parfaite qu'en renouvelant la cuisson, et en mélangeant sa matière avec le corps parfait. Nous te le dirons après avoir parlé des opérations du corps.

31. LA RÉINCRUDATION DU CORPS PARFAIT ; SA DIVERSITÉ ; LES ACCIDENTS ; LE POIDS

De ce qui a été dit plus haut, fils, tu peux avoir naturellement compris que, dans le cours naturel, la réincrudation du cuit s'oppose linéairement à la cuisson du cru. Les deux, séparément, se réduisent à la vertu d'une chose appelée pierre philosophale et moyen. Comme un clou joint deux planches et les fait tenir ensemble, la nature conjoint ces deux en un corps vertueux. Elle veille très attentivement à ce que l'un se cuise et que l'autre se réincrude, pour faire son devoir ou effet par un subtil artifice, comme le maître le requiert par la volonté de A, en imitant la nature.

Nous te disons, fils, que comme l'un montre diverses passions dans les cuissons, de même l'autre montre visiblement diverses puissances dans la réincrudation. Car, nous te l'avons dit plus haut, le mercure est grossier et terrestre à cause de sa grande crudité, ce que sa matière montre vivement au début de la cuisson. Le corps parfait, au contraire, montre des actions et des accidents contraires à cause des nobles et grandes cuissons que la nature lui a fait subir pendant longtemps, ce que sa matière montre lors de sa réincrudation et rétrogradation. Le cru montre la quantité de la matière, et inversement, le cuit en montre la rareté. À cause de leur bonne élémentation, digestion et subtilisation, les éléments cuits et fixes se détachent et s'enfuient, le cru les ayant réincrudés et volatilisés, à moins qu'ils aient un lien naturel, c'est-à-dire le tempérament informé du propre menstrue, ou du propre mercure, ce que tu dois comprendre avec la raison du sens requise par la nature.

L'esprit est pleinement resplendissant, le corps paraît noir et ténébreux. Quand le corps est totalement allégé, l'esprit est très pesant. Si tu veux bien dissoudre le corps, congèle le pesant qui le portera plus haut. Ramène-le d'abord à H, et de H à G, en réincrudant ; puis de G à F, en rétrogradant ; ensuite, F se changera en E, en pierre, par la réduction de l'esprit. Ce dernier n'est pas l'argent vif appelé vulgaire, mais il est proprement revêtu du corps connu et de sa propre substance, sans graduation étrangère. Comprends donc que l'œuvre du mercure tend à resserrer et à descendre, et l'œuvre du corps tend à relâcher, à dissoudre et à monter.

On t'a donc montré que, si les deux sont bien préparés en même temps, tu n'auras aucune difficulté à faire une œuvre merveilleuse, plus rapidement et bien mieux qu'avec un seul. Car l'un a ce que l'autre n'a pas, et l'un est amélioré par l'autre. Commence donc ton œuvre par ces deux ensemble, comme nous te l'avons dit pour la pierre majeure. Nous avons l'intention de te le dire dès que nous t'aurons dit deux précautions vis-à-vis des accidents que causent le corps et l'esprit dirigés ou conduits ensemble.

32. LES DEUX PRÉCAUTIONS VIS-À-VIS DU CORPS ET DU MERCURE ; LEURS OPÉRATIONS CONTRAIRES

Quand on fait l'œuvre du corps et du mercure ensemble, beaucoup d'accidents contraires se produisent dans le magistère. On améliore et on abrège considérablement l'œuvre en prenant deux précautions vis-à-vis du corps et de l'esprit. De même que leurs qualités naturelles se contrarient, de même leurs actions, passions et opérations se contrarient. Par nature, l'esprit regarde et vise toujours la fixation dans le vrai magistère, et inversement, le corps fixe tend à s'envoler sous forme d'une eau claire. L'esprit congelé demeure comme une terre blanc brun, comme du sel, du cristal ou du talc épais. Sépare de cette terre l'âme précieuse qui, plus tard, se sépare du corps, et cela avec l'eau du corps. Comprends que la solution spirituelle du corps ne se fait pas sans la congélation corporelle de l'esprit, comme nous te l'avons expliqué par la roue dans le *Compendium*. La congélation de l'esprit ne se fait pas non plus sans la dissolution du corps. Cependant, comprends cela de la dissolution de l'esprit fixe et du corps volatil par le premier esprit, avant sa restriction, et non du corps fixe, sulfureux, revêtu de noir. Celui-ci, dissous par congélation et restriction, prendra l'argent vif par la chaleur du feu naturel, et non de celui contre nature.

Fils, ci-gisent les opérations contraires. Le feu contre nature résout l'esprit du corps fixe en eau de nuage, et le corps resserre l'esprit volatil en terre congelée. Inversement, le feu naturel congèle l'esprit dissous du corps fixe en terre glorieuse, et le corps fixe de l'esprit volatil est résolu par le feu contre nature, non en eau de nuage, mais en eau des philosophes. Le feu naturel change le fixe en volatil, le corps en esprit, l'humide en sec, le lourd en léger. Par une vertu contraire, le feu contre nature change le volatil en fixe, le fixe en volatil, le corps en esprit, l'esprit en corps, le sec en humide, sous forme d'eau de nuage, et le lourd ou le fugitif est resserré.

Fils, comprends que le feu contre nature doit son nom au fait que sa nature est contraire à toutes les opérations naturelles. Visiblement, ce que le feu naturel compose, toujours il le détruit et le mène à la corruption ; il corrompt la complexion de tout corps, si on ne lui ajoute pas le feu naturel. Nous te disons que ce feu n'a pas la vertu pour opérer notre magistère, mais c'est le feu bien commun, pur et naturel.

Fils, notre soleil est exalté dans le signe du Bélier quand tu vois la matière entièrement confondue. Par là, fils, nous voulons te dire qu'il faut commencer notre magistère quand le soleil entre dans le Bélier où il est exalté dans notre œuvre. C'est alors que tu peux dire et discerner le vrai intellect que le philosophe te donne pour doctrine, en disant qu'il faut continuer le premier degré de sublimation jusqu'à ce que la pierre que tu sais soit bien exaltée et sublimée. Nous te disons que, pour éviter la déception, tu ne dois comprendre que le feu venant de puissance en acte. Sans lui, les opérations que nous t'avons dites sont impossibles. Il y a beaucoup d'accidents causés par d'autres opérations contraires, comme on te l'a révélé assez longuement dans le *Propriétaire*. Va voir là, fils ; nous ne pouvons pas tout traiter à fond ici.

Fils, comme la solution de l'un ne se fait jamais sans la congélation de l'autre, tu ne dois pas avoir de doute sur l'endroit où prendre la terre et l'eau pour si peu, pour faire le magistère avec le feu approprié. La terre donc a la propre substance de l'argent vif resserré ou congelé en pierre imprégnée de la vertu du corps et du feu solaire ; ce dernier a sublimé philosophiquement l'argent vif, comme nous l'avons dit plus haut. L'eau est la propre substance du métal. L'humidité aérienne de l'argent vif y est confortée, et elle veille à la perfection de sa propre terre, imprégnée par le feu naturel dont la vertu céleste vivifie et illumine la terre morte du mercure. Elle désire l'eau, instinctivement, pour recouvrer la chose perdue. Comme cette chose, c'est-à-dire l'humidité vivifiante, a été fermentée avec le corps, et exubérée comme nous te l'avons dit, on la trouve bien meilleure qu'auparavant, à cause de la multiplication de l'humidité cuite.

Les éléments sont aidés par l'art, pour qu'exubérés, ils puissent aider les autres avec une plus grande impulsion. Car M et P aident Q, R et N contre L et O, en corrompant L, cause de la solution de L et O. Ensuite, M et P aident L et O à recevoir Q, R et N, après qu'ils aient été exubérés par la conjonction de I, ou Y, opposé à Z, comme nous l'avons expliqué dans le *Traité compendieux particulier et général de cet art*. Nous y avons brièvement enseigné et montré que les éléments aident à composer et à corrompre tout corps, à l'aide de I, ou Y, et de Z, c'est-à-dire les instruments qui engendrent et corrompent tout corps.

33. NOUS DIRONS POUR LA PRATIQUE QUELQUES BRANCHES DE TEINTURE, AUXQUELLES TU PEUX T'EN RAPPORTER SOIGNEUSEMENT ; ET D'ABORD, LE SEUL CORPS LUNAIRE AVEC L'AIDE DE A

Fils, pour savoir transmuter le propre corps lunaire, avec une claire pratique, tu dois en séparer l'argent vif terminé par le feu terrestre, et qui blanchit l'argent. Ce n'est qu'une humidité à laquelle le soufre donne un terme dans l'espèce de l'argent. Tu dois comprendre comment résoudre cette humidité par une opération contraire à la condensation, pour réduire l'humidité que la nature a condensée. Voici comment l'extraire.

Prends une once de corps lunaire fin, comme nous te l'avons dit. Liquéfie-la en six parties de C rectifié, sans réitérer la calcination. Puis mets tout à fermenter dans un four chaud et humide, pendant huit jours. Tu trouveras la substance du corps au fond du vase, noire comme le charbon. Fils, voilà le soufre que tu dois blanchir en condensant son humeur, à l'image de la nature, comme nous te l'avons dit plus haut. Avant sa liquéfaction, cette humeur était condensée en espèce et couleur métalliques par la continuité des particules dudit soufre noir. Puis elle en est séparée par liquéfaction.

Mets ta matière au bain. À partir de cet humide liquéfié, tu élémenteras les éléments, en mélangeant l'instrument élémentatif. Élémente d'abord l'eau ; puis, avec l'eau élémentée, élémente la partie dont tu veux faire l'air, jusqu'à l'apparition du troisième instrument végétatif. Ramène aussitôt l'eau élémentée sur la terre sèche et sur son feu excité. Cuis cela comme nous l'avons dit, jusqu'à ce que l'humide, à l'imitation de la nature, soit bien terminé, non en métal, mais en soufre blanc. Car il n'y a de passage d'un extrême à l'autre que par leur milieu. Ce qui convertit ledit humide est le feu de la terre, mais le moyen qui convertit l'argent vif en métal est un soufre formé de poudres subtiles, comme nous te l'avons dit à propos de sa multiplication. Cela doit te manifester que la corruption de l'argent vif naturellement terminé en espèce de métal, et changé par notre artifice en sa première matière, est la génération du soufre.

Si donc l'argent vif n'est pas corrompu, ou divisé en quatre éléments, jamais la génération de notre soufre ne s'accomplira. Car le soufre doit avoir une matière très subtile et très pure. C'est pourquoi l'argent vif dont on le crée, doit avoir une substance très subtile, formée d'eau claire, ce qui est impossible sans que sa nature change ou que ses particules soient divisées. Corromps donc l'argent vif. De ses particules subtiles divisées et sublimées, tu formeras la pierre que tu cherches. C'est ainsi que le magistère procède, à savoir en corrompant l'argent vif, en lui enlevant ou ôtant son espèce, puis en le conduisant et portant, par les vertus de sa matière, à une autre espèce, celle du soufre. Si tu imites ainsi la nature, la nature formera ce que tu cherches, en opérant par certains degrés successifs. De même, tes opérations doivent ressembler à celles par lesquelles la nature procède et désire procéder. Par exemple, la purgation et la création dudit soufre se font par les cuissons et sublimations dont nous t'avons parlé plus haut, si tu nous as compris en philosophe, comme la nature l'exige ; par la préparation de son propre argent vif, dont nous avons parlé, au moyen de l'élémentation ; par la purgation de sa substance divisée en quatre éléments ; et par le bon mélange, comme nous t'avons dit, de ces deux avec la matière fermentable du métal.

C'est vraiment cette matière, fils, dont toute espèce de métal se revêt, et en laquelle elle est changée par les vertus du soufre et de l'argent vif. L'homme ne fera jamais de l'or ou de l'argent vrai sans procéder par cette voie, puisque la nature n'a délimité qu'une seule voie opérative. Que tout philosophe et fils de vérité sache que les espèces ne doivent pas rester dans la même matière métallique. Comme on te l'a dit et montré plus haut, il faut de nécessité que l'argent vif se change en soufre, puis qu'on ramène l'espèce perdue sous forme d'eau claire appelée huile, dont se produisent de nouvelles espèces, la génération les menant de puissance en acte.

Fils, on te révèle que tous ceux qui blanchissent au moyen de choses blanches, et qui jaunissent au moyen de choses jaunes, ou des espèces semblables, sans corrompre leurs individus, sont vraiment des trompeurs. Malgré cela, ils ne peuvent faire de l'or ni de l'argent vrai, si les opérations contraires ne leur permettent pas d'obtenir un soufre blanc ou rouge. Quoiqu'ils possèdent l'art d'extraire l'argent vif des corps en liquéfiant et sublimant, et bien que tous les individus de leurs espèces soient corrompus, jamais ces corruptions ne leur permettent de faire une vraie teinture au blanc ou au rouge, si ce qui est corrompu n'est pas régénéré, renouvelé et réduit en un corps subtil, blanc et resplendissant. C'est par ce blanc renouvelé qu'on fait une vraie teinture au blanc ; et par le feu de la pierre, au rouge. En effet, comme le mouvement corrompant a cessé dans lesdites choses renouvelées, les teintures qu'on en a faites ne peuvent plus se corrompre. Elles ont été purifiées à l'intérieur et à l'extérieur, et terminées en une grande lucidité.

Il y en a peu qui sachent procéder par cette voie, parce qu'ils ignorent les opérations de la nature. Leur or et argent ne peuvent pas soutenir le feu, mais se consument et deviennent une terre corrompue. Quand ils mettent à corrompre le métal, celui-ci devrait se changer en fèces en perdant toute son espèce. Mais ils ne renouvellent pas tout le cours de la corruption, ou s'ils le font, ils sont imprudents dans la purification des parties corrompues. Ces parties restent mélangées à l'impureté, elles se consument, se retirent et s'enfuient avec toute leur espèce. Car les soufres combustibles les consument totalement, en leur faisant ressentir la chaleur du feu. Le métal ne peut pas se défendre contre le feu tant que les parties n'approchent pas les individus de la noble espèce.

Pour résumer clairement, fils, rappelle-toi : ne fais pas de teinture blanche ni rouge, à partir d'aucune chose blanche formée par la nature, avant que les parties corrompues aient été renouvelées par l'art du magistère. Nous t'en donnons le motif. Si tu connais la lunaire, tu peux abréger l'œuvre avec le ferment du corps. C'est de lui et du soufre qu'on fait tout le composé qui teint les autres métaux en or et en argent, selon qu'il est blanc ou rouge. Nous le vîmes faire par un compagnon que nous rencontrâmes alors qu'il allait à travers le monde. Il nous fit connaître beaucoup de belles merveilles. Plus tard, il fut contrarié dans son art. Nous en savions plus par la perception sensible que lui connut ou comprit par l'art. Nous le reformâmes en beaucoup d'autres choses, avec le sens du reflux et des grandes vertus. Enfin, rassasiés d'expériences, nous achevâmes la pierre vertueuse. Nous étions trois compagnons de route très fidèles. Nous terminâmes l'œuvre en l'an 1330. Chacun des trois connaissait l'art, et reçut sa part. Un quatrième garda les vases ; il resta dans son royaume pour y régner comme auparavant. Beaucoup vont à travers le monde, qui savent beaucoup de choses bonnes et agréables. Si tu les rencontres, vois si tu peux en tirer quelque profit. Fais-leur bonne mine, meilleure que celle que le roi nous a faite. Donne-leur de ton bien comme bon te semble, selon tes moyens, et entoure-les de tes soins. Car jamais tu n'en tireras peu de pratique. Que celle-ci et notre *Testament* te suffisent.

Cependant, à chacun nous disons de se garder de montrer la pratique. Celui qui commet la folie de la montrer, trouvera la folie à cause de son crime. Toi qui ne l'as pas comprise, demande dans tes prières qu'on veuille te la donner. Si on veut te la montrer sans or ou argent, nous te conseillons de bien la voiler et garder secrète, et de ne la dire ni annoncer à personne. Surveille donc tes actes. Si tu en publies la moindre partie, tu mourras de male mort ; tu n'en réchapperas jamais. Il appartient à Dieu, Créateur de la nature, de donner cet art et cette science. Reçois-la gratuitement, selon le bon plaisir de Dieu. Si Dieu te la donne, de quelque manière que ce soit, garde-la bien secrète. Que le monde n'en sache et n'en remarque rien. En toutes lettres, on avertit l'homme, quel qu'il soit, de ne pas montrer ou donner à comprendre ce qu'on peut faire par un cours naturel. La nature veut à ce point rester secrète que, si tu ne la caches pas bien et secrètement, elle te confondra. Si donc quelqu'un ne t'en fait pas don, ne le maltraite pas. Il fait ce qu'il doit, pour se garder des conséquences de sa faute.

Bien plus, nous te disons de garder secret et de cacher le présent *Testament* de tous ceux qui te demandent la pratique, à cause de la défense faite. S'ils œuvraient d'après lui, ils ignoreraient l'échec. Nous nous équivoquerions en le montrant, à cause de la défense que tu sais, comme on l'a dit dans ledit *Testament*. Car il t'enseigne avec réformation comment dissoudre l'humidité terminée de l'argent, en réitérant les liquéfactions. Au fond du vase, il reste une terre noire brûlée, avec un peu de substance dudit argent vif.

Fils, cette terre est le ventre de notre soufre. On le dissout solennellement en son propre argent vif dont sa complexion était faite. Quelques anciens philosophes ont dit que le soufre ne peut être dissous que par son propre argent vif, c'est-à-dire s'il est congelé par sa vapeur. Il se dissout, et sa nature se transmute pour devenir transparente et claire, comme un esprit. Il s'avère que le corps se change en sa première nature, pure et proche de son genre, c'est-à-dire en soufre et argent vif, ce dernier étant comme une eau claire. Quand tu auras bien blanchi ton corps, sublime-le. Ce qui monte au-dessus des fèces, en morceaux clairs et blancs, imbibe-le aussitôt d'huile, et fixe-le. Jettes-en une livre sur cinquante de cuivre. Il le teindra et changera en lune fine et vraie, dépourvue de toute corruption.

Fils, ce soufre est entièrement fixe et a une ingression rapide, parce que la nature de l'argent est voisine de celle du cuivre. Prends la poudre sublimée à la surface et contre les parois de ton sublimatoire, et garde-la à part. Le soufre a une autre vertu et puissance, comme tu peux l'expérimenter par toi-même, seul.

34. NOUS DIRONS L'ŒUVRE DU PLOMB

Fils, la nature du plomb a une grande partie de H, et une graisse combustible. Le défaut de sa substance est que la terre n'a pas été bien mélangée avec l'eau sèche, et qu'elle n'a pas été bien purifiée, en raison de sa grossièreté. Divise-la bien en lesdites substances, et purifies-en bien chacune, en extrayant la nature limoneuse et crasseuse par élémentation, ce qu'on fait en condensant et raréfiant la matière humide.

Fils, si tu veux condenser l'eau ou l'air, mets le feu dans la terre qui produit la vacuité d'une certaine entité. Si tu veux condenser l'air, extrais l'eau, et rectifie-la en l'allégeant, jusqu'à ce que tu voies ton corps allégé. Puis cuis le corps avec l'eau. Ensuite, sublime-le. Après la sublimation, le corps est dit exalté en un sel admirable que nous appelons pierre et soufre naturel.

Incère ce sel avec l'air de la lune simple, jusqu'à ce qu'il soit fixe et fondant. Mets une livre de ce sel sur cinquante de plomb, et il se convertira en pur argent. Si tu veux congeler et parfaitement changer l'argent vif en argent fixe, mortifie-le avec la vapeur dudit corps. Puis fais la projection d'une livre dudit sel sur cinquante dudit argent vif mortifié, et sa chaleur naturelle le transmutera en argent très véritable.

35. L'ŒUVRE DE L'ÉTAIN

Fais l'étain de la même manière que le plomb, excepté que tu ne dois pas le préparer autant, à moins que tu le veuilles. Quand tu es occupé à réduire, congèle-le peu à peu, en le cuisant graduellement, car sa substance n'a que peu de vertu sulfureuse. Augmente donc ladite vertu en cuisant, en atténuant et subtilisant sa substance.

Nous te faisons savoir que la teinture au blanc est très grande. Après l'avoir nourri, sublime-le comme bon te semblera, jusqu'à ce que tu aies un sel naturel. Incère-le avec l'air de la lune, jusqu'à ce qu'il coule. Jette une livre sur cent parties d'étain fin, et il se transmutera en argent très véritable. Si tu en fais la projection sur l'argent vif congelé, il se fixera en argent, avec une parfaite rétention.

36. LA CONGÉLATION DE L'ARGENT VIF, QUI PERMET D'AVOIR LA MÉDECINE EN FORME DE MÉTAL

Prends la terre du plomb, avec tous ses quatre éléments bien mélangés, et suspends au-dessus autant d'argent vif que bon te semblera par la raison du sens, proportionnellement à la puissance de la terre, de manière qu'il puisse recevoir la vapeur sulfureuse. Allume le feu en dessous, et tu le trouveras congelé en six heures. Mais cette opération est fastidieuse et moins utile que les autres, puisque tu n'auras pas autant d'argent vif congelé qu'il te plaît, si tu ne réitères pas le labeur pour faire projection sur les corps. Je te conseille de faire la projection sur le corps. Si nous avons mis ici la transmutation de l'argent vif, c'est pour que tu voies et connaisses que sa nature est voisine de celle de tous les métaux, comme le fait connaître la réception de leur nature. Cependant, ne comprends pas que la projection de la médecine élevée ait besoin de la congélation de l'argent vif, comme dans les branches qui n'ont pas autant de puissance.

37. L'ŒUVRE DE VÉNUS ET DE MARS

Sépare ces deux métaux de la même manière que les deux plombs. Mais n'en prends que la deuxième terre. Cuis-la, avec l'eau que tu veux, jusqu'à avoir le sel honoré. Incère ce sel avec l'huile de R. Si le sel a la nature de Q, jettes-en une livre sur L. Avec une légère préparation, il se convertit en R, meilleur que celui de la mine. Si le sel a la nature de O, jette-le sur un nombre identique de livres. Il les convertira également en R. Si tu veux faire la projection sur le mercure, suis la voie que nous t'avons dite. Si tu veux jeter le sel de O sur Q, ajoute du sel de Q à celui de O, en dissolvant, pour que le corps aime l'esprit et reste lié à sa nature. Sinon, il ne l'aimerait pas. Il ne le reçoit que lié par l'amour, et ce lien se fait par notre solution, non dans l'eau vulgaire, mais dans l'eau mercurielle pleine de soufre béni, et qui pénètre tout le corps. Ce que nous t'avons dit à propos de O et de Q, comprends-le à propos de tous les autres. Si tu comprends cela, tu es maître de toute la science qui tire de puissance en acte tous les secrets de la nature.

38. NOUS PARLERONS DU CORPS ET DE L'ESPRIT UNIS, EN DONNANT L'EXEMPLE DE LA GÉNÉRATION HUMAINE

Fils, pour commencer une opération de notre magistère, sache d'abord comment procède la nature humaine, et imite ce processus en opérant.

Fils, voici le processus de la génération humaine. Le sperme du mâle est chaud et glanduleux, et contient une chaleur de nature formative, avec un sel simple de vertu germinative, vertueuse au troisième degré naturel. Le sperme de la femme est une matière simple, étendue, froide, aqueuse au troisième degré et demi, réceptive et corruptrice dans l'union. Quand ils se rejoignent à la faveur d'une chaleur luxurieuse et libidineuse, le germe glanduleux se corrompt, et sa chaleur s'étend pour s'opposer à la froideur aqueuse de la matière spermatique de la femme. À cause du demi-degré de froid, la chaleur naturelle est vaincue, et son sel est entièrement résolu par toutes les particules de l'eau spermatique de la femme. Ainsi, tout le mélange devient homogène sous forme d'une eau claire. Fils, sache aussi que la nature fait ce simple mélange pour que le composé homogène reçoive la vertu de la première complexion, celle de toutes les parties corporelles du fœtus. Dans ce premier mélange, les parties s'entr'aiment et s'accouplent fermement.

À présent, fils, la nature a besoin d'une autre information. La vertu informative doit s'activer et pénétrer toutes les parties de la masse résolue pour en former un corps. Quand la chaleur naturelle reste affaiblie dans la matière humide, languissante à cause du demi-degré, et qu'elle n'a pas l'acuité pour pénétrer le composé et former le fœtus, la sage nature, arrivée au terme assigné, prévoit d'enlever et de résoudre une quantité humide du mélange susdit, afin de former la chaleur et l'élever d'un demi-degré pour qu'elle ne soit plus vaincue, et bien plus, d'un autre demi-degré. Ainsi, la masse de l'humide spirituel perd un degré entier, et ladite chaleur a une acuité modérée pour former et pénétrer, et sceller diverses formes dans la matière appropriée, selon l'intention de la nature. Voilà, fils, comment la nature réveille sa chaleur, en retirant l'humeur qui la tenait mortifiée ou affaiblie. La nature veut que cette humeur se transporte sous forme de vapeur vers une autre région où elle rencontre le froid menstruel. La chaleur exubérée l'y fait fermenter, en la tempérant, pour nourrir l'enfant. À cause de cette fermentation, la vile chose menstruelle est blanchie par l'humidité résolue desdits spermes, et transformée en lait sublimé dans les alambics des mamelles.

Nous te révélons, fils, en quelque sorte de vive voix, que cette humidité entre dans la propre substance des spermes ; d'où son nom « humide radical ». Nous disons, fils, que de là sont engendrées les dents des enfants, c'est-à-dire du sang menstruel blanchi par réincrudation, et où reste la vertu des spermes. Manifestement, si tu l'aimes, ne soustrais pas les mamelles à ton enfant avant que ses dents soient engendrées. Voilà la règle de la sage nature. Accorde-lui la priorité dans notre magistère. Elle est la maîtresse qui doit toujours te guider. Sans elle, tu ne peux rien faire.

Imite donc la nature humaine. Fais en sorte que ledit corps soit uni et naturellement conjoint à l'argent vif, et l'argent vif au corps, avec les poids de leurs vertus, et qu'ils s'enlacent d'une manière agréable à la nature, par une chaleur naturelle et libidineuse, en s'étendant et en se ramollissant quelque peu. Il faut que le corps soit continué par les particules de l'argent vif, et que l'argent vif soit quelque peu épaissi et resserré par les particules du corps. On fera de l'ensemble un composé blanc, comme une masse molle ou une pâte blanche, uniformément mélangée par le mouvement exercé par la chaleur, en y mettant davantage d'argent vif, assez pour qu'il y ait transmutation, et au point que ces deux humeurs se mélangent. Quand elles seront unies, mets le tout dans un lieu de digestion, à savoir dans une fosse qui sent la nature du crapaud, jusqu'à ce qu'il ait mangé et rongé toutes ses têtes.

Fils, les têtes du crapaud sont les deux spermes qui se dissolvent en une substance d'eau mélangée de venin, quand le dragon puant s'envole dans l'air. Puis, quand tu verras sa résolution en eau, sépare l'humidité superflue qui affaiblit la chaleur naturelle·

desdits spermes. Fais-la fermenter et exubérer jusqu'à ce que tu voies ladite chaleur naturelle se réveiller, piquante et aiguë. Ce sont là déjà les propriétés de la matière du vrai soufre. Fils, ce réveil se fait au moyen d'un feu sec informé prudemment et sagement, administré peu à peu, et augmenté chaque fois selon la proportion de la vraie mesure, jusqu'à ce que tu voies le corps bronzé. Mais garde-toi de la rougeur qui provient d'un feu trop fort.

Fils, sans ces précautions, l'esprit fuira le corps et ne pourra plus retenir l'âme. Veille donc à ce que le corps n'en soit pas entièrement et totalement privé, en évitant de pousser jusqu'à une trop grande calcination, ou de trop étendre la pratique de la dissolution. L'esprit retient l'âme avec le corps, par un lien d'amour ; et le corps retient l'âme quand l'esprit est retenu en lui. Car l'âme ne veut rester avec le corps que moyennant l'esprit. Quand tous les trois se rejoignent, ils ne se séparent plus jamais, parce que l'esprit retenu par le corps retient l'âme, pour que l'âme maintienne le corps en vie, selon une forme triangulaire.

Fils, nous appelons « esprit » tout ce qui reste dans le corps, et tout ce qui y est gelé. Mais nous disons « âme » pour tout ce qui en est séparé par la sublimation de l'humidité radicale. Après avoir vu le corps ainsi préparé, donne-lui de son menstrue exubéré par le mélange avec sa propre nature, afin qu'il en recouvre plus que ce qu'il en a perdu dans le flux de sa solution. Puis conjoins-le à sa propre nature qui doit le restaurer, jusqu'à ce qu'il soit fixe et coulant. Jette une livre de cette nature sur mille parties d'argent vif, ou de quelque corps que tu veuilles, et il se transformera en argent très véritable. Fils, garde toujours en mémoire l'opération du corps et sa conclusion. Dissous-le et noue-le, car l'eau est le moyen d'enlever les teintures de tous les éléments, et de les joindre à la couronne royale, selon une forme triangulaire.

39. NOUS DIRONS LES CONDITIONS DE NOTRE MÉDECINE ; EN QUELLE QUANTITÉ, QUAND ET DE QUOI ELLE LES ACQUIERT

Fils, la première condition de l'élixir est de laver et séparer toute la nature sulfureuse étrangère et toute la nature terrestre immonde des corps malades, de manière à les séparer de tout le mixte par la fusion qui suit la projection. On acquiert cette condition de la médecine par la conjonction des éléments. Il faut les lier et unir en les mélangeant, après les avoir changés, imprégnés de vertus, rendus miscibles et terminés, par un feu très soigneusement administré.

La deuxième condition de la médecine est de faire resplendir tout corps et de le changer en une blancheur éclatante, ou en une couleur jaune éclatante, selon l'intention que tu recherches, avec une grande lucidité, afin que le corps diminué soit en tout point parfait. La médecine acquiert cette condition par la noble préparation de sa matière d'argent vif, avant qu'elle soit devenue médecine. Sa substance d'argent vif doit se dissoudre en éléments, puis se mélanger intimement et inséparablement au corps altérable. Cela n'est possible que si la substance, c'est-à-dire le corps, est fortement subtilisée et dissoute après de longues préparations. Voilà à quoi est dû son lustre éclatant.

La troisième condition est principalement que, par sa vertu, elle mène le métal altéré à une fusion lunaire ou solaire déterminée, afin qu'il puisse subir tout examen sans être séparé du mixte lors des épreuves. La médecine acquiert cette vertu par le durcissement et la fixation en chaux, avant d'être incérée et fixée pour devenir coulante. Toute humidité flegmatique étrangère qui ne supporte pas le feu de cuisson, se sépare et se détache entièrement, quand on fixe l'esprit en chaux blanche, en resublimant la partie non fixe sur la fixe.

La quatrième condition de la médecine est de toujours résister à l'âpreté du feu, par l'impression d'une altération ferme et ineffaçable. Elle provient de sa fixation, après qu'on ait préparé sa substance éclatante avec ses ferments fusibles.

La cinquième condition de la médecine est de donner les poids parfaits, pour déterminer les métaux parfaits. Elle provient tant de la vertu et propriété de la substance métallique dont elle est composée, que de la vertu et propriété de l'opération qui lie, conjoint et unit beaucoup de particules très petites.

Fils, veux-tu savoir quelles sont les choses qui altèrent ? Ce sont les argents vifs. Celles qui sont altérées ou altérables sont les corps appelés soufres. Quand elles ont été altérées par les premiers altérants ou altérateurs, ce sont les altérants secondaires. Il y a en eux, et particulièrement en un, uniformité et densité. À cause de l'uniformité, ils se joignent et s'attachent naturellement aux corps ; la densité leur donne un poids correct et bon. Le raisonnement nous donne donc à connaître ce que nous avons vu plus tard par claire expérience, à savoir quand la médecine parfaite se crée des mercures plutôt que d'autres esprits, à cause de différents accords, et selon le degré de leur préparation.

Fils, si tu connais la préparation, tu seras un très grand physicien, rempli de philosophie réelle. Fils, sache pourquoi les jeunes physiciens modernes, en confortant la vertu naturelle plutôt que de purger la matière corrompue, connaissent insuffisamment les vertus naturelles. Ils ne savent pas composer des médecines confortantes avec plus de forme que de matière. Ils ne savent pas non plus extraire la matière médicinale des choses corrompues qui contiennent la matière avec toute la vertu céleste, fixée naturellement par la douce cuisson du soleil et des étoiles. La vertu naturelle, c'est-à-dire la chaleur qui gouverne la nature, doit être aidée par la quinte vertu naturelle céleste, placée dans la subtile matière médicinale, extraite de ses corruptions par la vertu du bon intellect. Tout physicien doit avoir cet intellect s'il veut comprendre la préparation par laquelle on extrait et termine la matière médicinale, en conservant sa vertu opérative.

Ignorant, par manque d'évidence connue, l'extraction et la composition de ces médecines, ils se trompent et se méprennent beaucoup, à cause de leurs pensées folles et aveugles. Ils ignorent totalement la mesure de la force qui lie la vertu opérative à la matière, avant que survienne une certaine entité de chaleur graduée qui surpasse la puissante vertu du lien. C'est pourquoi ladite vertu se dissout, se détache de son sujet, et s'enfuit du feu brûlant, son ennemi mortel, et la matière reste sans vertu confortante. La vertu se retire du feu parce que son sujet et corps n'a pas été exalté par ladite vertu, avant que le feu surpasse la mesure de la force du lien. On garde et on extrait la vertu confortante par le feu commun, appliqué avec le naturel où se trouve la vertu céleste que tu recherches. Cependant, lors de cette information, le feu commun ne doit pas surpasser ladite mesure.

C'est pourquoi nous conseillons à tous ceux qui veulent aider la nature par confortation, d'apprendre à extraire les vertus connues d'après l'enseignement précédent, sur les corps minéraux, végétaux et animaux, sans léser leurs sujets. Pour ce faire, nous éveillons ton intellect par une eau dont la composition est simple.

Fils, applique les vertus extraites à des matières subtiles, afin que la puissance confortante ne soit pas perturbée par la grossiè-reté de la matière. Si tu veux conforter, fils, veille à ce que la vertu l'emporte sur la matière, et qu'elle soit entièrement simple et apte à exécuter ses actions. Tu peux appliquer cette médecine confor-tante à toutes les maladies. La chaleur naturelle, en se dilatant par la vertu de la médecine confortante, détruit tout ce qui est contraire à ses individus, comme le feu conjoint ses parties homogènes et sépare ses parties hétérogènes, contraires aux homogènes. Veille à ce que la matière subtile où tu as lié les ver-tus essentielles, ne se résolve pas facilement en particules gros-sières, mais en particules, ou atomes, très petites et presque insensibles. Ainsi, la vertu de la chaleur naturelle, suscitée acci-dentellement, peut recevoir très patiemment la confortation qui réagit insensiblement à toute maladie, et l'annihiler sans léser les autres esprits. Si le mouvement dans ce corps devenait excessif, ils seraient très affaiblis. Ce serait contraire à la confortation, parce que le corps serait affaibli par l'excitation d'un mouvement trop fort.

Pour faire cette médecine, on choisit l'or fin de préférence à toutes les autres matières minérales, végétales et animales. Supé-rieures parmi les vertus végétales et animales sont celles du suc de lunaire et de la mouche à miel. Quant à la matière de l'or, tu dois la condimenter avec lesdites vertus : avec la substance ou liqueur nourricière mélangée et unie aux sujets miscibles, puri-fiées sans grand labeur par le feu que nous t'avons dit au chapi-tre « Le précédent exposé »[14], si tu nous as compris. En possédant ou imitant cette excitation ou intellection, tu peux faire diverses médecines avec d'autres choses nullement coûteuses, pour con-server la nature humaine, comme nous te l'avons dit et expliqué au *Traité des eaux condimentales*. Si tu comprends le magistère, tu comprendras comment les faire, elles et toutes les autres médecines, en conservant la vertu confortante.

---

14. *Cf. supra*, I, 68, pp. 122 et sv.

40. NOUS DIRONS COMMENT SÉPARER LES ÉLÉMENTS EN HUIT
    JOURS, POUR RÉALISER TOUTES LES OPÉRATIONS BRÈVES
    DÉSIGNÉES PAR LES LETTRES ALPHABÉTIQUES *(fig. 41)*; COM-
    POSITION ET CONFECTION DES SOUFRES

Ayant fait H, fais-en la projection avec B. Puis sépare H et B
par Y, et mets H de côté. Ensuite, sépare I, ou Y, par X. Tu trouveras la substance de B morte et sèche. Conjoins H à B, et mets tout
en V. Après trois jours, fixe H avec C par Z. Puis sépare H de C par
Y. Prends de B ce qui lui est resté de H par X. Tu as le premier élément que nous appelons terre.

Pour avoir l'eau, le deuxième élément, prends C, et fais le
passer par X. Ensuite, conjoins-le à H, et mets tout dans la chambre de V. Après deux jours, sépare H et D par Z, et sépare aussitôt
H de D par I. Prends de C ce qui lui est resté de H grâce à X. Tu as
le deuxième élément que nous appelons eau minérale.

Pour avoir l'air, le troisième élément, prends D. Après son
passage par X, conjoins-le à H, et mets-le dans la chambre de V
pendant un jour naturel. Ensuite, sépare E de H par Z, et sépare
aussitôt H de E par Y. Prends de D ce qui lui est resté de H. Tu
auras aussitôt le troisième élément dont la nature est humide.

Si tu veux extraire le feu qu'on prend parfois pour l'air,
extrais-le de E. Quand il est passé par X, conjoins-le à H. Après
douze heures passées dans la chambre de V, sépare aussitôt H et
F par Z. Puis sépare H de E par I, ou Y, en prenant de E ce qui lui
est resté de H grâce à X. Fais la même chose avec F. Tu auras le
feu dont la nature est chaude dans tous les quatre éléments du
mercure ou argent vif. Si tu nous as compris, nous avons dit sa
sublimation. Ce qu'on t'a dit à son propos, comprends-le pour
tous les corps. Tu seras capable de créer les soufres que tu veux,
tant des corps que des mercures, aussi bien conjointement que
séparément. Tu le découvriras dans les tableaux des métaux, qui
correspondent à la roue mystique de tous les métaux. Si tu veux
opérer mystiquement sur la matière de Vénus, de Mars, ou sur
les deux ensemble, par granfasie ou par énofrasie des éléments,
ne leur mets que B, car les autres proviennent d'une mine mauvaise et malade.

Fils, sache que les métaux ne sont rien d'autre que nos mines
où notre argent vif se congèle en minéral clair et simple, que nous
appelons pierre bénie et teinture très claire. Fils, toutes les opéra-

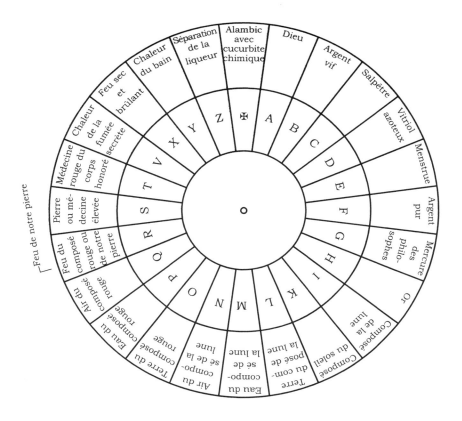

Figure 41

tions particulières, tout au long du grand magistère, ne consistent qu'à faire passer les éléments des mercures par tous les éléments des métaux, de manière tant simple que composée, comme te l'ont montré les tables de cet art, à la fin du *Testament*. Le nombre de chambres que tu y trouves, correspond à celui des différents soufres que tu peux engendrer ; et celui des soufres, à celui des opérations particulières *(fig. 42)*. Le nombre des fois que tu conjoins les soufres, correspond à celui des opérations composées, propres à la projection sur le même nombre de métaux dont la médecine particulière est composée. Par cet intellect, fais passer les parties élémentaires des métaux et du mercure par les

B	bc	bd	be	bf	bg	bh	bi	bk
C	bl	bm	bn	bo	bp	bq	br	bs
D	cd	ce	cf	cg	ch	ci	ck	cl
E	cm	cn	co	cp	cq	cr	cs	ct
F	dc	df	dg	dh	di	dk	dl	dm
G	dn	do	dp	dq	dr	ds	dt	dv
H	ef	eg	eh	ei	ek	el	em	en
I	eo	ep	eq	er	es	et	ev	ex
K	fg	fh	fi	fk	fl	fm	fn	fo
L	fp	fq	fr	fs	ft	fv	fx	fz
M	gh	gi	gk	gl	gm	gn	go	gp
N	gq	gr	gs	gt	gv	gx	gz	hi
O	hk	hl	hm	hn	ho	hp	hq	hr
P	hs	ht	hv	hx	hz			
Q	ik	il	im	in	io	ip	iq	ir
R	is	it	iv	ix	iz			
S	kl	km	kn	ko	kp	kq	kr	ks
T	kt	kv	kx	kz	lm	ln	lo	lp
V	lq	lr	ls	lt	lv	lx	lz	
X	mn	mo	mp	mq	mr	ms	mt	mv
Y	no	np	nq	nr	ns	nt	nv	xn

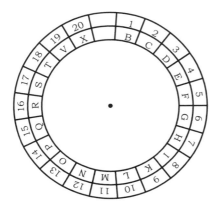

Nous procédons aux mélanges des chambres en commençant par la première table. Sache que tous les soufres sont désignés par des lettres alphabétiques. B désigne le soufre de la première chambre ; C, celui de la deuxième ; D, celui de la troisième ; E, celui de la quatrième ; F, celui de la cinquième ; G, celui de la sixième ; H, celui de la septième ; I, celui de la huitième ; K, celui de la neuvième ; L, celui de la dixième ; M, celui de la onzième ; N, celui de la douzième ; O, celui de la treizième ; P, celui de la quatorzième ; Q, celui de la quinzième ; R, celui de la seizième ; S, celui de la dix-septième ; T, celui de la dix-huitième ; V, celui de la dix-neuvième ; et X désigne le soufre de la vingtième et dernière chambre de la première table. Ces lettres désignent aussi les soufres des autres chambres. Ensuite, tu feras le mélange de la première table comme le montre la table suivante, celle du deuxième moyen de composer les élixirs. Ce que tu fais d'après la première table des soufres, en mélangeant ses lettres pour composer les élixirs, tu peux le faire aussi d'après toutes les autres tables, en donnant à ces tables les lettres susdites ; selon le nombre des tables des soufres, tu peux diminuer ou augmenter ces lettres. La table suivante concerne la deuxième composition. Plus tu diversifies les mélanges, plus tu diversifies la composition de l'élixir, en exubérant la fermentation.

Figure 42

premières chambres, afin qu'ensuite, elles passent naturellement à une fusion qui fixe vraiment. Cette fixation se fait par le passage des soufres engendrés de la substance et de la nature des métaux, uniquement par la troisième lettre de la lune et la quatrième du soleil.

Du soleil et du mercure ensemble, on passe au rouge ; de la lune seule, ou de la lune et du mercure, au blanc, et on en produit le deuxième I, moyennant H, comme te le montrent les tables de liquéfaction. De I tiré de H, on produit I, par le F mercuriel, et encore par G. Il s'applique au K blanc. Si tu veux composer avec le D lunaire, tu peux l'appliquer à K. Si tu veux conjoindre le I mercuriel au I lunaire, l'exubération sera très bonne. Accouple donc ce que tu veux de ces deux I à K, de manière simple ou composée, et donne-lui naturellement une fusion admirable. Ce qu'on a dit pour le blanc, fais-le pour le rouge.

41. NOUS DIRONS LA NATURE DU FERMENT SUPRÊME

Fils, avec les ferments moyens, tu peux faire fermenter la nature de tous les corps. N'en ayant pas encore parlé, nous te disons qu'avant de faire fermenter, tu dois veiller à ce que le ferment soit bien préparé. Fils, pour le préparer, fais-le passer par les trois principaux convertissants, puis fais la fermentation. Il doit devenir une poudre premièrement calcinée par liquéfaction, deuxièmement résoute par dissolution, troisièmement endurcie par congélation, et quatrièmement sublimée par séparation. Fils, notre secret consiste à endurcir et à amollir. Sans cela, on ne peut faire un corps simple, ni une union parfaite. Si on ne parfait pas le mélange et la vraie union des choses altérées, l'or ou l'argent ne sera jamais capable d'opérer.

Fils, le ferment est un corps parfait subtilisé et changé par lesdits convertissants, et en même temps par la pierre. Car tout corps ne se sublime que grâce à la pierre qui l'attire vers le haut, comme l'aimant attire le fer. L'élixir doit donner un relâchement, à l'aide des éléments humides qui sont des poudres subtiles, immédiatement sublimées sur le corps sublimé.

Si tu veux sublimer encore mieux ce corps sublimé, en le mélangeant avec l'esprit sublimé, tu gagneras à chaque opération cent parties dans la projection. Car plus le corps est léger, subtil et volatil, meilleur il est pour faire la projection d'une livre sur cent, de cent sur mille, de mille sur dix mille, de dix mille sur cent mille, de cent mille sur un million, et d'un million sur un nombre infini. Conjoins donc le corps au ferment blanc pour le blanc, et au rouge pour le rouge, et marie-les à la pierre, jusqu'à ce qu'ils deviennent un corps fixe, au moyen de l'eau mercurielle. Ensuite, donne-lui une fusion par la seule huile de la pierre. Note, s'il te plaît, que les métaux ont peu d'huile. Fais tout cela par réduction, et la teinture exubérée sera d'une valeur incomparable.

Ce qu'on t'a dit sur la subtilisation du ferment, se comprend aussi à propos de la sublimation des corps avec la pierre même. Pour que tu comprennes davantage et mieux la marque qui t'a été donnée, nous te révélons encore que la pierre susdite provient de notre argent vif dont la nature comporte la vertu de l'aimant. Les corps sont salsugineux quand on les résout en leur première nature par la pierre qui est douce.

42. NOUS DIRONS D'AUTRES RÉVÉLATIONS SUR LES PROPRES NATURES ET LEURS SUJETS

Nous te dirons que lesdites natures ne sont que des sels aigus. Tu ne peux pas les avoir sans passer de la première à la deuxième partie. Car les choses qui reçoivent les teintures sont une matière naturelle, et les teintures sont une matière naturelle ; elles ont la propre essence matérielle de la pure nature. Aussi la nature ne doit-elle pas se joindre à une chose vulgaire, mais à sa nature, c'est-à-dire à sa matière intrinsèque très pure, extraite et artificiellement purifiée depuis les ventres des morts, c'est-à-dire des métaux, à l'aide de la pierre.

Fils, la matière naturelle est dans sa vertu une chose vitale appelée terre du soufre vif. Ce dernier a été créé d'argent vif en propre sel naturel, sa matière. Les teintures de sa propre essence sont nos argents vifs. On ne peut les avoir sans savoir les régimes de la première partie, qui constituent le premier degré de l'opération naturelle. Sois apte, fils, aux régimes susdits, afin d'avoir la matière animée, pour faire la médecine très précieuse. Car c'est de soufre et d'argent vif qu'on fait le sel naturel.

Fils, ces trois choses ne sont cependant qu'une seule chose commune dont la nature est naturée. Car la nature matérielle est imprégnée et naturée par la nature formelle, pour faire ses rénovations contre la corruption extrême que nous appelons « destruction ». C'est pourquoi, fils, si tu nous as compris, nous te disons que notre argent vif n'est jamais sans soufre, comme tu le sais déjà, puisqu'il s'y convertit. Le soufre ne peut pas être non plus sans la nature du sel, ce principal et ferme moyen informatif par lequel passe la nature pour faire et accomplir ses générations.

Fils, si la nature n'avait pas d'argent vif pour opérer, les particules de sa matière ne pourraient pas être continues, et elle ne pourrait jamais conserver les formes de l'humide radical. Si elle n'avait pas de soufre, elle ne pourrait pas resserrer et congeler les particules humides qui doivent être formées. Et si elle n'avait pas de sel, elle ne pourrait pas pénétrer les particules qui doivent être congelées, par manque d'acuité. Nous appelons ce sel « sel honoré » et « sel animé », parce qu'il est précieux, d'une nature chaude qui pénètre et se répand par impulsion. Ainsi, par la vertu de sa chaleur dont la matière est naturée, il se répand et pénètre l'humidité de l'argent vif, et en pénétrant, la congèle radicalement par sa grande sécheresse. Notre sel suit donc le mélange armoniac formel de tous les éléments. Ne t'étonne pas de nous entendre l'appeler « sel armoniac », car tel est le nom de ce sel exalté et sublimé. C'est la première et pure matière naturelle, et c'est toute la nature. Il y est naturellement comme un artisan dans son atelier, prêt à fabriquer. Nous l'appelons encore « sel de feu », parce que dans l'art physique le feu n'est pris que dans le sens de la nature, la chaleur naturelle ayant une complexion qui varie selon le mérite de son propre sujet.

Ce sel honorable s'appelle encore « eau de mer aiguë et ardente », « sel des blancs d'œuf », « étoile diane », « étoile du matin », « aigle volant », « nuage de feu », « sel amer », « sel de nourriture », « sel de verre », « cendre de nitrate », « sel armoniac », « sel d'urine », « tinchar », « sel de savon », « sel alkali », « sosa », « nuage congelé », « vent congelé », « vent corporifié », « secret de nature », « eau de mer gelée », « arsenic sublimé », « poudre montée au ciel », « soufre exalté », et « mercure sublimé ». Tout cela fait errer ceux qui, ignorants et enveloppés de ténèbres, ne savent pas choisir les matières naturelles d'après leurs propriétés. Aveugles, ces gens de peu de savoir sont déçus dans l'art.

Mais c'est à toi, fils, que nous disons par révélation de te souvenir du sel dont, plus haut, nous t'avons dit partiellement la propriété. Ne le comprends pas ici pour un autre sel, mais bien pour les métaux qui s'y résolvent, comme l'artifice te le fait voir à l'œil nu. Si tu sais adoucir ce sel, il entrera dans les corps comme une vraie nature. Celle-ci veut les pénétrer et transformer leur espèce, n'en déplaise au sultan de La Mecque. Étant la pure nature des métaux, naturée de la propriété métallique, les sels s'y conjoignent amicalement. Car le sel n'est qu'un feu, le feu n'est qu'un soufre, et le soufre n'est qu'un argent vif réduit en pierre. C'est une matière dont la nature vile a été altérée et transmutée en noblesse. Le mélange parfait est impossible si on n'altère pas les corps naturels. On les mélange en unissant parfaitement les propriétés corporelles.

Fils, sache que cette chose est réputée vile. Celui qui ne la connaît pas, n'en a cure. D'autre part, c'est une chose incomplètement formée, et sa nature est inaccomplie. Chassée hors de sa maison, elle est comme un homme dépouillé de son domaine, qui aurait fort envie d'y retourner, puisqu'il lui est profitable de conserver son corps. Elle veut être formée, et désire particulièrement et instinctivement retenir ses extrêmes qui la terminent. En outre, on la trouve en tout lieu, rien ne pouvant être engendré sans elle. Mais, ayant une figure laide, elle se met au fond de ce qu'elle élémente, pour ne pas être vue. Son dernier extrême l'y accomplit finalement en donnant l'ultime terminaison. D'où ces vers cités par quelques philosophes :

C'est une chose vile, bien que trouvée partout,
Pleine des quatre natures, remplie d'un nuage.
Dissous, gèle, recommence ; ce qui a pourri est une eau vraie,
Salée, douce, qui coule au feu comme la cire.
C'est alors une question philosophale ardue :
Pourquoi une chose si vile devient très vraie, royale. D C E P R.

Fils, ne maudis pas celle qui t'a donné l'être par ordre de son magistère. Elle t'a créé pour ton salut, si tu sais la garder et tenir bien secrètes ses utilités, sans révéler leur grande noblesse. N'ayant pas hérité du magistère de la nature, certains n'ont osé

parler que par métaphores, avec une pointe[15] de parabole énig-
matique, comme la nature même le confesse en ces mots :

Nettoie la pierre, purge et broie en même temps.
Cuis avec de l'eau pure
Une poudre très fine de chaux non éteinte,
Mélangée pour passer en pâte et pierre.
Jupiter rend le saturnien jovial. Ensuite,
La lune se fait, puis Vénus a les rayons du soleil,
Et Mars passe en lune par elle, moyennant
Mercure dont jaillit une telle nouveauté.
Ainsi, Mercure est partout le médiateur des dieux,
Sa nature changeante le faisant devenir celui-ci ou celle-là.
Que l'homme ne s'étonne pas de ces dires énigmatiques :
Pour ne pas les avilir, je veux qu'ils demeurent cachés.

43. *(Sans titre)*

Fils, tu adouciras ladite nature par le régime de fixation. Si tu
comprends ce qu'on t'en a dit, tu comprendras comment Jésus-
Christ nous a sauvés par la nature, avec le triangle infini, de
même que nous étions condamnés par celle qu'il rend très
cachée. Car elle est la balance de la justice infinie. La Trinité n'a
voulu porter aucun préjudice au triangle dont la nature est finie.
Elle nous aurait damnés, si l'humilité, la patience, la bonté, la
grandeur, l'éternité, la puissance, la sagesse, l'amour, la vertu, la
vérité, la gloire, la perfection, la justice, la générosité, la miséri-
corde et la domination n'avaient pas donné la puissance entière à
la divinité dont je me recommande dans ce *Testament (cf. fig. 44)*.
Si tu comprends cela, tu comprendras naturellement et très radicalement une partie du triangle livide formé des vertus de la Trinité et Unité divine : animale, intellectuelle et sensuelle, attributs
de la créature ; artificielle, naturelle et intellectuelle, attributs de
l'opération ; puis toutes les autres contenues dans la roue de T
(fig. 43). Si tu comprends réellement bien ladite roue, tu com-

---

15. *Punctura*, mot appliqué, dans le latin du Moyen Âge, aux « piqûres » de la cou-
    ronne d'épines.

prendras par le premier sentiment toute cette science, comme nous l'avons fait.

Nous te prions humblement de ne pas faire un mauvais usage de cette science. Sache autant que possible à quelle fin est destiné le magistère naturel. Il peut te conduire au salut ou à la damnation, selon l'usage que tu en fais. Si tu te conduis mal, tu pervertis la vertu en péché. C'est ta perdition si le vice te gou-

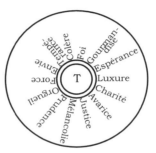

Figure 43

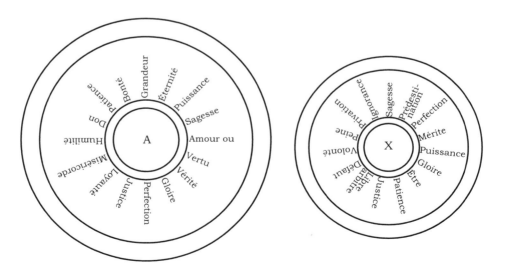

Figure 44

verne, sans qu'apparaisse la vertu de la roue de A *(fig. 44)*, mue par celle de T contre V rouge ou partie de X *(fig. 44)*.

Question : Fils, pourquoi les vertus de la divinité sont-elles triangulaires, et non celles des autres matières ?

C'est la mère de toutes les autres matières, et les suprêmes vertus essentielles influent dans lesdits triangles matériels. La nature en constitue des quadrangles appelés principaux moyens naturels, c'est-à-dire parmi les triangles et les sphères. Cela te permet de comprendre. Peux-tu former artificiellement les choses naturelles, sans les souveraines vertus divines d'en haut ? La nature te montre qu'elle ne peut rien former sans elles. Si donc tu veux être plus fort que la nature, tu dois savoir recoudre un morceau du capuchon, comme l'a fait Virgile quand il a perdu sa réputation.

Fils, tu ne peux rendre à une chose sa première forme qu'à l'aide de l'art. Nous l'avons vu de nos propres yeux dans cette science. Le corps corrompu ne redevient pas le même corps, mais une poudre sèche et un élixir humide qui rend tous les autres semblables au premier. La nature ne peut accomplir tout cela sans le secours de l'art. Celui-ci empêche la corruption des individus des espèces. Ensuite, elle est reformée dans chaque corps. Elle change le métal en poudres, et les poudres en élixir très puissant qui donne soudain à tous les métaux une très noble santé.

Ne comprends pas, cependant, qu'à la fin, il y a la même forme métallique qu'avant ; ce n'est pas non plus ce que nous voulons. En effet, la valeur s'est multipliée. Un seul grain nous rapporte cent mille marcs, sa vertu ayant plus que doublé. Il en va de même pour le corps transformé et orné de vertus, que ce soit le plomb, l'étain, le fer, l'argent vif, le cuivre, blanc ou rouge, ou quelque autre métal transmuté en or fin. Dans l'épreuve du ciment, il montre plus de résistance que le naturel, grâce à ses vertus. De même, son pouvoir sur la lèpre et sur toute autre maladie est plus grand que celui du naturel.

À tous, nous disons de se garder de l'or alchimique fait sans secours de la nature. Il vaut beaucoup mieux être dévoré par le feu brûlant et les yeux du basilic, que d'appliquer un feu en guise de médecine, en ignorant la science. Car l'or sophistiqué est tout rempli de l'impureté du feu contre nature, dont l'opérateur

sophistique n'a su le dépouiller, n'ayant pas su choisir les prépa-
ratifs ni compris un seul mot sur l'ablution naturelle.

Fils, ces gens croient avoir tout fait à la vue de la substance
et de la couleur de leur or obtenu par application de poudres
étrangères. En réalité, il a été dépouillé de tous ses actes naturels, parce qu'ils ignorent comment le purger, et qu'ils n'ont pas
su administrer ni renouveler le cours naturel par lequel tout or
bon acquiert de nombreuses vertus et propriétés. Nous te disons
donc, fils, que si tu veux renouveler le cours naturel, afin que ton
or l'emporte sur tout or naturel, veille à ce qu'à la fin du premier
degré, la pierre soit purgée de toute corruption. Ensuite, rends-lui
les vertus qu'elle a perdues ; tu les trouveras dans les esprits de
quintessence. Plus tu en mets, plus l'infusion et la multiplication
des vertus médicinales sont grandes. Ces vertus médicinales se
retrouveront dans les métaux reformés. Quand tu as mis l'esprit
avec la pierre, continue son mouvement jusqu'à ce que les vertus
quintes résistent à l'âpreté du feu.

Fils, quand tu verras ce signe, cela signifiera que ce mouvement de la nature quinte d'en haut est privé de toute corruption.
Cette nature donne la vertu de confortation. Ainsi, fils, en digérant et préparant sa matière simple, la nature reçoit dans sa mine
les quintes vertus essentielles depuis les influences spécifiées du
ciel, en guise de forme perfective. Elles sont envoyées par ordre
du Créateur sous forme d'esprits très simples et déliés, à l'égard
du simple nombre quint. Tout s'y termine presque en même
temps, après la résolution des simples esprits quints remplis des
vertus célestes que les cieux ont influées dans lesdites matières.
Nous les influons de nouveau dans la matière de la pierre, sans
nuire aux vertus, en veillant à ce que le feu soit approprié à ce
que peuvent supporter les esprits où elles sont retenues. Tant par
la pierre que par son mouvement et son subtil mélange, nous les
terminons et retenons, en multipliant à notre gré leur vertu ou
leur quantité.

Comme peu de gens comprennent ou savent comment faire,
ils croient que le magistère n'est rien d'autre que leur alchimie
rustique. Pour éviter un mal souvent provoqué par ignorance,
nous interdisons à tous les médecins communs de se servir de
leur or comme médecine condimentale. Car, à cause de l'acuité
du feu contre nature étranger à la nature humaine, et qui entre

dans la sophistication, il tuerait aussitôt la chaleur naturelle et résoudrait tous les esprits du cœur, où est conservée ladite chaleur naturelle. Mais ils doivent connaître l'or naturel de la propre mine saine et humide, ou l'or du magistère, en l'éprouvant par les trois propres ciments.

Fils, la forme perfective dont nous t'avons parlé est infuse dans la matière purgée de la pierre, comme âme formante. Car elle ne fait que former, selon la puissance que A, le principal perfectif, lui a donnée. D'elle proviennent les vertus que nous t'avons dites plus haut. Définissons la « formation » selon notre philosophie générale, en disant que c'est ce qui permet proprement de former. Nous te disons que tu trouveras son action par les vertus infuses dans les esprits de quintessence, en cuisant par des feux légers imitant la chaleur céleste.

44. NOUS DIRONS COMMENT CORRIGER LES ERREURS ; LA POSSIBILITÉ D'ERRER

Fils, dans cette science, il est impossible d'avoir les esprits quints sans que la matière change de couleur. Je te demande de faire en sorte que toutes les couleurs te soient agréables, excepté le rouge qui se présente dans la matière après la séparation des quintes substances, à cause du feu excité contre la matière sèche. Dans ce cas, fils, les quintessences qui restent dans le sec, brûlent et consument leur teinture. Elles ne veulent être que comme les airs simples, et elles ne peuvent être extraites qu'avec eux, artificiellement. Par leur vertu attractive, elles se lient aux airs des eaux et sont revivifiées, comme il appert du bain, à la fin de la séparation des eaux.

Si tu ne sais pas extraire l'air des eaux, prie la nature de te le montrer par sa vertu attractive. Elle te montrera comment, désireuse de ce qu'elle a perdu lors de la calcination, elle sépare l'air de l'eau, en la restaurant, jusqu'à ce que la matière de la vertu attractive soit presque totalement séparée. Garde-toi d'un feu trop fort en distillant les airs, parce que le corps rougirait, et sa vertu attractive qui te donne les airs suffoquerait ; ou si elle ne suffoquait pas, elle extrairait plus que ce dont tu as besoin. Or tu n'as besoin que d'un air très subtil. Extrais-le donc par des inhumations qui préservent les teintures de toute brûlure, restaurent l'humidité perdue et revivifient la vertu attractive. Si tu vois le corps rougi, ou si ses feuilles talqueuses se changent souvent en une sorte de braise, jette-le vite dans son eau pour l'y cuire, pour qu'il reçoive une vie de blancheur ou de noirceur. Extrais tous les airs en inhumant, sans calciner avec un feu étranger.

Fils, les trois couleurs principales sont les trois instruments qui donnent à connaître ce que veut la nature. Ce sont le noir, le blanc et le rouge, comme nous te l'avons dit au chapitre : « Cependant, fils »[16]. Nous te le disons dans l'intention d'extraire les airs, et de corriger et éviter les erreurs. Cependant, quoi qu'il en soit de tous les blancs et noirs, veille à n'avoir qu'un seul rouge, à la fin du premier degré. S'il se présente plus tôt, cela signifie la combustion des couleurs. Celles-ci tendent à rougir à cause de la cuisson hâtive qu'elles subissent sous l'impulsion du feu excité et administré selon une mauvaise information, avant que leur propre mouvement se renouvelle. Plus elles rougissent tôt, plus elles perdent leur teinture à la dernière rubéfaction proprement dite, parce que leur essence rubéfiante se lie à une matière étrangère qui ne supporte pas le feu. Cela se produit quand on ne lui donne pas la vraie préparation. Si tu comprends cela, tu sauras pourquoi les sophistes échouent à faire du vrai or.

45. NOUS DIRONS LA COMPOSITION DE NOTRE VINAIGRE QUI RESSERRE L'ARGENT VIF POUR LA PROJECTION OU L'EXTRACTION DE L'OR DE LA NATURE

Fils, prends du bon lait de vierge bien sec, ou du bon vin sec, et résous-y D, pour un quart de suc de lunaire, et autant de C. Si, au lieu de vin, tu mets du suc de lunaire, une cuillère en vaudra dix. Ensuite, prends de l'eau distillée qui est un suc très exubéré. Dissous son mercure comme nous te l'avons dit plus haut dans le *Livre des mercures*. Extrais l'air clair avec un feu fort, comme nous te l'avons dit au début de la *Pratique*, et dissous-y ce que les pierres condensées et les métaux liquéfiables ont de dissoluble. Si le corps extrait d'abord la substance du menstrue puant, la vertu

16. *Cf. supra*, I, 18, pp. 38 et sv.

minérale sera multipliée. Cela doit te révéler comment les vertus vivifiantes sont infuses dans la matière par les quints esprits.

Fils, veille à ne rien donner de ces choses. Sache pourquoi on ne donne à lire cette science qu'en la mêlant généralement à d'autres sciences, sans rien en nommer ouvertement ou secrètement. Ce qui permet d'entrer dans les choses naturelles par l'art, ce n'est pas l'affection humaine qu'un homme porte à un autre, mais celle que la nature porte à l'homme béni et inspiré par Dieu du don de la grâce. Le Seigneur du ciel sait le cœur de l'homme, et il sait quel usage il en fera. Bien des gens, s'ils savaient les nombreuses choses naturelles, en abuseraient. Ils sèmeraient la confusion dans le monde entier, si le Très-Haut ne les détruisait pas avant.

Question : Pourquoi donc avons-nous fait l'art ?

C'est que les figures de T sont accomplies par l'art et par la nature en A, pour que l'artiste puisse accéder aux lieux d'en haut, et pour que le roi Édouard puisse accomplir son vœu de partir en expédition contre les nations païennes, par N A V Y Z E A V I E X Z.

Nous avons expliqué la signification de toutes les lettres marquées ci-dessus dans notre *Art bref*, appelé aussi *Vade-mecum du nombre des philosophes*, comme dans tout le présent *Testament*.

46. NOUS DIRONS LES PROJECTIONS DE TOUTES LES MÉDECINES, GÉNÉRALES ET PARTICULIÈRES

Fils, on fait les projections sur les corps fondus, selon les vertus plus ou moins nombreuses que les pierres acquièrent par leur subtilité. Plus la pierre est subtile, plus tu mettras de corps, et moins de médecine. Beaucoup se trompent en faisant la projection de médecines particulières tronquées. Dans leur ignorance, ils ne savent pas éprouver ni voir l'altération des médecines. Certains, en faisant la projection d'un peu de médecine sur beaucoup de corps fondu, ne voient rien de la pénétration ni de l'altération. Ainsi, ils soupçonnent la médecine de n'avoir aucune vertu, et ils ne se soucient pas de procéder davantage. Si le métal où la médecine a été infusée passait aussitôt par les cendres ou par la grande coupelle, ils sauraient et verraient tout ce qui du corps s'est transmuté radicalement en pur métal.

Fils, le subtil esprit que tu cherches est infusé plus ou moins dans toutes les médecines. Sa propriété est de teindre et transmuter tous les corps, de les guérir et purger de toute lèpre, comme un antidote contre toute maladie, en nourrissant la chaleur naturelle des corps métalliques. Cet esprit pénètre insensiblement et se cache au fond du corps, comme la nature dans le feu naturel. L'humide radical a une capacité de rétention très fixe et d'altération importante, et conserve et reforme les métaux individuels, avec la coopération de la vertu appétitive du métal lépreux qui attire l'esprit humide glorifié. Si le corps est assoiffé, il le boit, aspire et attire au fond du corps, avec la coopération et l'aide de la vertu impulsive. Celle-ci provient de la chaleur de la teinture, qui donne une impulsion à l'esprit formatif du corps reformé, de sorte que les particules se touchent et se mélangent. Car les particules plus fixes auxquelles l'esprit est profondément mélangé, sont resserrées et retenues pour une vie durable, et le métal reste altéré, comme les examens le prouvent. Fais les mêmes projections sur le corps que sur le mercure. Si les médecines dont tu veux faire la projection sur le mercure n'ont pas de substance subtile, en raison de leur confection trop brève, elles n'entrent pas dans le mercure avant sa fuite, à moins que le mercure ne soit congelé par la vapeur d'un autre mercure, végétal ou minéral, transmuté en soufre. Sa congélation se fait comme nous l'avons dit et montré, dans un long vase où on multiplie aussi le soufre, pour faire la projection de la médecine.

Si tu veux faire la projection de la haute médecine, ne te soucie pas de congeler. Avant qu'il se mette à fuir, l'élixir le pénètre par sa subtilité, étant remplie de toutes les vertus.

Fils, si tu veux seulement subtiliser lesdites autres médecines particulières, fais-le en dissolvant et en congelant. Conjoins-les au ferment qui, jeté sur mille parties, les convertira toutes. Quant aux poids exacts desdites médecines lors de la projection et de la subtilisation, à l'aide de ce que nous t'avons donné, nous les laissons à la recherche industrieuse de ton magistrat, surtout qu'on en traite pleinement dans notre *Codicille*.

Fils, si tu fais une projection de peu de médecines, le métal s'altère un peu, sans beaucoup de profit, avant de passer par les cendres. L'étain ressemblera à l'étain d'avant, plutôt fragile, peu endurci, sans luminosité manifeste, avant d'être bien purgé par les cendres. Il en va de même pour Saturne, et aussi pour Vénus, mais il a la couleur de Jupiter. En passant par les cendres, tu le verras transmuté en argent pur.

Ces différences proviennent des vertus inférieures des branches de la pierre, dont les proportions et subtilisations sont plus ou moins grandes. La chaleur de leur esprit transmutatif n'a pas autant de vertus dans les substances grossières, et est incapable de séparer les hétérogénéités des métaux transformés par cet esprit, sans l'aide des cendres. Car la vertu qui transmute est liée dans la substance médicinale grossière. Cela empêche l'action aboutie de l'esprit auquel il appartient de diviser ce qui n'a pas d'essence naturelle, et de conjoindre tout ce qui est proche de la nature de l'argent vif. Ce dernier est ensuite transmuté en argent fin, meilleur que celui de la mine. C'est pourquoi nous aidons l'esprit à diviser tout ce qui est étranger à la nature. Mais ne comprends pas que tu doives mettre du plomb dans les cendres, parce que la médecine ferait tout à l'aide du feu des cendres.

Fils, quand ces médecines sont jetées sur les corps, ils ne supportent plus le feu de l'ignition, mais ils fondent aussitôt sans ignition déterminée. Car leur nature est contrariée par la matière indigeste qui la fait fondre trop tôt, avant d'être consumée par les cendres, et qui est comme une substance flegmatique évaporable. Aide donc ta médecine par les cendres, et tu y trouveras l'or et l'argent, selon que les médecines sont au blanc ou au rouge.

Fils, si tu veux dissoudre en liquéfiant, fais passer H B par V et X, jusqu'à ce qu'il y ait une bonne dissolution. Si tu veux congeler en dissolvant, fais passer C D H par X Y V, jusqu'à ce qu'il y ait une bonne dissolution. Si tu veux faire fondre ce qui est congelé, fais passer les lettres des tables K I par les cuissons que les tables désignent successivement par Y X V T, jusqu'à ce qu'elles atteignent l'objet des fusibles avec les lettres de T, les cercles étant noir et jaune, et proches de la nature de K.

Ici, nous mettons fin à notre *Testament*. Il a accompli la troisième puissance dont les deux sœurs, Prudence et Charité, reçoivent l'accomplissement dans une terre labourée.

Fils, si tu ne nous comprends pas, relis sans cesse, leçon après leçon, chapitre après chapitre. Compare chaque chapitre à d'autres. Chacun contient une leçon. Repasse dans ta mémoire, et aie un intellect intelligible et une volonté aimable pour comparer une leçon à une autre. L'intellect de l'une t'ouvrira celui de l'autre, et la compréhension de l'une te fera comprendre l'autre, par une étude assidue. La plante qu'on cultive avec soin ne sera pas privée de son fruit.

Nous avons fait notre *Testament* par la volonté de A, en l'île d'Angleterre, dans l'église Sainte-Catherine, près de Londres, du côté de la tour au bord de la Tamise, sous le règne d'Édouard de Wodestoke, par la grâce de Dieu. Par la volonté de A, nous mettons entre ses mains le présent *Testament*, pour qu'il le garde, en l'an 1332 de l'Incarnation du Seigneur, avec tous les ouvrages qui y sont cités, y compris la *Cantilène* qui suit. Grâces à Dieu.

La traduction du Testament, *du catalan en latin, fut achevée en l'an de grâce 1443, le 6 juin, par Lambert, près de Londres, au prieuré Saint-Barthélemy. Cette traduction me paraissant souvent défectueuse, moi John Kirkeby, j'ai rédigé de ma propre main le* Testament, *chapitre après chapitre, dans les deux langues, pour qu'on puisse mieux percevoir la lumière de la vérité. J'ai fini l'an de grâce 1455, selon le comput de l'Église romaine, le 7 mars, vers onze heures du matin.*

IV. CANTILÈNE

1. AMOUR NOUS FAIT RIMER CECI.
   AVEC CORRUPTION TU POURRAS SAVOIR.
   SANS ELLE ON NE PEUT ÉLONGER
   LA GÉNÉRATION DE SON ÊTRE.

Avec corruption. Il faut faire la corruption en conservant l'espèce, sans quoi il n'y aura de génération proportionnée que s'il y a un sujet qui convient à cette génération. Avec une telle corruption, la génération se fait dans une matière dont la puissance est conservée dans les individus particuliers, ou spirituels, corrompus. Cette puissance produit le renouvellement.

2. FAIS OPÉRER LA QUINTESSENCE,
   SI TU VEUX EN FAIRE L'UNITÉ.
   JE NE VEUX PAS T'EXPLIQUER DAVANTAGE.
   IL FAUT AVOIR BEAUCOUP D'AMOUR.

On met en évidence que, dans cet acte, la corruption précède toujours la génération, et qu'on ne peut avoir le quint esprit des choses déterminées qu'en corrompant, puis en résolvant. La fin des espèces participe du genre unique, du principe de puissance et de l'intention ; la fin des individus y commence. Leur corruption commence par la dissolution du genre minéral.

Si tu veux l'unité. Par cette unité, on entend la reformation des individus. Cette reformation se fait par la puissance de la quinte chose enfermée et conservée dans une quintessence simple et homogène, avec une continuité naturelle.

En faire. C'est-à-dire des parties discontinuées par dissolution.

Je ne veux pas. Afin que le broiement de l'un soit la résolution de l'autre, la corruption et la génération se faisant presque dans la même matière.

3. JE VAIS T'EN DONNER CETTE COMPARAISON :
TU CONNAÎTRAS PAR L'ENTITÉ ÉTENDUE
À PARTIR DU SIMPLE, PAR CONCORDANCE,
AUTRE CHOSE QUE L'HOMME APPELLE INTENSE.

Je vais t'en etc. par l'entité étendue. C'est-à-dire par les espèces dissoutes en une nature homogène. Dans cet état, elles constituent un composé plus proche que les simples, selon l'instrument naturel. Un contraire agit contre son contraire et l'altère. Voilà comment la corruption de l'un est la génération de l'autre.

À partir du simple. Il s'agit du solutoire et de l'ablutoire des espèces données.

4. TU DOIS SAVOIR PAR DISSEMBLANCE :
L'AIR SERA CONGELÉ,
CE QU'AMOUR FAIT PAR CONCORDANCE,
POUR ACCORDER LES ÉLÉMENTS.

Savoir. C'est-à-dire par le sec et l'humide.

L'air. C'est-à-dire la substance moyenne qui résulte du sec et de l'humide dans l'élémentaire, dont la substance est conduite vers l'acte aérien. L'air se congèle en raison de la concordance et l'amour du feu de la matière subtilisée.

Ce qu'amour. C'est-à-dire l'amour du feu, qui fait partie de toute la nature, avec son humide radical.

Par concordance. C'est-à-dire des moyens mêmes de la seule nature divisée. Car les autres moyens participent desdites parties, ou encore sont divisés, séparés et éloignés les uns des autres. En effet, ce qui était une seule nature a été divisé en quatre parties. Les quatre éléments sont engendrés les uns par les autres, et ils sont aussi corrompus, voire altérés ou séparés les uns par les autres. L'un est la cause du fait de l'autre. Ne crois pas que la séparation des éléments divisés se fasse sans corruption. Quant à la conjonction, on la fait en unissant les miscibles altérés, en conservant le genre naturel. Les éléments obtiennent leur partie selon la division du germe du genre et la ressemblance des qualités élémentaires propres et appropriées. De même qu'on dissout les quatre éléments en infimes parties, de même on les engendre et fixe en infimes parties.

Pour accorder les éléments. C'est-à-dire que ceux qui se contrarient en tel cas, s'accordent en tel autre.

5.   VOUS AUTRES, AVEC LES ENTITÉS CONCRÈTES,
     PAR FANTASTIQUE CRÉATURE,
     SI VOUS VOULEZ AVOIR LE GENRE,
     AYEZ LA MESURE DES ENTITÉS RÉELLES.

Vous autres etc. par fantastique. Voilà le premier genre des métaux, et la première matière première plus proche, à laquelle il faut les réduire de la manière expliquée dans ce livre, avant de transmuter les espèces. Ainsi, il faut avoir le soufre et l'argent vif qui constituent le premier genre et le premier sujet où les éléments humides - c'est-à-dire non tempérés - doivent se résoudre, avant de s'y congeler moyennant leur amour du feu. Comprends ainsi ce vers : *L'air sera* (4, l. 2), et cet autre : *Mélange-lui* (7, l. 3). Or ici, fils, nous prenons l'espèce pour le genre, surtout celui contenu dans le fusible.

Des entités réelles. C'est-à-dire de la première pure matière, ou nature, conservée sous forme de ses individus.

6.   RECHERCHEZ LES ENTITÉS ABSTRAITES
     DU FACTEUR PAR LA FACTURE.
     VOUS TROUVEREZ CELA SPÉCIALEMENT
     EN CONNAISSANT SA PROPRE NATURE.

Du facteur. C'est-à-dire du soufre.

Par la facture. C'est-à-dire la composition du soufre.

Vous trouverez spécialement. C'est-à-dire dans l'espèce de la matière pure.

7. PAR L'ŒUVRE DE L'ART,
   TU CHANGERAS LA COLÈRE EN AMOUR.
   MÉLANGE-LUI UNE CHOSE NATURELLE ;
   L'IRRITÉ DEVIENDRA AMANT.

Par l'œuvre de l'art. Comme on l'a dit, et en outre comme dans le texte.

La colère. C'est-à-dire par l'œuvre de l'art, en mélangeant.

Mélange-lui. C'est-à-dire la nature humide brillante et lumineuse, qui est un air, une huile ou un argent chaud et humide. Par ce régime, on engendre la pierre avec moins de chaleur.

L'irrité. C'est-à-dire le soufre, ou la première matière pure et sèche.

8. MAIS SI LA NATURE N'A PAS DE VALEUR POUR TOI,
   TU NE SERAS JAMAIS SAVANT,
   POUR IGNORER CET ART
   DE TRANSSUBSTANTIER L'HUMEUR.

Mais si la nature. C'est-à-dire la nature ignée où habite la quintessence qui fait l'union des contraires.

Tu ne seras jamais etc. On te montre qu'il ne faut pas disperser ou en séparer la matière naturelle. Si tu ignores cela, tu n'es pas savant dans l'art, car tu ignores la nature et ce qui lui est commun. Et celui qui l'ignore, ignore totalement l'art. Cette chaleur naturelle devrait se trouver dans la matière dont la propriété est de transsubstantier l'humeur en soufre ou élixir.

9. L'ESSENCE ET L'ACCIDENT,
   AVEC TOUTES SES PARTICULES SUBSTANTIELLES,
   DOIVENT ÊTRE TRANSMUTÉS,
   MÊME AVEC LES ACCIDENTELLES,

10. DEPUIS QUE, NOUVELLEMENT,
    EN RENONÇANT AUX AUTRES SIGNES,
    ON L'A CONVERTI EN UN AUTRE ÊTRE
    DE TOUS SES DEGRÉS ÉLÉMENTAIRES.

L'essence. C'est-à-dire la matière du soufre.

Avec toutes. Les lieux naturels.

Doivent être. Il faut y lire la cause du lieu attirant la génération.

Même etc. Depuis que. C'est-à-dire par la génération en soufre blanc.

En renonçant aux autres signes. C'est-à-dire à toutes les couleurs accidentelles qui y apparaissent en raison des degrés élémentaires. De là proviennent toutes les superfluités sous forme de couleurs accidentelles, qui restent sans effet.

On l'a converti en un autre être. C'est-à-dire en un pur soufre blanc ou rouge.

De tous. Plus besoin de glose ; le reste du texte est clair.

11. AVEC L'ACCIDENT NOUVEAU,
    L'ART NE PEUT PAS FAILLIR.
    QU'IL N'Y AIT PAS D'AUTRE PEAU.
    MAIS LA DÉFAILLANCE VIENT D'UN FAUX CONCEPT.

12. SI TU VEUX ENTRER PAR CETTE PETITE PORTE,
    POUR BIEN SAVOIR TE DIRIGER,
    IL TE FAUDRA PORTER UN CHAPEAU,
    POUR POUVOIR ENTRER ET SORTIR.

13. FILS, TU TROUVES TOUT CELA DANS LE *TESTAMENT*.
    AVEC LA VOLONTÉ DE LA CHARITÉ,
    TU TROUVERAS LE GOUVERNEMENT.
    CAR ON Y A RÉVÉLÉ

14. CE QUE TOUJOURS LES GENS CHERCHENT.
    NOUS L'AVONS MIS EN LE DICTANT.
    EN EFFET, C'EST UNE CHOSE DIGNE ET PLAISANTE,
    CAR ELLE TROMPE LES IGNORANTS.

15. L'HOMME QUI LA POSSÈDE EST TRÈS PRÉCIEUX,
    MAIS NON PAR SA BONTÉ,
    ET CELA POUR CONVERTIR LES PAÏENS
    PAR UNE PUISSANCE RENFORCÉE.

16. J'AI DIT CE QUI ÉTAIT NÉCESSAIRE,
    AVEC UN CŒUR NOBLE ET AUDACIEUX,
    AVEC PRUDENCE ET CHARITÉ.

17. NOUS AVONS FAIT TOUT CELA POUR DIEU,
    POUR ÉLEVER LA CHRÉTIENTÉ.

291

IL NOUS A PRÊTÉ SON NOBLE SECOURS,
AVEC BIENVEILLANCE.

18. BEAUCOUP D'INFIDÈLES EN SERONT CONVERTIS
À LA GRANDE FOI CATHOLIQUE.
PUIS ILS COMPRENDRONT CE QUI A ÉTÉ DICTÉ
SUR L'ART SOUS FORME D'APHORISMES.

19. SI TU VEUX COMPRENDRE LA MESURE
DE CE QUI T'A ÉTÉ DONNÉ SANS FIGURE
TOUT AU LONG DU *TESTAMENT*,
SEMBLABLE À UNE IMAGINATION,

20. VA AU COMMENCEMENT
QUI FORME LE PREMIER RÉGIME,
COMME NOUS VOULONS BRIÈVEMENT
TE LE TRANSMETTRE PHILOSOPHALEMENT.

TABLE DES MATIÈRES

Imprimé en Espagne
Hurope, s.l. – Barcelona